아리랑

조정래 대하소설

아리랑

1

제1부 아, 한반도

해냄

선물이 되었으면

올해로 등단 50주년이 되었다. 반세기 동안 글을 써온 그 세월이 언뜻 실감이 되지 않았다. 흘러간 세월 앞에서 으레껏 느끼게 되는 무상감이었다.

그런데 마침 출판사에서 『태백산맥』『아리랑』『한강』의 개정판 발간 의사를 표해왔다. 그것이 무상감을 '유상감(?)'으로 바꿀 수 있는 의미 있는 일이기도 해서 합의를 이루게 되었다.

『태백산맥』부터 펼쳐 읽기 시작했다. 완간 후 31년 만의 일이었다. 『아리랑』도, 『한강』도 다시 읽기는 역시 처음이었다. 한 줄, 한 줄 읽어나가는 감회는 낯선 듯 새롭고, 경이롭기도 했다.

다시금 '퇴고'를 하는 마음으로 손질을 했다. 그 작업의 결실이

독자 여러분들께 드리는 선물이 되었으면 좋겠다.

　이 개정판을 정본으로 삼고자 한다.

2020년 여름

오대산자연명상마을에서

우리의 분단역사는 해방 이후의 역사만 왜곡하고 암장시킨 것이 아니라 식민지시대의 역사까지도 그렇게 하기를 서슴지 않았다. 제 살 깎아내기인 그 어리석음은 남과 북이 서로 다를 것이 없었다. 그 우매한 짓으로 민족정기는 소멸되어 가고, 민족정신은 혼탁해 졌으며, 민족자존은 훼손되는 결과를 초래하였다.

지금 우리 민족에게 남겨진 과제가 통일이고, 통일이 우리 민족 전체에게 지워진 짐이라는 것은 어린아이들까지 다 알고 있는 사실이다. 언제인가 통일이 이루어지는 시대에 가서 민족사를 제대로 기록하지 않은 분단대립의 편파성은 어떻게 평가될까.

흔히 우리 민족의 역사를 반만년인 5천 년이라고 한다. 앞으로도 우리 민족의 삶은 5천 년 이상 장구하게 뻗어나갈 것이다. 한 인생을 60년으로 볼 때 1만 년의 세월은 영원이라 해도 과장일 것이 없다. 1만 년의 민족사 속에서 분단대립은 무슨 의미가 있는가.

또한 조국은 영원히 민족의 것이지 무슨무슨 주의자들의 소유가 아니다. 그러므로 지난날 식민지역사 속에서 민족의 독립을 위해 피흘린 모든 사람들의 공은 공정하게 평가되고 공평하게 대접되어 민족통일이 성취해 낸 통일조국 앞에 겸손하게 바쳐지는 것으로 족하다. 나는 이런 결론을 앞에 두고 소설 『아리랑』을 쓰기 시작했다. 그건 감히 민족통일의 역사 위에서 식민지시대의 민족수난과 투쟁을 직시하고자 하는 의도였다.

그러한 뜻을 밝히며 『아리랑』은 1990년 12월 11일부터 《한국일보》에 연재되기 시작했고, 그후 3년이 지난 1993년 말에 우리나라 역사학자와 중국의 연변대학 역사학자가 그 점에 전적으로 동감하는 대담이 공개되었다. 역사학계의 그런 공동연구의 모색과 실천은 민족사를 강건하게 할 뿐만 아니라 민족통일을 앞당기는 또 하나 기여가 될 것이다.

역사는 과거와의 대화만이 아니다. 미래의 설계가 또한 역사다. 우리는 자칫 식민지시대를 전설적으로 멀리 느끼거나 피상적으로 방치하는 잘못을 저지르기 쉽다. 그러나 민족분단의 비극이 바로 식민지시대의 결과라는 사실을 명백히 깨닫는다면 그 시대의 역사를 왜 바르게 알아야 하는지도 알게 될 것이다.

　우리 민족은 나라를 빼앗기게 된 어지러운 상황이 시작되면서부터 세계 여러 나라로 떠돌아야 했다. 나는 그 자취를 일일이 찾아다녔다. 중국, 일본, 미국, 러시아, 동남아 일대, 그 지역들은 자그마치 지구의 절반에 이르렀다. 우리 한반도를 중심으로 해서 그 지역들이 전부 『아리랑』의 무대가 되었다. 그러나 정작 북쪽땅은 가보지 못한 채 제1부 3권을 책으로 묶게 되는 아쉬움을 안고 있다.

　12권의 긴 소설을 출판하게 된 '해냄' 가족들의 노고에 감사드린다.

1994년 5월

趙廷來

차례

아리랑 제1부 아, 한반도

1권

1. 역부의 길 11

2. 철도공사장 일꾼 43

3. 일본말을 배워라 84

4. 거미줄 123

5. 이민이냐 노예냐 165

6. 돈바람, 땅춤 202

7. 일진회 지부 237

8. 차라리 죽자 269

9. 어떤 양반 303

10. 겨울 들녘 350

11. 혼탁한 물결 381

12. 우리 어찌 살거나 412

13. 장례식 445

1

역부의 길

초록빛으로 가득한 들녘끝은 아슴하게 멀었다. 그 가이없이 넓은 들의 끝과 끝은 눈길이 닿지 않아 마치도 하늘이 그대로 내려앉은 듯싶었다. 그 푸르름 속에서 일하고 있는 사람들은 움직임을 느낄 수 없는 채 멀고 작은 점으로 찍혀 있었다. 그런데 그 넓은 들은 한낮의 생기를 잃고 야릇한 적요 속에 가라앉아 있었다. 초록빛 싱그러움을 뒤덮으며 들판에는 갯내음 짙은 바람이 불고 있었던 것이다.

거칠게 휘도는 바람을 앞세우고 탁한 회색빛 구름이 바다 쪽에서 몰려오고 있었다. 시꺼먼 먹구름은 하늘을 금방금방 삼켰다. 그리고 그 두껍고 칙칙한 구름덩이들은 서로 얽히고설켜 꿈틀대고 뒤척이며 뭉클뭉클 커져가고 있었다. 순간순간 그 형상이 변하고 있는 먹구름은 무슨 살아 있는 괴물처럼 흉물스럽기도 했고, 무슨 액운을 품고 있는 것처럼 음산하기도 했다.

먼 바다는 이미 보이지 않았다. 먹장구름 아래로 퍼져내리고 있는 안개구름에 휘감겨 바다는 하늘보다 먼저 그 자취를 감추고 말았다. 바다는 구름보다 앞질러 몰려오고 있는 바람에 자신의 흔적을 실어보내고 있을 뿐이었다. 바람에서 유난히 진하게 풍기는 갯내음이 그것이었다.

먹구름의 험상궂은 기세만큼 바람결도 거칠고 드셌다. 바람은 넓은 들녘을 거칠 것 없이 휩쓸어대고 있었다. 바람이 휩쓸 때마다 벼들은 초록빛 몸을 옆으로 누이며 시달림을 당하고 있었다. 그러나 벼들은 꺾이거나 부러지지 않았다. 허리가 반으로 휘어지는 고초를 당하면서도 서로서로 의지해 가며 용케도 다시 허리를 세우고는 했다. 그 슬기로움은 험한 기세로 몰려오고 있는 먹구름도 그다지 두려워하는 것 같지가 않았다.

거친 바람과 함께 끈끈한 갯내음을 들이켜며 세 사람이 들판 가운데를 부산하게 걷고 있었다.

"요상시러라. 해필허고 하늘꺼정 저리 궂은지 모를 일이시."

앞선 두 남자를 따라가느라고 잰걸음질을 치며 여자는 겁 실린 눈길로 하늘을 힐끗 올려다보았다. 그러나 서너 걸음 앞서고 있는 두 남자는 아무 대꾸도 없이 빠른 걸음만 옮겨놓고 있었다. 여자는 똑같은 말을 벌써 몇 번이나 했는지 모른다. 그렇지만 두 남자한테서는 한마디의 대꾸도 건너오지 않았다. 여자는 꾀죄죄한 삼베치마를 끌어올리며 숨을 몰아쉬었다. 왼손에는 짚신 한 짝이 들려 있었다. 장정들의 빠른 걸음을 따르다 보니 코가 헐거워진 짚신짝이 자꾸만 벗어져 아예 벗어 들었던 것이다.

"어이 삼출이, 비구름이 저리 삼허니 몰키는디, 비가 와도 엄청시리 안 오겄는가? 갯내도 요리 찐허고."

여자는 답답한 속을 더는 참지 못하여 삼출이를 부르고 말았다. 그러나 차마 아들에게 말을 걸 수는 없었다. 생이별의 멀고 먼 길을 떠나야 하는 아들의 말 못할 심사를 헤아렸던 것이다.

"야아, 한줄금 퍼붓어도 되게 퍼붓을 상싶구만이라우."

한 남자가 바람소리를 이기려는 듯 큰소리로 대꾸했다. 그러나 고개를 돌리지 않은 것처럼 그 대꾸도 건성이었다.

"비가 억수로 퍼붓으면 으쩌까? 행길도 아니고 뱃길인디."

여자는 남자 뒤로 바짝 따라붙었다. 말을 꺼내자 여지껏 눌러왔던 불안감과 조바심이 일시에 고개를 들었던 것이다.

"아참 아짐은 걱정도 팔짜요. 바람아 강풍아 석 달 열흘만 불어라 허고 빌어야 쓸 판 아닌감요, 시방?"

삼출이란 남자가 비로소 고개를 돌리며 더디게 웃음을 지어 보였다.

"옳여, 자네 말이 공자님 말씸이시. 그리돼야 우리 영근이가 안 떠나제. 인자 보니 우리 영근이럴 하늘이 돕는갑네. 안 그렁가?"

여자의 말에 생기가 돌았다.

"아이고메 엄니, 배곯은 속에 바람만 차는디 헛기운 빠지게 말 그만 허씨요. 바람이고 강풍이 석 달 열흘이 아니라 3년 열 달이 분다고 무신 소양이 있다요. 왜놈돈 20원이나 받아묵은 목심인디 인자 백정놈헌티 고삐 잡힌 소 신세요. 공연시리 헛생각 묵지 말랑게라."

방영근은 퉁명스럽게 내쏘았다. 그러나 마음은 그 반대였다.

"그려, 그려. 느그 아부지가 야속허고 그놈에 돈이 원수제, 돈이……."

여자는 금방 풀이 죽으며 고개를 맥없이 끄덕거렸다. 잔주름 많은 꺼칠한 얼굴에 울음이 번지고 있었다.

"다 와 가는구만. 비 퍼붓기 전에 얼렁 걷드라고."

지삼출은 옹색스러움을 면하려는 듯 걸음을 빨리 다잡기 시작했다.

그들 세 사람은 걸어도 걸어도 끝도 한정도 없이 펼쳐져 있는 들판을 걷기에 지쳐 있었다. 그 끝이 하늘과 맞닿아 있는 넓다나 넓은 들녘은 어느 누구나 기를 쓰고 걸어도 언제나 제자리에서 헛걸음질을 하고 있는 것 같은 착각에 빠지게 만들었다. 그 벌판은 '징게 맹갱 외에밋들'이라고 불리는 김제·만경 평야로 곧 호남평야의 일부였다. 호남평야 안에서도 김제·만경 벌은 특히나 막히는 것 없이 탁 트여서 한반도 땅에서는 유일하게 지평선을 이루어내고 있는 곳이었다.

눈길이 아스라해지고 숨길이 아득해지도록 넓은 그 벌판이 보기에 너무 지루하고 허허로울까 보아 조물주는 조화를 부린 것일까. 들녘 이곳저곳에 띄엄띄엄 야산들을 앉혀놓고 있었다.

하지만 그 야산이라는 것들은 경사가 그지없이 완만하고 몸피도 작아서 산이라고 할 것도 없고 그저 높직한 둔덕이라고나 해야 옳을 정도였다. 그렇지만 솟은 것이라고는 없는 벌판에서는 그나마 산인 것을 뽐내고 그 체모도 갖추어야겠다는 듯 야산들은 어김없이 소나무를 키워내 산다운 치장을 하고 있었다. 넓기만 한 벌판에서 그런 야산들은 풍광으로서 그럴듯한 조화를 이루어내고 있었다. 그러나 그뿐이 아니었다. 그 야산들은 모둠모둠 마을들을 품고 있었다. 그 언제부터인가 벌판을 논으로 일구어 목숨줄을 이어온 사람들은 야산에 의지해 드센 바람을 막고 햇볕을 도탑게 받으면서 옹기종기 모여사는 터를 일구어낸 것이다.

일찍이 대동여지도를 만들어 선각의 위업을 홀로 세우고서도 어리석기 짝이 없는 왕에게 죽임을 당한 김정호 선생은 대동여지도를 엮어내기 위해 반도땅 전체를 일곱 차례 이상 샅샅이 답사하면서 호남평야에 발을 디딜 때마다 그 가이없이 넓은 벌에 무릎 꿇고 이마 대어 고마움의 절을 올렸다는 것이다. 그분은 험산준령이 반도땅의 7할을 넘게 차지하고 앉은 것을 그 누구보다도 잘 알았고, 그 척박한 땅에 다행히 호남평야가 펼쳐져 있어 거기서 나는 곡식으로 이 땅의 목숨 5할이 먹고산다는 것도 알았으므로 그렇게 절을 올릴 수밖에 없었는지도 모른다.

그런데 이삼 년 전부터 그 들녘에서 해괴한 일이 벌어지기 시작했다. 논들의 주인이 슬슬 바뀌기 시작했던 것이다. 그 일은 해가 바뀔수록 심해져 금년 들어서는 날이 날마다 논 사고 파는 일이

꼬리를 잇대고 있었다. 저승에서 새 주인이 누구인지 빤히 내려다보고 있는 김정호 선생은 이승에는 들릴 리 없는 통곡을 또 외롭게 하는지도 모를 일이었다.

"아짐, 군산 다 왔는디요. 심 파허지라?"

지삼출이가 뒤돌아보며 비식 웃었다.

"아니시, 비 피해서 다행시럽구만."

감골댁은 얼른 허리를 추슬러 세우며 응답했다. 점심을 굶은 채 50리 길을 걸어오느라고 지칠 대로 지쳐 절로 허리가 접혔던 것이다.

"잡것, 누가 왜놈덜 안마당 아니라고 헐성불러 안통에 들어서기도 전에 저 방정맞은 것이 얼찐대고 지랄이랑가."

지삼출이 역정을 내며 앞을 가로질러 가는 인력거를 향해 침을 뱉었다. 그러나 인력거는 일본인들이 자칭 세계적인 발명품이라고 뽐내는 물건답게 침 튀는 것 정도는 아랑곳하지도 않고 삐까닥거리며 가볍게 굴러가고 있었다. '게다'라는 나무신이 그렇듯 인력거라는 것도 일본사람들이 꼭 꽁무니에 달고 다니는 물건 중의 하나였다.

"성님, 입조심허씨요. 왜놈덜이 왜놈이란 말언 더 잘 알아듣는다닝게로."

방영근이 쓴웃음을 지었다.

"참 탈난 시상이여. 삼사 년 새에 군산은 왜산이 되야불고, 징게 맹갱 들판도 하로가 다르게 왜놈덜 판이 돼가는디, 요러다가 조선 천지가 왜놈덜 차지 되는 것 아닐랑가 몰라?"

지삼출이 방영근을 힐끗 쳐다보았다.

"시상 판세 돌아가는 꼬라지가 아매 그리될란지도 몰르요. 올봄에 아라사허고 전쟁에서 이기기 시작허자 왜놈덜이 기세 펄펄혀서 군대만 몰려든 거이 아니라 민간인덜도 정신없이 몰려든답디다. 그나저나 나야 뜨는 몸인게 알 바 아니오."

방영근의 말끝에 한숨이 묻어났다.

"그리만 됨사 막판 보는 것이제!"

지삼출의 목소리는 단호했고, 두꺼운 입술이 꾹 다물려들었다.

"성님, 무신 소리가 그리요!"

방영근이 우뚝 멈춰서며 내질렀다. 그 태도며 목소리가 기를 세우고 있었다.

"워찌 그려?"

그 서슬에 지삼출도 걸음을 멈추었다. 그러나 무심결에 내뱉은 자신의 말을 그는 이미 후회하고 있었다.

걷는 데만 허덕거리고 있다가 두 사람이 갑자기 멈춰서는 바람에 뒤따라 걸음을 멈춘 감골댁은 무슨 영문인지 몰라 아들과 지삼출을 번갈아 보며 맥이 풀린 눈을 껌벅거리고 있었다.

"성님, 여차허면 또 그때맨치로 나스겄다 그것이요?"

지삼출을 쏘아보고 있는 방영근의 눈길에는 가시가 돋쳐 있었다.

"아녀, 아녀. 그냥 나온 소리여. 나가 미쳤간디 그러겄냐. 얼렁 회산지 사무손지나 찾아가자, 비 퍼붓겄다."

무슨 큰 흠집을 잘못 내보인 것처럼 지삼출은 과장된 손짓을 해가며 딴전을 피우고 들었다.

"무신 소리덜이여, 시방?"

이상한 낌새를 챈 감골댁이 끼어들었다. 그때 빗방울이 후둑후둑 듣기 시작했다. 멀리서 천둥 구르는 소리도 들려오고 있었다.

"기연시 비가 오는구만. 얼렁 가드라고."

지삼출은 이때다 싶어 서둘러 걸음을 떼어놓기 시작했다.

"성님, 나 말 똑똑허니 들어보씨요. 그때 나서갖고 된 일이 머시가 있소. 아까운 목심들만 엄청이 죽지 안혔소."

방영근은 지삼출 옆으로 바짝 다붙으며 말을 본격적으로 시작하고 있었다.

"알어, 알어. 그냥 헛바람 샌 것이라닝게."

방영근의 고집을 아는 지삼출은 이거 잘못 걸렸다 싶어 그의 말을 막으려고 팔을 내저었다.

"속 뻔헌 그짓말 마씨요. 그런 생각 맘에 담지 않았음사 어찌 그런 말이 그리 쉽게 쑥 나와진다요. 그 일로 그리 쌩고생험스로 숨어사는 처지에 맘속에다가넌 안직도 광솔(관솔)불 피우고 있습디여?"

"어허 답답허시. 사내자석 오기가 남아서 한마디 뱉은 것이제 딴 맘언 없어. 나 광솔불은새로 짚불도 안 피우고 사니 안심혀, 안심."

빗줄기 속에서 지삼출은 방영근을 향해 헤벌레 웃어 보이기까지 했다.

"성님, 정신 똑똑허니 채려야 쓰요. 그때 왜놈군대허고 요새 왜놈군대허고는 하늘허고 땅 차이단 말이오. 그때도 저부렀는디 인자야 더 말헐 것 머 있겄소. 허고, 성님언 인자 총각이 아니고 애기덜 아부지란 말이오, 아부지!"

방영근은 얼굴에 맺혀오는 빗방울들을 큰 손바닥으로 와락 훔쳐내며 '아부지'에다가 힘을 넣었다. 괜히 자식들 나 같은 신세 만들지 마시오, 하는 말이 곧 터지려고 했지만 꾹 눌러 참았던 것이다. 그 말이 너무 야박스러운 것 같았고, 더욱이 뒤따라오는 어머니가 들으면 망자인 아버지를 원망하는 것이 되어 어머니 가슴에 새 못을 치는 일이었던 것이다.

"말수 적은 자네가 그리 말얼 질게 허는 맘 나 다 알아묵어. 자네 말대로 나 약조허겄네."

지삼출은 침통한 얼굴을 비에 적시며 고개를 끄덕이고 있었다. 그는 방영근의 괴로운 마음을 너무나 잘 알고 있었다. 그의 아버지가 그때 나서지만 않았더라면 갚을 길 없는 빚을 지지 않았을 것이고, 그랬으면 왜놈돈의 올가미에 걸려 부모형제와 생이별해야 하는 길도 떠나게 되지 않았을 것이다. 결국 아버지를 왜놈들한테 잃고, 자신마저 왜놈들 손아귀에 틀어잡히게 된 그의 심정이 어떠할 것인지는 더 말할 것조차 없었던 것이다.

금강포구의 왼쪽을 따라 해변으로 이어지고 있는 군산은 온통 왜색으로 뒤덮여 있었다. 곧게 뻗은 새로 난 길들이며, 그 길을 따라 새로 지어진 높고 낮은 집들이 하나같이 일본식이었다. 예로부터 조선사람들의 초가집은 해변에서 멀찍이 떨어져 앉아 있었는데 개항이 되면서 일본사람들은 그 비워둔 해변가를 다 차지했던 것이다.

2층 건물이 많은 해변 쪽에서 대륙식민회사를 찾아내기는 그다지 어렵지 않았다. 한자로 쓴 나무간판 앞에 섰을 때 그들 세 사람의 삼베옷은 비에 후줄근히 젖어 있었다.

방영근이 보퉁이를 바꿔들며 머뭇거렸다. 감골댁은 아들 뒤로 붙어서며 몸을 오그렸다. 그 눈치를 채고 지삼출은 앞으로 나서며 문을 옆으로 밀어댔다.

먹구름이 비를 쏟아내고 있는 바깥날씨 탓인지 사무실 안은 침침했다. 지삼출은 그 어스름이 눈에 설어 사방을 두리번거렸다.

"거 누구여!"

거만스런 말투가 날아왔다. 지삼출은 귀에 거슬리는 말투에 신경쓸 겨를 없이 그 말이 왜놈말이 아니라 조선말인 것에 우선 반가움을 느꼈다.

"저그 머시냐, 죽산면에서 방영근이가 왔는디요."

지삼출은 목에 힘을 넣어 말했다.

"그려 방영근이, 어째 이리 늦었어?"

네댓 사람 중에서 한 사내가 이쪽으로 빠르게 다가왔다. 그때서야 지삼출은 그 사내가 장칠문인 것을 알아보았다. 그를 보자 비위부터 상했다. '역부'라나 이민자를 모집한다고 왜놈을 앞세우고 동네마다 헤집고 다니는 그놈은 터무니없이 위세를 부리며 무슨 벼슬이라도 한 것 같았던 것이다.

"당신이야 뒤로 빠지고, 거그 방영근이, 욜로 들어와."

장칠문이 손가락을 까딱거려 지시했다. 지삼출은 뒤로 물러서며 방영근을 앞으로 세웠다.

"방영근이 어여 들어오고, 됐응게 딴사람덜언 가보씨오."

장칠문은 방영근의 팔을 우악스럽게 잡아 안으로 끌어들였다. 그리고 문을 드르륵 닫았다.

"아이고메, 이 무신 일이여!"

감골댁이 소리치며 후닥닥 내달았다. 그녀는 닫히고 있는 문에 매달렸다. 문은 반쯤 닫히다가 말았다.

"이 노인네 어째 이려!"

장칠문이 눈을 부릅뜨며 버럭 소리를 질렀다.

"요리 허망허니 이별허라니, 안 될 일이여, 안 뒤여."

감골댁은 두 손으로 문을 확 틀어잡은 채 고개를 설레설레 젓고 있었다.

"여그꺼지 바래다줬으면 됐제 이별은 따로 또 무신 이별이여. 날 저물기 전에 집에나 얼렁 가보씨오."

장칠문은 매정하게 말하며 다시 문을 닫으려고 했다. 그러나 감골댁이 어찌나 꽉 붙들고 있었던지 문은 꼼짝도 하지 않았다. 비는 좍좍 쏟아져 내리고 있었고, 입을 꾹 다문 방영근은 어머니를 물끄러미 바라보고 있었다.

"나가 거그헌티 물어볼 말이 있어서 그요. 비가 요리 억수로 오고 천둥이 치고 이러는디도 배럴 떠운다요?"

감골댁의 애타는 물음이었다.

"무신 새 날아가는 소리여. 고런 것이야 우리가 다 알아서 착착 헐 건게 말 섭히지 말고 고만 가랑게요."

장칠문은 또 문을 닫으려고 했다.

"이보시오, 나가 한말 물읍시다. 돈언 언제 건네오는 것이다요?"

지삼출이 한 발짝 앞으로 나섰다.

"이, 그야 사람이 배에 딱 올르고 나면 그날로 영축없이 줄 건디."

넌 뭐냐는 듯 장칠문이 지삼출의 위아래를 훑으며 대꾸했다.

"아아니, 사람이 여그 당도혔으면 지금 당장 내놔야 이치가 안 맞소."

"허, 이치 따지자고 뎀비시는감?" 장칠문은 콧잔등을 찡그리며 헛웃음을 치고는, "돈얼 줬는디 배 타기 전에 내빼불면 누구 존 일 시키라고?" 그는 제 돈이라도 주는 것처럼 거만을 떨었다.

사람 의심하고 드는 왜놈의 행투에 지삼출은 울컥 화가 치밀어 올랐다. 그러나 꾹 눌러 참았다. 성질대로 화를 터뜨려 될 일이 아니었던 것이고, 그만하면 영근이나 감골댁이 꺼내기 옹색한 말을 대신한 것으로 족하기도 했던 것이다.

"아짐, 섭혀도 여그서 이별허시제라. 배야 비가 잽혀야 뜰 것이고 우리야 갈 길이 또 멀잖은게라."

지삼출은 감골댁을 달래듯 조심스럽게 말했다.

"엄니, 그리허시씨요. 동상덜이 기둘리는디 얼렁 집으로 가야 안 되겠소."

방영근은 이때다 싶어 얼른 말을 받았다. 순간 감골댁의 눈이 동요를 일으켰다. 그리고 그때까지 문을 틀어잡고 있던 두 손이 스르르 풀렸다.

"그려, 언제 갈라져도 갈라져야 헐 일인디……." 몸을 바로잡은 감골댁은 아들을 뚫어지게 쳐다보다가, "뱃길 수만 리라는디, 이리 갈라지면 은제나 만내질거나와." 금방 눈물이 주르륵 흘러내렸다.

"엄니, 나 돈 벌어올 때꺼정 몸 성허게 지내야 허요 이."

방영근이 고개를 깊이 숙여 절했다.

"되얐구만."

장칠문이 문을 탁 닫아버렸다.

감골댁은 그 자리에 주저앉았다. 그때까지 참고 있었던 통곡이 터져올랐다. 그러나 그녀는 어금니를 맞물며 복받치는 설움을 참아냈다. 자신의 울음소리가 아들에게 들리게 해서 아들의 심사를 더 어지럽히고 싶지 않았고, 더구나 먼 길 떠나는 사람 뒤에서 여자가 소리내어 우는 법이 아니었던 것이다.

"아짐, 기운 채리시오. 갈 길이 먼디."

지삼출은 부들부들 떨리고 있는 감골댁의 여윈 어깨를 감싸잡았다.

"그려, 가야제." 감골댁은 걷잡기 어려운 속울음을 애써 누르며, "어찌 저리 야박헌 사람도 다 있으까." 굳게 닫힌 사무실 문을 원망스럽게 쳐다보았다.

"쩌것이 즈그 애비보톰 아주 틀려묵은 종자들이구만이라."

지삼출은 영근이와 손 한 번도 잡아보지 못하고 헤어진 것이 너무 서운해 있던 참이었다.

"애비넌 멀 해묵는디?"

감골댁이 눈을 훔치며 몸을 일으켰다.

"보부상 해쳐묵다가 어찌 목돈얼 잡어 여그 군산에다가 터잡고 앉은 놈이다요."

"아이고 무셔라, 보부상."

감골댁은 안색이 달라지며 부르르 진저리를 쳤다.

지삼출이나 감골댁이 보부상에 대해 똑같이 거부감을 나타내는 데는 그럴 만한 연유가 있었다. 그때 갑오년에 수많은 농민들이 호남평야를 중심으로 해서 들고일어났고, 공주까지 쳐올라간 농민군들이 신식무기를 가진 일본군과 싸우다가 밀리기 시작하면서 농민군들은 어쩔 수 없이 산으로 섬으로 피할 수밖에 없었다. 일본군과 관군은 먼저 산으로 들어간 농민군들부터 뒤쫓기 시작했다. 그때 그들의 길잡이 노릇을 해서 수없이 많은 농민군들을 죽이게 한 것이 바로 보부상들이었다.

등짐을 지고 산길을 따라 이쪽 지방과 저쪽 지방을 문지방 넘듯 넘나드는 보부상들은 산길을 샅샅이 아는 데다가, 산속의 정보 또한 신속하게 잘 탐지했다. 그뿐만 아니라 산을 타는 발까지 포수 뺨치게 빨라서 그런 길잡이로는 더없이 안성맞춤이었던 것이다.

그러나 무엇보다 문제인 것이 그들의 마음이었다. 돈 10전을 보고 물밑으로 50리를 긴다는 그들은 물건을 팔기 위해서는 단 말 고소

한 말은 물론이고 거짓말도 서슴지 않기가 예사였다. 그런 생활이 골수에 박인 그들은 돈이 생기는 일이면 무슨 일이든지 할 수 있는 자들이었다. 한편 돈 많은 사람들이나 권력 있는 사람들은 값진 물건을 사들여 큰 이윤을 보장해 주었으므로 보부상들은 언제나 그들의 편이었다. 그런 그들에게 가난한 농민들이란 아예 눈에 차지 않는 존재들일 수밖에 없었다. 그런데 농민들이 전쟁을 일으켜 돈 많고 권력 있는 자들이 혼비백산하게 되었으니 그들의 장사가 잘될 리가 없었던 것이다. 그들은 농민군이 어서 망하기를 바라고 있다가 일본군에서 돈까지 주며 길안내를 맡기자 신바람이 나서 길잡이로 나섰던 것이다. 어쩌면 보부상들은 농민전쟁 초기에 전주감영의 관군 편을 들어 자그마치 800명이 패거리를 지어 나섰다가 황토현에서 농민군에게 참패당해 줄행랑첬던 그 앙갚음까지 해대는 기분으로 길잡이에 더 신명을 올렸는지도 모를 일이었다.

농민전쟁에서 가족을 잃은 사람이든 아니든 간에 농민들은 누구나 보부상들에게 적개심을 품고 있었다. 그리고 그 무리들을 사람으로 취급하지 않았다.

그런데 보부상들은 농민전쟁 때만 그런 행악질을 한 것이 아니었다. 그 뒤로도 나라를 외세로부터 막고 근대화시키려는 대중운동단체인 독립협회에 맞서 그들은 어용폭력단체인 황국협회를 조직했다. 그리고 자체 폭력부대인 봉군을 만들어가지고 만민공동회를 습격하는 한편 많은 사람들을 죽이고 폭행을 가했다. 그런 몇 년 뒤에는 또 일본에 합병통치를 해달라고 애원하는 이용구와 송병

준을 우두머리로 모시고 일진회에 가담하기도 했다.

"보부상 자석 티내니라고 또 왜놈 앞잽이 노릇 나섰구만. 그만 가보드라고."

감골댁은 더 말할 것 없다는 듯 먼저 빗줄기 속으로 나섰다.

"영근이가 맘도 굳고 몸도 실허니 잘 지내다가 돈 벌어갖고 올 거구만이라."

지삼출은 감골댁을 진심으로 위로했다.

"모르겠네. 맨날 배곯켜 키워갖고……."

감골댁의 목이 잠겨버렸다.

빗줄기와 비안개로 가득 찬 벌판은 그 넓이를 가늠할 수가 없었다.

감골댁은 비를 있는 대로 다 맞으며 가는 것이 차라리 좋았다. 몸을 내맡기고 비를 맞다 보니 뜨거운 가슴도 식는 것 같았고, 서러움도 씻겨내리는 것 같았으며, 맘놓고 눈물을 쏟아도 표가 나지 않았던 것이다. 그러나 아들에 대한 불안감만은 온몸이 물구덩이가 되도록 비를 맞아도 가라앉지도 가시지도 않았다.

20원에 생때같은 자식을 팔아먹은 것만 같고, 아들이 영영 돌아오지 못할 것만 같은 불길한 생각이 갈수록 가슴에 감겨들고 있었다. 그냥 20원이면 적지 않은 돈이었지만, 그 돈을 받고 바다 건너 수만 리 밖 미국인지 하와인지 하는 땅까지 아들을 보내기에는 너무 하찮은 돈이었다. 다달이 새끼를 치며 무섭게 불어나는 빚돈만 아니었더라면 아들을 그 어딘지도 모를 땅으로 절대 보내지 않았을 것이다.

"아덜얼 배 태와 보내고 빚얼 썼든지, 그것이 싫으면 딸얼 나한테 내놓든지, 좌우지간 양단간에 하나로 결정얼 내려. 나도 참는 것에 한도가 있제, 요번에넌 아조 뿌리럴 뽑고 말 참인게로."

빚쟁이 김가는 밤낮으로 찾아와 닦달을 해댔다. 그는 시퍼런 기세로 사람을 몰아대는 한편으로 다 큰 딸자식을 음기 서린 눈으로 흘낏거리고는 했다. 그때마다 딸의 몸이 더러워지는 것만 같아 몸서리를 쳤던 것이다.

"미국이란 나라넌 길바닥에 금뎅이가 굴러댕기는 천국이요, 천국. 허고, 하와이라는 땅언 겨울이란 것이 없이 사시장철 선들선들해 일허기가 아조 편허고 거저 묵기요. 여그보담 반에반도 심이 안든다 그 말이오. 그러니 선금 착 받아 빚 깨끔허니 꺼불고, 몇 년 돈벌이 편허게 해갖고 와서 배 내밀고 살면 얼매나 좋겠소. 여그서 골빠지게 일해 봤자 앞길 캄캄허고, 빚은 빚대로 불어나 집구석 쫄딱 망허는 수밖에 더 있겠소."

때맞춰 역부를 모집한다는 왜놈과 함께 장칠문이가 드나들며 바람을 넣는 말이었다.

아무리 반편이라 하더라도 빚쟁이 김가와 장칠문이네가 한통속이라는 건 금방 알아차릴 수 있는 일이었다. 김가는 장칠문이네를 사이에 끼워넣어 빚을 손쉽게 받으려는 속셈이었고, 장칠문이네는 김가의 빚을 이용해 역부를 수월하게 모집하려는 계산속이었다.

감골댁은 나날이 목이 조여드는 것을 느끼면서도 어찌할 방도를 찾지 못하고 안절부절이었다. 아들을 타국으로 보내지 않으려면 딸을 김가의 소실로 빼앗겨야 했고, 딸을 지키려면 어쩔 수 없이 아들을 바다 건너로 보내야 하는 막다른 형편이었던 것이다.

"예 말이오, 이 일얼 어찌야 좋단게라."

감골댁은 바위가 얹힌 가슴으로 하늘을 올려다보며 이 말을 원망스럽게 토해내고는 했다.

저세상으로 간 남편에게 원망스러운 생각이 들기는 처음이었다. 농민군으로 나섰던 남편이 2년 만에 병든 몸으로 돌아왔을 때도 그저 살아 돌아온 것만을 감지덕지했던 것이다. 그때까지도 동학당을 잡아죽이는 판국이라 남편 돌아온 것을 쉬쉬해가며 밤봇짐을 싸면서도 생기가 났다. 그리고 타향살이의 어려움에다가 남편의 병수발까지 겹쳤지만 그다지 힘드는 줄 모르고 살아냈던 것이다. 남편이 장하다는 생각뿐이어서 그저 병수발을 지성껏 했다. 그러나 남편의 병은 지성 다 바치는 것만으로 나을 병이 아니었다.

병이 자꾸만 깊어져 약값을 대느라고 빚을 쓰지 않을 수 없었다. 더욱 정성을 바쳤지만 남편은 끝내 병을 이겨내지 못했다. 남편이 떠난 빈자리에 남은 것은 10원이 다 차가는 빚뿐이었다. 그 빚이 달마다 해마다 불어나서 결국 이러지도 저러지도 못하게 목을 조여오는 올가미가 되어 있었던 것이다.

"엄니, 별수가 없소. 나가 없으면 몰라도, 보름이 신세를 망칠 수야 있겠는게라."

마침내 아들이 내린 결정이었다.

감골댁은 그저 눈물만 떨구며 아무 말도 할 수가 없었다.

"빚 18원 갚고, 남는 2원으로는 보름이 시집이나 보내씨요. 엄니 혼자서 동상들 살리자면 입얼 하나라도 줄여야 쓸 것 아니겄능게라."

아들이 집을 나서기 전에 한 말이었다. 그 속 깊은 말에 감골댁은 가슴이 미어졌다. 아들은 장가를 가서 새살림을 꾸려야 할 스무 살 나이에 엉뚱하게 집을 떠나고 있었던 것이다. 그 길은 누구나 한사코 피하는 멀고 험한 길이었다.

비는 이틀 만에 개었다.

방영근 일행은 곧 배를 타게 되었다. 그들은 모두 넷이었다.

그들은 비가 오는 동안 사무실에 꼬박 갇혀 지내야 했다. 잠도 사무실 구석에 웅크리고 앉아서 잤고, 밥도 시켜다 주는 것을 먹어야 했다.

그들은 밤에나 겨우 이야기를 주고받을 수 있었다. 서로 이야기를 나누다 보니 자연히 배를 타게 된 사정들을 알게 되었다.

"술취헌 짐에 주먹질얼 잠 혔는디, 고것이 탈이 될지 누가 알았드라요. 나 원 참 기가 맥혀서, 사람얼 팬 죄럴 졌으니 옥살이럴 허겄느냐 역부로 나가겄느냐, 둘 중에 하나럴 골르라는 것 아니겄소. 그러니 어쩌겄소."

첫 번째 남자의 사연이었다.

"주먹질이나 허고 이리됐으니 덜 억울허겄소. 나넌 아무 잘못헌 것도 없이 관에 미움 사서 이 꼴이 됐소. 헌 일이 있다면야 4년 전

그 지독헌 가뭄으로 흉년이 들었을 적에 군청쌀 풀어내라고 동네 사람덜 앞장섰든 것뿐인디. 그때보톰 미운털이 백혀갖고 걸핏허면 의심얼 받아오다가 요분에 당헌 것이요. 니는 여차허면 무신 일 저질를 못 믿을 놈잉게 역부로 나가든지, 그리 안 허겄으면 온 집안이 딴 고장으로 멀리 뜨라는 것이었소."

두 번째 남자의 곡절이었다.

"나넌 한밑천 잡을라고 나슨 참이요. 사람덜언 늙으나 젊으나 집 떠나기 무서바 벌벌 떰서 배럴 안 탈라고 허는디, 영영 못 오는 것도 아니겄고, 몇 년 고상히서 돈 벌어오는 것인디, 그리 일허기 편코 돈벌이 수얼헌 땅얼 안 찾어가면 어디서 큰돈 벌이지겄소."

세 번째 남자의 생기 도는 말이었다.

방영근은 마지못해서 맨 끝으로 자신의 처지를 털어놓았다.

"긍게로 셋이가 억지 춘향이 된 것인디, 암만 생각혀도 요 일이 요상허덜 않소? 왜놈덜이 나서서 역부럴 모집허는 것도 그렇고, 관청것덜이 왜놈덜 편얼 들어 억지로 역부 맨드는 것도 그렇고, 우리가 모르는 무신 수작이 있는 것 아닐랑게라?"

두 번째 남자의 조심스러운 말이었다.

"몰르겄소. 관청것덜이야 항시 우리 백성 편이 아니고 왜놈덜 편이었응게."

첫 번째 남자의 심드렁한 대꾸였다.

"참 별 의심 다 허고 그러요. 사람덜이 지 탯줄 묻은 땅 떠나면 금세 죽는 것으로 알고 뒤로 빠지기만 헝게 관에서 나스는 것 아니겄소. 우리야 돈만 벌어오면 됐제, 사람얼 의심허자면 끝도 한도 없는 일이오."

세 번째 남자가 자신 있게 말했다.

방영근은 될 수 있는 대로 그들의 말에 끼어들지 않고 이틀을 보냈다. 물론 마음속에는 20원의 돈을 내놓고 사람을 모집하는 왜놈들에 대한 의심스러움과, 정말 돈을 벌어올 수 있을까 하는 의문과, 알 수 없는 땅에 대한 두려움 같은 것들이 엉켜 있었다. 그러나 그런 것들이 말을 한다고 풀리고 가셔질 것이 아니었던 것이다.

"자아, 배를 타기 전에 여그다가 손도장얼 하나씩 눌러."

장칠문이 종이 한 장에 한 사람씩의 손도장을 눌러나갔다.

방영근은 장칠문에게 세 번째로 손목을 잡혔다.

"요것이 멋이다요. 알고나 찍읍시다."

방영근은 장칠문이 끌어당기는 손목에 힘을 주며 말했다. 방영근으로서는 종이에 가득 적힌 글씨를 전혀 알아볼 수가 없었다. 자신이 겨우 읽어낼 수 있는 한글은 한 자도 없었던 것이다.

"머시여? 건방구지게."

장칠문이 눈을 치뜨며 소리쳤다. 그 바람에 건너편의 일본사람이 깜짝 놀라며 뭐라고 내쏘았다. 장칠문이 떠듬거리며 일본사람에게 몇 마디 했다. 그러자 일본사람은 고개를 홱 돌려 방영근을 꼬나보았다. 방영근은 눈길을 피했다. 일본사람은 다시 무슨 말인가를 했다.

"요것은 일 잘허겄다는 계약서란 것이여. 인자 되았어?"

장칠문이 끌어당기는 대로 방영근은 종이 위에 손도장을 눌렀다.

그들은 곧 부두로 나가 배를 탔다.

"아니, 요런 손바닥만헌 배로 수만 리럴 간다 그것이오?"

세 번째 남자가 뱃전에서 엉덩이를 뒤로 뺐다.

"말도 많으네. 인천서 무지 큰 배로 갈아탈 것이여."

장칠문이 그 남자의 등을 밀었다.

감골댁은 아들이 떠났다는 소식을 지삼출한테서 전해 들었다. 날이 걷히는 대로 떠나리라는 것을 알고 있었으면서도 막상 그 말을 듣자 한정 없이 허물어내리는 가슴을 주체할 수가 없었다. 스스로도 모를 마음이었다. 그런 마음이기는 남편이 숨을 거두었을 때도 마찬가지였다. 약도 소용이 없어지고, 남편의 목숨이 시나브로 사그라들고 있다는 걸 다 알고 있었지만 정작 숨이 멎게 되자 세상의 끝이 눈앞에 맞닥뜨렸던 것이다.

남편이 대들보면 아들은 서까래인 줄 알았었다. 그러나 남편이 없는 집안의 장남이어서 그러는 것일까. 아들도 대들보였다는 것을 늦게서야 깨달았다. 그녀는 찬바람이 휘도는 가슴으로 하늘만 바라보고 또 바라보았다.

"아짐, 어찌 지내시는감요."

한쪽 어깨에 지게를 걸친 지삼출이 사립을 들어섰다.

"이, ……어여 와."

마루기둥에 시름없이 기대앉았던 감골댁은 무겁게 등을 뗐다. 풀려버린 눈이 사람을 제대로 보는 것 같지가 않았다.

"그간에 돈 가져왔든게라?"

지삼출이 눈치를 살피며 물었다.

"돈? 아니여."

감골댁은 여전히 힘이 잡히지 않은 눈으로 고개를 저었다.

"요것 안 되겄는디." 지삼출은 혼잣말을 하며 지게를 벗고는, "아짐, 오늘이 영근이 떠난 지 나흘째요. 배 타면 딱 준다든 돈이 이적지 안 왔는디 이리 태평치고 앉었을 일이 아니구만이라" 하며 마루에 걸터앉는 그의 목소리에 열기가 묻어났다.

"나흘……? 금세 그리되았능가……."

감골댁이 눈을 껌벅이며 중얼거렸다.

"아짐, 정신 채리씨요. 이러다가넌 그 장가놈헌티 돈 띠믹힐 것이오."

"머시여? 그 돈이 워쩐 돈인디!"

감골댁이 펄쩍 뛰듯 했다. 비로소 그녀의 눈이 팽팽해져 있었다.

"이적지 안 온 돈인디 앉어서넌 못 받으. 장가놈얼 찾아가야 허요."

"나가 그간에 넋이 빠져 있었는디, 그 말 듣고 봉게 그렇구마. 당장 나서야겄네."

감골댁은 머리칼을 쓸어넘기며 아랫입술을 물었다.

"아줌이 일차 찾아가 보시게라. 그래 일이 잘 안 풀리면 나도 나슬랑게라."

"그려, 그려. 매여 사는 몸인디 쥔집 눈치가 있제. 아여 갈 생각

말어."

감골댁은 완강하게 고개를 저었다. 머슴살이하는 몸으로 지난번에 군산 걸음을 한 것도 더없이 고맙고 미안했던 것이다. 속 깊은 의리를 지닌 지삼출이 아니고서는 어려운 일이라고 그녀는 가슴에 담아두고 있었다.

감골댁은 더위를 무릅쓰며 다시 대륙식민회사를 찾아나섰다. 푸르른 색깔이 넘실거리는 시원스러움과는 달리 뙤약볕 내리쬐는 무더운 들녘길을 혼자 걷기는 너무 지루하고 팍팍했다. 그녀는 언제부터인지 모르게 노래를 읊조리며 걷고 있었다. 무언가 서러움이 서리고 애절함이 사무치는 느릿한 가락은 끝날 줄을 모른 채 길고 긴 들녘길처럼 한없이 이어지고 있었다.

새애야아 새애야아아아 파아라아앙새애야아
노옥두우우밭에에 아안지이마라아아
노옥두우꼬옿치이이 떠러어어지며언언
청포오오자앙수우우 우울고오오 가안다아아

녹두장군이 사형을 당하자 여인네들의 입에서 입으로 전해지며 남몰래 불리어지고 있는 노래였다. 그건 전봉준 장군에 대한 애도가이면서, 돌아오지 않는 남편들에 대한 망부가였고, 이기지 못한 싸움에 대한 비원가였다.

감골댁은 그 노래를 끝없이 되풀이하며 앞서 가버린 남편을 만나고 있었고, 언제 돌아올지 모를 아들 걱정을 삭이고 있었다. 그러다 보면 들녘길도 별로 힘겨웁지 않게 뒤로 뒤로 밀려나갔다.

"돈이요? 김 참봉헌티 준 지 오래요."

장칠문의 엉뚱한 말이었다.

"무신 소리여?"

감골댁의 얼굴이 푸득 떨렸다.

"김 참봉이 빚 받을 돈이라고 혀서 그리 넘게줬다 그 말이오."

"그 돈에서 2원은 우리 돈이여!"

감골댁의 외침은 마치 울음 같았다.

"나야 몰른게 거그 가서 받든지 말든지 허면 될 것 아니여."

장칠문이 얼굴을 구기며 사무실을 나가버렸다.

감골댁은 멍하니 서 있었다. 무슨 영문인지 알 수가 없었다. 김 참봉이 왜 20원을 다 받아갔을까. 그리고 어째서 2원은 돌려주지 않은 것일까. 그간에 빚이 또 불어났는가. 며칠 사이에 그랬을 리가 없었다. 혹시 빚돈 계산을 잘못한 것이 아닐까. 이런 생각들에 몰리며 감골댁은 짚신을 끌고 사무실을 나섰다.

무거운 다리를 터덕거리며 아무리 생각해도 빚돈 계산을 잘못한 것이 아니었다. 아들이 몇 번이고 맞춰본 계산이었다. 김가가 딴맘을 묵는구나! 감골댁의 머리를 친 생각이었다.

감골댁은 부르르 떨었다. 그 돈이 어쩐 돈이라고. 또, 2원이면 보통 논 반마지기 값이었다. 그런 돈을 생짜로 묵을라고! 감골댁은 전신에 힘이 뻗쳤다. 다시 집을 향해, 아니 김 참봉을 찾아서 군산으로 올 때보다 더 빠르게 걷기 시작했다.

"거 무신 귀신 씨나락 까묵는 소리여. 나가 받은 돈언 딱 18원이여, 18원. 딴소리 허덜 말랑게."

김 참봉의 노기 띤 말이었다.

"아이고메, 요리 되면 누구 말이 옳탕가요."

감골댁은 발을 굴렀다.

"어허, 사람얼 멀로 보고 허는 소리여, 시방."

김 참봉이 쥘부채로 마루를 내리쳤다.

감골댁은 꼭 무엇에 홀린 기분이었다. 정신을 가다듬고 김 참봉을 닦달해야 된다고 생각했다. 그러나 김 참봉의 서슬 앞에서 더무슨 말을 꺼낼 수가 없었다. 그리고 장가놈의 말에 의심이 생기기도 했던 것이다.

"김 참봉이란 인종도 돈 앞에서넌 못 믿을 물건인디요. 그려도…… 장가놈이 더 의심이 가는구만이라."

지삼출이 골똘한 생각 끝에 한 말이었다.

"그놈이 돈 욕심이 동해서 그렸으면, 그 돈 띠이는 것이 아닐랑가몰라?"

감골댁은 분함 반, 근심 반이 섞인 마음으로 지삼출을 바라보았다.

"택도 없소. 그 돈 생짜로 묵을라다가는 지놈 목이 째질 것이요. 아짐도 맘 단단허니 묵어야 헝마요."

"맘이야 철통인디 돈이 그놈 수중에 안 있다고. 그놈이 나쁜 맘

묵은 디다가 왜놈꺼정 옆에 끼고 있으니, 무신 존 방도가 없으까?”

“요것이 말이요, 양쪽얼 한 분썩만 만내갖고넌 누구 말이 진짠지 모르덜 않은감요. 그러니 장가놈얼 한 분 더 찾아가서 꼼짝 못허게 잡아채야 허는구만이라. 고것이 먼고 허니, 그놈이 또 20원얼 다 김 참봉 줬다고 허면, 그렇다면 당장 김 참봉얼 대면허자고 들이대란 말이요.”

“이, 그리허면 지놈도 꼼짝얼 못허겄구만. 참말로 자네가 용허시.”

감골댁의 얼굴은 금방 꽃이라도 피듯이 밝아졌다.

감골댁은 다음날 다시 점심도 굶어가며 군산 50리 길을 허덕거렸다.

“허 참 땁땁허시. 틀림없이 김 참봉이 20원얼 챙겨갔다 그 말이요.”

장칠문은 기색 하나 변하지 않고 똑같은 말을 되풀이했다.

“되얐어. 서로 이리저리 거짓깔해 대는디, 당장 김 참봉 대면허러 가드라고!”

감골댁은 장칠문의 소매를 틀어잡았다.

“머시여?”

장칠문은 기세 좋게 코웃음을 치더니, “나야 바쁜 몸잉게 아수운 사람이 그 영감얼 이리 딜고 와!” 하며 팔을 획 뿌리쳤다. 그 바람에 감골댁은 잡고 있던 소매를 놓치며 곧 쓰러질 듯 쓰러질 듯 비틀거렸다. 그러는 틈을 타서 장칠문은 길을 건너지르고 있었다.

“이놈아, 내빼지 말고 내 돈 내라!”

감골댁은 치마를 거머잡으며 뒤쫓았다.

그때 장칠문이 획 돌아섰다.

"따라오지 말엇. 더 따라오면 목얼 확 삐틀어뿔 것잉게."

그는 험상궂은 얼굴로 살벌하게 내뱉었다. 곧 목을 쥘 것 같은 기세에 감골댁은 더 움직이지 못했다.

감골댁은 집으로 돌아가는 길이 모래밭이고 뻘 밭이었다.

"안 되겠구만이라. 내일 당장 나랑 가입시다."

지삼출이 곰방대에 담배를 마구 우겨넣으며 말했다. 그 손끝이 가늘게 떨리고 있었다.

지삼출과의 다음날 군산 행보는 헛걸음이 되고 말았다. 장칠문이 역부 모집을 나가고 없었던 것이다.

감골댁은 지삼출에게 미안함을 느끼기에 앞서 휘둘리는 몸을 가눌 수가 없었다. 몸이 뜨거워지면서 전신 마디마디가 녹아내리는 것 같았던 것이다. 그녀는 병이 오고 있다는 것을 알았다. 마음이 삭아가며 그동안 몇백 리 길을 정신없이 오락가락했던 게 탈이었다.

지삼출에게 끌리다시피 집에 돌아온 감골댁은 며칠을 꼬박 앓아눕고 말았다. 머리카락 하나하나까지 시리고 저린 몸살이었다.

"엄니, 이러다가 큰탈나겄네. 아무리 아까와도 그 돈 받을 생각 잊어불소."

딸 보름이의 눈물 머금은 말이었다.

"워찌 그럴 수야 있다냐. 그 돈이 워쩐 돈인디……."

말은 그렇게 하면서도 감골댁은 그 돈을 떼먹게 될지도 모른다는 불안하고 쓰린 생각을 지울 수가 없었다.

지삼출이 서둘러 감골댁은 또 군산으로 나갔다. 어느덧 아들이 떠난 6월이 가고 7월도 며칠이 지나 있었다.

"당신이 먼디 말이 그리 많혀. 그려, 못 주겄다면 으쩌겄어."

"머시여!"

지삼출이 외치는가 싶더니 순식간에 장칠문을 들이받았다. 장칠문은 얼굴을 감싼 채 나뒹굴어졌다. 그때서야 감골댁은 지삼출을 붙들고 늘어졌다.

"정신 나갔능가, 자네. 이려서넌 안 되는 몸 아니여."

감골댁이 숨가쁘게 말했다.

"내빌라두씨요. 저런 인간 말종언 없애뿌러야 허요."

지삼출은 앞으로 내달르려고만 했다.

장칠문은 정신이라도 아뜩해졌는지 그대로 쓰러진 채였다. 그런데 코에서 흐르는 피로 입언저리는 피범벅이었다.

"안 뒤여, 그까짓 2원 갖고 어찌 이려. 이적지 공딜이고 산 것이 물거품 된당게. 여그서 참어, 참어야 혀."

지삼출에게 매달린 감골댁은 애가 달아 미칠 지경이었다. 장가놈이 어서 일어나 도망을 쳤으면 싶었다. 언제나 묵직하다가도 한번 성질이 났다 하면 불같고, 그 뚝심 또한 황소인 지삼출이었다. 그리고 몇 년을 아슬아슬하게 숨어 살아온 공력을 그까짓 2원 돈으로 망가뜨릴 수는 없었던 것이다. 한번 들이받아 장가놈의 코피를 터쳐놓은 것으로 2원을 떼먹히는 분풀이를 삼으면 되었다.

"쩌런 인간 말종얼……, 저것얼 팍 그냥……."

지삼출의 이빨 사이에서 갈리는 말이었다. 그는 감골댁의 말로 솟구치는 감정에 겨우 올가미를 걸었던 것이다.

"니 사람얼 쳤어. 따라와, 따라와! 니넌 인자 죽었어, 따라와!"

언제 일어났는지 장칠문은 한 손으로 피가 흐르는 코를 움켜쥐고, 다른 손으로는 연상 따라오라는 손짓을 해대며 뒷걸음질을 치고 있었다.

"야이 잡새끼야, 돈얼 주었다면 열 분이라도 따라가겠다. 돈 내놓고 말혀, 요런 날도적놈아."

지삼출이 곧 쫓아갈 듯이 하며 목청을 돋우었다.

"아서, 아서, 가덜 말어. 2원언 인자 저놈 것이여."

아직도 지삼출의 옷을 붙든 채 감골댁이 한 말이었다.

"그려, 돈 줄팅게 따라와. 돈 사무실에 있응게 따라와."

코피가 멎지 않아 장칠문의 일본군복 같은 옷의 앞섶은 피가 여러 개의 줄을 그어 내리고 있었다. 오가는 사람들이 그런 장칠문의 꼴에 눈길을 모았다.

"오냐, 돈얼 주었다고. 돈만 줌사 느그 사무실 아니라 주재소라도 가겄다."

지삼출의 맞대거리에 감골댁은 질색을 했다.

"고것이 무신 소리여. 저 못된 놈이 돈얼 줄라는 것이 아니여. 그리 꾀어갖고 분풀이혈라는 것이제. 따라가서넌 안 뒤여."

감골댁의 다급한 말에 지삼출은 열적게 웃었다. 자신은 이미 장칠문의 검은 속셈을 알고 있었던 것인데 감골댁까지 그런 눈치를 챈 것을 알게 되자 그만 민망해졌던 것이다.

"돈이야 저놈 묵으라고 혔으니 우리넌 인자 여그서 얼렁 뜨드라고."

감골댁이 지삼출을 잡아끌었다.

"박치기 한 방으로 돈 2원얼 작파허기는 너무 섭헌디라."

지삼출이 뒷머리를 긁적이며 짭짭 입맛을 다셨다.

"아니시, 아니여. 애시당초 우리 돈이 아니었든 것이네. 저놈이 첨보톰 띠묵자 허고 시커먼 맘보로 뎀빈 것잉게."

"참말로 날강도가 따로 없구만이라. 근디, 보름이 시집언 어찌 헐게라?"

"걱정 말소. 우리 겉은 사람덜이 은제라고 돈 갖고 시집보냈드랑가."

감골댁이 비로소 웃음지었다. 지삼출도 씁쓰레하게 웃었다.

"가세, 집으로."

감골댁의 말에 지삼출도 걸음을 떼어놓았다.

"이놈아, 어째 안 따라오고 어디로 가냐. 따라와, 개잡녀러 새끼야."

뒤에서 들려오는 장칠문의 외침이었다.

"드런 놈에 새끼. 왜놈헌테 붙어서……, 시상 망쪼여."

지삼출이 침을 내뱉으며 중얼거렸다.

감골댁은 먼지로 범벅된 짚신발만 내려다보며 걸었다.

두 사람이 군산을 벗어나서 얼마 지나지 않아서였다. 세 사람이 그들의 앞을 가로막았다. 그들 중에 하나는 피칠된 옷을 입고 있는 장칠문이었다.

"아이쯔데스(저놈이오)."

장칠문은 두 헌병에게 지삼출을 손가락질했다.

헌병 둘은 민첩하게 지삼출을 양쪽에서 붙들었다. 그리고 쇠고랑을 채웠다. 지삼출은 무표정하게 서 있었고, 감골댁은 파랗게 질려 있었다.

"이꼬(가자)!"

헌병 하나가 지삼출을 돌려세웠다.

"아이고, 왜놈이 어째 조선사람얼 잡아가냐."

마침내 감골댁이 부르짖었다.

군사경찰훈령에 의해 1904년인 금년 7월부터 이 땅의 치안이 일본군에게 넘어갔다는 사실을 감골댁이 알 리 없었던 것이다.

2
철도공사장 일꾼

지삼출은 쇠고랑을 찬 채 판자바닥에 꿇어앉혀졌다. 그리고 무작정 매타작을 당하기 시작했다.

"고노야로, 기미가 부라이까(이새끼, 네가 왈패냐)!"

헌병은 싸리회초리를 휘두를 때마다 똑같은 소리를 내질렀다. 그건 어떤 대답을 원하는 소리가 아니었다. 매질에 제 신명을 살리기 위한 장단맞추기였고, 제 기운을 돋우기 위한 기합넣기였다.

"아이쿠쿠쿠……."

싸리회초리가 몸을 휘감을 때마다 지삼출이 토하는 비명은 그 장단과 기합에 맞추는 화답이 되었다.

질기고 낭창낭창한 싸리회초리가 장정의 기운에 실려 몸을 휘감을 때마다 그 아픔의 고통은 혹독하게 맵고 사무쳤다. 회초리가 한 차례씩 떨어질 때마다 살이 죽죽 찢어져 나가는 것 같았고, 그 아

품은 불에 달군 쇠줄이 감겨 있는 것처럼 화끈거리고 쏙쏙거리며 속살을 파고들었다. 그런 아픔이 겹쳐지면서 계속 회초리를 맞다 보면 비명을 안 지를 수가 없고, 전신은 아리고 쓰린 아픔으로 들떠올랐다.

그리고 매질을 당하면서 소리를 지르지 않는 것은 천하의 바보라는 것을 지삼출은 익히 알고 있었다. 곤장 맞으며 엄살 부려 미움 사는 죄인은 없어도, 매 아픔 참아내다 매 두 벌 버는 충신은 있다는 말을 어렸을 적부터 들어왔던 것이다. 매 앞에 장사 없는 바에야 왜놈한테 맞는 것이 아니꼽고 더럽다 하더라도 괜히 아픔을 참아내다 왜놈 성질을 돋워 매벌이를 할 필요가 없다고 작정한 지삼출은 매가 떨어질 때마다 목청껏 소리를 질러댔다.

그러나 그 비명에 숨 자지러들고 피가 타드는 사람은 따로 있었다. 안으로 따라 들어오는 것을 제지당해 밖에 혼자 서 있는 감골댁은 지삼출의 비명이 터질 때마다 몸을 조여뜨리며 진저리를 치고 있었다.

"야 이놈아, 니가 먼디 조선사람얼 이리 패냐! 나럴 우리 관가로 보내라."

20대 가까이 매질을 당한 지삼출은 더는 참을 수가 없어 이렇게 소리질렀다.

"나니(뭐라고)!"

헌병이 내려치려던 회초리를 멈추며 지삼출을 쏘아보았다. 그러나 상대방이 일본말을 할 줄 모른다는 것을 깨달았는지 헌병은 고개를 옆으로 돌렸다. 그의 물음에 한 사내가 책상에서 벌떡 일어서며 지삼출의 말을 일본말로 바꾸었다.

"부레이나 야쯔(건방진 놈)."

입가에 비웃음을 문 헌병은 지삼출을 차갑게 내려다보며 회초리로 제 가죽장화를 톡톡 쳤다.

"이놈아 똑똑히 들어라. 이달부터 조선땅의 치안은 모두 우리 일본군이 맡게 되었다. 그게 바로 너희 임금님이 결정한 사항이라 그 말이야. 알아듣겠어, 이 자식아!"

헌병은 구둣발로 지삼출의 무릎을 냅다 걷어찼다. 지삼출은 숨이 컥 막히는 걸 느끼며 옆으로 나뒹굴어졌다. 그는 무릎이 부러져 버린 것 같은 혹심한 통증에 휘말리면서 통변의 입을 통해 헌병의 말을 듣고 있었다.

머시라고! 임금님이 그런 결정얼 내렸다고?

낙담과 함께 지삼출의 고개가 떨구어졌다. 그의 머리가 마룻장에 부딪쳐 쿵 소리를 냈다.

그리되면 인자 나라가 망해뿐 것 아니여! 헌병덜이 조선사람덜얼 즈그 맘대로 다루게 되었으면 갑오년 그때보담 훨썩 심해진 판 아니라고. 대관절 임금이란 것이 이 나라 임금인 것이여, 왜놈덜 편드는 가짜 임금인 것이여. 임금이 그러니 층층이 왜놈덜 눈치보고 편들고 혀서 백성들만 골병들제. 인자 나라가 끝장나 부렀구만.

눈을 내리감은 지삼출은 어금니를 뿌리가 아프도록 맞물었다. 그의 눈앞에는 지난날의 기억들이 빠르게 스쳐 지나가고 있었다.

황토현싸움, 전주성 입성, 공주싸움의 피바다, 산속의 도피, 고향으로 돌아가지 못한 머슴살이의 은신생활……. 그는 또 땅을 치고 싶은 안타까움으로 가슴이 푸들거리는 것을 느꼈다. 그때 전주성을 차지한 기세 그대로 '한양 입경'을 감행했어야만 되었던 것이다. 녹두장군을 하늘이듯 우러르면서도 그 대목에서는 원망스러움을 지울 수가 없었다. 그 생각만 하면 언제나 그랬던 것처럼 그의 가슴은 눈물로 젖고 있었다.

"어이, 일어나. 조사받아야제."

통변이 지삼출의 허벅지를 찔벅거렸다.

지삼출은 더디게 눈을 떴다. 그러면서 그는 쉽게 풀려나지 못하리라는 생각을 했다. 왜놈들 손에 치안권인지 사람 다루는 권한인지가 넘어간 판국에 아무리 조선놈이라고 하더라도 왜놈회사 앞잡이를 들이받았으니 아무래도 가재는 게 편일 게 분명했던 것이다.

"이보시오, 아까 그 아짐이 바깥에 있을 것인디, 그냥 집으로 가라고 쫌 일러주시겠소."

지삼출은 몸을 일으키며 통변에게 나직하게 말했다.

"알겠소."

통변은 순순히 고개를 끄덕였다.

지삼출은 헌병 책상 앞으로 끌려가 앉혀졌다. 그는 그때서야 장칠문의 모습이 보이지 않는다는 것을 알았다. 자신이 매질을 당하는 사이에 그놈은 어디로 사라져버린 모양이었다.

"봅시다, 저 사람 오늘 풀려나기는 글렀응게 얼렁 집에나 가보시오."

문을 빠끔히 열고 겨우 고개만 내민 통변이 감골댁에게 말했다.

"아이고메, 글먼 은제나 나온당게라?"

감골댁의 검고 주름 많은 얼굴은 온통 울음이었다.

"몰르것소. 나야 말만 엎었다 뒤집었다 허는 사람잉게."

통변은 고개를 끌어당기며 문을 닫으려고 했다.

"봇씨요, 때리지만 말게 해주시게라우……."

감골댁이 다급하게 한 말의 대꾸는 쾅 문 닫히는 소리였다.

지삼출은 사실대로 말을 다 했다.

"돈은 돈이고 폭행은 폭행이야. 돈을 받을려면 우리 주재소에 고발해서 법으로 해야지, 넌 폭행을 가했으니 폭행범이라 그 말이야. 폭행범은 가차없이 처벌이다."

지삼출이 통변을 통해서 들은 헌병의 말이었다. 그것으로 조사는 끝이 났다.

지삼출은 유치장으로 끌려가 갇혔다. 무슨 잘못을 한 것인지 유치장에는 두 남자가 웅크리고 있었다. 그는 한쪽 구석으로 가 몸을 부렸다. 아직도 등짝이며 어깻죽지가 아리고 얼얼했다. 그는 무릎을 세워 팔짱을 끼고 얼굴을 묻었다.

치안권이 일본군대로 넘어갔다는 사실이 그는 도무지 믿어지지 않았다. 갑오년 뒤로 해가 바뀔수록 나라가 일본사람들 세상으로 변해오기는 했었다.

일본군들은 농민군을 거의 다 잡아먹고 기세등등하던 판에 또 청국과 싸워 이겨 독판을 치게 되었다. 그래서 저지른 첫 번째 일이 궁궐을 불태우고 왕비를 죽인 것이었다. 그 다음에 벌인 짓이 측량이라는 것을 해대면서 전봇대를 수없이 세우는 일이었다. 그 이상한 짓과 함께 들어선 것이 우체국이었다. 물론 우체국에는 바다를 건너온 일본사람들이 자리잡았다. 그런데 이상한 것은 우체국 직원이라는 자들은 조선말을 다 알아 듣는 것은 말할 것도 없고, 떠듬거리며 말도 할 줄 알았던 것이다. 그 점을 대부분의 사람들은 희한하게 생각하긴 했지만 예사로 넘기고 말았다. 그러나 더러 어떤 사람들은 그것을 수상쩍게 여기기도 했다. 그런데 우체국에는 그 자리에 앉아서 한양이고 부산까지 이야기를 주고받을 수 있는 전화라는 것이 가설된다는 것이었다. 사람의 말이 바로 전봇대에 이어진 그 가는 줄을 타고 오가게 될 거라고 했다. 그런 도깨비장난 같은 믿을 수 없는 일이 벌어지면서 목포에 군인이 아닌 민간인들이 몰려든다는 소문이 들려왔다. 그걸 개항이라고 했는데, 갑오년에서 3년 뒤의 일이었다. 그리고 2년이 지나 군산도 개항이 되어 왜놈들이 날마다 배에서 내리기 시작했다. 그런데 일본사람들은 군산에만 붙어사는 것이 아니었다. 군산에다 연상 새집들을 지어대는가 했는데 언제부터인가 김제·만경 들판을 휘젓고 다니며 돈을 풀기 시작했다. 닥치는 대로 논을 사들이는 것이었다. 그런 해괴한 일이 벌어지는 가운데 한양과 부산 사이에 철도라는 것이 놓인다는 소문이 파다하게 퍼졌다.

그 쇠길이 놓이면 부산에서 한양까지 천릿길을 하루면 갈 수 있다는 믿을 수 없는 말이 떠돌기도 했다. 그런데 몇 달 전에 아라사하고 싸움을 시작하면서 일본군대가 군산이며 목포에 내려 사방으로 옮겨갔다는 말이 들렸다. 사실 군산에도 일본군대들이 부쩍 늘었던 것이다. 그것이 바로 치안권을 뺏기 위한 준비였다는 것을 그는 오늘에야 비로소 알게 된 것이다. 나라가 망했다는 생각이 한층 분명해졌다.

물 한 모금 얻어먹지 못하고 지삼출은 밤을 밝혔다.

"어이, 지삼출."

그는 후딱 고개를 들었다.

"이리 나와."

철창 밖에서 손짓을 하고 있는 건 어제의 통변이었다.

바싹 탄 목에서 먼지냄새가 나는 걸 느끼며 지삼출은 몸을 일으켰다. 몸을 움직이자 등짝이며 어깻죽지에 박혔던 아픔이 잠을 깬 것처럼 새롭게 쏙쏙거리고 결렸다.

아침이 아직 일렀다. 사무실에는 아무도 없었다. 지삼출은 이상한 느낌이 들었다.

"절로 앉어."

통변이 책상에 앉으며 맞은편 걸상을 턱짓했다. 지삼출은 시키는 대로 걸상에 엉덩이를 걸쳤다.

"어쩌, 갇혀서 살아볼 만혀?"

통변이 궐련갑을 꺼내며 표정 없는 얼굴로 말했다. 군이 대답이 필요한 말이 아니어서 지삼출은 입을 다물고만 있었다. 그의 두꺼운 입술이 더 두껍게 보였다.

"아, 물으면 답얼 혀."

통변은 버럭 소리를 질렀다. 그리고는 언제 그랬느냐 싶게 성냥을 그어 담배에 불을 붙였다.

"개돼지가 아닌디 워디 갇혀서 살 만허겄소."

지삼출은 뚱하게 대꾸했다. 그러면서 코끝으로 스며드는 담배연기에 자신도 모르게 침을 꿀꺽 삼켰다.

"말이야 지대로 허네. 담배 생각이 나능가부시?"

통변이 눈끝으로 지삼출을 흘기더니 궐련갑을 내밀었다. 지삼출은 통변을 멀거니 쳐다보았다.

"아 얼렁 뽑아."

통변은 화가 난 듯한 얼굴이었고, 지삼출은 왼손을 오른팔에 받치며 담배 한 개비를 뽑아들었다. 그러자 통변은 지체없이 성냥을 칙 그어 내미는 것이 아닌가. 지삼출은 순간적으로 당황하는 한편 고마움을 느꼈다. 서둘러 담배를 성냥불에 들이댔다. 그런데 성냥불이 픽 꺼지고 말았다.

"어허 요런 촌사람, 궐련얼 빨아야제 콧바람얼 내불면 어쩌는 것이여. 요것언 성냥이제 부싯깃이 아니시."

통변이 성냥개비를 던지며 혀를 찼다. 지삼출은 그때서야 자신이 당황해 숨을 들이쉬기 위해서 내쉰 숨이 너무 셌다는 것을 알았다. 그 서투른 짓에 그는 문득 창피스러움을 느꼈다.

사실 일본사람들과 함께 들어오기 시작한 궐련이라는 말이담배는 아무나 입에 대기가 어려웠다. 더구나 성냥으로 매번 담뱃불을 붙인다는 것은 더 어려운 일이었다. 그 두 가지 다 바다를 건너오는 값비싼 물건이었던 것이다. 곰방대에 부싯돌을 쳐 불을 붙이거나 화롯불에 불을 붙이는 것이 익숙해져 있는 사람들로서는 그 짧은 궐련을 입에 물고 성냥불에 불을 붙인다는 것이 서툴 수밖에 없었다.

통변은 다시 성냥을 그었다. 지삼출은 일단 숨을 멈추고 조심스럽게 담배를 빨았다. 담배연기를 들이켜자 입 안에 침이 돌면서 배고픔과 목마름이 다소 가라앉는 것을 느꼈다.

"지삼출이, 갇히는 것이 심들다고 혔제?" 지삼출을 빤히 쳐다보며 자리를 고쳐앉은 통변은, "하룻밤 갇히고 나서 그리 말허면 되가니. 자네가 헌 짓언 짧어서 1년은 옥살이럴 혀얄 것인디" 하고는 담배연기를 푸욱 내뿜었다.

"아아니, 그것이 무신 소리랑게라? 박치기 한 방 믹였다고 그리 독허게 사람 잡는 법이 어딨다요. 어지께 매타작당헌 것만으로도 나가 박치기헌 것 열 배넌 갚았을 것이오."

지삼출은 담배맛을 싹 잃고 대들었다.

"그것이야 자네 생각이고. 자네넌 걸려도 되게 걸린 것이여. 헌병대가 치안얼 맡고 시범얼 보일라고 허는 참에 걸린 디다가, 또 자네가 박치기헌 사람이 누구냐 그것이여. 장칠문이도 나나 한가지로 통변인 심인디, 통변헌티 폭행 가허는 것언 일본사람헌티 폭행허는 것이나 똑같이 취급혀서 처벌허게 되야 있다 그것이여. 그러니 자네넌 이중으로 고약허게 걸렸으니 감옥살이가 1년이 넘을지도 모를 일이제."

치미는 울분을 누르려고 지삼출은 담배만 거푸 빨아댔다.

"근디, 나가 같은 조선사람 처지에서 보드라도 박치기 한 방으로 그리 오래 감옥살이허기넌 억울헌 일이고……."

지삼출은 눈을 치켜떴다. 아까부터 통변의 친절을 꺼림칙하게 생각하고 있었는데 마침내 그 속셈이 나온다 싶었던 것이다.

"……머시냐, 나가 미리서 살짝 혀주는 소린디, 그리 억울허게 감옥살이 안 허고 여그서 풀려날 길이 딱 한 가지가 있구만."

여기서 일단 말을 끝낸 통변은 허리를 펴며 지삼출을 똑바로 쳐다보았다. 그런데 눈을 치켜뜬 지삼출은 통변을 노려보듯 하고 있었다. 그런 지삼출의 태도는 예상된 순서와는 완전히 엇나가는 것이었다. 순서가 제대로 되었으려면 그 방법이 무엇이냐며 몸이 달아 매달려야 하는 것이었다.

통변의 기색은 금방 달라지고 말았다. 눈치 빠르게 생긴 세모진 얼굴에 냉기가 파르르 깃을 세우고 있었다.

"건방구지게, 감옥살이헐 대로 혀보겄다 그것이여? 맘대로 혀."

눈꼬리에 독을 묻힌 통변은 담배꽁초를 내던지며 벌떡 일어났다.

"속 모르는 소리 말랑게요. 나넌 똥구녕이 째지게 가난헌 머심이란 말이오."

지삼출이 퉁명스럽게 내뱉은 말이었다.

"머시라고?" 통변이 주춤하더니, "허먼, 시방 나가 허는 말얼 뒷돈얼 내놔라 허는 소리로 들었다 그것이여?" 그는 다소 누그러진 얼굴로 물었다.

"그것 말고 무신 딴소리가 있겠소?"

이렇게 말하면서도 지삼출은 잘못 짚었나 하는 생각을 문득 했다.

"참말로 건방구지시. 사람얼 멀로 보고 그런 느자구없는 생각얼 혔제. 인자 나헌티 매타작얼 당해야 쓰겄구만."

말과는 다르게 통변의 얼굴은 거의 다 풀려 있었다. 지삼출은 자신이 헛짚었다는 것을 알았다.

"나가 잘못 생각헌 모양인디, 무신 방도가 있는게라우?"

그러나 지삼출은 아무런 기대도 하지 않았다. 통변은 어디까지나 왜놈들의 편일 뿐이었던 것이다.

"해롭지 않을 것잉게 나 말 똑똑허니 듣고 잘 생각혀." 통변은 다시 책상에 앉아 담배에 불을 붙이고는, "아조 딱 잘라서 간단허게 말허겄는디, 감옥살이럴 허겄느냐, 철도공사장 일꾼으로 나가겄느냐, 둘 중에 하나럴 골르라 그것이여. 일꾼으로 나가겄다면 나가 잘 말혀서 더 고상 안 허고 풀려나게 혀줄 참인게로." 그는 빠르게 말을 해치웠다.

지삼출은 고개를 떨군 채 아무 말도 하지 않았다. 그건 전혀 예상하지 못했던 너무 뜻밖의 말이었던 것이다. 그가 순간적으로 떠올린 것은 방영근이었다. 영근이가 그랬듯 자신도 막다른 길 앞에 서게 된 것이었다. 그는 앞에 놓인 길이 너무 암담해서 아무 생각도 할 수가 없었다. 징역살이는 물론이고, 사람을 짐승처럼 부린다고 일찍부터 소문이 나 있는 철도공사장으로 끌려간다는 것도 억울하기는 마찬가지였던 것이다.

"어째 말이 없어. 징역살이럴 허겄다 그것인감?"

통변이 코를 씰룩하며 다그쳤다.

"쬐깨 생각혀 보겄소."

"그려, 생각허는 것 존디, 질게 생각헐 짬언 없어. 이따가 헌병 앞에서 욕묵고 맞어감서 맘 정허는 것보담이야 지끔 딱 정해불고, 헌병헌티넌 나가 이얘기해 불면 일이 훨씬 쉴헐 것인디 말시."

통변은 눈을 가늘게 뜨고 담배연기를 폴폴 날렸다.

지삼출은 통변의 꼴이 보기 싫어서 눈을 질끈 감아버렸다. 개자석, 왜놈이 시키는 대로 혐시로 간사시럽게 생각해 주는 칙끼허는 꼬라지라니. 그는 성질대로 하자면 당장 통변의 면상을 들이받고 줄행랑을 치고 싶었다. 그러나 처자식을 둔 채로 어디로 갈 것인가. 그는 애써서 자신이 처한 입장이 영근이가 처했던 입장보다는 낫다고 생각하려고 했다. 자신은 바다를 건너가는 것이 아니었고, 또 철도공사가 끝나는 대로 집으로 돌아갈 수도 있었던 것이다. 그러나 아무리 궁지에 몰렸다 해도 그는 장칠문이를 들이받은 것을 후회하지는 않았다.

"공사장으로 가기로 헌다면 말이오, 한 가지 약조헐 것이 있소."

지삼출은 통변을 똑바로 쳐다보며 말에 힘을 주었다.

"이, 고것이 먼디?"

통변이 반색을 했다.

"장칠문이놈헌티 그 돈 2원얼 받아주씨요."

"아먼, 그것이야 쉰 일이제. 약조허지."

통변의 기세 좋은 대꾸였다.

"이따가 헌병이 약조해야 허요."

"좋제. 뜨끈헌 국밥 한 그럭 묵겄어?"

통변의 목소리는 은근했다.

"안 묵겄소. 배불르요."

지삼출은 자리를 차고 일어났다.

통변은 더 권하지 않고 고개를 문 쪽으로 꼬아돌렸다. 그의 입술에는 비웃음이 물려 있었다.

미련곰탱이 같은 놈, 고집통머리는 씨어서. 밥 안 묵으면 니놈 배만 고팠지 별수 있다냐. 내야 돈 굳어서 좋다. 이놈아, 정신 똑똑허니 채려라. 뼈다구 하나 실허게 타고나서 기운깨나 쓰게 생겼다만 대가리가 둔해 세상 어찌 돌아가는 줄도 모르고 박치기나 허고 나대다가는 니놈 전정도 고생발이 훤허다. 니놈 같은 것들이 아침저녁으로 변허는 세상에서 어찌 살아갈란지 땁땁허고 막막허다.

통변은 가래를 돋워올리다 말고 제물에 놀라 침을 꿀꺽 삼켰다. 그건 일본 윗사람들이 질색하는 짓이었던 것이다.

"하! 아주 자알했군, 잘 생각했어, 징역 안 살아서 좋고, 조선백성이 조선을 위해 가설하는 철도공사에서 일하면 충성해서 좋고. 뭐, 돈을 받아달라고? 그까짓 건 염려 말어. 내 말 한마디면 제각이니까."

일본헌병이 더없이 흡족해하며 지삼출에게 한 말이었다.

지삼출은 하루나마 집에 묵어가기를 바랐지만 주재소에서는 허락하지 않았다. 마땅히 있을 데가 없어 유치장에 들어앉아 하루해를 보냈다. 그는 저녁밥을 먹으면서야 왜 공사장으로 빨리 보내지 않는지를 알았다. 일꾼들을 더 모아 내일쯤 공사장으로 떠난다는 것이었다.

말이 좋아 일꾼을 더 모으는 것이지 사방에서 무슨 트집 잡을 만한 사람들을 잡아들여 우격다짐으로 공사장 일꾼을 만들고 있다는 것쯤 눈치채기는 어렵지 않았다.

지삼출은 다음날 점심나절이 지나 감골댁을 따라온 아내를 잠시 만나볼 수 있었다.

"우리 일로 자네가 이 무신 횡액이여. 그 철길공사가 지옥이 따로 없다는 소문이등마. 이 일얼 어쩌야 쓸꼬 이."

울상이 된 감골댁은 몸둘 바를 몰라했다. 그 옆에서 지삼출의 아내 무주댁은 눈물만 찍어내고 있었다.

"지아무리 지옥이라도 징역살이보담이야 안 낫겠는게라. 아무 걱정 말고, 아짐은 돈이나 야물딱지게 받아챙겨야 허요 이. 그래야 나가 허는 고상이 헛고상 안 되닝게로."

지삼출은 집에 가서 전하고 싶었던 그 말을 몇 번이고 다짐했다.

지삼출은 다른 여섯 명과 함께 오후에 주재소를 떠났다. 어디인지 모를 공사장으로 끌려가는 동안에 서로 이야기를 나누다 보니 가고 싶어 가는 사람은 하나도 없었다.

그들은 이틀이 지난 해질녘에 공사장에 당도했다. 산이 첩첩한

그 공사장이 영동과 추풍령 사이라는 것을 안 것은 저녁밥을 먹고
나서였다.

"일이 지옥살이라든디, 참말로 그려요?"

지삼출의 일행 중에 한 사람이 옆의 남자에게 나직하게 물었다.

"그렇지유. 저리 험헌 산을 깎아내서 철길을 놓자니 여북허겠어유."

어눌한 듯 들리는 충청도말이었다.

"어디다 써묵자고 저 험헌 산에다가 철길얼 까느라고 왜놈덜언
이 지랄발광이여. 말끝마동 우리 조선사람얼 위허는 일이라는디,
우리가 좋아지는 것이 머시가 있을랑가?"

다른 남자가 푸념하듯 말했다.

"하이고 말도 마이소. 괭이가 쥐 생각해 주는 거 봤능교? 마 그
리 생각하믄 딱 맞을 낍니더."

경상도 남자의 코웃음이었다. 그 정수리를 찌르는 말이 마음에
들어 지삼출은 경상도 남자에게 말을 걸었다.

"공사가 끝날라먼 얼매나 남었는지 혹여 아시능게라?"

"예, 잘은 모리고 소문으로 들으니께네 다른 데는 얼추 다 돼가
고, 여게가 난공사라 제일로 늦는다 안 캅니꺼. 본시로 철도공사라
카는기 철길이 지내가는 구역은 그 땅 사람들이 나서서 부역하기
로 된 긴데, 여게가 첩첩산중이라 사람은 얼매 안 사제, 공사는 하
기 심드제 하니께네 평지에 맞촤서 공사를 끝낼라꼬 이리 충청도
고 경상도고 전라도고 안 개리고 사람들을 강제로 끌어다가 일 시
키묵는 것 아닌교. 우짜든 올해 안 넘길기라카는데, 왜놈들 독기

로 아매 그리할 낍니더."

전후 사정에 대해 꽤나 가닥이 잡혀 있는 경상도 남자의 말이었다.

"빌어묵을, 드럽게 왜놈 종질이시."

지삼출은 푹 한숨을 내쉬었다.

그는 3년 전부터인가 경부선 철도공사에 대한 이런저런 이야기를 풍문으로 들었을 뿐이었다. 철도공사로 멀쩡한 논밭을 잃은 사람들이 많다고 했고, 논밭이 적은 어떤 사람들은 철길에 다 먹혀버려 하루아침에 알거지가 되었다고도 했다. 그래도 나라가 하는 일이라 꼼짝없이 당할 수밖에 없다는 것이었다. 그러나 무엇보다도 많은 소문은 공사장 인부들에 대해서였다. 철길이 지나가는 동네마다 사람이 부역을 나서야 하는데, 농사철이고 뭐고 가리지를 않고, 일손이 모자라는 집에서는 노인이나 아이들까지도 공사장에 나가야 한다는 것이었다. 공사장은 일본사람들이 도맡고 있었고 그 뒤에는 관가가 버티고 있어서 사람들은 부역을 피할 길이 없다고 했다. 부역을 안 나가는 사람은 관가에 붙들려가 매질을 당한다는 것이었다. 형편이 그리되니 일본사람들은 조선사람들을 공사장으로 끌어내는 데 더 기승을 부리고, 공사장에서는 십장들이 매질을 하기가 예사라고 했다.

지삼출은 그런 풍문들을 들으며 마음이 상하면서도 철도공사가 몇백 리 밖에서 벌어지고 있는 것을 그나마 다행으로 여겼던 것이다. 그런데 느닷없이 철도공사장으로 끌려오고 보니 심란하기만 해서 마음의 갈피를 잡을 수가 없었다.

지삼출은 팔베개를 하고 누워 먼 별들만 하염없이 바라보고 있었다. 모기가 앵앵거리며 날다가 목이나 장딴지에 달라붙어도 내버려두었다. 잠자리라는 것이 시늉뿐이었다. 이슬을 받치려고 포장을 쳤고 땅바닥에는 거적을 깔아놓은 것이 전부였다. 그러니 모기는 쫓으나마나였다.

"보소, 잠이 안 오는기요?"

아까의 경상도 남자가 돌아누웠다.

"갑재기 집 떠나서 그런지, 어째 그렁마요."

지삼출은 팔베개를 고쳤다.

"그럴끼요마는, 여게가 이리 산 많고 허술해 뵌다꼬 딴맘 묵지 마이소. 왜놈덜이 목마다 보초를 서고, 무신 일 있다카믄 막 총질을 해삐리요."

경상도 남자의 숨결 낮춘 말이었다.

"사람헌티 그리혀요?"

지삼출은 자신도 모르게 돌아누웠다.

"말해 머하능교. 한 달이 됐는강, 한 사람이 총 맞고 즉사해 삐릿소."

"쳐죽일 놈덜⋯⋯."

"시상이 요상시리 변허니 우리 겉은 쭉징이 백성들이 우짜겠는기요. 재수 없어 잽히온 것, 몇 달 고생 참아내서 무사허니 집 찾아가는 기 상수 아니겠능교."

"그러겠지요, 그러겠지요⋯⋯."

지삼출은 한숨을 흘리며 중얼거렸다.

"그만 자이소. 해뜨기 전에 눈떠야 허지 않능교."

경상도 남자가 몸을 바로 누였다.

지삼출은 잠을 자보려고 팔베개를 풀어 두 팔 사이에 얼굴을 묻었다.

기우는 국력과는 반대로 나라이름만 조선에서 대한제국으로 바뀌었다. 그 다음해인 1898년 황제는 결국 경부철도 부설권을 일본에게 허가하고 말았다. 그러나 그보다 4년 전에 벌써 일본은 저희들 독단으로 서울과 인천 그리고 서울과 부산 사이에 군용전선 가설공사를 했던 것이다. 그때 임금은 왕가를 지키고, 대신들은 권세를 지키기에 급급해 농민군 진압을 일본에게 부탁하고 있었던 처지라서 그 위법행위에 대해 말 한마디 하지 못했다. 그러나 그 '군용'이 농민군을 다 없앤 다음에도 철거되지 않고 오히려 우체국 시설로 둔갑해 더욱 확장되었음은 더 말할 것이 없었다.

일본이 우체국을 장악한 것은 곧 반도땅 전체가 그들의 손아귀에 잡혀버린 것을 뜻했다. 우체국을 통해 전국의 정보가 샅샅이 한성으로 집결되었던 것이다. 우체국이 파발마보다 편리한 신식제도인 줄만 알았지, 그런 음흉한 조직인 줄은 까맣게 모른 채 황제와 정부는 또 경부철도 부설권까지 일본의 손에 넘겨주었던 것이다.

"철도는 조선의 발전을 위해 놓는 것이다. 빨리빨리 일을 나와라."

"말보다 열 배 빠른 철도를 놓으면 조선은 금방 살기 좋은 세상이 된다. 꾸물대지 말고 빨리 일들 나와."

통변을 앞세운 일본사람들이 동네마다 외치고 다니는 소리였다.

1900년 7월에 한강철교를 준공하고 11월에 경인철도를 개통시킨 일본사람들은 다음해 8월부터 경부선 철도공사를 본격적으로 시작했다. 그 4년 동안 부역이 강행되면서 철도공사는 이제 연말 완공의 막바지에 이르러 있었다.

그러나 공사장에 부역을 나다니는 사람들조차 왜 굳이 철도를 놓아야 하는 것인지 그 이유를 알지 못했다. 조선을 위해서라는 일본사람들의 말은 아예 믿지를 않았고, 걸어다니는 고생 면하고 살기 편해진다는 것도 그들로서는 거의 실감이 없었던 것이다. 농사를 지으며 한마을에 대대로 붙박여 살아온 그들로서는 기껏 멀리 나간다는 것이 사방 이삼십 리 안팎의 장나들이가 전부였다.

그리고 더 큰맘을 먹으면 1년에 한 번쯤 산천 구경을 겸해 절 구경을 나서는 것이었다. 그들은 평소에는 마을의 이웃들을 오가고, 명절이면 이웃마을을 넘나드는 정도로 살아왔지만 아무런 불편도 갑갑증도 느끼지 않았던 것이다.

또 처가고 친정이고 거의가 사오십 리 안팎으로 두루두루 엮어져 있어서 멀리 갈 만한 데가 없었고, 한양을 한 번쯤 구경하고 싶은 마음은 누구나 가지고 있었다. 그러나 그건 마음에 담아두는 것으로 더 그리워지는 막연한 바람일 뿐이었다. 그리고 그들은 막상 한양에 대한 두려움도 가지고 있어서 한양 구경은 그냥 귀동냥으로 때우는 것으로 족했다.

그런 그들에게 철도공사는 부역의 고통만 주는 원성의 대상이었다. 그들에게 당장 필요한 것은 철도공사가 아니라 온갖 잡세들을 하루빨리 없애주는 것이었다. 갑오년 농민군이 들고일어나자 주춤해졌던 잡세는 농민군이 자취를 감추면서 앙갚음이라도 하듯 다시 되살아났고, 관의 닦달도 전과 다름없이 극성스러웠던 것이다.

이것저것 이름 붙인 잡세가 30가지가 넘었는데, 애를 낳았다고 출산세, 사람이 죽었다고 출상세를 물리는 것은 말할 것도 없었고, 군수 떠난다고 송별세, 군수 새로 왔다고 부임세, 관청 출입했다고 문지방세, 타작했다고 타작세, 술 빚었다고 탁주세, 길쌈철이라고 길쌈세, 돼지 새끼 쳤다고 양돈세, 그 이름을 헤아리기가 어려울 지경이었다. 그래서 어떤 입 거친 사람은, 요런 도적놈들아 월경했다고 월경세, 밤일했다고 흘레세는 왜 안 붙이냐며 분통을 터뜨렸고, 어떤 싱거운 사람들은 방귀를 뽀오옹 뀌고는, 이놈아 소리내지 말고 나와라, 방구세 물린다, 하기도 했다.

그런데 사람들은 일본사람들이 왜 그렇게 극성을 떨어대며 철도를 놓는 것인지 몹시 궁금해했다. 분명 제놈들의 이익 때문에 그런다는 것까지는 짐작했는데, 그 속셈이 무엇인지를 시원하게 아는 사람은 아무도 없었던 것이다. 그 궁금증은 갈수록 커지면서 사람들은 일본인들을 의심하기 시작했다. 그렇지만 사람들이 확실하게 아는 사실이 한 가지는 있었다. 철도가 놓이게 되면 더욱 빠르게 일본사람들이 판치는 세상이 될 거라는 점이었다. 사람들은 일본인들의 기세가 자꾸 커져가는 세상을 원하지 않았고, 그런 세상이 되는 것을 두려워했다. 사람들은 몇 년 전에 겪어본 일로 일본사람들이 어떤 인종들인지를 너무나 잘 알았고, 그래서 전혀 믿지도 않게 되었다.

갑오년에 농민군을 잡으러 나선 일본군들은 농민군이나 그 가족, 또는 협조자들을 죽일 때는 일삼아 마을사람들을 모아놓고, 작두에 목자르기, 배 갈라 창자널기, 음부에 독사넣기, 대창으로 눈찌르기 같은 짓을 자행했다. 그런가 하면 목이 잘린 머리통을 수십 개씩 자루에 넣고 다니며 마을마다 전시를 했고, 소금에 절인 귀를 수백 개씩 쏟아놓기도 했었다.

감골댁은 지삼출의 당부대로 이틀이 지나 주재소로 통변을 찾아갔다. 돈을 받으면 삼출이네와 1원씩 나누어 쓸 작정을 하고 있었다.

"이, 그 돈 2원 말이다요? 받기는 틀려부렀소."

통변이 짜증스럽게 내쏜 말이었다.

"아니 무신 소리당게라?"

감골댁은 가슴이 철렁했다.

"아 참 성가시. 그 지삼출인가 사출인가가 박치기럴 너무 씨게 혀서 장칠문이 콧등에 금이 가부렀소. 그러니 그 돈언 치료비로 들어갔다 그 말이오."

"아이고메 시상에……."

감골댁은 곧 주저앉을 것만 같았다.

"나 바쁘요. 그리 알고 얼렁 가부씨요."

"긍게 머시냐, 2원이면 큰돈인디 그 돈이 어째……."

"어허! 더 헐 말 있으면 장칠문이럴 찾아가든지 말든지, 나넌 더 몰르겄소."

감골댁은 돌아섰다. 그려, 첨보톰 우리 돈이 아니었든 것이여. 감골댁은 마음을 닫았다.

일이 생각보다 쉽게 끝나 통변은 빙긋이 웃고 있었다.

지삼출은 레일운반조였다. 공사장에는 여러 개의 조가 편성되어 있었다. 흙파기조, 흙나르기조, 둔덕쌓기조, 둔덕다지기조, 자갈만들기조, 자갈나르기조, 침목운반조, 바위등짐조 같은 것은 전부 조선사람들로 짜여져 있었다. 그리고 암반폭파조, 침목배치조, 레일설치조 같은 것은 전부 일본사람들이 맡고 있었다. 앞의 것은 기운을 써서 해야 하는 일이었고, 뒤의 것은 주로 입과 손짓으로 하는 소위 기술자들이었다.

기운을 써야 하는 일들 중에서도 가장 힘겨운 것이 레일운반이었다. 쇳덩어리의 무게에다가 길이 또한 길어서 기운만으로 되는 일이 아니었던 것이다. 기운은 기운대로 쓰면서 그 나름의 요령을 터득해야만 했다. 그 이중으로 힘드는 일에 새로 끌려온 사람들은 무조건 투입되었다.

레일운반은 여덟 명이 한 조였다. 여덟 명이 두 명씩 짝을 지어 레일을 4등분해서 목도질을 하는 것이었다. 신참들은 한 조에 한두 명씩 배치되었다. 그들은 눈치껏 재주껏 기운 쓰는 요령을 익혀야 했다. 물론 조장이며 고참들이 미리 요령을 설명하긴 했지만 그건 어디까지나 조언에 지나지 않았다. 목도질이 지게질이 아닌 바에야 아무리 농사일이 몸에 익은 사람이라 해도 서너 차례의 실수는 하게 마련이었다.

"빌어묵을, 나도 목도질얼 더러 혀봤다만 요놈에 것은 못해묵겄네. 잡것이 염병허고 돼지자지맨키로 질기만 질어갖고 사람 애믹인단 말이시."

두어 번 실수를 하고 있는 힘을 다 써가며 첫 번째 레일을 옮기고 난 지삼출이 땀을 훔치며 투덜거린 말이었다. 그 말에 조원들 모두가 소리내어 웃었다.

그는 꼭 힘이 들어서만 한 말이 아니었다. 자신의 실수로 조원들을 더 힘들게 만든 미안함 때문에 나온 말이었다.

"돼지자지년 질어도 새끼나 까제. 요 잡녀러 것은 워디다가 써묵겄어."

나주가 고향이라는 조장이 땀 닦은 수건을 목에 걸치며 말을 받았다.

"그려도 그만허문 잘허느만유."

충청도 남자 오장수가 말을 거들었다.

"저 어깨럴 좀 보이소. 내사 마 첨에 딱 봤을 직에 기운 잘 쓸 끼라꼬 안심했는 기라요."

경상도 남자 강기호가 맞장구를 쳤다.

잠자리배치가 곧 작업배치라는 것을 아침에야 알게 된 지삼출은 신참답게 조원들에게 먼저 인사를 하며 통성명을 청했던 것이다.

지삼출은 레일을 네댓 차례 옮긴 다음부터야 겨우겨우 목도소리
에 끼어들 수 있었다. 목도소리는 앞뒤 네 사람씩 나뉘어 힘의 균
형을 잡고 발을 맞추기 위해 반복하는 가락이었다.

"어얼럴러—."

앞의 네 사람이 선창했고

"어야데야—."

뒤의 네 사람이 화답했다.

그러면서 여덟 사람은 서로 팽팽히 힘을 쓰며 소리에 맞춰 발을
떼어놓는 것이다.

"어허덜러—."

달라진 두 번째의 소리였고

"얼라데야—."

발걸음을 빠르게 하는 화답이었다.

그러나 지삼출은 처음 몇 차례는 그 쉬운 소리를 따라할 정신이
없었다. 몸은 한쪽으로만 쏠리지, 어깨에는 힘이 안 받치지, 다리는
버팅겨야지, 그러면서 발을 맞춰 걸어야지, 길은 울퉁불퉁하다가
비탈이 나오다가 하지, 소리를 따라하기는커녕 숨도 제대로 쉴 수
가 없을 지경이었다.

목도소리는 서로 힘을 고르게 잡고 발을 맞추는 데만 필요한 것
이 아니었다. 그 막히는 데 없이 흐르는 소리를 따라서 하다 보면
일신명이 우러나 힘드는 것도 덜 수 있었다.

레일운반에는 하루 책임량이 정해져 있었다. 그래서 따로 쉬는

시간이 없었다. 레일을 옮겨놓고 제자리로 돌아가는 동안이 휴식 시간이었다. 그때도 느릿거릴 수가 없었다.

"거기, 뭘 꾸물거려. 빨리 움직여, 빨리."

움직임이 조금만 느리다 싶으면 십장들이 채찍을 휘두르며 외쳐댔던 것이다.

"저것얼 왜놈덜이 맨든 것 아니겄소?"

점심을 먹고 나서 담배를 피우며 지삼출은 턱짓으로 레일을 가리켰다.

"그럴 낍니더."

강기호가 씁쓸한 얼굴로 고개를 끄덕였다.

"자석덜, 벨 기술얼 다 부리네."

"어데 왜놈들 기술이 저것만잉교. 총도 기선도 다 즈그 손으로 맹근다카든데요."

"차암, 우리넌 멀허는 것인지."

지삼출은 푹 한숨을 쉬었다.

"대장쟁이가 낫이나 맹글고 괭이나 맹그라서 땅이나 파묵제 벨 수 있능교."

강기호가 지삼출의 옆얼굴을 유심히 살피며 한 말이었다.

"그렁게 왜놈덜 밥 되는 것이야 당연지사제."

지삼출은 곰방대를 작은 돌에다가 짜증스럽게 두들겼다.

"맞심더, 우에 것덜이 정신 몬 채리고 왜놈덜허고 똥창 맞대고 돌아가이 나라 꼴이 될 택이 있겄능교."

그 느닷없는 말에 지삼출은 고개를 후딱 돌렸다. 그 야무진 말에서 무언가 짚이는 것이 있었던 것이다.

지삼출과 강기호의 눈길이 마주쳤다. 서로를 마주 보고 있는 두 사람의 눈이 무슨 말인가를 나누고 있었다. 그들의 입가에는 실바람처럼 옅은 웃음이 내밀하게 번지고 있었다.

"그러요?"

지삼출이 빠르게 하늘을 눈짓했다. 입술이 말려들도록 입을 꾹 다문 강기호가 느릿하게 고개를 끄덕여 보였다.

지삼출이 하늘을 눈짓한 것은 '인내천'을 믿느냐는 것이었고, 그건 곧 갑오년 출병을 뜻하는 것이었다.

"반가우요, 어지께보톰 어째 좀 달부다 싶드만이라."

지삼출은 소리 죽여 말하며 가만히 손을 내밀었다.

"나도 이바구 쪼매 들어보고 퍼뜩 그리 맘믹히드마는."

강기호도 조심스럽게 말하며 지삼출의 손을 잡았다.

두 사람은 서로의 손을 으스러져라고 맞잡았다. 그들은 뜨거운 그 무엇이 팔을 타고 올라 가슴에서 휘도는 것을 느끼고 있었다.

갑오년에서 10년이 지난 지금까지도 살아남은 사람들은 숨을 죽여야 했다. 그들에게는 죄인의 굴레가 씌워져 있었고, 그들의 죄명은 '반역도배'였다. 사실 농민군은 뿌리가 뽑힌 것이 아니었다. 급한 형세를 피해 자취를 숨기고 있다가 5년 전에 영학당으로 뭉쳐져 다시 일어났고, 다음해는 또다시 활빈당으로 모습을 바꾸어 삼남 지방 곳곳에서 세력을 떨쳤던 것이다. 그때마다 관군과 일본군은 한통속이 되어 그들에게 총질을 해댔었다.

"조심허고 지냅시다 이."

지삼출이 땅바닥에 닿는 소리로 말했다. 강기호가 눈으로 응답했다.

여기저기서 종소리가 요란하게 울리기 시작했다. 오후의 일 시작을 독촉하는 종소리였다.

일제히 조별로 작업이 시작되었다. 지삼출은 레일을 부려놓고 돌아가면서 또 자갈만들기조 쪽으로 눈길을 돌렸다. 그쪽에는 거의 여자들과 아이들이었다. 그들은 남자들이 등짐으로 날라온 큼직큼직한 돌들을 쇠망치로 잘게 깨는 일을 하고 있었다. 침목과 침목 사이에 채울 돌이었다. 철도공사장 일 중에서는 그나마 가장 수월하다고 해서 여자와 아이들이 배치된 것이었다.

그러나 돌 깨는 일이 여자나 아이들에게 쉬운 일일 리 없었다. 그런데 십장의 악쓰는 소리가 다른 데보다는 그쪽에서 유난히 자주 들리고 있었다.

"맘 씨리도 못 본 칙하이소."

강기호가 옆을 지나치며 말했다.

"십장놈언 어째 저리 소리럴 질러쌓소?"

지삼출은 엄지손가락으로 양쪽 콧구멍을 번갈아 막아가며 코를 풀었다.

"아매 저 사람들 중에 얼추 반은 점심을 굶었을끼요. 그래 기운이 빠져 일손이 처지니께네 십장놈이 저리 악다구 쓰는 것 아닝교."

"밥얼 굶다니, 무신 소리요?"

"아, 지씨는 안죽 몰르겄구마. 보소, 우리야 명색이 장정일꾼으로 뽑혔다꼬 선하품 나는 일당이라도 받아도 저 사람들이야 이 근동에서 부역 나온 신세라 아무것도 몬 받는 기라요."

"아니, 그런 불공평헌 일이 어딨소. 왜놈덜 이거 참말로 안 되겄소."

"그기 아이고, 들어보소. 이 공사라카는 기 당초에는 다 돈 써서 인부 사갖고 허게 돼 있든 기라요. 헌데 왜놈들허고 우리 관가허고 짜갖고 그 돈을 갈라묵는 판이라요. 그라고 관가는 뒤에서 부역 안 나가는 사람 잡아다가 곤장을 쳐대고."

"저런 쥑일 놈덜 봤능가!"

지삼출의 목소리가 커졌다.

"보소, 참으소. 저게 어데 하로이틀 된 일인교. 벌시러 4년인데."

지삼출은 온몸에 맥이 풀리고 일었다.

산들은 서로 업고 업히며 줄기를 이루어 뻗어가고 있었다. 높은 산줄기는 그 높이만큼 또다른 가지줄기들을 거느리고 있어서 산봉우리들은 층을 이루고 겹을 이루며 출렁거리듯 솟아 있었다. 그 소백산맥 줄기를 뚫는 철도공사는 산과 산 사이로 트인 가장 낮은 평지를 찾아 이어져 나가고 있었다. 지형이란 묘한 것이어서 산이 아무리 많은 곳이라도 낮은 산줄기들 사이로는 작으나마 평지가 있게 마련이고, 실개울이 흐르고 있었으며, 남향 산자락에는 마을들이 숨쉬고 있었다. 그리고 평지는 물론이고 경사 완만한 산자락은 논이며 밭들이 일구어져 있었다. 땅이 좁은 산골답게 산과 산을 감돌고 휘돌며 이어지는 길도 자칫 그 자취가 지워질 만큼 가늘고 좁았다.

그런데 철도공사를 편하게 하자고 덤비니 그나마 좁은 논밭이 사정없이 망가지고 있었다. 논밭이 철길 밑에 묻혀들어 산골사람들은 날벼락을 맞듯 생계가 막막해지는 판이었다. 그러면서도 그들은 공사장에 부역을 나가지 않으면 안 되었다.

그러나 산골의 공사는 역시 평지와는 달라 어느 지점에서는 낮은 산줄기를 무질러가느라고 발파작업을 해야 했고, 또 어떤 지점에서는 그것마저 불가능해 굴을 뚫지 않으면 안 되었다. 그러자니 산자락을 끊어내는 일 정도는 예사였다. 야산마저 피해가는 평야지대의 공사에 비하면 몇십 배 힘이 드는 공사였다. 그러나 왜놈들은 입이나 놀리고 손가락이나 까딱거릴 뿐 그 어려운 일은 전부 조선사람들이 몸을 던져 해내고 있었다.

공사장 일은 해가 뜨기 전부터 시작되어 긴 여름해가 지고 어둠살이 내려서야 끝이 났다. 사람의 눈으로 무엇인가를 식별할 수 있는 시간 동안은 꼬박 노동으로 채워야 했던 것이다.

지삼출은 누군가가 깨워서야 눈을 떴다. 잠이 덜 깬 눈앞에서 강기호가 비식 웃고 있었다. 지삼출은 몸이 묵지그리한 것을 느끼며 윗몸을 벌떡 일으켰다.

"아이구구……."

그는 몸을 일으키다 말고 신음을 물며 옆으로 쓰러졌다. 그의 몸은 달팽이처럼 말려 있었다.

"아플 끼구만. 그기 목도질 몸살 아닌교."

강기호가 지삼출 앞에 쪼그리고 앉으며 말했다.

"아이고메, 요거 사람 죽겄소."

옆구리를 붙안은 지삼출의 잦아진 소리였다.

"전신이 안 아픈 디가 없을 기요. 한 사날 일로 풀어야 될 일몸살인기라요."

지삼출은 얼굴을 찡그리며 고개를 끄덕였다. 그리고 두 손을 짚고 천천히 몸을 일으켰다. 몸 여기저기가 결리고 시큰거려 절로 신음이 입에 물렸다.

그는 걸으면서도 연상 아이구구 하는 신음소리를 내지 않을 수 없었다. 걸음을 옮길 때마다 갈비뼈는 갈비뼈대로 결리고, 어깨는 어깨대로 쑤시고, 목줄기는 목줄기대로 욱신거리고, 무릎은 무릎대로 시큰거리고, 뱃가죽은 뱃가죽대로 뻑적지근하고, 몸 어디든 아프지 않은 데가 없었다.

"으쪄요, 삭신이 각단지게 녹아내릴 것인디?"

조장 한상우가 지삼출을 빤히 들여다보듯 하며 장난스런 웃음을 입가에 바르고 있었다.

"아이고, 말도 마시게라우."

지삼출은 고개를 내둘렀다.

"지씨 몸살 풀리고로 그 목도소리 한바탕 허는 기 우짜겄는기요?"

강기호의 말이었다.

"하면, 쌈빡허니 혀서 몸 풀어줘야제 잉."

한상우가 손바닥에 퉤퉤 침을 튀겼다. 모두는 조장을 따라 제자리를 잡았다.

"짜아, 가는디―한나·둘·싯."

조장의 구령에 맞춰 모두는 불끈 기운을 썼다. 지삼출은 그만 입을 딱 벌렸다. 온갖 아픔이 한꺼번에 솟았던 것이다. 그렇다고 주저앉을 수도 없었다.

"어얼럴러, 어야데야."

목도소리가 모두의 발을 이끌었다.

"어허덜러, 얼라데야."

"가세가세, 고향가세."

갑자기 바뀌는 목도소리에 지삼출은 어리둥절해졌다.

부모형제, 상봉가세

철도공사, 지옥살이

누굴위해, 골빠지나

묻지마라, 뻔헌대답

왜놈밭에, 발통달기

어얼덜러, 어야데야

지삼출은 정신이 번쩍 드는 것을 느꼈다. 그리고 그렇게나 아프던 몸도 아픈 것 같지가 않았다.

그 뜻밖의 목도소리는 한 번으로 끝나지 더는 되풀이되지 않았다. 일곱 명의 목도꾼들은 언제 그런 목도소리를 냈냐는 듯 본래의 소리를 주고받으며 발을 맞추고 있었다. 지삼출은 건성으로 목소리를 맞추며 그 처음 들은 가사 내용에 사로잡혀 있었다. 그 가사는 한 번 들었을 뿐인데도 머리에 또렷이 박혀왔던 것이다.

지삼출은 그 아귀가 딱 맞게 짜인 가사 내용에 놀랐지만 특히 '왜놈발에 발통달기'에 대해서는 감탄하지 않을 수가 없었다. 그건 철도공사에 대해 구구하게 많은 말들을 다 덮어버리는 알짜배기 한마디였던 것이다. 그 목도소리를 십장들이 들었으면 모두가 채찍질깨나 당했으리라고 그는 생각했다.

"아까 그 소리, 누가 맨든 것이당게라?"

레일을 부리기가 바쁘게 지삼출은 땀을 닦을 생각도 않고 강기호에게 다가가 물었다.

"누구 한 사람이 맹근 기 아이고 우리가 서로서로 맘 합치갖고 맹근 것 아닌교. 우예, 맘에 드는교?"

강기호가 이마에 맺힌 땀을 훔쳐 뿌리며 싱긋 웃었다.

"참말이제 기맥히요. 우리 맘얼 쏙 뽑아 엮어논 것이, 춘향전서 춘향이가 태형 맞는 대목보담 낫소."

"와따메, 누가 전라도사람 아니라고 헐성불러 춘향전 들고 나오고 그래싼당가. 근디 고것이 경상도사람 앞에서넌 헛방구랑께. 경상도사람이 소리에는 무식쟁잉께로. 소리럴 몰르니 춘향이가 임 그리는 그 기맥힌 대목대목을 워찌 안당가. 소귀에 경 읽기로 다 소양없는 일이랑께로."

같은 전라도이면서도 그 지역이 남북으로 서로 달라 말투까지 사뭇 다른 조장 한상우가 두 사람의 말에 끼어들었다.

"허! 그러기도 허겄는디라." 지삼출이 문득 깨달은 얼굴로 고개를 끄덕이며, "구구절절이 다 좋은디, 그중에서도 왜놈발에 발통달기가 질로 사람 가심얼 치요." 그는 정색을 하고 말했다.

"얼려, 이 사람이 아조 용헌 점쟁이시. 그 대목이 바로 이 강씨가 진 것이로구만. 소리 몰르는 사람치고 솔찬허덜 안혀?"

한상우가 지삼출에게 눈을 찡긋했다.

"아아, 그 대목얼 강씨가……."

지삼출은 새삼스러운 눈길로 강기호를 바라보며 고개를 주억거렸다.

"머 별거 아닌기라요. 생각대로 짜맞촤 본 기지." 강기호는 쑥스럽게 웃으며, "뻐떡 가입시더. 십장이 보문 또 악다구 쓸 긴데" 하며 걸음을 떼어놓기 시작했다.

지삼출은 강기호의 말을 그대로 넘기지 않았다. 그의 말은 어디까지나 겸손이었다. 철도공사가 '왜놈발에 발통달기'라고 생각할 수 있는 그것이 예사가 아니었던 것이다. 자신도 그동안 왜놈들이 왜 철도공사를 하는지에 대해 이모저모 생각해 왔었지만 그렇게 꼭 찍어내듯이 야무진 생각을 하지는 못했던 것이다.

"아까 그 목도소리럴 다른 조들도 다 부르고 있는게라?"

지삼출은 강기호에게 말을 걸고 싶은 마음을 누르며 먼저 조장에게 물었다.

"워찌 다 그렇크름 되간디. 우리 조만 번개 치대게 살짝 불르고 그러는 것이제."

한상우가 눈을 끔벅였다.

지삼출은 한동안 걷다가 강기호에게 슬쩍 말을 걸었다.

"왜놈덜이 발통 달았다 허면 조선천지럴 갈기고 댕길 판인디, 그리되면 시상이 어찌 되겄소?"

그는 강기호가 또다른 생각을 가지고 있으리라는 믿음을 지울 수가 없었던 것이다.

"그기 참 난린기라요. 왜놈덜이 철도 놓는 거는 조선땅을 완전허게 즈그 거 맹글자는 수작 아닌교. 그보담 먼저 개항이라캐서 부산이다 인천이다 원산이다 목포다, 조선땅 삥삥 돌아감서로 즈그 배덜 대기 존 데 골라서 발판 맹글어놓고 그 담으로 철도를 놓는긴데, 두고 보소, 이놈에 철도가 조선땅 근기 다 뽑고 조선사람 피 다 뽑아내는 홈통 될 끼니."

강기호의 침통한 말이었다.

지삼출은 또 충격을 받았다. 자신으로서는 꿈에도 생각하지 못한 사실이었던 것이다.

"아니, 강씨는 그런 것얼 어찌 그리 다 훤허니 알고 있으신게라?"

"내 자작으로야 어찌 그 에로븐 일을 알겄능교. 다 들은 풍월로 하는 소리라요."

강기호는 억세게 뻗친 산줄기로 먼 눈길을 보냈다.

"그리 앞길얼 훤히 내다보는 사람이 누구다요? 여그 있소?"

지삼출은 그런 사람을 당장 만나보고 싶은 마음이 동하고 있었다.

"어데, 내가 잘 아는 분인데, 학식이 높고 시상 이치를 점쟁이 맹크로 뚫어보시는 분이라요."

강기호는 마치 그 사람을 면전에 대하고 있는 것처럼 말에 예를 갖추고 있었다.

"학식이 높으면 양반인갑는디, 양반 중에 그래도 쓸 만헌 양반인 모냥인감?"

지삼출은 양반에 대한 깊은 반감으로 말투가 꼬이고 있었다.

"하모, 양반 중에 된 양반이라요. 대쪽 성질에 나라 걱정도 진심으로 하고, 종덜헌테 땅 갈라 줘서 살게 맹글기도 안 했능교."

"허! 참말로 귀헌 양반이시. 그런 양반만 있음사 시상이 요 꼬라지가 안 되얐을 것인디. 한번 만내보고 싶으요."

이제 지삼출의 말에는 생기가 돌고 있었다.

"양반 중에도 백에 하나는 그런 분이 있지예. 우찌 살다 보믄 만내질란지도 몰르는 일 아니겠능교."

강기호가 지삼출을 이윽히 쳐다보았다.

그들은 다시 레일이 쌓인 곳까지 다다라 있었다. 날씨는 아침부터 푹푹 쪄대고 있었다. 산골에 갇힌 더위 속에서 공사장의 고달픈 노동은 열기를 띠어가고 있었다. 여기저기서 연장 부딪치는 소리들이 감도 다른 여러 가지 음향으로 뒤섞이고, 십장들의 목쉰 외침이 서로 다투듯 심해지고, 그들이 위협적으로 휘둘러대는 가죽 채찍의 허공 가르는 소리가 섬뜩섬뜩하게 퍼지고 있었다.

그들은 조장의 구령에 맞추어 다시 기운을 불끈 썼다. 지삼출은 또 입을 딱 벌렸다. 잠시 잊고 있었던 온갖 통증들이 다시 살아났던 것이다. 그 목도소리는 첫행보를 수월하게 해주기는 했어도 통증을 덜어준 것은 아니었던 것이다.

목도소리에 맞추어진 그들의 움직임은 느리게 흔들리는 듯 출렁이는 듯하며 앞으로 나아가고 있었다. 그 움직임이 느리기는 해도 중간에서 멈추는 법이란 없었다. 목도소리에 따라 앞에서 끌고 뒤에서 미는 걸음걸이로 목적지를 향해 갈 뿐이었다. 중간에서 쉬게 되면 다시 기운 쓰기가 더 어려워진다는 것을 그들은 잘 알고 있었다.

그들은 자갈만들기조의 작업장에 가까워지고 있었다. 망치들이 돌을 두들기는 소리들이며 자갈을 퍼담는 소리들이 소란스럽게 섞이고 있었다.

"이봐, 정말 꾸물거릴 거야. 맛을 봐야 알겠어!"

이런 외침과 함께 채찍이 허공을 휘도는 소리가 들리는가 싶었다. 그러나 그 다음에 들린 것은 채찍끝이 제 몸을 치며 허공을 찢는 그 싸늘하고 날카로운 소리가 아니라 사람의 비명이었다. 채찍이 사람의 몸을 휘감은 것이었다.

지삼출은 자기도 모르게 고개를 돌렸다. 그의 눈에 들어온 것은 한 남자가 채찍에 맞아 고꾸라지고 있었고, 그 바람에 등에 진 망태기에서 자갈들이 쏟아지고 있었다.

"이 영감탱이, 빨리 일어나 빨리!"

허공을 휘돈 채찍은 다시 쓰러진 남자의 어깻죽지를 물고 들었다. 그 남자는 신음소리를 내며 비척비척 몸을 일으키고 있었다. 그 사람은 얼굴이 깡마른 노인이었다.

저, 저, 조선놈이 저런 노인네럴! 지삼출은 감정이 뒤집히고 있었다. 그는 목도소리도 따라서 하지 않았고 발걸음도 흐트러져 있었다.

"뒤에 누구여! 헛발질허는 것이."

목도소리에 섞여 터져나온 조장의 고함이었다. 지삼출은 정신이 번쩍 들었다. 그는 비로소 자신의 잘못을 깨달았다. 그는 조장에게 뭐라고 대꾸해야 좋을지 모르는 채로 발걸음을 바로잡으려고 서둘렀다.

그러나 그의 신경은 채찍질당한 노인한테서 완전히 거두어진 것이 아니었다. 다행히 십장은 채찍질을 더 하지 않았고, 노인은 손을 맞비비며 허리를 굽실거리고 있었다. 돌을 깨거나 자갈짐을 지고 있는 그 많은 사람들은 십장의 위세에 눌려 일손만 부지런히 놀리고 있을 뿐이었다. 나무숲 짙푸른 산속 그 어디에선가 풀꾹새가 철 늦은 울음을 풀꾹풀꾹 울고 있었고, 따가워지기 시작한 햇살만이 산골 가득 넘치고 있었다.

한번 마음이 흔들려버린 지삼출은 다른 일곱 사람에게 끌리다시피 겨우 목적지에 다다랐다.

"지씨, 공연시 헛눈 폴지 말어!"

조장 한상우가 언짢은 기색을 역연하게 드러내고 있었다.

"머시냐…… 같은 조선사람얼 조선놈이 매질허는 것도 머시헌
디, 젊은 놈이 노인네럴 그리 무작시럽게 패는 법이 어디 있당게라."

지삼출은 조장의 태도가 마땅찮아 하고 싶은 말을 굳이 누르지
않았다. 그는 어쩌면 그 장면을 보고도 못 본 척한 모든 사람들에
게 기분이 상했는지도 모를 일이었다.

"허면, 앞으로 자꼬 헛눈 폴아 딴사람덜 심이 곱쟁이로 들게 맹
글었다 그것이여, 시방?"

조장이 눈꼬리를 치세웠다.

지삼출은 그때서야 조장이 무슨 말을 하는지 확실하게 알 수 있
었다.

조장의 말은 그런 일에 관심 쓰지 말라는 것이 아니고 그저 조
원들을 힘들게 하는 것을 타박하고 있었다. 그 문제라면 자신도 할
말이 없었다.

"딴사람덜 심들게 헌 것언 미안시럽게 되았소. 다덜 양해혀 주시
게라우."

지삼출은 조원들을 둘러보며 겸손을 보였다. 강기호는 눈이 마
주치자 고개를 끄덕이며 싱긋 웃었다. 다른 사람들은 눈으로 괜찮
다는 말을 대신하고 있었다.

"지씨 맘얼 몰라서 허는 소리가 아닝께로 그리 알아두씨요. 여
그 와서 그런 꼴 첨 보니께로 속 뒤집히는 것인디, 다 참아야제 워
쩔 것이여. 뒤로는 권세 업고 앞으로는 총 잡은 놈덜 앞에서 우리
가 뭘 워쩌겄냔 말이여."

얼굴을 일그러뜨린 조장이 허리춤에서 곰방대를 빼며 걸음을 옮기기 시작했다. 지삼출은 때 전 삼베옷에 땀이 밴 조장의 뒷모습을 멍하니 보고 있었다.

"가입시더. 담배나 한 대 꼬실림서 다 잊아뿌리소."

강기호가 쌈지를 내밀었다.

"몰르겄소, 잊어불기는 너무 속 씨리는 일이오. 그 나이에 부역 끌려나와 돌짐 지는 것도 어디헌디 매타작꺼정 당허니, 요것이 워디 사람 사는 시상인게라."

지삼출은 쌈지에 곰방대를 밀어넣으며 쓴 입맛을 다셨다.

"조장 말대로 우짜겄능교. 사방팔방이 꽉꽉 맥히서 무신 수가 없는 기라요."

"조장도…… 믿소?"

지삼출은 눈짓으로 하늘을 가리켰다.

"통 내색이 없는데…… 눈치럴 살펴봐도 냄새가 안 나는 기라요."

"사람이 여우상은 아닌디, 나주라 허면 그적에 기세가 아조 무서웠소. 헌디, 뒷짐지고 구경만 혔을랑가?"

지삼출이 곰방대를 입에 물며 고개를 갸웃거렸다.

"조심하이소. 잘못 말 냈다카믄 우리가 이 골짝서 귀신 될 끼요. 여게가 영 못 믿을 데라요."

강기호의 목소리가 낮아졌다.

"근디, 매타작언 자주 허요?"

지삼출은 말을 돌렸다.

"대중이 없는데…… 사나흘거리로 벌어지는 일 아닌교."

지삼출은 걸음을 잠깐 멈추고 부싯돌을 쳤다. 부싯깃에 불이 붙으며 파르스름한 연기와 함께 쑥향기가 피어올랐다. 그는 부싯깃 반을 강기호에게 건넸다.

"니기럴, 목도질보담 매타작당허는 꼴 못 본 칙허기가 더 심들게 생겨묵었소."

지삼출이 담배를 뻑뻑 빨아대며 살껍질 두꺼운 엄지손가락으로 부싯깃을 꾹꾹 눌렀다.

"매타작당허는 기야 죽는 것에 비하믄 그래도 할배라요. 어데 개죽음이 따로 있는교. 여게서 죽는 기 개죽음이지."

강기호는 고개를 내둘렀다.

"아니, 사람이 죽기도 허요?"

"말도 마이소. 내 여게 와서 석 달간에 네 사람이 죽어나갔구마는."

"무신 일로 넷썩이나 죽소?"

"사고당헌 기지요."

"사고라니? 사람이 죽을 만헌 사고가 머시요?"

"맨날 남포 터치는 소리 안 듣는교? 날아오는 돌에 맞어죽고, 굴르는 돌에 치여죽고, 무너지는 돌에 깔려죽고, 흙데미 허물어져 묻혀죽고, 침묵데미 무너져 치여죽고, 어데 죽는 기 한두 가진교."

강기호는 머리를 저었다.

"죽은 사람언 어찌 돼요? 무신 뒷방책이라도 세와주요?"

"무신 소리 하능교. 그런 기 없으니께네 개죽음이라카는 기제."

강기호가 허전하게 웃었다.

"죽일 놈덜……."

지삼출은 상투머리를 득득 긁어댔다.

멀리서 종소리가 땔랑땔랑 다급하게 울리고 있었다. 그리고 사람들의 외침도 길게 들려왔다. 잠시 후에 폭음이 진동했다. 그 폭음은 산골짜기를 뒤흔들며 산줄기를 타고 겹겹의 메아리로 퍼져나가고 있었다. 폭음은 연달아 터져올랐다. 한사코 곧게만 뻗으려는 철도를 위해 어느 산이 또 상처를 입고 있었던 것이다.

3

일본말을 배워라

7월의 한낮 더위는 후끈후끈하고 끈적끈적했다. 그늘에 피해 있어도 열기는 후끈거렸고, 부채질을 해도 살갗은 끈적거렸다. 더운 기운에서 좀 심할 정도로 끈적임이 묻어나는 것은 바다가 가까운 데다 바람기가 전혀 없는 탓이었다. 바다가 남쪽으로 트이지 않고 서쪽으로 붙어 있어서 여름은 언제나 끈적거리는 더위를 면할 수 없는 땅이었다.

"어허, 기왕에 부채질얼 헐라면 잠 씨언허게 혀. 그리 설렁설렁 말고."

맨발에 모시바지를 무릎까지 걷어올리고 앉아 밥을 먹던 백종두는 옆에 앉은 여자에게 짜증을 부렸다. 그의 좁장한 얼굴에는 땀이 번들거렸다.

"참 야박허기도 허시요. 저 마당에 감잎은 그만두고 풀잎 하나

까딱 안 허는 이 염천에 팔 늘어지게 부채질허는 사람도 쪼깨 생각 헐 줄 알아보시게라우."

여자가 눈을 흘겼다.

"말이야 덕유산 칡넝쿨이시. 말허디끼 부채질이나 활활 혀, 활활."

기생년이 시건방지게 사람대접 받았다고 턱쪼가리 놀리네. 백종 두는 이런 생각으로 말을 사정없이 내질렀다.

"아무리 활활 아니라 훨훨 부쳐대도 이리 바람 한 점 없으니 무 신 소양이 있간디라."

하이고 잡것, 안 더울라먼 뜨거운 밥이나 묵지 말고, 뜨거운 밥 처묵을라먼 덥다고나 말 것이제. 옥향이는 옥향이대로 입 밖으로 내쏘고 싶은 말을 참느라고 입술이 뿌루퉁해져 부채를 약간 폭넓 게 흔들었다.

"우째 말버르장머리가 이려. 여그가 시방 기생집이여 관청이여."

백종두는 밥을 씹다 말고 옥향이를 쏘아보았다. 좁장한 얼굴에 는 화가 돋아 있었고, 눈꺼풀 얇은 작은 눈은 고약해져 있었다.

"아이 장난이구만이라. 화내시면 지가 무색해져 불지요 이."

옥향이는 금방 눈웃음을 지으며 아양을 떨었다. 그리고 방정맞 을 정도로 빠르게 부채질을 해댔다. 아이고 참, 아전놈 신세에 양 반 흉내 내니라고 이 염천 대낮에 뜨거운 밥 묵는 꼬라지에, 아전 권세 지닌 사내꼭지라고 큰소리는 또 벼락이시. 아이고 이년에 기 생팔자. 옥향이는 속으로 욕을 해대며 목을 타내리는 땀을 손가락 등으로 씻어올렸다.

"느그가 요리 보배운 것 없이 기생질 해묵다가넌 쪽박 찰 날이 낼모레라는 것얼 알어야 헐 거이다."

백종두는 숟가락을 소리가 나도록 거칠게 놓고는 밥상을 밀쳐버렸다.

"고것이 무신 말씸이시다요?"

옥향이는 부채질을 좀더 세게 하며 백종두 옆으로 다가앉았다. 그의 말이 신경에 거슬렸던 것이다. 관가에서 기생에 대한 무슨 법을 바꾸게 되는지도 모른다 싶었던 것이다.

"무신 말언 무신 말. 눈앞에서 뻔허니 일어나는 일도 안 보고 살어? 이 군산땅에 밀려드는 가이샤덜이 안 뵈냔 말이여. 그 여자덜이 얼매나 사근사근허고 나긋나긋헌지 알기나 혀. 나도……."

"가이샤? 그것이 왜년기생이란 말이다요?"

옥향이는 다급하게 물었다.

"요, 요 버르장머리 없는 것. 어른 말씸허시는디 중간에서 토막치고 드는 것 어디서 배왔나!"

백종두는 벌컥 화를 냈다. 옥향이는 그때서야 자신이 그의 말허리를 잘랐다는 것을 알았다.

"아이고 잘못혔구만이라우. 용서허시씨요."

옥향이는 이제 다른 생각 없이 머리를 조아렸다. 말허리를 자른 건 분명 잘못한 짓이었던 것이다.

"방구 나온 담에 냄새 막기냐. 나가 일본말이 활달허게 통허게 될 때꺼정언 그냥저냥 여그럴 댕길라고 혔는디 인자 낼부텀 당장이 집구석 발을 끊어야겄다."

백종두는 화가 난 김에 '내일 당장'이라고 말을 바꾸게 되었다.

"아이고 무신 섭헌 말씸얼 그리허신당게라. 다시는 실수 안 허고 하늘로 모실랑마요."

옥향이는 교태를 부려 보이면서도, 흥 왜년기생들이 왜놈들 받을라고 오는 것이제 니놈 같은 것들 보고 온다디냐, 비위가 상하고 있었다.

"허고, 니 아까 가이샤럴 왜년기생이라고 허든디, 말 그리허덜 말어!"

"왜년보고 왜년이라고 허는디……."

"어허! 요새는 동학당놈덜이 설치든 시상이 아니여. 시상이 달라진 것얼 알아야제, 왜놈이 아니고 일본사람이나 일본인이고, 왜년이 아니라 일본여자나 일녀여."

백종두는 눈을 부라렸다. 언제나 윤기 반질거리는 그의 눈은 표독스럽게 변해 있었다. 눈이 변한 것을 보고 옥향이는 그가 정말 화가 났다는 것을 알았다.

"알겄구만요, 잘못했어라. 무식헌 이년이 멀 알아야제라. 왜놈보고 왜놈이라고 허고 왜년보고 왜년이라고 허는 것이 옳은 것인지만 알았구만요. 이 무식헌 년이 인자 배왔응게 다시는 그리 안 헐 것이구만요."

옥향이는 달고 신 눈웃음을 쳐대며 다급하게 비위를 발라맞추고 있었다. 그러나 일부러 왜놈·왜년을 곱씹어대는 오기를 부렸다.

왜놈들 세상이 되어간다고 금방 왜놈들 편을 들고나서는 그 간사스러움이 역겨웠고, 더군다나 자기네를 왜년기생들하고 비교해서 얕잡아보는 데는 그만 속이 뒤집히지 않을 수 없었다.

"참말로 잘못혔다고 생각허고 허는 소린기여?"

백종두는 그 반들반들한 눈으로 옥향이를 노려보았다.

"하먼요. 어느 안전이라고 거짓말허겄는게라. 더우신디 화 푸시씨요."

옥향이는 큰 눈동자를 사르르 굴리고 물기 머금은 붉은 입술을 살짝 물어 교태를 부리며 부채를 팔랑팔랑 부쳐댔다. 아이고, 속옷바람으로 네활개 퍼지르고 누웠어도 사람이 못살 판인디 어쩌자고 이 시뻘건 대낮에 찾아들어 사람얼 이리 떠죽게 맨드냐, 이 웬수야. 속으로는 욕을 퍼대고 있었다,

"기생이야 원체로 배운 것 없이 몸 팔고 목소리 팔아 살아가는 천헌 신세라 세상 돌아가는 짚은 속이야 알아볼 도리가 없는 눈뜬 봉사겄제, 하먼. 그런 신세면 나 겉은 사람 옆이서 눈치껏 배우기나 혀야 앞날얼 어찌 살아갈 것 아니겄냐."

백종두는 금방 누그러져 옥향이를 측은한 듯 쳐다보았다.

"그렇제라. 많이 배울랑게 많이 잠 갤차주시씨요."

옥향이는 여전히 눈웃음을 살살 피워냈다. 그러나 속으로는 욕이 더 거칠어지고 있었다. 아이고, 날도 더운디 저놈이 점점 천불이 일게 허네. 이놈아, 나도 사람인디 꼭 똥이야 된장이야 허고 찍어묵어 봐야 속이 씨언허겄냐. 기생년이 천허면 사또고 양반들 똥

구녕이나 핥는 아전놈언 귀허디냐.

"내 일러두는 것이니 옥향이 니도 어서어서 일본말이나 배워둬라."

백종두는 내뻗고 있던 다리를 접으며 점잖은 척 말하고는 끄윽 트림을 돋워올렸다.

"고것이 무신 소리당게라?"

"어허, 시키는 대로 허면 됐제 또 사족얼 달아."

백종두는 좁장한 얼굴을 엄한 기색으로 꾸미며 옥향이를 꾸짖었다.

"이 무식헌 것이 무신 말인지 못 알아묵겄구만요. 조단조단 말씸해 주셔야제라."

옥향이는 백종두 옆으로 살짝 다가앉았다. 그녀는 사실 기생도 일본말을 배워야 할 정도로 일본세상이 되어가나 싶어 신경이 쓰이기도 했던 것이다.

"긴말헐 것 없고, 앞으로넌 일본사람들 시상이여. 일본말 몰라갖고넌 기생질도 못해묵는다 그것이제."

"몰르겄소, 왜말, 아니 저어…… 일본말 배우기 전에 굶어죽지나 않을란지. 어르신 같은 분이 그 머시냐 가이샨지 일본기생헌티 반해 그짝으로 찾어갈 작정 딱 허고 기시는 판이니."

옥향이는 일부러 가시를 박았다.

"모르는 소리 허덜 말어. 가이샤허고 느그허고넌 천양지차여. 그 행실 짓짓이 간이 살살 녹아내리고 발꾸락꺼정 간질간질허게 맹근단 말이여. 나가 안직 말이 잘 안 통해서 그렇제 말만 지대로 통혔

다 허면 같은 돈 내고 멀라고 요런 집구석에 오겄냐. 고것덜이 그냥
도 그리 사람얼 간드러지게 녹이는디 이불 속에서야 더 말헐 것 있
겄냐."

백종두는 눈을 사르르 내려감은 채 옥향이가 노려보고 있는 것
도 모르고 눈치코치 없이 입을 놀리고 있었다.

"아니, 밤일허는디 말로 허드랑게라?"

옥향이는 더 이상 참을 수가 없어 내쏘고 말았다. 아무리 기생이
라지만 여자의 한 가닥 마음 때문에 그녀는 더 비위를 맞추고 싶
지 않았던 것이다.

"무신 소리여?"

백종두가 눈을 번쩍 떴다.

"나도 들어서 아는디, 왜년덜 그것언 전부가 밑으로 처졌다고 헙
디다."

옥향이는 내친김에 마구 내질러버렸다. 덥게 만든 분풀이까지
싸잡아서 하는 셈이었다.

"그것언 또 무신 소리여?"

옥향이의 돌변에 백종두는 눈을 멀뚱하게 뜨고 있었다.

"천하에 한량이 그리 쉬운 소리도 못 알아묵으신게라? 내 말이
옳은가 그른가는 그리 좋아하는 왜년기생허고 밤일얼 혀보면 알
것 아니겄소."

옥향이는 부채로 방바닥을 치고는 고개를 획 돌려버렸다. 그 몸
짓에서 찬바람이 일었다.

눈치 빠른 백종두는 옥향이가 왜 그리 토라졌는지를 얼른 알아
차렸다. 저것도 계집이라고 시앗다툼을 벌이네그랴. 그는 코웃음을
치는 한편으로 비록 기생의 시앗다툼이지만 기분이 나쁘지 않았
던 것이다. 그래서 그의 입에서 나간 소리는 이랬다.

"나가 어떤 가이샤허고 정 맞춘다 헌들 옥향이 니야 안 보겠느
냐. 아무 걱정 말그라."

백종두의 빠른 눈치는 엉뚱하게 헛짚어 등 가렵다니까 허벅지
긁고 있는 참이었다. 백종두의 그 엉뚱한 말에 어처구니가 없어진
옥향이는 다시 내쏘았다.

"아이고, 약초는 그만두고 배추 한나라도 지 고장 것을 묵어야
지 맛도 나고 살로도 간답디다. 바다 건너온 왜년 것이 얼매나 좋은
지 맘대로 미쳐봅시요. 눈도 코도 없는 것으로 밑으로 처진 구녕
찾다가 헛김만 다 빠질 것인게."

옥향이는 몸을 발딱 일으켰다. 눈치 볼 것 없이 하고 싶은 말을
해대 버리자 가슴에 찼던 더위가 좀 가시는 것 같았다.

"어허 버르장머리 없기넌! 어련이 니는 그대로 보겠다 허고 한마
디 혔으면 됐제 자리럴 차고 일어나기넌. 앉아서 다리나 주물러!"

백종두는 거머잡은 옥향이의 치마를 잡아끌었다. 옥향이는 어떻
게 해야 할까를 순간적으로 생각했다. 계속 딴소리를 지껄이는 것
도 꼴이 보기 싫은데 이제 또 다리까지 주무르라는 것이다. 그러나
그는 명색이 관리였다. 그의 성질을 잘못 긁었다가는 기생 신세 그
나마 쪽박 신세 되기는 하루아침이었다.

아이고 기생년 팔자에 뜨신밥 찬밥 개릴 수 있드냐. 옥향이는 눈앞의 사정에 밀리며 도로 주저앉을 수밖에 없었다.

"짜아, 배도 살살 꺼져내리는 참잉게 다리럴 꼭꼭 주물러라."

백종두는 대베개를 끌어당기며 눈을 찡긋했다. 옥향이는 그 눈에 서린 음기를 보자 그만 소름이 끼쳤다. 다른 때에 느끼지 못했던 감정이었다. 그전부터도 무슨 정이 따로 있어서 몸을 섞어온 처지는 아니었다. 그저 흔한 기생방의 놀음이었다. 그렇지만 그 음기를 보고 소름이 끼치는 사이는 아니었던 것이다.

"어서 씨어언허게 주물러." 백종두는 화문석 위에 벌렁 눕더니, "나가 옥향이보고 어서 일본말얼 배우라고 허는 것은 다 자네럴 위해서시. 자네도 인자 기생 환갑나이가 다 차가는디 일본말이나 척척 잘혀야 아랫것덜 거느림서 이 바닥에서 어런 노릇 해묵어질 것 아니겄어. 앞으로야 일본말 못해서는 누구고 간에 사람 행세 못허고 살 것잉게로." 그는 타이르듯 가르치듯 점잖게 말했다.

"내가 동냥아치가 되든지 말든지 왜놈말 죽어도 안 배울라요."

화가 치솟은 옥향이는 백종두의 다리를 마구 쥐어뜯듯이 거칠게 주물러댔다.

"아니, 어째 이려!"

백종두가 윗몸을 벌떡 일으켰다.

"나가 시방 멫 살인디 기생 환갑나이 찾고 그러요!"

옥향이는 입술을 깨물며 백종두를 노려보고 있었다.

"이, 안직은 시물둘이라 그것이제?"

백종두는 화가 난 까닭을 알았다는 듯 허허대고 웃으며 윗몸을 눕히고는 "세월은 유수라 시물다섯꺼지 3년은 눈 깜짝헐 촌각이여. 시물둘 나이도 이팔청춘으로보톰 꼽자면 시든 꽃이요, 쉔 죽순이여." 그는 시조라도 읊듯 가락을 넣고 있었다.

"하이고 서러라. 남자 나이 사십은 5월 나비고, 첫배 황소제라이." 옥향이는 오금을 박고는, "그러딜 마씨요. 기생년 나이 시물다섯은 환갑인지 몰라도 여자 나이 시물다섯은 만개헌 작약이요, 흐드러진 수국이란 것이나 알아두시게라. 남정네딜이 이팔청춘 찾아쌓는디, 그 나이에 그것딜이 몸이 지대로 피기럴 혔소, 또 그 풋것딜이 밤일 묘리럴 알기나 허요. 당장에 그 풋것딜이나 찾아갔씨요."

옥향이는 백종두의 다리를 떠다밀며 몸을 일으켜버렸다.

"요런 버르장머리 없이……."

백종두는 급히 몸을 일으키며 옥향이의 치마깃을 잡으려고 했다. 그러나 옥향이가 솜씨 날렵하게 치마깃을 낚아돌리는 바람에 그는 헛손질을 하고 말았다. 그의 얼굴색이 싹 변했다.

"당장 요리 안 올 것이여!"

그는 고함을 질렀다. 다리를 주무름에 따라 서서히 기분을 내려고 했던 것이 깨져버리자 그는 화가 머리꼭지까지 솟았던 것이다. 그리고 기생년이 감히 어디라고 다리를 떠다민 것도 용서할 수가 없었던 것이다.

"아무리 천헌 기생이라고 그리 막 대허는 법이 아니오. 나야 논개 겉은 절개도 없고, 춘향이 겉은 정절도 없소마는 관기 법도가 어떤 것인지넌 알고 있소. 시상이 망쪼가 드니라고 관기 법도고 머시고 다 깨지고 무너지는 판이라도 사람얼 그리 대허는 법이 아니오. 이년이야 다된 년잉게 왜년기생얼 찾어가든지 젊은년덜얼 찾어가든지 당장 나가씨요."

옥향이는 대청으로 나서며 칼칼하게 쏘아대고 있었다.

"옥향아 이년아, 니가 나럴 이리 대허면 어찌 되는지 몰라서 이러냐."

백종두는 옥향이년의 뻗대는 꼴이 어이가 없기도 하고 묘하게 귀엽기도 해서 생각과는 다르게 더 크게 소리를 질러댔다.

"이놈에 기생질 안 허면 그만 아니겠소. 맘대로 혀봇시요."

건넌방으로 들어간 옥향이는 문을 탕 닫아버렸다.

백종두는 그만 머쓱해져 버렸다. 그리고 가라앉으려던 화가 다시 치밀기 시작했다. 저것이 내 말을 안 들어? 그는 무시당했다는 생각이 왈칵 들었다. 그러자 새롭게 화가 머리꼭지를 치받고 올랐다. 그는 무시당하는 것을 그 무엇보다도 치떨려했다. 아전으로 평생을 살아오며 관상(官上)과 양반들에게 끝없이 굽실거리고 비위 맞추면서도 무시는 무시대로 당하는 것이 뼈에 사무쳐 있었다. 학식으로나 머리로나 양반을 못 당할 게 아무것도 없었다. 그런데 그 아전이라는 피를 잘못 타고나서 당하는 수모고 한이었다. 그 울분을 자신보다 더 아랫것들이나 기생방에서 풀지 않고서는 살아갈 수가 없었다. 그런데 기생년한테 면전에서 무시를 당한 것이었다.

"야이 옥향이년아, 당장 이리 못 나오냐."

그는 부르르 떨며 외쳤다. 그 소리가 집 안을 울렸다. 그러나 닫힌 옥향이의 방문은 열리지 않았다. 그 대신 눈이 휘둥그레진 할멈이 부엌에서 달려나왔다.

"이년아, 당장 못 나와!"

그는 놋재떨이를 집어 옥향이의 방을 향해 내던졌다. 그는 할멈을 보자 창피스러운 생각으로 그만 화가 폭발하고 말았던 것이다.

대청 가운데쯤에 떨어진 놋재떨이는 요란스런 소리를 내고는 데굴데굴 굴러 토방으로 떨어지며 더 시끄러운 쇳소리를 냈다. 그러나 여전히 옥향이의 방문은 열리지 않았다.

아, 저년이, 저년이!

백종두는 울분을 이기지 못해 부들부들 떨었다. 성질대로 하자면 당장 쫓아가 저년의 머리끄덩이를 잡아채 대청바닥에 패대기를 쳐 직신직신 밟아야 했다. 그러나 할멈이 보고 있었다. 그는 그 순간에도 자신에게 미칠 손해를 빠르게 계산했다. 기생집에서 기생을 두들긴 소문이 관가에 들어가게 되면…… 체면도 말이 아니고 피해도 입게 될 터였다. 그는 곧 냉정해졌다. 그런 방법이 아니더라도 옥향이년을 몰아칠 방법은 얼마든지 있었던 것이다.

백종두는 숨을 고르고 나서 느리게 몸을 일으켰다. 그리고 말코지에 걸린 옷을 하나씩 내려 꿰입기 시작했다.

내가 실수혔제. 한 년허고 오래 구녕 맞추다가는 지집이 버르장머리가 없어진다는 말얼 지켰어야 허는 것인디. 근디, 저년 것이 예삿것이었어야제. 어디 그것만 찰떡이었는감. 코피리는 얼매나 잘 불고, 남자 호시 태우는 쌧바닥 기술은 또 얼매나 좋고. 그러니 정신얼 채릴 수가 있었어야제. 저년이 시방 저리 콧대 세우고 뻗대는 것도 지년 기술이 넘보담 낫고, 나가 지년헌티 빠진 것얼 알기 땀새여. 허나 지년 기술이 지아무리 좋아도 오늘로 끝장이여.

백종두는 큼큼 헛기침을 하며 마루로 나섰다.

"옥향이 니 소원대로 혀줄 거이다."

백종두는 드림줄을 붙들고 댓돌로 발을 내리며 느릿하게 말했다. 그 거동이며 무게 실린 음성이며가 조금 전과는 전혀 딴판으로 흡사 격을 갖춘 양반이었다.

그러나 옥향이는 끝내 얼굴을 내밀지 않았다. 그건 백종두의 기대를 조각조각 깨는 것이었다. 그는 자신의 엄포에 옥향이가 쪼르르 달려나올 줄 알았던 것이다. 그러면 못 이기는 척 배웅을 받고 오늘 일을 그냥 덮으려는 마음도 없지 않았던 것이다.

이년이 군수 앞에서도 이럴 것인가!

그의 뿌리 깊은 열등감이 마침내 독사대가리처럼 곤두섰다. 그는 치솟는 감정을 신음과 함께 입 안에 사리물었다. 오랜 세월에 걸쳐서 익혀온 감정처리 방법이었다. 그러나 그 감정은 삭여지는 것이 아니라 가슴에 새겨졌다. 그런 다음 무슨 방법으로든 앙갚음을 하지 않고는 그는 가슴에 새긴 각인을 결코 지운 일이 없었다.

"편히 살펴가시게라우."

잔뜩 주눅든 할멈이 허리를 반으로 접었다.

"자네도 옥향이년 수발 곧 끝내게 될 것이네."

그가 할멈의 굽힌 등에다 내던진 말이었다. 소스라쳐 놀란 할멈은 백종두의 꼿꼿한 뒷모습을 넋나간 듯이 바라보고 있었다.

백종두는 옥향이의 목을 보기 좋게 비틀어버릴 궁리를 하며 더운 줄도 모르고 땡볕 속을 걷고 있었다. 구슬 옥 자 옥향이가 아니라 돌 석 자 석향이를 만들어버릴 작정이었다.

그는 이 세상의 절정의 쾌락을 색정에다 두고 있었다. 그러나 그보다 더 높은 자리에 두는 것이 딱 한 가지 있었다. 그건 다름이 아니라 자신을 신분적으로 무시한 자들에 대한 앙갚음에 성공했을 때의 보복감이었다. 사또고 그 어떤 양반이고 간에 한번 마음속에 점찍었다 하면 무슨 수로든 앙갚음을 하지 않고 넘긴 적이 없었다. 물론 그런 오기를 품고 있는 건 그 혼자만이 아니라 거의 모든 이방들이 비슷했다. 그는 그 보복의 쾌감으로 중인의 열등감을 이겨냈고, 양반에 대한 열망을 위무했던 것이다.

"이방 어른, 이방 어른……."

한 남자가 고개를 꾸벅거리며 알은체를 했지만 백종두는 자기 생각에 빠져 알아듣지 못하고 있었다.

"아 이방 어른, 안녕허신게라우?"

그 남자는 굳이 백종두의 코앞에다 제 얼굴을 디밀었다.

"어? 으 그려, 자넨가."

백종두는 그때서야 상대방을 알아보았다. 그러나 얼굴은 영 무덤덤했다.

"무신 근심 있으신게라?"

"아니시."

"워디 가시는감요?"

"그려. 자네 일 보소."

백종두는 냉정한 것도 거만한 것도 아니었다. 지극히 무표정하게 사람을 대하고 있었다. 그건 관생활을 오래 한 사람들의 몸에 배어 있는 특유의 거드름이고 감정 위장술이었다.

한껏 반가움을 드러냈던 그 남자는 백종두의 그런 태도에 그만 무색해져서 옆으로 비켜섰다. 그는 백종두 같은 사람을 우연히 마주친 기회에 한 번이라도 더 알은체를 해두고 싶었던 것이다. 관청에 있는 사람들과 얼굴을 익히고 친해져서 손해될 일은 없다는 생각에서였다. 그는 급변하는 군산바닥에 파고들어 잡화상을 벌여놓고 있는 장칠문의 아버지 장덕풍이었다.

장덕풍이 옆걸음질 쳐 멀어진 다음에야 백종두는 갈 데가 마땅찮다는 것을 깨달았다. 일찌감치 사무를 마치고 나올 때는 그럴듯한 계획이 세워져 있었다. 그 계획대로였다면 지금쯤 옥향이년과 구름을 두둥실 타는 그 기막힌 맛을 즐기거나, 그것을 끝내고 전신이 노골노골 풀리는 꿀잠을 자고 있었을 것이다. 그 잠에서 깨어나 꿀물 한 사발을 마신 다음 땡볕이 한풀 꺾인 석양을 밟아 일어 학원에 가기로 되어 있었다. 그런데 어쩌다가 그 계획이 온통 뒤죽박죽이 되어버렸던 것이다.

"기생년 나이 시물다섯은 환갑인지 몰라도 여자 나이 시물다섯은 만개헌 작약이요, 흐드러진 수국이란 것이나 알아두시게라."

그의 귀에서 되살아나는 옥향이의 목소리였다. 그는 눈을 질끈 감았다.

"그 풋것덜이 밤일 묘리럴 알기나 허요. 당장에 그 풋것덜이나 찾아갔씨요."

또 들리는 소리였다. 그는 끄으음 된신음을 입에 물었다.

다시 생각해도 옥향이년의 말은 틀린 데가 없었다. 노인보고 어서 죽으라고 하고, 병신보고 병신이라고 흉보고, 여자보고 못생겼다고 하는 것이 세 가지 큰 악담이라고 했다. 그런데 스물두 살밖에 안 된 옥향이에게 늙어 쓸모없게 되었다는 뜻으로 말하지 않았던가.

그는 뒤늦게 후회스러움을 느꼈다. 자신이 했던 말은 여자를 못생겼다고 하는 것과 별로 다를 것이 없었던 것이다.

그런 말이 왜 나왔더란 말인가. 스스로에게 불리한 말은 농담으로도 해서는 안 된다는 생각을 갖고 있는 그로서는 자신이 왜 그런 말을 했는지에 대해 새삼스럽게 기억을 더듬었다.

사단은 곧 일본말 배우는 것 때문이었다. 옥향이에게 일찌감치 일본말을 배우라고 권했던 것은 순전히 옥향이의 장래를 위해서였다. 그 필요성을 설명하다 보니 어쩔 수 없이 기생 환갑나이라는 말이 나올 수밖에 없었던 것이다. 형편이 그리되었던 것이지 자신이 어리석게도 스스로에게 불리한 말을 했을 까닭이 없다는 사실을 그는 다시금 확인하고 있었다.

가만있거라…… 그는 고개를 갸웃했다. 옥향이 고것이 아주 맹랑하다는 생각이 들었던 것이다. 기생질이나 해먹는 주제에 일본 사람을 턱없이 싫어했던 것이다. 그전에 거의 느끼지 못했던 점이었다. 그도 그럴 것이 전에는 일본말을 배우라고 권한 일도 없었고, 일본기생을 입에 올린 것처럼 일본사람 이야기도 구체적으로 꺼낸 일이 별로 없었던 것이다. 옥향이의 속이 어떤 것인지 갑자기 의심이 생겼다.

애비놈이 동학당 아니었을랑가······?

백종두의 머리는 순간적으로 비약하고 있었다. 그것도 오랜 관리생활의 버릇이었다. 그의 머리는 한동안 옥향이의 아버지를 동학당이라고 단정해 놓고 옥향이가 기생이 된 사정과 그 맹랑한 생각과를 엮어나가고 있었다.

그러다 보니 어느덧 일어학원에 가까워져 있었다. 그러나 공부가 시작되기는 아직도 이른 시각이었다. 그는 난감해져서 하늘을 올려다보았다. 해가 서쪽으로 꽤나 기울기는 했지만 해거름이 되려면 아직 한참을 더 있어야 했다.

어디서 그 공백을 때워야 할지 막연해졌다. 문득 옥향이년이 아쉬워졌다. 비릿하면서도 싱싱한 살내음이 코끝을 스치고 지나갔다. 그는 코를 벌름거렸다. 탄력 좋은 탱탱한 젖가슴이 선하게 떠올랐다. 그는 눈을 껌벅거렸다. 그것은 역시 제 말마따나 만개한 작약이요, 흐드러진 수국이었다. 아니, 그냥 작약이나 수국이 아니라 활짝활짝 웃는 작약이었고, 소리쳐 흘리는 수국이었다. 그는 쩝쩝 입맛을 다셨다.

그렇다고 다시 찾아갈 입장도 아니어서 그는 크음크음 헛기침을 해대며 옥향이의 생각을 털어냈다. 옥향이의 생각에서 벗어난 그의 눈에는 나날이 변하고 있는 군산의 모습이 들어왔다. 며칠 사이에 얼마나 또 변했는지 그는 구경을 하고 싶었다. 그는 그 구경을 일종의 재미로 삼고 있었다. 그는 구경을 할 때마다 몸에서 생기가 나는 것을 느꼈다. 새로운 세상이 펼쳐지고 있는 것을 보면서 그는 거기에 대처해야 할 새로운 기대와 긴장을 느끼지 않을 수 없었다. 이 새 세상에서 내가 할 일이 무엇인가를 그는 오래전부터 주시해왔던 것이다.

백종두는 쥘부채 든 손을 기세 좋게 치켜들었다.

"어이, 인력거!"

그는 쥘부채를 쫙 펼치며 큰소리로 인력거를 불렀다.

"워디로 가시남유?"

인력거꾼이 땀으로 맥질된 얼굴을 때 전 수건으로 훔치며 물었다. 그의 느릿한 말투는 전라도 것이 아니었다.

"어디 사람인고?"

백종두는 인력거꾼이 포구 건너편 장항 어디쯤에선가 왔으리라고 짐작하며 한껏 근엄하게 물었다.

"야아, 저어그 장항이 집인디유."

인력거꾼은 마치 무슨 잘못이라도 저지른 것처럼 허리를 굽실거렸다.

"장항에서 무얼 했든고?"

"야아, 농사를 지었구먼유."

"농사라, 인력거 끌기가 농사짓기보담 살기가 나슨가?"

백종두는 인력거에 한 발을 올려놓으며 또 하나의 세태변화를 느끼고 있었다.

"아니지유. 땅 못 가진 농사꾼 신세라 새 일거리 찾아 고향을 뜨기는 했지유. 그려두 인력거꾼 놀이로 밥 묵고 살기는 넘에 땅 부치는 것보담 나슬 것이 하나도 없구먼유."

인력거꾼이 한숨을 내쉬며 고개를 저었다.

백종두는 인력거가 출렁거리도록 자리에 주저앉으며 입을 열었다.

"저짝 해관으로 한바쿠 돌아 여그꺼정 대여."

백종두는 몸을 뒤로 맘놓고 부리며 명령했다. 그는 분명 '명령'했던 것이다. 인력거꾼들은 무시해도 좋을 만큼 천한 것들이었고, 그는 인력거를 탈 때마다 가마에서 받아왔던 모멸감을 맘껏 풀고 있었다.

그가 관생활을 해오면서 가장 창피스러움과 모멸감을 느끼는 것은 사또 행차 때 사또는 가마를 타고 가는데 자신은 걸어서 그 뒤를 따라가는 것이었다. 그는 그런 꼴을 수많은 사람에게 내보이는 것이 견디기 어려웠다. 그런데 인력거가 생긴 다음부터는 돈만 있으면 얼마든지 인력거를 타고 다니며 그 분풀이를 할 수 있었던 것이다. 그리고 인력거라는 것은 참 묘해서 사람이 뒤로 몸을 부릴수록 끌기도 좋고 빨리 달리게 되어 있었다. 그러니 타는 사람의 자리가 편안할 뿐만 아니라 자연히 배를 내밀게 되는 앉음새가 아주 기분이 좋았던 것이다. 역시 인력거는 세계적인 발명품이라며 그는 더없이 흡족한 마음으로 애용하고 있었다.

그는 맘놓고 허리를 뒤로 젖히고 턱을 끌어당기고 앉아 쥘부채를 할랑거렸다. 눈을 가느스름하게 뜬 그는 인력거의 흔들거림을 즐기며 길 양쪽으로 새로 들어선 일본식 건물들을 살펴나가고 있었다.

그는 일본식 집에 반한 지 이미 오래였다. 한 일 자로만 된 한옥에 비해 일본식 집은 마루를 중심으로 방과 부엌 같은 것들이 둘러싸듯 배치되어 있는 것이 아주 그럴듯했던 것이다. 변소가 따로 멀리 떨어져 있지 않은 것이 좋았고, 특히나 좋은 것은 목욕탕이었다. 집집마다 목욕탕이 있다는 것은 참으로 희한하고도 기막혔던 일이었다.

거기다가 2층집에 이르면 그는 그만 넋을 놓았다. 높은 2층집에 떡 버티고 앉아 아래를 내려다보는 것은 상상만으로도 기분 달뜨는 일이 아닐 수 없었다. 돈만 있으면 아무나 2층집에 살 수 있다니……. 그는 일본사람들의 세상을 좋아하지 않을 수가 없었다.

그러나 그는 마음에 안 드는 것이 한 가지 있었다. 그 다다미라는 것이었다. 여름에는 그런대로 괜찮겠는데 겨울에 그 위에서 자야 한다는 것은 아무리 생각해도 마땅찮은 일이었다. 온돌의 그 뜨끈뜨끈함이 없이는 겨울추위를 이겨낼 자신이 없었던 것이다. 그래서 그는 남모르는 방법 하나를 이미 고안해 놓고 있었다. 모든 것은 일본식으로 하되 방바닥만 온돌을 놓자는 것이었다.

그는 인력거에 의젓하게 앉아 살랑살랑 부채질을 하고 있었지만 마음 한구석은 결코 편하지가 않았다. 날이 날마다 눈이 어지러울 정도로 번화해지고 있는 이쪽의 땅을 무슨 방법으로 수중에 넣을 수 없을까를 또 궁리하는 탓이었다.

"그건 경매장에서 결정하는 것이오. 최고가격을 부르면 되는 것 아니오?"

영사관 서기 쓰지무라의 속편한 말이었다.

"아하, 그것이야 누가 모르겠소. 그리 헐라도 낙찰이 안 되니 허는 소리 아니오. 내 섭섭잖게 인사헐 것이니 어찌 좀 일이 되게 혀주시오."

"거류지가 한정이 돼놔서……."

"그러니 부탁허는 것 아니겠소."

"어디 두고 봅시다."

"아이고 다음 경매 때는 꼭 좀 되게 혀주시오. 자아, 이 잔 받으시고……."

쓰지무라는 술만 날름날름 얻어마셨지 경매 때에는 아무런 도움도 주지 않았다. 무슨 수를 써서든지 낙찰은 일본사람들이 독차지하고 말았다. 그 대목에서 그들은 '왜놈'이라고 그의 감정은 뒤틀려 올랐다.

그러나 그는 거류지 낙찰을 결코 포기하지 않았다. 다만 몸이 다는 것은 경매가 한 차례씩 지나갈 때마다 땅이 줄어들면서 낙찰가는 계속 치솟고 있는 점이었다.

그 땅값만 생각하면 그는 가슴이 벌떡거려 곧 심장이 멎을 것만 같았다. 개항이 되고 해변가로 각국 거류지가 정해지고 일본과 중국 영사관에서 그 땅값으로 나라에 낸 돈은 평당 30전이었다. 그것도 일시불이 아니라 일정 기간 동안 이자만 내고 원금은 그 땅을 경매에 부쳐 거류지 시설자금을 확보한 다음에 갚도록 되어 있었다. 그런데 거류민들이 폭증하면서 경매가 치열해지게 되자 땅값은 평당 10원에서 20원으로 뛰고, 20원에서 40원으로 뛰는 판국이 벌어졌다.

지난 경매에서 55원까지 치솟은 것을 보고 그는 숨이 막혔던 것이다. 그러나 더 기가 막히는 것은 그 가격이 고정가가 아니라는 점이었다. 평당 100원까지도 올라가리라는 소문이었다. 결국 평당 원금 30전씩을 갚은 일본영사관은 어마어마한 돈을 벌어들이고 있었다. 군산이 각국 거류지로 되어 있었지만 그건 명목뿐이었다. 중국영사관이 소유한 땅은 일본영사관 땅의 10분의 1도 안 되었고, 중국영사관은 각국 거류지회에도 아예 참여하지 않았기 때문에 거류지의 모든 권한과 이권은 일본영사의 손아귀에 들어가 있었다.

땅값이 더 오르기 전에……. 백종두는 초조하기 이를 데 없었지만 땅을 확보할 수 있는 묘안은 떠오르지 않았다. 영사관 서기 쓰지무라를 어떻게 해서든 회유해야 하는데 도무지 그 방법이 막막했던 것이다. 그녀석은 술로도 돈으로도 넘어가지 않는 고약하고 얄미운 놈이었다.

인력거는 일본사람들의 관청과 은행 같은 것들이 들어서고 있는 금강포구 쪽 해변을 돌아 처음의 자리로 되돌아왔다. 백종두는 묘안이 떠오르지 않아 속까지 더부룩해진 것 같은 기분으로 인력거에서 내렸다.

그는 옷차림을 단속하고 일어학원으로 천천히 발을 떼어놓았다.

학원은 공부가 시작되어 있었다. 그는 조심스럽게 문을 밀치고 안을 들여다보았다. 그의 얼굴이 차츰 변하고 있었다.

선생을 따라 열심히 입을 놀리고 있는 열댓 명의 학생들 중에 분명 자신의 아들은 없었던 것이다.

요런 빌어묵을 자석이 참말로 말얼 안 듣네!

그는 아랫입술을 물며 주먹을 부르쥐었다. 눈앞에 있으면 당장 면상을 박살내고 싶은 심정이었다.

백종두는 숨을 씩씩거리며 문을 열려다가 돌아서려다가 종잡지를 못하고 있었다. 공부를 하러 들어가자니 당장 아들놈을 찾아나서야 될 것 같았고, 아들놈을 찾아나서자니 어디로 갈 것인지 막연한 데다가 공부를 하루 빼먹는 것이 아까웠던 것이다.

그는 몇 번을 우왕좌왕하다가 결국 돌아서고 말았다. 아들놈을 옆에 앉혀놓지 않고서는 공부가 될 것 같지 않았던 것이다. 그는 오늘 아주 요절을 내고 말겠다고 벼르며 좁은 낭하를 걸어나왔다. 뒤에서 들리는 학생들의 일본말 소리가 그의 울화를 더욱 자극하고 있었다.

학원을 나선 백종두는 사방을 휘둘러보았다. 그는 푸우 소리나게 울화를 토해냈다. 아들놈을 찾으러 어디로 가야 할지 막막했던 것이다. 어느 술집에서 계집을 끼고 낮술을 퍼마시고 있는지, 어떤 잡스런 놈들과 어디서 투전판을 벌이고 있는지 알 수가 없는 일이었다. 그렇다고 학원에 얼굴을 안 내민 놈이 집에 붙어 있을 리 만무였다.

이놈에 새끼가 사람이 될라는 것이여 웬수가 될라는 것이여.

백종두는 또 하늘을 향해 울화를 내뿜었다. 그는 아들이 자기보다는 큰 인물이 되기를 못내 바라고 있었다. 그런데 그 소망에 자꾸 금이 가고 있는 것만 같아 속이 끓어 견딜 수가 없었다. 아들놈은 어려서부터 글공부에는 별로 흥미가 없고 덜렁거리며 나돌기만 좋아했다. 글공부에 맛을 들이지 못했으면 눈치나 빠르고 약기나 해야 할 텐데 그렇지도 못했다.

세상은 나날이 달라져 가고 있었다. 세상의 변화는 일본세가 예상보다 빠르게 커져가고 있는 것만이 아니었다. 그전에 벌써 노비제도를 없애면서 세상의 밑바닥이 한차례 흔들렸고, 동학당들이 날뛴 2년 뒤에는 백정을 면천하여 갓을 쓰도록 허락해 주었던 것이다. 그 두 가지 변고는 아주 큰 사건이 아닐 수 없었다. 그건 아랫것들이 고개를 치켜들게 만들어준 것인 반면에 그만큼 윗사람들의 위세가 기울어지게 만들었던 것이다. 그뿐만 아니라 더 중요한 것은 나라의 지엄한 힘이 아랫것들에게 밀리고 있다는 증좌였던 것이다. 노비의 사슬에서 풀려난 것들이 농군으로 변했고, 그것들이 다시 동학이라는 해괴한 물을 먹고 동학당으로 변해 세상을 뒤집겠다고 낫이며 도끼를 들고 일어나게 되었다. 동학당 중에서 싸움에 앞장을 섰던 포악한 것들은 거의가 노비 출신이었다. 결국 나라가 한 발 물러선 까닭에 갑오난리가 일어났고, 그 난리가 일어나자 나라는 다시 두 발 물러나게 되어 백정 같은 천하고 천한 인종들한테까지 갓을 씌워주고 말았던 것이다. 아랫것들 힘으로 나라가 흔들리고 세상이 허물어지게 만든 것이 그 두 가지 변고였던 것이다.

세상이 그리되니 몇 대를 벼슬살이 못해 족보만 끌어안고 배를 곯던 한심한 양반들이 이방자리를 탐내고 드는 일까지 벌어지게 되었다. 그런 세태 속에서 일본세는 밀어닥치기 시작했다. 일본세가 휘돌면서 세상의 변화는 더욱 뚜렷해졌다.

그건 첫째가 조선관직의 허약해짐이었고, 둘째가 족보가 아닌 돈이 말하는 세상이 되어갔고, 셋째가 일본세를 거역하지 말고 업혀야 한다는 점이었다.

그래서 자신은 일본말을 배우기 시작했고, 아들에게도 일본어학원을 다니라고 명령했던 것이다. 그런데 아들놈은 배돌기만 하면서 아비의 명령을 거역하고 있었다.

"이놈에 새끼가 지 에미럴 탁해서 그 꼬라지여."

백종두는 성질 사납게 쥘부채를 펼치며 내뱉었다. 그리고 저 멀리 떨어져 있는 인력거를 향해 외쳐댔다.

"어이, 인력거! 인력거!"

인력거가 집에 가까워질수록 백종두의 부채질은 빨라지고 있었다. 그만큼 감정이 뜨거워지고 있었던 것이다.

"문 열어라, 어여 문 열어!"

그는 있는 대로 고함을 지르며 대문을 발로 걷어차고 있었다.

"아이고 어르신, 인자 오시는게라."

머리에 수건을 동인 머슴이 황급한 몸짓을 지으며 허리를 굽혔다.

"저리 물러서라."

백종두는 머슴의 어깨를 떠다밀었다. 머슴은 비척비척 물러섰다.

"어쩐 일이시게라?"

의아한 얼굴을 한 그의 아내가 서둘러 댓돌로 내려서고 있었다.

"남일이놈 워딨어!"

그의 눈에서 불똥이 튀고 있었다.

"나갔는디요."

"나가기넌 어디로 나가."

"일본말 배우로 간다고라."

"시끄럿! 새끼럴 어찌 단속허고 사는겨. 이 모지란 예펜네야!"

백종두는 쥘부채 든 손을 치켜올렸다. 곧 아내를 후려칠 기세였다.

"아이고메 다 큰 자석인디……."

그의 아내는 두 팔을 모아들고 그 뒤에 목을 움츠리며 뒷걸음질을 쳤다.

백종두의 아내는 남편이 왜 저렇게 화가 났는지 다 알아차렸다. 그녀는 대꾸할 말이 없어서 계속 뒷걸음질 쳐 남편과 멀어지려고 했다.

"그놈에 새끼럴 당장 찾아와. 다리몽댕이럴 뿐질러놓게 당장 찾아오라고!"

백종두는 쥘부채끝으로 아내를 겨누며 소리질렀다. 그의 아내는 잔뜩 움츠린 채 고개만 빠르게 끄덕였다.

"에잇 빌어묵을, 그, 그……."

백종두는 혀끝까지 다 밀려나온 말을 되잡아 삼키며 쥘부채로 허벅지를 쳤다. 그가 삼킨 말은, 그년이 재수 없이 나대 일진 더럽게 됐다, 였다.

그의 아내는 문간에 주눅들어 서 있는 머슴을 손짓으로 불렀다. 머슴은 백종두의 뒷모습을 힐끔거리며 마당을 가로질렀다.

"어여 나가 서방님 찾어보소."

그녀의 숨죽인 목소리였다.

"야아."

머슴이 몸을 돌려세웠다.

"어이, 쉽게 찾는다고 금방 딜고 오지는 말소."

"야아."

주춤했다가 몸을 되돌리는 머슴의 입가에는 비웃음이 스쳐갔다.

머슴이 나가는 것을 보고 있던 그녀는 아래채로 눈길을 돌렸다. 얼굴을 내비치지도 못하고 있는 며느리에게 신경이 쓰였던 것이다.

"학원인지 서당인지로 안 가고 또 워디로 가서 이 난리판굿인고. 나럴 빼박지나 말았어얄 것 아니여."

그녀는 혼잣말을 중얼거리며 부엌 쪽으로 걸음을 옮겼다.

어떻게 되어 아들의 외모는 자신을 그대로 닮아 있었다. 넓적한 바탕에서부터 눈·코·입까지가 정말이지 떡판에 찍어낸 듯했던 것이다. 너무 안타까워 굳이 찾아내자면 남편을 닮은 데는 귀 정도였다. 외모가 남편을 닮지 않았으면 성질이라도 남편을 닮았어야 했다. 영리하고 찬찬하고 부지런하고 남에게 지기 싫어하는 남편을 닮았더라면 이런 말썽이 일어날 리도 없었다. 성질마저 자신을 닮아, 아니 남편은 자신을 닮았다고 매양 타박이었지만 성질은 누구를 닮았는지 그저 무사태평이고 건들거렸다. 자신의 성질도 남편 쪽이면 쪽이었지 아들 쪽은 아니었던 것이다. 외모가 자신을 빼박은 죄로 아들이 무슨 잘못만 저질렀다 하면 남편은 자신까지 싸잡아서 몰아대고 윽박질렀다. 그 시집살이도 여간 분하고 서러운 것이 아니었다. 그리고 야단을 맞고 풀죽어 있는 아들을 물끄러미 바라보다 보면 내가 잠결에 어떤 딴 남자한테 당해서 저걸 낳게 된 것이 아닐까 하는 엉뚱한 착각에 빠지기도 했던 것이다.

그녀는 손수 꿀물을 타가지고 안방으로 들어갔다. 한 손에는 물 축인 수건도 들었다. 문지방을 조심스럽게 넘어서던 그녀는 주춤했다.

남편은 그 사이에 벌써 네활개를 벌리고 잠이 들어 있었다. 그녀는 안도의 숨을 하르르 내쉬며 가만가만 방을 나왔다. 남편의 그 자기 마음대로 조정되는 성질이 얼마나 다행인지 몰랐다. 남편은 좀 남달라서 아무리 속상하는 일이 있어도 자자 마음먹으면 자는 사람이었고, 아무리 사소한 일이라도 자기 마음에 들지 않으면 금방 세상을 엎을 것처럼 화를 내는 사람이었다. 남편이 한숨 자고 나면 아들에 대한 화도 많이 풀릴 것이라서 그녀는 한결 마음이 놓였다.

머슴은 혼자 돌아왔다. 머슴이 무슨 말을 하려는 것을 그녀는 손짓으로 제지했다. 들으나마나 못 찾았다는 말일 것이기 때문이었다. 머슴을 내보낼 때도 남편의 불호령을 따르는 척한 시늉이었지 찾아오리라는 기대는 없었던 것이다.

아들은 밥때가 겨워도 돌아오지 않았다.

"이놈으 새끼가 사람 노릇얼 지대로 헐랑가 몰르것당게. 시상은 정신없이 핑핑 돌아가는 판인디."

색다른 반찬이 서너 가지나 더 오른 밥상을 받은 남편의 말이었다. 그 색다른 반찬은 며느리의 눈치 빠름이었다.

"그것이 애비 맘얼 안직 다 몰라서 그러요. 지도 곧 알아채리게 될 것잉마요."

그녀는 남편의 눈치를 살피며 조심스럽게 말했다. 남편은 더는 말이 없었다.

저녁을 마친 남편이 담배 한 대를 피우고 있는데 아들이 돌아왔다.

"너 이놈 남일아, 당장 이리 오니라!"

백종두는 담뱃대로 놋재떨이를 내리쳤다.

그녀는 화들짝 놀라며 다급하게 문지방을 넘어섰다. 그리고 버선발로 댓돌 아래까지 달려 내려와 아들을 붙들었다.

"아이고 워디럴 댕기다가 인자 와. 일본말 배우로 안 갔다고 생판 난리가 났었는디. 아부지 화가 가라앉었응게 그저 잘못혔다고, 낼 보톰언 영축없이 허겄다고 말씸디려. 알겄어?"

그녀는 억누른 소리로 숨가쁘게 말했다.

"지길, 조선놈이 왜놈말언 멋났다고 배우고 그려라."

백남일의 뚱한 대꾸였다.

"아이고메, 아부지 듣겄다."

그녀가 주먹으로 허공을 치며 질색을 했다. 그 옆에서 백남일의 아내는 남편을 눈이 째지게 흘기고 있었다.

"아 이놈아 멀혀. 당장 들어와!"

이런 외침과 함께 또 놋재떨이가 요란하게 울렸다.

"얼렁 들어가, 얼렁."

그녀는 아들의 등을 밀었다.

"어무님도 얼렁 들어가시지요."

며느리가 다급하게 말을 끼워넣었다.

"이, 속태우지 말그라."

그녀는 며느리에게 눈짓하고 서둘러 아들의 앞장을 섰다.

"너 이놈, 이짝으로 앉거라."

백종두는 방으로 들어서는 아들을 꼬나보며 긴 담뱃대로 방바닥을 톡톡톡톡 두들겼다. 방정맞을 정도로 빠르게 방바닥을 두들겨대는 담뱃대끝에서는 담배연기 대신 새로 달아오르기 시작하는 그의 성미가 폴폴 묻어나고 있었다.

백남일은 슬금슬금 아버지의 눈치를 보며 담뱃대와 거리를 두고 윗목에 미적거리며 무릎을 꿇었다. 그러는 사이에 담뱃대로 두들긴 자리는 그의 어머니가 차지했다. 그는 전에 담뱃대로 한두 번 머리통을 맞은 게 아니어서 미리 사이를 벌리는 것이었다.

"너 이놈, 일본말 배우로는 안 오고 어디럴 싸돌아댕기냐!"

백종두는 버럭 소리를 지르는 데 맞추어 담뱃대로 놋재떨이를 힘껏 내리쳤다. 학원의 교실을 들여다보던 때의 감정을 되살리기 위해서였다.

"저어, 활동사진이 새로 들어와서 그걸 보니라고라."

눈을 힐끔거리며 백남일은 빠르게 대답했다.

"활동사진? 노름헌 것이 아니고?"

아들을 쏘아보고 있는 백종두의 눈은 더욱 반질거리는 빛을 내고 있었다. 아들이 술을 마시지 않아 일단 감정이 잡혔던 그는 활동사진이란 말에 감정이 풀리고 있었다.

"노름얼 혔음사 이리 일찍허니 들어와지간디라."

백남일은 아버지의 성질에 불이 붙지 않은 것을 눈치채고 살아났다 싶어 고개를 좀더 펴들며 대꾸했다.

"활동사진 제목이 머시여?"

백종두는 추궁을 늦추지 않았다.

"제목이야 일본말이라 모르겄고, 그 이얘기넌 거 머시냐, 사무라이란가 허는 사람덜이 싸우는 것이었구만이라."

백남일의 고개는 바로 들려 있었다.

"이놈아, 활동사진얼 보드라도 제목이 머신지 알고 봐얄 것 아니여. 그러자면 학원공부보톰 먼첨 열성으로 혀야제."

백종두는 이제 감정이 완전히 풀린 것만이 아니라 아들이 기특하게 여겨지고 있었다. 비록 학원공부를 빼먹기는 했지만 그 시간에 술도 안 마시고 노름도 안 하고 활동사진을 보았다는 것은 썩 마음에 드는 일이었던 것이다. 일본사람들의 깊은 속을 알려면 활동사진을 자주 보아야 한다고 그는 진작부터 생각해 왔던 것이다. 활동사진이란 그 희한한 물건은 보는 재미도 재미려니와 그것을 보다 보면 일본사람들의 생활을 이모저모 소상하게 알 수가 있었다. 더구나 그들이 어떤 생각을 가지고 있고, 무슨 마음을 먹고 사는지를 손쉽게 알아낼 수 있는 것은 돈값을 톡톡히 뽑는 일이었던 것이다. 그래서 어른이 활동사진 보는 것을 점잖지 못한 일로 치부하는 사람들을 그는 비웃었다.

"아, 왜 대답이 없어."

백종두는 담뱃대로 방바닥을 쳤다.

"예에, 알겄구만이라우."

마음 놓고 있던 백남일은 흠칫 놀라며 얼떨결에 대답을 했다. 그러나 속으로는, 지기럴 그까진 제목 몇 자 알자고 성가시게 왜놈말 배우고 그려? 활동사진이야 왜놈말 몰라도 변사가 있응게 재미지게만 보는디, 투덜거리고 있었다.

"니 그간에 활동사진얼 얼매나 봤냐?"

백종두는 앉음새를 고치며 담배통에다 담배를 재기 시작했다.

"저어…… 들어온 것언 다 봤는디요."

백남일은 아버지의 말뜻을 선뜻 알아차릴 수가 없어서 눈치를 살피며 대답했다.

"그려……." 백종두는 고개를 끄덕이고는, "니 활동사진이 들어온 지 몇 년이나 되는지 아냐?" 아들을 건너다보며 묻고 있었다.

"금메요…… 한 이삼 년 됐는갑는디요."

백남일은 자신 없이 대답했다.

"이놈아, 내 그럴 줄 알았다. 정신 채려, 5년이다 5년."

백종두는 끌끌 혀를 찼다.

아이고 영감탱이, 기억 한분 총총허시. 그까짓 걸 알아서 뭐하느냐고 생각하는 백남일은 배고픔을 심하게 느끼기 시작했다.

"니가 그런 것도 몰르고 활동사진얼 보기만 허니 지대로 봤을 리가 있겠냐."

아들을 쳐다보는 백종두의 눈길이 다시 꼬이고 있었다. 그러나 백남일은 아버지의 말이 이상하기만 해 눈만 꿈벅거리고 있었다.

"이놈아, 활동사진이란 것언 그냥 움직이는 사진이나 보고 변사놈이 새살까는 소리나 듣는 것이 아니여. 그리 봐서넌 100개럴 봐도 돈만 퍼 없애제 아무 이문이 없는 것이란 말여. 허면 워찌 볼 것이냐. 그 속을 디레다볼 줄 알아야 허는 것이여. 일본사람덜이 무신 생각얼 허고 사는지, 사람얼 어찌 대허는지, 중허게 생각허는 것이 무엇인지, 머를 좋아허고 머를 싫어허는지, 여자넌 어찌 다루는지, 그런 것얼 세세허게 볼 줄 알어야 헌다 그것이여. 활동사진에 서 그런 것얼 미리미리 다 배와두면 앞으로 일본사람덜 대허기가 그만치 쉴허고, 넘덜보담 빨르게 친해지고, 신용도 더 많이 받을 것 아니냐 그 말이여. 무신 말인지 알아든겄어?"

백종두는 아들을 빤히 쳐다보았다. 백남일은 처음 듣는 그 말이 알 듯 말 듯 해서 선뜻 무슨 대답을 해야 좋을지 모르고 있었다.

"아, 알아든겄어?"

백종두의 목소리가 커졌다.

"예에, 알겄구만요."

"그려, 애비 말 멩념허고 앞으로넌 건숭으로 보지 말고 찬찬허니 세세허게 보란 말이여. 허고, 일본말 배우는 것은 어쩔 심판이여?"

백종두는 새롭게 아들을 꼬나보았다.

"저어…… 일본말이 영판 요상시럽고 허기가 에로운디 안 배우면 안 될랑가요? 사람덜이 다 배우는 것도 아닌디 먼첨 배우니라고 사서 고생헐 것 머 있간디요."

말이 나온 김에 속말을 다 해버리자고 백남일은 큰 용기를 냈던 것이다.

"이놈아, 머시 워쩌고 워쩌!"

백종두는 느닷없이 고함을 지르며 입에 물었던 담뱃대를 치켜들었다.

"아이고 참말로 말로 허시씨요. 메누리가 바깥에 있소."

그의 아내가 울상을 지으며 두 팔을 벌렸고, 백남일은 잽싸게 뒤로 물러나 앉았다.

"저런 넋빠진 놈이 저거, 시방 말이라고 허는겨? 이적지 애비가 혀온 말얼 어디로 듣고 인자 와서 저런 새 날아가는 소리여, 저놈이."

백종두는 며느리가 밖에 있다는 말에 걸려 성질대로 담뱃대를 휘둘러대지 못하고 소리만 질러댔다.

"일본말 배우기가 쉽기야 허겄소. 그러니 왈기지만 말고 조단조단 알아듣게 말로 허시씨요."

그녀는 애원하다시피 말하고 있었다.

"그려, 이놈아 똑바라지게 앉어서 애비 말 똑똑허니 들어." 백종두는 아들을 노려보며 앉음새를 고치고는, "이것이 내놓고 헐 소리는 아니다만, 이 조선천지가 일본사람덜 손에 전부 잽힐 날이 낼모레다." 그는 마치 무슨 선언이라도 하듯이 결연하게 말했다. 따라서 그 얼굴도 진지하다 못해 엄숙하게까지 보였다.

참말로 저 무신 새 날아가는 소리여. 꼭 왜놈덜이 조선얼 집어묵기 바래는 것맨치로 말허네? 백남일은 너무 어이가 없어 아버지를 멀뚱멀뚱 쳐다보기만 했다.

"이놈아, 그리 놀래덜 말어. 이 애비가 누구여. 시상 돌아가는 것 내다보는 디는 아무도 못 당허는 점쟁이여. 시상이 그리 변허면 어째야 되겄냐 그것이다!"

백종두는 아들에게 눈길을 박은 채 또 담뱃대로 방바닥을 쳤다.

"지금보톰 일본말얼 배워둬야 헌다 그것이다. 니놈언 아까 사서 고생헌다고 혔는디, 이놈아 두 눈구녕언 가죽이 모지래서 뚫어논

구녕이 아닝게 눈구녕얼 크게 뜨고 앞얼 똑똑허니 내다봐. 니보담 한 발 앞서 일본말얼 배운 사람덜이 어찌허고 있는지 똑똑허니 보란 말이여. 다 통변자리 차지혀서 권세 부리기 시작허지 안혔난 말이여. 그런디도 사서 고생이냐 이놈아. 니넌 한발 늦었다는 것얼 알아야 혀!"

백종두는 말을 멈추고 담배통에다 담배를 우겨넣었다.

"아부지 말씸 명념혀. 다 니 전정 위해 허시는 말씸잉게."

그녀는 아들에게 간곡하게 말했다. 그녀는 남편의 말을 전적으로 믿고 있었다. 시집와서 지금까지 세상 파란이 적지 않았었다. 그런데 남편은 그때마다 앞을 빈틈없이 내다보고 눈치 빠르게 처신해 한 번도 몸을 다치거나 집안을 흔들리게 한 적이 없었다. 파란 중에서도 제일 큰 파란은 뭐니뭐니 해도 동학당들이 일으킨 난리였다. 그때 사또란 사또는 다 추풍낙엽이었고, 재산 많은 양반들도 꽁지에 불붙은 장끼 신세였다. 그러니 이방들이라고 해서 무사할 수가 없었다. 그런데 남편은 얼마나 신묘하게 처신을 했던지 동학당에서 세운 집강소에서 일을 보게 되었다. 그러다가 동학당들이 망하기 시작하자 다시 동헌으로 옮겨앉게 되었다. 남편이 그런 고비마다 어떻게 처신을 하는지 그 깊은 속은 알 길이 없었다. 그저 그 숨막히는 파란 속에서도 털끝 하나 다치지 않고 고비를 무사하게 넘기는 남편의 기막힌 재주에 탄복할 뿐이었다.

"이놈아, 이 미련허고 답답헌 놈아. 니 눈으로 한 치 앞도 못 내다보는 눈뜬 봉사면 이 애비가 앞길 열어주는 대로나 열성으로 따라

와얄 것 아니겄어."

백종두는 담배연기를 푸욱 내뿜고는 한심스럽다는 듯 아들을 물끄러미 바라보았다. 아버지의 그 눈길을 받으며 백남일은 오로지 배고픈 생각뿐이었다. 그리고 그전부터 가지고 있는 분명한 생각은, 장자로서 아버지가 모아놓은 재산을 상속받기만 해도 평생을 떵떵거리며 편히 살 수 있을 텐데 무엇 때문에 그런 힘든 일을 해야 하느냐는 것이었다. 그는 그 생각을 아버지 앞에 털어놓지 못하는 것이 답답할 뿐이었다.

"이놈아 또 말헌다만 앞으로넌 일본말얼 못해갖고는 입신이고 출세고 권세고 재산이고 하나도 손에 잽히지 않고 앞길이 콱콱 맥히게 된단 것이여. 일본말얼 몰라서는 사람새끼 노릇얼 못혀. 그러니 어쨌그나 일본말얼 배워야 혀, 일본말을. 워쩔래, 앞으로넌 열성으로 허겄냐!"

백종두는 말끝에다 힘을 넣었다.

"예, 열성으로 허겄구만이라우."

백남일은 이제 끝났구나 싶어 기운 좋게 대답했다.

"그려, 니 전정 훤히 열리게 헐라면 넘 허는 것 곱쟁이로 열성얼 부려야 혀. 니넌 이 집 장손이고, 니 나이도 인자 열여덟이나 되얐어. 장가도 들었으니 가장 노릇얼 혀얄 것 아니냔 말이여. 이 애비가 니 나이 적에넌……."

아이고 사람 미치겄네. 또 골백번 들은 똑같은 소리 시작이시.

백남일은 그만 자리를 박차고 뛰쳐나가고 싶은 충동에 휘말렸다. 배는 고파 죽겠는데 아버지의 입에서 '이 애비가 니 나이 적에 넌' 하는 말이 나오기 시작하면 그 이야기는 끝날 줄을 모르고 이어지는 것이었다. 그 이야기는 아버지가 살아온 내력으로 결국 자기 자랑이었는데, 너무 많이 들어서 줄줄 외울 정도였다. 아버지는 눈치 빠르고 똑똑한 것이 분명하지만 그 대목만은 영 멍청이고 바보였다.

그는 이런 때야말로 어머니가 필요하다는 것을 잘 알고 있었다.

"……나가 지금꺼정 사또라는 것얼 열다섯이 넘게 보아왔다마는……."

아버지가 이야기에 취해 있는 틈을 타 백남일은 어머니에게 배가 고파 죽겠다는 시늉을 해 보였다.

"예 말이오 영감, 이 집 장손 배곯아 죽소."

그녀는 남편의 눈치를 살피며 어느 때 없이 나긋한 소리로 말했다.

"엉, 그라냐." 백종두는 이야기가 끊긴 것이 아쉬운 듯 짭짭 입맛을 다시고는, "니가 한발 늦었다는 것얼 유념허고 앞으로넌 열성으로 혀야 혀." 엄한 얼굴로 다짐을 놓았다.

백종두는 일어학원이 생긴 초장에 아들을 학원에 보내지 못한 것을 후회했다. 몇 년 전에 학원에 밀어넣었더라면 나이가 어려 우격다짐이 한결 수월하게 먹혀들었을 것이고, 여자나 술, 노름 같은 것을 알기 전이라 공부도 좀더 효과가 있었을 것이다. 그런데 어쩌다가 그 기회를 놓치고 장가부터 들이고 말았던 것이다. 실수치고는 어이없는 실수를 한 셈이라 그 손해를 만회하려고 자신의 마음은 바쁜데 아들놈이 도무지 뒤를 따라오지 못하고 있었다. 일어학원은 개항이 되면서 뒤따라 생겼던 것이다.

그 학원만 나오면 급료 좋고 권세 잡을 수 있는 일자리가 얼마든지 기다리고 있었다.

일어학원은 1차적으로 개항장마다 들어섰고, 그 다음에 큰 도시로 퍼져나갔다. 1900년에 11개였던 것이 4년 뒤에는 30개가 넘게 불어나 있었다.

4

거미줄

장덕풍의 잡화상에는 아침햇살과 함께 더위가 밀려들고 있었다. 가게에는 잡화상이란 이름 그대로 여러 종류의 물건들이 바닥에서부터 벽면까지 빼곡하게 진열되어 있었다. 그 많은 물건들은 한눈에 가게가 번성하고 있음을 느끼게 하고 있었다. 그런데 그 물건 거의가 바다를 건너온 일본것들이었다.

"아부지, 아무리 생각혀도 앞길이 벨로 가망이 없구만요. 귀신이 붙어야 굿판을 벌이고 꽹과리가 있어야 풍물얼 치더라고 이민 가겄다고 나스는 사람이 있어야 회사가 될 것 아닌감요. 헌디 날이 갈수록 사람 구허기가 에로와진단게라. 억지로 그물 쳐 잡는 것도 하로이틀이제, 이 동네 저 동네 싸돌아댕기니라고 고상만 죽사리 치고 되는 일언 없당게요. 이리 나가다가넌 회사가 문닫을 판인디, 아부지가 어디 존 자리 잠 구해줘야겠구만이라."

스무 살 나이에 어울리지 않게 사탕을 한쪽 볼에 문 장칠문이 걱정스럽게 말했다. 사탕이라는 것이 호도알만큼 커서 그의 왼쪽 볼은 보기 흉할 정도로 불룩 튀어나와 있었다. 일본사람들이 만들어내기 시작한 사탕맛에 홀린 그는 가게에 발을 들이기만 하면 사탕부터 입에 집어넣었다.

"그렇게, 나도 그 일이 가망 없다는 것얼 눈치채고는 있는디, 그려도 그리 다급허니 자리 옮길 맘언 묵지 말그라. 돈벌이보담도 그 일이 더 중헝게."

장덕풍은 느리게 흔들던 부채질을 멈추며 아들을 빤히 쳐다보았다. 그 눈길이 무언가를 일깨우고 있었다.

"아는디요, 그 일도 인자 더 헐 것이 없는 상싶은디요. 그간에 아무리 눈에 불얼 키고 찾아도 그것덜이 새로 패럴 짜는 티는 안 나드랑게요. 동학당언 인자 씨가 몰라분 것이 틀림없구만이라."

"이놈아, 누가 듣겄다. 그 소리넌 입에 올리덜 말란게로."

장덕풍은 질겁을 하며 빈주먹질을 했다. 그리고 가게 밖을 빠르게 휘둘러보았다. 그 순간 그의 눈빛은 텁수룩한 외모와는 달리 예리하게 빛났다.

"아부지넌 참말로, 겁도 많으시오."

장칠문은 마땅찮은 얼굴로 사탕을 으석으석 깨물어댔다.

"이놈아, 썸벅썸벅 주딩이 놀리덜 말고 정신 채려. 그런 일언 쥐도 새도 몰라야 허고, 여자라고 생긴 것언 느그 엄니도 알아서넌 안 된다고 헌 말 잊어부렀냐."

장덕풍이 아들을 노려보며 억누른 소리로 빠르게 말했다.

"아이고 또 저 소리. 아부지 앞이라 헌 말이제 나도 여그 나갔다 허면 독헌 놈이랑게요."

장칠문이 눈을 고약하게 떴다.

"이놈아, 니가 아무리 독허고 똑똑허다 혀도 이 애비 눈에넌 안직도 설었응게 꺼들대지 말어." 장덕풍은 마른침을 삼키고는, "이 애비 생각으로넌 말이여, 그것덜이 안직도 씨가 모른 것이 아니다 그것이여. 사오 년 전에 다시 들고일어나기 전에도 생각 짜른 사람덜언 그리 말했다. 근디 그것덜언 죽은디끼 숨죽이고 있다가 눈 깜짝헐 새에 그리 한덩어리가 돼서 일어났든 것이란 말이여. 그것덜이 평소에 서로 선얼 다 대고 있지 않았음사 어찌 그리 일시에 일어날 수가 있었겄냐. 그런디 말이여, 그때 그놈덜이 다 잽혀죽었드라냐? 그것이 아니여. 살아난 것덜이 더 많혀. 그리허면 그 살아난 것덜이 어디로 갔겄냐? 하늘로 솟았을끄나, 땅으로 꺼졌을끄나. 다 숨어서 살고 있다 그것이여. 그것덜이 숨죽이고 살문서 허는 짓이 머시겄냐. 또 때가 오면 일어날라고 서로서로 선얼 대고 있다 그 말이여. 바로 그것얼 찾아내야 허는겨."

그는 입가에 침찌꺼기가 끼도록 열심히 말하고 있었다.

"그것덜도 기죽고 정떨어져 인자 그런 생각 안 묵는 것 아니겄소?"

장칠문은 제 아버지가 열심히 이야기하는 것은 아랑곳하지 않고 꽤나 싫증난 얼굴로 불쑥 말했다.

"이놈아, 그것이 아니여. 그것덜언 그냥 사람이 아니라닝게. 즈그가 바로 하늘이라고 허는 그 못된 독얼 품고 즈그덜이 믿는 시상 얼 맨들 때꺼정 싸우겄다고 맘묵은 땅벌 겉은 물건들이여."

"독허면 머헌다요. 즈그덜 시상이 되기 전에 일본사람덜 시상이 되고 있는 판인디. 일본허고 싸우면 또 죽기나 허제."

장칠문은 아가리가 큰 사탕병의 뚜껑을 열고 사탕 하나를 꺼내 익숙한 솜씨로 입 안에 던져넣었다.

"이놈아, 속 댈이는디 사탕 고만 묵어."

장덕풍은 버럭 소리질렀다. 말은 그렇게 했지만 장사 잇속 따지 는 것이 골수에 박인 그로서는 사탕을 하나가 아닌 두 개째 먹는 것은 영 비위에 거슬렸던 것이다.

고개를 돌리는 장칠문의 입술이 비틀리고 있었다. 하이고 말이 야 번듯허시. 지 새끼가 묵는 것도 아까와서. 그는 아버지의 속이 더 쓰리라고 사탕을 마구 씹어댔다.

"요런 멍청헌 놈아, 니가 한나만 알고 둘은 몰르는 것이여. 그것덜 언 원체로 일본사람덜얼 원수로 대허는디, 이리 일본시상이 되야 가니 그것덜이 또 들고일어날 채비럴 허고 있을 거이다 그것이여. 그래서 일본사람덜이 그것얼 미리 방비헐라고 우리 겉은 사람 골 라서 역부러 일 맽긴 것 아니냔 말이여. 이려도 못 알아묵어?"

"그리 생각허면 그러기도 헌디요……."

장칠문은 고개를 주억거렸다.

"여러 말헐 것이 없다. 니가 어디서고 그것 한나만 알아냈다 허 면 니가 좋아허는 자리넌 어디라도 갈 수가 있는겨."

장덕풍의 목소리는 들뜨고 있었다. 그렇게만 되면 아들은 물론이고 자신도 한몫을 잡게 되어 있었던 것이다.

"그걸 어찌 믿는게라?"

"어허, 잔말 말고 어서 찾아내기만 혀. 그 담이야 이 애비가 다 알아서 헐 것잉게. 이 애비가 손해 보는 짓 허는 것 봤냐?"

장덕풍은 자신 있게 못을 쳤다.

"죽어라고 애럴 썼는디도 못 찾아내면 어쩌고라?"

"머시여?"

장덕풍은 그만 맥이 풀려 어깨를 늘어뜨려 버렸다.

"지끔꺼정 헌 고생도 얼맨디 앞으로 또 고상혀 갖고도 못 찾아내면 공염불만 허고 헛세월만 보내는 것 아니랑가요."

장칠문이는 따지듯이 말하고 있었다. 아들을 쳐다보고 있는 장덕풍은 아들의 말에도 일리가 있어서 마구잡이로 밀어댈 수는 없었다. 그러나 아들은 지금까지 헛고생만 한 것이 아니었다. 아들이 한 가닥을 잡고 그렇게 움직인 덕에 가게는 번창해 왔던 것이다. 그것을 찾아내든 못 찾아내든 여기서 그 일을 중단하게 할 수는 없었다. 그런 일이라는 것은 하는 시늉이라도 하는 것과 아주 안 하는 것과는 하늘과 땅 차이였다. 시늉이라도 하면서 성과가 없는 것은 별문제가 없는데 아주 중단을 해버리면 그 영향이 바로 가게에 미치게 되어 있었다.

"그려, 니가 앞보톰 내다보고 가망 없는 일 미리 그만두자 허는 생각이 있는갑는디, 그것도 틀린 생각은 아니여. 허나 공도 세우지 못허고 니가 좋아허는 주재소로 자리 옮길라는 것은 택도 없는 일이고, 당장 그 일얼 허기 싫으면 니가 갈 존 자리가 한나 있기넌 있다."

장덕풍은 여기서 말을 끊고 곰방대를 집어들었다.

"고것이 워떤 자린디요?"

장칠문은 금방 반색을 했다.

"이, 마침 사탕공장서 사람얼 한나 구해도라는 것이여."

장덕풍은 곰방대에 담배를 담으며 능청스럽게 말하고 있었다.

"아니 아부지, 정신 나갔는게라." 장칠문은 몸을 벌떡 일으키며, "나가 추접시럽게 사탕공장 일꾼으로 일헐라고 그 고상혀 감서 일본말 배운지 아시오." 아버지 앞인데도 소리를 지르는 그의 얼굴에는 불량기가 그대로 드러나고 있었다.

온냐, 니놈 속이 그리 뒤집어져야제. 그런 성깔머리 없고서야 사내자석이 아닝게. 장덕풍은 자신의 예상이 적중해 속으로 쾌재를 부르고 있었다.

"어째 그려 이놈아. 사탕공장서 일허면 사탕 배터지게 묵어서 좋고, 사탕 맨드는 기술 배와갖고 니도 공장 채리면 돈벌이 잘돼 좋고, 이중으로, 꿩 묵고 알 묵고 아녀?"

장덕풍은 계속 능청을 떨어대며 부싯돌을 치고 있었다. 선반에 성냥이 그득하게 쌓여 있었지만 그의 눈에 그것은 팔 때만 보이는 물건일 뿐이었다.

"아부지나 그리혀서 돈벌이 더 많이 허씨요. 나넌 죽으나 사나 권세보톰 잡고 볼 것잉게라."

장칠문이는 숨을 씩씩거렸다.

"말이야 존디 무신 재주로 그리혀?"

장덕풍은 계속해서 아들의 성질을 긁어대고 있었다.

"아, 그 잡새끼덜얼 찾아내면 될 것 아니겄소."

마침내 장칠문의 입에서 터져나온 소리였다.

니까진 것이 아무리 잘났다고 까불어도 이 애비 손바닥서 노는 강아지여. 장덕풍은 기분이 너무 흡족해서 자꾸 웃음이 나오려고 했다.

"눈깔사탕이나 한나 더 묵어라."

장덕풍의 입에서 나간 소리였다.

"안 묵을라요."

장칠문은 화가 난 얼굴로 가게를 뛰쳐나가며 내쏘았다.

"아먼, 맘 그리 강단지게 묵고 그것덜얼 꼭 찾아내야 혀. 그래야 니 전정 열리고 이 애비 장사 번창허고 그러제."

곰방대를 입에 문 장덕풍은 땅바닥을 퍽퍽 내지르며 멀어지고 있는 아들의 뒷모습을 바라보며 느긋하게 혼잣말을 하고 있었다. 그러면서 그는 사탕공장에는 작은아들을 들여보내기로 마음 정하고 있었다.

장덕풍은 사탕공장이 번창하는 것을 보고 무척 놀라는 한편으로 배도 살살 아파오고 있는 참이었다. 작은 몸집에 인물도 못난 가이호가 3년 전에 사탕공장을 차릴 때만 해도 그 꼴은 한심하기 그지없었다. 곧 내려앉을 것 같은 헌집을 빌려 든 데다 일도 내외가 단둘이 했기 때문에 그 형상이 너무 초라해 공장이니 뭐니 할 것도 없었다. 그런데 거기서 사탕이며 과자들이 만들어져 나왔던 것이다. 과자도 과자였지만 사탕의 그 단맛은 아이들은 더 말할 것이 없었고 어른들까지도 좋아라 했다. 특히 살림이 여유 있는 집 여자들이 사탕을 즐겼던 것이다. 한번 사탕맛을 들인 아이들은 큰 병에 사탕을 채워넣기 신명나게 했고, 가이호는 눈에 띄게 돈을 벌어갔다. 번듯하게 공장을 새로 지었고, 직공들도 쓰기 시작했다. 직공들이 자꾸 늘어가면서 가이호의 못난 얼굴에도 살이 붙어 허여멀쑥해졌다.

사탕이 널리 퍼지면서 자연스럽게 그 이름이 생겨났다. '눈깔사탕'이 그것이었다. 그 크기가 황소눈깔만하다 해서 붙여진 이름이었다. '아메다마'라는 일본이름은 대개 어른들이 썼고, '눈깔사탕'이란 이름은 주로 아이들이 썼다.

그런데 사탕 때문에 골탕을 먹는 사람들이 생겨나게 되었다. 엿장수들이었다.

"이놈들아, 사탕만 묵지 말고 엿도 사묵어."

엿장수들은 사탕을 우물거리는 아이들에게 하소연인지 꾸짖음인지 모를 소리를 하고는 했다.

"힝, 사탕이 더 맛난디요."

"그려, 사탕이 훨씬 더 맛나당게라."

아이들의 거침없는 대꾸였다.

"아자씨넌 엿이 더 맛난디?"

엿장수들은 억지를 써보기도 했다.

"히히, 아자씨넌 멍텅구리다."

"맞어, 아자씨넌 바보여."

"뗏끼놈덜!"

키득거리던 아이들은 놀라 흩어지고, 엿장수에게는 아이들의 웃음거리가 된 공허감만 남았다.

"사탕얼 묵으면 못써. 고것언 왜놈덜 것이여. 조선사람언 조선엿얼 묵어야 혀."

더러 어떤 엿장수는 이렇게 말하기도 했다. 그러나 아이들은 무슨 말인지 알아듣지 못하는 얼굴로 엿장수를 올려다보며 사탕을 맛있게 빨아댈 뿐이었다.

"어허 참, 왜놈 등쌀에 우리 밥 굶어죽게 생겼네그랴. 사탕 맨드는 왜놈얼 몰아내든지, 왜놈사탕 팔고 앉었는 가게덜얼 다 때레뿌시든지 양단간에 한나는 해야제 요것 안 되겠구만."

어떤 엿장수는 가게 앞을 지나가며 일삼아 큰소리로 외치기도 했다. 그럴 때면 장덕풍은 엿장수보다 더 큰소리로 헛기침을 해댔다.

이놈들아 느그도 인자 한시상 지내간 것이여. 느그놈덜도 쌧바닥이 있응게 엿맛허고 사탕맛이 어찌 달븐지 다 알 거이다. 텁터그리허게 단 엿맛허고 쌈빡허니 단 사탕맛허고 대기나 헐 것이냐. 느그덜 참말로 굶어죽기 전에 어서 엿장시 때레치워야 헐 거이다. 사람덜이 갈수록 사탕맛에 인 백이면 느그야 필경 굶어죽게 생겨 있응게로.

장덕풍은 코웃음을 쳐댔던 것이다.

그는 작은아들을 사탕공장에 들여보내 빨리 기술자를 만들어가지고 자기도 사탕공장을 차릴 욕심이 부쩍 동하고 있었다. 큰아들과 이야기를 하다 보니 퍼뜩 잡힌 그 생각은 생각할수록 신통하고 가슴 울렁거리는 일이었다.

"성님, 그간에 무고허신게라우?"

"성님, 편안허신게라."

건장한 두 남자가 가게로 들어서며 인사하고 있었다. 그들은 크지 않은 등짐을 진 보부상이었다.

"어이, 어서들 오소. 기둘리고 있었네."

장덕풍이 반색을 하며 그들을 맞이했다.

"그간에 물건덜이 더 는 것 아닌게라?"

수염 더부룩한 첫 번째 사내가 가게 안을 휘둘러보며 말했다.

"묻고 자시고 헐 것 머 있어. 딱 보니 가게가 터져나가는구마. 우리 성님 신수도 더 훤해지시고."

콧잔등이 꺼진 두 번째 사내가 볼품없는 코를 벌름거리며 맞장구를 쳤다.

"물건이 늘기넌, 그 타령이제 그 타령이제. 어서 짐들이나 벗고 앉어서 숨보틈 돌리소, 이사람덜아."

장덕풍은 가게의 물건이 늘었다는 말에는 그저 범상한 척하고 먼저 짐을 벗게 하는 그들 나름의 인사치레를 하며 두 사람을 향해 부채를 넓게 부쳤다. 그러나 그들의 말이 그냥 겉치레 인사만이 아닌 것을 아는 그는 속으로 묘한 쾌감을 맛보고 있었다.

"그나저나 나넌 시상에서 질로 부러운 사람이 성님이요."

텁석부리가 등짐을 벗으며 말했다.

"우리야 은제나 이리 터잡고 앉아질라는지 원."

빈대코도 등짐을 벗으며 가는 한숨을 지어냈다. 장덕풍은 잽싸
게 그 기회를 감고 들었다.

"무신 소리덜이여, 어디 사람팔자가 따로 있간디. 누구든지 시상
판세 돌아가는 것 보고 눈치 빨르게 처신허면 앞길이 쉽게 열리는
것이제. 어찐가 자네덜, 무신 소식 있능가?"

장덕풍은 두 사람을 빠르게 훑었다.

"닌장맞을, 내 팔자 필 운대가 안 맞는지 어쩌는지 눈이야 빠져
라 허고 찾아도 그놈덜 움직기리는 것언 안 뵌당게라."

빈대코가 쓴 입맛을 다셨다.

"성님 말대로 팔자 한분 삼빡허니 고쳐볼라고 호랭이눈에 불키
디끼 허고 댕기는디도 안직 그놈덜 꼬랑댕이럴 못 잡았구만요. 당
장 성님 만내기는 면목 없어도 눈에 불키고 댕기다 보면 그것덜얼
잡아챌 날이 있겠지라 이."

텁석부리는 빈대코와는 다르게 자못 자신감을 내보였다.

"고것 참, 요분에도 헛걸음이시……."

장덕풍은 실망감으로 그들에게서 고개를 돌렸다. 그의 얼굴에는
마땅찮은 기색이 노골적으로 드러나 있었다.

"그것덜이 즈그덜 심이 다 보타진 걸 알고 인자 다시 일어날 생

각언 안 허는 것 아니것능게라?”

빈대코가 조심스럽게 말했다.

“머시여? 저, 저, 모지래는 소리허고는. 아 그놈덜이 누군디 그런 얼빠진 소리럴 허고 앉았어, 시방. 그런 소리 헐라면 내 앞에 오덜 말어!”

장덕풍은 부채 든 손으로 삿대질을 해대며 결기를 세우고 있었다. 기대가 무너져 화가 괴어오르던 판에 화풀이할 건덕지를 잡은 것이었다.

“아이고 성님, 고정허시게라. 봉구가 자리잡고 앉을 맘언 간절허고, 맡은 일언 안 풀리고 허니 속이 답답혀서 헌 소리 아닌게라. 잊어부리시요.”

텁석부리가 눈치 빠르게 변명하고 들었다. 그러면서 그는 빈대코에게 눈짓으로 나무라고 있었다. 장덕풍의 성질을 거슬렀다가는 당장에 필요한 물건을 못 받아갈 판이었다. 동학당인지 무엇인지가 다시 패거리 모으는 것을 찾아내 팔자 고치는 것은 그 다음 일이고 우선 급한 것은 장사 잘되는 일본물건을 받아가는 일이었다.

“무신 소리여, 말허는 투가 그 일 작파허겄다는 것인디. 작파허겄으면 혀. 그것으로 나허고넌 손 끊는 것잉게.”

장덕풍은 화난 얼굴을 풀지 않은 채 냉정하게 잘랐다.

“아니구만이라, 성님. 저 태수 말대로 속이 하도 답답혀서 헌 소리제 그놈덜얼 찾겄다는 지 맘언 돌뎅이구만요. 지 가심얼 팍 쪼개서 맘얼 뵈일 수가 없으니 요것얼 어쩌제라?”

빈대코 김봉구는 허리까지 굽실거리며 눙치고 들었다.

"자네, 그것이 참말이여!"

장덕풍은 눈쩨 사납게 김봉구를 쏘아보았다.

"두말허겠소, 누구 앞이라고. 이놈도 명색이 등짐살이로 15년이
다 차가요."

김봉구는 제 가슴을 퍽퍽 쳐 보였다.

"알었응게 말 멋대로 내뱉덜 말어. 말이란 것언 묘혀서 속에 없
는 말도 자꼬 허다 보면 맘이 그 말얼 따라가게 되는 법잉게로."

장덕풍은 엄한 표정으로 말했다.

"야아, 조심허겠구만이라우."

김봉구는 안도의 숨을 가늘게 흘렸다.

"자네덜 나가 일러준 대로 화전 허는 사람덜 속에 끈 달아놓은겨?"

장덕풍은 두 사람의 허라도 찌르듯이 갑자기 말머리를 돌렸다.

"하면이라. 진작에 중허다 싶은 질목얼 여럿 골라서 공얼 딜이고
있구만요. 그 공딜이는 비용도 솔찬허당게라."

텁석부리 방태수의 대답이었다.

"그 푼돈 쓰는 것 아까와허덜 말어. 한바탕 팔자 고치는 일 허자
는디 맨입으로 되는 것이 아닝게로. 그적에 나가 그 일얼 성사시키
니라고 없앤 돈이 쌀 열 섬 값이였단 말이여."

장덕풍은 그들이 비용 많이 든다는 것을 빙자하여 물건값을 깎
으려고 들까 봐 미리 담을 치고 있었다. 그런데 김봉구와 방태수의
눈이 순간적으로 마주쳤다.

방태수가 모른 체하라는 눈짓을 빠르게 했다. 두 사람은 장덕풍의 말에서 그전에 쌀 다섯 섬 값이었던 것이 느닷없이 쌀 열 섬 값으로 둔갑하는 것을 어이없어하고 있었다. 그러나 장덕풍은 말막음하는 데만 정신이 팔려 그들이 주고받는 눈짓말은 전혀 눈치채지 못하고 있었다.

"그런디 말이여, 화전 허는 사람이라고 혀서 다 믿어서넌 큰일날 것이네. 살아남은 그놈덜 중에 몸 피해서 화전 부쳐묵는 놈덜이 솔찬히 있응게로. 사람 잘못 골랐다가넌⋯⋯." 장덕풍은 여기서 문득 말을 끊었다가는, "돈만 헛쓰는 일인 것이여." 어물어물 말을 끝냈다.

그러나 그가 당황해서 삼켜버린 말은 따로 있었다. '⋯⋯일이 되기 전에 목심 날아가는 것이여.' 그가 삼킨 말이었다. 그때 일본군의 길잡이로 나섰거나 정탐원 노릇을 맡았던 보부상들은 화전민으로 가장한 동학당의 손에 적잖이 죽었던 것이다. 그러나 그는 굳이 그런 위험을 입 밖에 낼 필요를 느끼지 않았다. 두 사람이 성과 없는 그 일에 싫증을 느끼는 눈치인데 그런 말까지 해서 더 마음 변하게 만들 이유가 없었던 것이다.

"그려서 우리도 눈치껏 믿을 만헌 사람들로 골라내니라고 애는 썼구만이라."

방태수가 곰방대를 꺼내며 말했다.

"잘혔어. 어쨌그나 그런 일 허자면 혼자서넌 못허는 법이여. 나가 공을 세운 것도 순전히 화전 허는 사람덜허고 끈이 잘 엮어진 덕이였응게. 허고, 그런 일언 맘 다급허니 묵어서넌 되는 일이 아니로구만. 맘 묵직허니 묵고 끈허게 참고 기둘리면 덫에 맷돼지 걸리디끼 착 일이 되는 날이 오는 법이랑게. 그리 알고 맘 급허니 묵지덜 말어."

장덕풍은 그 이야기는 여기서 일단 끝내고자 했다.

"우리 일로 맘이 급헌 것보담이야 빈손으로 성님 대면허기가 옹색시러서 그러는 것이구만이라."

김봉구가 주저앉은 콧등을 찡그리며 어색스럽게 웃었다.

"말이야 바로 말이제 그 일이 이리 안 풀려서넌 우리가 장사해 묵기도 자꼬 에로와질 것이로구만. 그 사람덜이 원허는 일언 한나도 못해 줌서 우리가 좋아허는 물건만 골라서 빼주라고 부탁허니 그 사람덜이 좋아헐 리가 있겄어. 나가 새중간서 날이 갈수록 처지가 고약해진단 말이시."

장덕풍은 거래에 앞서 다시 자기에게 유리한 망을 치고 있었다. 그러나 그 말은 또한 거짓말이 아니었고 과장도 아니었다. 손이 빠른 물건들을 많이 받아내는 것은 어디까지나 그 일을 정탐해 내겠다는 조건 아래서 이루어지고 있었던 것이다.

"성님 처지가 고약해지는 것이야 다 알 만허요. 그려서 이번에넌 우리가 성님 체면 좀 세와디릴라고 장만헌 것이 있구만이라."

방태수는 장덕풍이 쳐놓은 망을 걷어내듯이 자신 있는 어조였다.

"고것이 머신디?"

장덕풍은 금방 관심을 드러냈다.

"금이오."

방태수의 표정 없는 대꾸였다.

"금이라고? 얼매나 되는디?"

장덕풍은 감정을 감추어야 된다고 생각하면서도 금이라는 말에 벌써 감정은 들뜨고 있었다.

"얼매나 나갈란지넌 달아봐야 안 되겄소? 금이야 고구매가 아닝게 저울 눈 한 금이 다 중헌디."

방태수는 느긋하게 쐐기를 박았다.

"그려, 그려 얼렁얼렁 내놓기나 혀보소."

장덕풍은 흔들린 감정을 다 드러내놓고 있었다. 그럴 수밖에 없는 것이 조선땅에서 나는 물건 중에서 일본사람들이 제일 좋아하는 것이 금이었던 것이다.

방태수는 바지끈을 풀고 속에 매단 조그만 주머니를 꺼냈다. 거기서 나온 것은 굵은 금가락지 두 개였다.

"허! 자네 용허시."

장덕풍은 방태수의 손바닥 위에 놓인 금가락지를 낚아채듯 했다.

"살다 보면 그럴 때도 있어야제라 잉."

김봉구가 거기에 자기 몫도 있다는 듯 말을 받았다.

"요것이 한 사람 손꾸락에 끼었든 것인갑는디?"

장덕풍은 연상 손목을 까딱거려 손바닥에 올려놓은 금가락지 두 개의 무게를 가늠질하며 방태수와 김봉구를 번갈아 처다보았다. 그 예사롭지 않은 눈초리가 물건을 수중에 넣게 된 경위를 따져묻고 있음은 물론이었다.

"어허 참, 장물이야 아닌게 걱정 마시게라. 고런 물건 갖고 성님

허고 거래헐 우리당가요."

방태수가 불쾌하다는 듯 수염 더부룩한 턱을 두툼한 손바닥으로 거칠게 훔쳤다.

"무신 소리여. 당당허니 우리 물건허고 거래헌 것인디."

김봉구가 옆에서 펄쩍 뛰었다.

"믿기로 허제."

장덕풍은 금가락지 두 개를 손아귀에 꼭 쥐었다. 지난번에 두 사람이 떼간 물건값이 소매금으로 아무리 높게 쳐도 금가락지 하나 값도 못 된다는 것을 굳이 따지고 들지는 않았다. 금가락지가 장물이 아닌 이상 어떤 물건을 얼마에 처분하느냐는 자신이 간섭할 대목이 아니었던 것이다. 열 곱의 이문을 남기든, 절반으로 손해를 보든 그것은 그들이 부리는 요령이요 그들이 알아서 할 재수였던 것이다.

"얼렁 달아보고 값이나 톡톡허니 쳐주씨오."

김봉구가 허리를 펴며 힘 실린 목소리를 냈다.

"값도 값이고, 요분에넌 우리가 원허는 물건으로만 줘야 쓰겄소."

방태수가 밀어붙이고 있었다. 물건을 거래할 때는 부자지간에라도 인정사정없다는 그들의 본색을 잘 드러내고 있었다.

"어이, 자네덜 원허는 대로 다 혀줌세. 쪼깐 기둘리소, 저울 내올랑게."

장덕풍은 더없이 부드럽게 말하며 자리를 털고 일어났다. 그리고 그는 가게 뒷문을 통해 안채로 들어갔다.

"요런 노름판 열 분만 걸리면 우리도 터잡고 앉을 것인디 말이여."

김봉구가 뒷문 쪽을 힐끗하며 방태수에게 속삭였다.

"어허, 그놈에 주딩이 잠 놀리덜 말어."

방태수가 면박을 주었다.

"그놈에 동학당 잡기가 하도 에로운게 허는 소리 아닌감."

"그려도 헐 소리가 따로 있제."

방태수는 몸을 일으키더니 오징어발 하나를 쭉 찢어 입에 물었다.

"좌우간 우리넌 은제나 요런 가게 잡고 앉어서 신선놀음혀 보게 될랑고. 참말로 등짐 신세 면허기 에로우네 이."

김봉구는 기지개를 켜며 목소리를 길게 늘이고 있었다. 방태수는 오징어발을 우물거리며 가게 안의 물건들을 찬찬히 훑어나가고 있었다.

등짐을 지고 산을 넘고 물을 건너는 생활을 해가며 보부상들은 누구나 한곳에 터잡고 앉아 장사하기를 큰 소망으로 간직하고 있었다. 그리고 터를 잡고 앉은 사람은 그것으로 만족하지 않고 보다 더 큰 거상이 될 꿈을 품게 마련이었다.

"짜아아, 자네덜 날도 더운디 먼 질 오니라고 목이 컬컬허겠제?"

큰소리로 말하며 가게로 들어서는 장덕풍의 손에는 술상이 들려 있었다. 방태수와 김봉구의 눈길이 마주쳤다.

"어여 목보톰 축이드라고."

장덕풍이 술상을 좁은 마루에다가 놓았다. 그의 얼굴은 벙글거리고 있었다.

"성님, 이러덜 맙시다. 거래년 거래고 술언 술이요."

방태수가 버티고 서서 말했다.

"하먼이요. 거래 끝내고 술언 우리가 사겄소. 얼렁 저울보톰 내놓으씨오."

김봉구도 술상을 밀치며 일어났다. 그런 두 사람의 얼굴은 차가웠다.

"이사람덜아, 나가 요런 술 한잔으로 어찌헐라는 것이 아니여. 자네덜이 장사 잘해 왔응게 그냥 한잔헐라는 것이제. 사람 맘을 그리도 몰러?"

장덕풍은 완연히 당황하고 있었다.

"어떤 거래고 거래 전에 술 묵는 법 아니란 것 몰라서 이런당가요?"

방태수의 냉정한 말이었다.

"허허허허······ 자네덜이 아주 야물딱진 장사꾼으로 틀잽혔네그랴. 나럴 막 갤치고 드니. 되얐네, 되얐어. 어허허허······."

장덕풍은 두 사람의 완강함에 결국 밀리고 말았다. 그의 헛웃음이 공허하게 가게 안에 흩어지고 있었다.

"자네덜이 안 마시겄다면 나나 한잔 마시고 보세."

장덕풍은 호리병에서 술을 따랐다. 술은 사발을 넘칠 듯 찰랑찰랑하게 차올랐다. 그는 여유 있는 몸짓으로 사발을 들어올렸다. 그리고 술을 꿀걱꿀걱 마셔댔다. 술이 넘어갈 때마다 목울대가 꿈틀거리며 오르내렸다. 방태수는 그 모습을 외면했고, 김봉구는 침을 삼키고 있었다.

"어 크으으, 거참 씨어언허다!"

장덕풍은 소반에다 사발을 소리나게 놓으며 유난히 큰소리를 냈다.

그의 그런 모습은 퍽 남자다워 보였다. 그러나 그건 때아닌 술상을 내온 자신의 행위에 대한 면구스러움을 덮으려는 허풍이었고, 그냥 밀리기만 해서 거래를 불리하게 만들지 않으려는 오기이기도 했다.

"짜아, 요리덜 앉소. 거래 시작허세."

손등으로 입술가에 묻은 술을 씩 문지른 장덕풍은 술상을 거칠게 옆으로 밀쳐버렸다. 그의 얼굴은 이제 술상을 가지고 나올 때의 얼굴이 아니었다. 벙글거리던 웃음은 싹 가시고 살얼음 끼듯한 냉정한 얼굴이 되어 있었다.

집에서 가지고 나오겠다던 저울을 그는 정작 옆에 놓인 돈궤에서 꺼냈다. 앙증맞게 작은 저울이 저울집에서 나오자 세 사람의 눈빛은 일시에 달라졌다.

저울추가 저울대에 달리고 금가락지 두 개가 저울판에 올려졌다. 머리를 조아린 세 사람은 숨도 쉬는 것 같지가 않았다. 저울이 들리면서 저울질이 시작되었다. 저울추가 좌우로 움직임에 따라 저울대가 민감하게 위아래로 오르내렸다.

여섯 개의 눈들은 저울추 끈이 닿는 저울눈을 따라 예리하게 움직이고 있었다. 저울대가 수평을 이룰 듯 말 듯 했다. 그때였다. 투박한 손가락 두 개가 저울추 끈을 붙들었다.

"석 돈쭝 반이시."

마침내 침묵을 깨는 소리였다. 물론 저울질을 맡은 장덕풍의 말이었다.

"아니여, 그 손꾸락 치워. 손꾸락 치우고 저울만 빤듯허게 들어, 빤듯허게."

저울을 노려본 채 김봉구가 다급하게 소리치고 있었다. 그가 외치는 말은 완전한 반말이었다.

"어허, 그런 저울질이 어딨소. 손꾸락 띠내고 점잖허니 헙씨다, 우리."

김봉구와 다르게 방태수는 느릿하게 말했다. 그러나 그의 수염 더부룩한 얼굴은 김봉구의 흥분된 얼굴과는 달리 험하게 구겨지고 있었다.

"왜덜 이려, 저울대가 팽팽헌 것 아까 다 봤잖은감!"

장덕풍이 버럭 소리질렀다.

"보기는 멀 봐. 볼라고 허는디 잡아부렀제. 저울대가 우로 솟았어, 우로."

김봉구가 몸을 들썩거리며 팔을 뻗쳐 하늘을 찔러대고 있었다.

"닉 돈쭝으로 처받은 물건얼 석 돈쭝 반으로 저울질허는 법도 있소. 저울질얼 나가 한번 혀봅시다."

방태수가 불쑥 손을 내밀었다.

"머시가 어찌고 어찌! 니가 저울질얼 허겄다고? 포목장시보고 잣대 내노라는 법 있고, 쌀장시보고 됫박 내노라는 법도 있다드냐! 옛

끼 순 못 배와묵은 상것 같으니라고. 저울 내노라는 것 보니께 나허고 끝장 보겠다는 것인디, 되얐어, 가, 가부러! 오늘로 끝장이여!"

장덕풍은 고래고래 소리지르며 저울을 엎어버렸다. 그 바람에 금가락지 두 개가 아래로 굴러 떨어졌다. 김봉구가 허겁지겁 금가락지를 덮쳐잡았다. 그러는 사이에 장덕풍과 방태수는 서로를 노려보며 눈싸움을 벌이고 있었다. 있는 대로 힘이 모아진 두 사람의 눈은 서로를 잡아먹을 듯 독기를 내뿜고 있었다.

금가락지를 집어든 김봉구는 사태의 급박함을 깨달았다. 어차피 쌀장수 됫박 속여먹고, 포목장수 눈금 속여먹게 되어 있는 법이었다.

"아이고 성님, 넉 돈쭝짜리럴 석 돈쭝 반이라고 허니 그리된 것 아닝게라. 더도 말고 두 눈금만 더 쳐주씨요."

김봉구는 손가락 두 개를 세워 보이며 웃음지었다.

"아, 손꾸락에 끼고 닳아진 것언 안 생각혀? 넉 돈쭝으로 쳐받은 것덜이 반편이제. 한 눈금 더 쳐주겄어. 그리 못허겄으면 당장 딴사람 찾아가."

장덕풍은 자리를 박차고 일어섰다.

"아이고 성님, 너무 야박허시요. 우리넌 멀 넘겨묵으라고 그러요. 한 눈금만 더 쳐주랑게라."

김봉구는 이렇게 말하며 방태수에게 눈길을 보냈다. 입술을 옹등물고 있는 방태수의 얼굴에서는 분이 끓고 있었다.

"일없어. 나한티 자네덜만 있는 것이 아닝게로."

장덕풍은 카악 가래를 돋워올리며 등을 돌려 가게 밖을 내다보았다.

이렇게 되면 싸움은 이미 끝난 싸움이었다. 배짱놀음과 기싸움에서 방태수네는 밀릴 수밖에 없는 처지였다.

김봉구는 꺼진 콧잔등을 찡그리며 방태수에게 눈짓을 해댔다. 방태수는 고개를 뒤로 젖히며 한숨을 토해냈다.

"좋소, 거래 막읍협시다."

고개를 바로 세우며 방태수가 한 말이었다.

뒷짐을 지고 선 장덕풍은 만족스런 웃음을 빙그레 피워내며 등 뒤에서 들리는 말을 못 들은 척하고 있었다.

"아, 머허고 있소. 거래 막음허자는디."

김봉구가 빽 소리질렀다. 그러나 그 소리에는 경쾌함이 실려 있었다.

"어허, 집 무너지겠네 웨."

장덕풍은 마지못한 척 몸을 돌려세웠다. 세 사람은 다시 자리를 잡고 앉았다.

"날이 어째 이리 푹푹 쪄대고 지랄발광이여."

김봉구는 술 마실 변명이라도 하듯 투덜거리며 술을 퀄퀄 따랐다.

"눈금 하나 갖고 기 세울 일이 아니고, 어쨌그나 팔자 고칠라면 그놈덜 패거리 짜는 것이나 어여 찾아내도록 혀."

장덕풍은 저울을 저울집에 챙겨넣으며 중얼거리듯 말했다.

어깨를 늘어뜨린 방태수는 가게 바닥만 내려다보고 있었고, 김봉구는 정신없이 술사발을 기울이고 있었다.

"요분참에 원허는 물건언 머시여?"

장덕풍은 저울을 넣고 돈궤에 자물통을 채우며 말을 꺼냈다.

"아까 말헌 대로 딴 물건 섞지 말고 광목에다 분허고 구루무만 주시오."

방태수가 퉁명스럽게 말을 받았다.

"허, 알짜배기로만 골라내네."

장덕풍이 떨떠름하게 웃었다.

"요분에야 금 갖고 온 턱얼 톡톡허니 쳐줘얄 것 아니겄소. 성님도 일본사람 앞에 금 내놓고 큰소리침스로 그런 물건 쉴케 구헐 것잉게."

김봉구가 일 돌아가는 속을 다 알고 있다는 듯 장덕풍의 앞을 막고 들었다.

"잉, 어찌 그래 보드라고."

장덕풍은 이 대목에서까지 욕심을 부리지 않기로 했다. 거래란 큰 이익을 보았으면 작은 이익에는 미련을 깨끗하게 버려야 하는 것이었다. 거래는 배짱놀음이면서 눈치싸움이고 체면살리기였다.

"보잘것없이 툭툭헌 무명베 앞에서 광목이 잘 믹히는 것이야 당연지산디, 분허고 구루무도 그리 잘 팔리네그려. 기생년덜이 분허고 구루무만 발라대는감?"

장덕풍은 따로 마련해 놓은 나무상자 안에서 물건을 꺼내며 말하고 있었다.

"성님도 참 답답허시요. 여자가 어디 기생년덜뿐이오. 기생 말고도 밥술이나 뜨는 집 여자덜이 얼매나 많고 많소."

김봉구는 답답하다는 표정을 지었다.

"기생년덜이나 한량덜헌티 이쁘게 보일라고 구루무 발라대고 분
칠해 대고 허제 여염집 여자덜이 멋났다고 구루무칠이고 분칠이여.
시상이 변해가니 다 화냥년덜이 될라능가?"

"참말로 성님언 시상 헛살았소. 여자란 것이 어디 기생만 이쁘게
보일라고 허등게라? 살림이 궁해서 그렇제 여자라고 생긴 것은 전
부가 구루무칠허고 분칠혀서 이쁘게 보일라고 헌다 그 말이요. 성
님언 위째 이 나이꺼정 그리 뻔헌 것도 몰르고 사신당게라."

"허기사 그려, 지집이란 것덜언 다 그런 물건덜이기는 허제. 어쨌
그나 우리가 살판났네 잉."

장덕풍이 더없이 흐뭇한 얼굴로 고개를 끄덕끄덕했다.

"판은 인자 시작이요. 분보담 구루무럴 발라본 여자덜이 더 환
장얼 허고 정신이 없소."

김봉구는 신바람이 나고 있었다. 구루무는 '크림'의 일본식 발음
이었다.

"여러 말 헐 것 없어. 금만 자꼬 갖고 와. 허면 원허는 물건이야
얼매든지 뒷댈 것잉게로."

장덕풍이 허리를 펴며 말했다.

"금 자꼬 내주고 그런 물건 정신없이 사딜이다가 이 땅 금뎅이 다
일본사람덜 손으로 넘어가는 것 아니겠소?"

방태수가 뚱하게 내놓은 말이었다.

"별 걱정 다 허네. 우리야 돈만 벌면 되는 것이여."

장덕풍은 팔까지 내저으며 방태수의 말을 지체없이 막았다.

"쟈넌 뜸금없이 무신 소리여. 자아, 술이나 한잔 묵고, 담에도 또 금 구해올 생각이나 혀."

김봉구는 방태수에게 눈짓을 하며 술잔에 술을 부었다.

"말이 그렇다 그것이제, 금이 어찌 되든 간에 나가 알 바 아니로구만."

방태수는 입맛을 다시며 술상 옆에 자리를 잡고 앉았다. 그는 자신이 원하는 물건들이 그득하게 쌓이는 것을 보며 기분이 풀려가고 있었던 것이다.

"광목언 앞으로도 잘 나오겄소 어쩌겄소? 광목이 질로 중헌디."

김봉구는 방태수에게 술사발을 건네며 눈길을 장덕풍에게 보내고 있었다.

"나만 믿고 금만 자꼬 갖고 오랑게로. 허면 자네덜 금세 부자 맨글어줄팅게."

장덕풍은 헤벌쭉하게 웃었다.

"근디, 광목 등쌀에 우리 굶어죽게 생겼다고 장터마동 촌예펜네 덜허고 무명베 장시덜허고가 야단이로구만이라. 그것덜이 우리럴 똑 눈에 백힌 가시맨치로 보는디, 사실이제 무명베 장시덜이 파리만 날리는 것이 표가 나고, 그리되니 촌예펜네덜이 들고 나온 무명 베럴 팔아넴길 디가 없어지고, 팔아넴긴다 혀도 장이 슬 때마동 값은 똥값으로 처져내리고, 그 죽는 소리가 그냥 죽는 소리가 아니랑게라."

김봉구의 말하는 품은 말의 내용과는 다르게 신명이 나고 있었다.

"고런 것이 다 시상 변해가는 디서 오는 당연헌 징조 아니드라고? 광목이 나돌기 시작헌 것이 발써 몇 년이라고 지금꺼정 무명베 붙들고 앉어서 밥 빌어묵겠다는 장사꾼덜언 반편이 중에 상반편이덜이여. 고런 물건덜언 다 우리 밥이구만. 두고 보드라고, 앞으로넌 점점 더 광목이 판얼 치게 될 것잉게. 사람이라고 눈얼 가졌으면 그 맨질맨질허고 보들보들헌 광목허고, 그 꺼끌꺼끌허고 거칠거칠헌 무명베허고 대기나 헐 것이여. 광목이 입기 좋고 보기 존 디다가 질기기도 더 질기제, 거그다가 값이 많이 비싼 것도 아니제, 그러니 누가 무명베 입을라고 허겄냔 말이여."

장덕풍은 제물에 흥이 돋아올라 얼굴까지 상기되어 있었다.

"그나저나 우리겉이 등짐이나 지는 것덜도 밥 굶을 날이 곧 닥칠란지도 몰를 일이로구만."

방태수가 김치를 씹으며 또 불쑥 내놓은 말이었다.

"무신 소리여, 시방?"

물건을 세기 시작하던 장덕풍이 얼른 고개를 돌렸고, 김봉구는 멍한 얼굴로 방태수를 쳐다보기만 했다.

"철도란가 철길이란가가 다 돼가고 있는 모냥인디, 그것이 다 맨글어졌다 허면 빨르기도 헌 디다가 기운도 엄청이 씨서 짐도 무지허게 많이 날른다고 안 그럽디여. 그리되면 그놈이 우리 밥통 채가는 것이 아니겄냐 그 말이오."

"어허 참, 나는 또 무신 소리라고. 한양 무섭당게로 수원 북문에

서보톰 기는 격이고, 100리 밖 천둥소리에 안마당 석류나무에 베락칠까 떠는 꼴이시. 걱정허덜 말어. 철도야 부산서 한양꺼지 외길인 것이여. 철길이 수십 가닥, 수백 가닥으로 퍼지면 몰라도 그 외가닥 갖언 자네 평상 밥통 안 뺏길 것잉게 두 다리 쭉 뻗고 자소."

장덕풍은 코웃음을 흘렸다.

"쟈넌 가끔가다가 생뚱헌 소리 잘혀." 김봉구는 괜히 놀랐다는 듯 혀를 차고는, "성님, 오늘 저녁에 술 걸쩍허니 한판 안 사실라요?" 그는 장덕풍에게 눈웃음을 치고 들었다.

장덕풍은 못 들은 척 다시 물건을 세기 시작했다.

"성님, 어쩌실라요? 맘 변해부렀능게라?"

"아, 있는 술이나 먼첨 마셔."

장덕풍이 쏴질렀다.

"군산에 일본기생집이 좋다는 소문이 짜아허든디, 성님언 가봤소?"

"미쳤다냐, 기둥뿌리 뺄 일 있가디?"

"일본기생덜이 아조 찰방지고 간이 사리살짝 녹게 맨근다든디, 나넌 은제나 그런 디 가서 술얼 원없이 묵어볼꼬."

"하이고, 돈 벌기 전에 못되게 쓸 궁리보톰 허고 앉었네. 정신 채려, 기생방서 만석꾼살림 녹아내리는 것 몰라서 이려?"

장덕풍은 팔꿈치로 김봉구의 등짝을 질러댔다.

"냅두씨요, 꿈꾸는디 어디 돈 든당게라."

방태수가 곰방대를 물며 피식 웃었다.

"기둘려, 술 반 말 살 거싱게."

장덕풍이 기세 좋게 말했다.

폭넓은 금강포구에 바닷물이 가득 실려 있었다. 만조를 이루고 있는 포구는 더욱 넓어 보였다. 만조를 따라 서쪽으로 열려 있는 바다도 한결 넓게 펼쳐져 멀고 가까운 섬들을 더욱 포근하게 감싸고 있었다. 썰물과 밀물의 차이가 심해 섬들은 썰물 때는 커져 보이고, 밀물 때는 작아져 바다에 안긴 듯이 보였다. 포구 건너편으로는 산줄기 하나가 열서너 개의 그만그만한 봉우리들을 이루어내며 해변 쪽으로 뻗어가고 있었다. 그 산줄기가 끝나는 어름에 꽤 큰 마을이 자리잡고 있었다. 충남 장항이었다. 충남 장항과 전북 군산은 서로 빤히 건너다보고 있으면서도 먼 사이였다. 포구가 가로놓여 뱃길이 아니고서는 오갈 수가 없는 탓이었다.

포구에 바닷물이 가득 실려 있을 때 군산 쪽에서 바라다보면 건너편의 낮춤한 산줄기는 바닷물에 그대로 비처드는 듯한 정취를 자아냈다. 섬들을 품고 서쪽으로 펼쳐진 바다, 아슴하게 멀고 긴 수평선, 그리고 그 산줄기는 서로 어우러져 그지없이 아담하고 고운 풍광을 이루고 있었다. 그 풍광은 어느 때나 사람의 마음을 끌어당겨 머물게 하는 힘을 지녔지만 특히 빼어난 아름다움으로 치장할 때는 따로 있었다. 물안개가 잠포록이 끼었을 때, 노을이 낭자하게 불붙었을 때, 달이 한적하게 기울 때가 그때였다. 물안개가 자욱하게 피어나는 이른 아침이면 그 풍광은 한없이 신비스러웠고, 노을이 황금빛 현란함으로 타오를 때면 그 풍광은 더없이 황홀했

으며, 빛이 사위어가는 달이 적막 속에 기울어져 가고 있을 즈음이
면 그 풍광은 그지없이 환상적이었다. 그러나 비가 내리는 날은 비
가 내리는 대로 애상적이었고, 눈이 내리는 날은 눈이 내리는 대로
허무적이었다.

그리고 산줄기는 끊긴 듯 이어진 듯하며 동쪽으로 어미줄기를
찾아 뻗어가고 있었는데, 그 오른쪽으로는 들판이 널따랗게 펼쳐
져 나갔다. 바다와 대칭을 이루고 있는 그 벌판 가운데로 기다란
몸짓을 지으며 유유하게 흘러내리는 물줄기가 금강이었다. 몇백 리
인지 모르게 굽이굽이 흘러내린 금강이 제 몸을 바다에 풀어 맡기
는 지점에서 오른쪽 포구에 장항이 자리잡았고, 왼쪽 포구로 군산
이 앉아 있었다.

그런데 군산이 바다를 넓게 안고 있어서 예로부터 항구로 긴요
하게 쓰였고, 수군 초소도 자리잡아 오게 되었다. 일본이 군산을
개항시킨 까닭도 거기 있는 데다가, 군산은 또 광대한 곡창지대를
뒤로 거느리듯 하고 있었던 것이다.

깃을 세우고 몰려드는 밀물이 남성이라면 잔잔하게 빠져나가는
썰물은 여성이었다. 바다의 힘은 금강을 100리까지 거슬러 올라갔
다. 그래서 금강 하구 100리와 거기에 이어지고 있는 수많은 개울
가에는 소금기를 먹고 사는 바다갈대가 무성하게 피어올랐다. 무
성한 갈대숲 밑은 으레 뻘 밭이었고, 거기서는 바닷게며 바닷지렁
이 같은 것들이 곰살스럽게 살아가고 있었다. 가을이 되면 그 갈대
숲은 푸른빛 옅게 감도는 하이얀 꽃들을 탐스럽게 피워내 꽃의 바

다를 이루었고, 바람결 따라 물결지어 내는 그 하이얀 꽃바다는 일대 어디서나 흔히 볼 수 없는 장관이었다. 그리고 겨울이 오면 갈대숲은 멀고 먼 길을 날아온 철새들의 보금자리가 되었다.

그런데 밀물을 따라 금강을 거슬러 올라갔다 썰물을 타고 내려오는 배들이 개항과 함께 부쩍 늘어가고 있었다. 금강 양쪽에 자리잡고 있는 마을들을 상대로 장사를 벌이는 일본사람들의 배였다.

몸집이 호리호리한 사내 하나가 새로 쌓아올리고 있는 돌둑 위에서 담배를 피우며 포구를 두루두루 살피고 있었다.

그러다가 그의 눈길은 금강 하구에 고정되었다. 배 서너 척이 아스라하게 보였다. 그 거리가 너무 멀어 배들이 올라가고 있는 것인지 내려오고 있는 것인지 식별이 되지 않았다.

그래, 부지런히들 오르내려라. 그래서 우리 소비제품을 될 수 있는 대로 많이 실어다가 팔고 그 대신 조선의 금이고 은이고 쌀을 많이많이 실어가거라. 이 땅은 여러모로 쓸 만하다. 금도 많이 나고, 쌀도 좋고, 경치도 좋다. 골치 아픈 것은 사람뿐이다. 그러나 그것도 별문제는 아니다.

그 사내는 묘한 웃음을 지으며 담배꽁초를 튕겼다. 실오라기 같은 푸른 연기를 흩날리며 담배꽁초는 긴 포물선을 그리면서 바닷물로 빠져들었다. 담배꽁초를 따라 눈길을 옮기던 사내는 몸을 돌려세웠다.

몸집처럼 사내의 얼굴은 군살 없이 매끈했다. 단정하게 생긴 약간 긴 듯한 얼굴에는 부드러운 웃음기가 어려 있었다. 미남은 아니면서도 양순하고 차분하게 생겨 인상이 좋아 보였다.

가벼운 걸음걸이로 큰길까지 나온 사내는 잠시 걸음을 멈추었다가 왼쪽으로 방향을 잡아 걷기 시작했다.

"아자씨, 하야가와 아자씨이."

세 아이들이 길을 건너 뛰어오며 외치고 있었다.

"옳아, 너희들 어디 있었냐."

팔을 들어올려 아이들을 반기는 그 사내의 입에서 나온 것은 분명한 조선말이었다. 그 말은 아주 유창했다.

"아자씨, 발써 우체국에 가시능게라우?"

세 아이 중에 눈 큰 아이가 물었다.

"오늘은 너희들이 늦게 와서 놀 시간이 없구나. 자아, 사탕들이나 받아라."

그 사내는 주머니에서 종이에 싼 것을 꺼냈다. 아이들에게 하나씩 나눠주는 것은 눈깔사탕이었다.

"아자씨, 저짝에서 쌈 구경 허니라고 늦었구만요."

눈 큰 아이가 미안한 기색을 보였다.

"싸움? 누구하고 싸우는데. 일본사람하고 조선사람하고 싸워?"

사내는 금방 긴장된 얼굴로 물었다.

"아아니요. 조선사람찌리 싸운마요."

"응, 그러면 됐다. 아저씨는 바빠서 가야겠다. 내일 또 만나자."

사내는 세 아이들에게 손을 흔들며 웃어 보였다. 그 얼굴이 더없이 부드럽고 정이 흘러넘쳤다.

발 굵은 설탕이 묻은 큼지막한 사탕을 하나씩 손바닥에 올려놓은 아이들은 그지없이 흐뭇한 얼굴로 사내를 향해 꾸벅꾸벅 절을 했다.

그 사내는 걸음을 빨리 하면서 조선사람끼리 싸운다는 것에 다시 안도하고 있었다. 개항지에서 일본사람들과 조선사람들의 충돌이 자주 일어나고 있었던 것이다. 몇 년 전에 인천에서는 수백 명이 집단으로 충돌을 일으켜 사상자가 20명이나 생겼고, 그보다 규모는 작았지만 부산에서도 집단충돌이 벌어져 부상자를 냈던 것이다. 따라서 개인적으로 주먹다짐이 오가는 것은 수없이 많은 형편이었다. 그런데 개인적으로 싸움이 벌어졌다 하면 십중팔구 조선것들이 이겼다. 일본사람들은 몸집이 더 크고 기운이 센 조선것들을 이겨내지 못했던 것이다. 조선것들이 영 만만찮다는 경계심을 그는 또 새롭게 하고 있었다.

"아 할머니, 많이 팔았어요?"

얼마를 걷던 사내는 좌판을 벌여놓고 앉아 있는 여자노인네 앞에서 걸음을 멈추었다. 선하게 보이는 그의 얼굴에는 또 정겨운 웃음이 피어났다.

"이, 누구라고. 하야가와 상 말고야 일본사람덜이 누가 엿얼 좋아해야 말이제."

머리에 수건을 쓴 여자노인네는 약간 비굴한 듯한 웃음을 지으며 사내를 올려다보았다. 좌판에는 굽어지고 휘어진 엿가락들이 20개 남짓 놓여 있었다.

"예, 걱정 마세요. 엿맛을 알게 되면 차츰 많이 사먹게 될 겁니다.

할머니, 10전어치만 주세요."

사내는 연상 웃으며 돈을 내밀었다.

"아이고 고마운 거. 만낼 때마둥 엿얼 팔아주시니 원⋯⋯."

여자노인네는 메마른 얼굴에 함박웃음을 담으며 두 손을 받쳐 돈을 받았다.

"동네사람들은 다 별일 없이 잘 지내지요?"

사내는 좌판 앞에 쪼그리고 앉았다.

"그저 그리덜 살구만이라우."

여자노인네는 목판본 한문이 찍힌 한지에 엿가락을 싸느라고 손 길이 바빴다.

"청년들은 별일 없이 농사일 잘들 하고 있나요?"

"하먼이라. 강아지손도 빌려야 허는 질로 바쁜 농사철인디요."

"다른 동네사람들하고 모이고 그러는 일은 없나요?"

"농사철에 모여 놀다가 어런덜헌티 몽둥이찜질 당헐라고라?"

여자노인네가 아첨기 역연한 웃음을 히죽 웃어 보이며 엿뭉치를 내밀었다.

"많이 파세요, 할머니."

사내는 여전히 부드럽게 웃는 얼굴로 깍듯이 인사를 하고 돌아섰다.

"이, 고마우요, 고마와."

여자노인네는 사내의 뒤에 대고 몇 번이고 허리를 굽혔다.

시상에나 저리 맘씨 좋고 착헌 사람이 또 있을까. 꼬박꼬박 동네

사람덜 안부꺼정 물으니, 저런 예절 바른 사람이 조선사람 중에 어디 있당가. 일본사람이 다 저 사람만 같음사 조선땅에 많이 올수록 좋제. 공자님 아덜이 따로 없당게로.

여자노인네는 넘치게 흡족한 마음으로 멀어져 가는 사내를 바라보고 있었다.

"소장님, 주재소에서 전화가 왔었습니다."

그 사내가 목포우체국 군산출장소의 문을 밀치고 들어서자 직원이 몸을 벌떡 일으키며 보고했다.

"누구였소?"

"주재소장이셨습니다."

"용건은?"

"전화 좀 걸어주십사구요."

두 사람의 모습은 흡사 군인 같았다. 그런데 직원의 인상도 소장이라는 사내와 비슷하게 부드럽고 착해 보였다.

소장 하야가와는 바로 전화기를 돌렸다. 곧 주재소장과 통화가 되었다.

"아 소장님, 무슨 색다른 정보가 없나 해서요. 궁금해서 전화 걸었었지요."

주재소장의 탄력 있는 목소리였다.

"예, 제 쪽에서는 별일 없습니다."

하야가와의 나직한 그러나 긴장된 대꾸였다.

내가 혹시 놓친 정보가 있는 것인가. 무슨 사고가 일어난 것인

가. 아니면 어떤 새로운 상황이 전개되는 것인가. 하야가와의 머리는 순간적으로 회전하고 있었다.

"소장님이 암암리에 임무수행을 충실히 하고 있는 것 잘 압니다. 그런데 앞으로 더욱 치밀하게 정보수집을 해주기 바랍니다."

"아, 예, 예……."

상대방의 의중이 아직 간파되지 않아 하야가와는 형식적인 대답으로 자신을 방어하며 신경을 곤두세우고 있었다. 이런 경우에 성급한 질문이나 어설픈 대꾸는 자기 결함을 노출시키거나 자기 값을 떨어뜨리기 십상이었던 것이다.

"에에 또, 지금 시점에서 명확하게 말하기는 좀 곤란하지만…… 금명간 상황의 변화가 있을 것 같습니다. 그러므로 우리는 가일층 정보망을 강화하고, 활동을 민활하게 하지 않으면 안 될 것입니다."

"아, 예, 그렇습니까."

이 대목에서도 하야가와는 '상황변화'가 어떤 것인지 묻기를 자제했다. 괜히 그런 것을 물어 주재소장의 위치를 높여줄 필요가 없었고, 또 주재소장이 스스로 높다고 자만하게 만들어줄 필요도 없었던 것이다. 자신은 어디까지나 영사관과 직통하는 관계이고 한양의 정보본부와 직결된 조직이지 주재소장과는 상하관계가 아니었던 것이다. 엄밀하게 말해 주재소와는 대등한 협조관계일 뿐이었다. 주재소장이 알고 있는 '상황변화'라면 영사관을 통해 몇 시간 차이가 나지 않아 알게 될 터였다. 그리고 정보의 치밀도에 있어서도 주재소장보다는 영사관 쪽이 훨씬 더 앞서 있게 마련이었다. 영사관이 두뇌라면 주재소는 팔다리에 지나지 않았던 것이다.

"에에 또오, 그래서 전화를 걸었던 것이니 그리 알아두십시오."

"예, 잘 알았습니다. 그럼 수고하십시오."

하야가와는 정중하게 말하고 전화를 끊었다. 그러나 그의 입가에는 엷은 비웃음이 스치고 지나갔다. 주재소장의 어조가 무척 서먹하고 떨떠름하게 변했던 것이다. 그건 그가 전화를 건 의도를 잘 나타내는 것이었다. 그를 기분 좋게 해주었으려면 '상황변화'가 무엇이냐고 물었어야 했던 것이다.

하야가와는 담배를 빼물며 책상에 가 앉았다. 영사관에 전화를 걸어볼까 생각했다. 그러나 그는 곧 생각을 바꾸었다. 그건 정보원의 기본 행동방식이 아니었던 것이다. 정보원은 상부조직의 지휘와 하달을 받고 행동하는 것이지 불필요한 사항을 먼저 상부에 알아보는 행위 같은 것은 있을 수 없는 일이었다.

그는 담배를 깊이 빨아들이며 '상황변화'가 어떤 것일지를 추리해 보았다. 제1감으로 잡히는 것이 '정치적 변화'였다. 그 생각을 제쳐놓고 다른 생각을 해보았지만 별로 잡히는 것이 없었다. 정치적 변화─그것은 더 말할 것도 없이 치안권의 장악보다 한층 더 강화된 어떤 통치방법의 등장일 것이 분명했다.

그는 자신도 모르게 주먹을 말아쥐며 어금니를 맞물었다.

어서 그런 날이 와야지. 그런 날을 위해 내가 바친 노력이 벌써 몇 년째인가. 제대로 돌아가지 않는 혀를 깨물어가며 조선놈들처럼 조선말을 하려고 얼마나 애를 썼던가. 조선에 상륙하기 전에 본국에서 미리 배웠던 조선말은 조선놈들에게 얼마나 웃음거리가 되었던가. 그러면서도 조선것들은 저희들 말을 하는 일본사람에게 아주 호감을 가졌었지. 그게 얼마나 다행한 일인가. 조선것들은 퍽 단순한 데도 많아. 예의만 잘 지키고 겸손하기만 하면 일단은 안심하고 믿어주는 것도 참 묘하고도 편해. 물론 내가 인상이 좋게 생긴 것도 큰 몫을 했지만 말야. 체신업무를 할 수 있는 사람들 중에서 인상 좋은 사람들만 골라내 정보교육을 시키고 조선반도에 파견시켰던 것은 아무리 생각해도 참 기막힌 현명함이었어. 체신과 정보의 이중업무가 고달프지 않은 것도 아니었지만 조국의 무궁한 발전을 위해서는 그까짓 것 아무것도 아니었지. 조선땅에 발을 붙이고 어쨌든 말을 많이 배운 것은 아이들하고 친한 덕이었지. 그것들은 사탕 한 개씩만 사주면 그저 신바람 나게 종알거려댔으니까. 이것저것 묻다 보면 생각지도 못했던 정보를 얻을 때도 많았으니, 그렇게 좋은 일거양득이 어디 또 있는가. 어쨌거나 이 반도땅을 어서 송두리째 손아귀에 넣어야 한다. 아아, 그날은 언제인가!

그는 담배를 질끈 씹으며 부르르 떨었다. 그런 그의 얼굴에는 웃음기는 자취도 없고 싸늘한 냉기만 가득 차 있었다.

"소장님, 전화 왔습니다. 영사관입니다."

"어! 그래."

하야가와는 소스라쳐 몸을 일으켰다.

"아, 쓰지무라요, 오늘 밤 바쁩니까?"

"아닙니다. 아무 일도 없습니다."

"마침 잘됐소. 의논할 일이 있으니 우리 집에서 만나도록 합시다."

"옛, 알겠습니다."

하야가와의 마음은 아까 주재소장과 전화를 할 때와는 완전히 달랐다. 아무런 잡념 없이 지시를 받을 뿐이었다.

전화를 끊고 난 하야가와는 만족스러운 기분으로 담배를 피워 물었다. 주재소장에게 상황변화에 대해 묻지 않은 것이 얼마나 선견지명이 있고 현명한 일이었던가를 되짚고 있었다.

"우편물 배달하고 오겠습니다."

직원이 가방을 들고 일어났다.

"그러시오. 많소?"

하야가와는 의자에 몸을 부렸다.

"보통 때와 비슷합니다."

"조선사람들 편지는 늘지 않았소?"

조선사람들 편지는 손수 다 뜯어보기 때문에 그들의 우체국 이용이 어느 정도 늘어나고 있는지 환히 알면서도 그는 일부러 묻고 있었다. 직원의 근무태도 파악이었다.

"예, 별로 늘지 않습니다. 우리 일본인들과 비교해 보면 여전히 1할 정도밖에 안 됩니다. 조선사람들, 아니 양반이란 사람들은 참 이상합니다. 지금까지도 머슴이나 일꾼을 시켜 몇십 리씩 걸어서 편지를 전하게 합니다. 그래서……."

"그런 것 상관할 것 없소. 아직도 미개해서 그런 거요. 그리고 양반들은 양반답게 얌전하니까 그렇게 오가는 편지 내용도 별문제가 없소. 다녀오시오."

"예, 다녀오겠습니다."

직원이 바쁜 걸음으로 사무실을 나갔다.

하야가와는 구두를 신은 채 두 다리를 책상 위로 내뻗었다. 그리고 큰소리로 외쳤다.

"양치성이, 어디 있냐."

"야아, 여그 있는디요."

저쪽 구석의 작은 책상에 없는 듯이 머리를 웅크려박고 앉아 있던 소년이 황급하게 대답하며 몸을 일으켰다.

"뭘 하고 있나?"

하야가와는 눈을 내리감은 채 묻고 있었다.

"야아, 일본말 공부허고 있었구만요."

소년은 하야가와 쪽으로 뛰듯이 하며 대답하고 있었다. 빡빡 깎은 동그란 머리통이 유난히 커 보였다.

"그래, 공부를 열심히 해서 하루빨리 내가 너한테 조선말로 얘기하지 않게 해야지. 그게 은혜 갚는 일이야."

"야아, 그리허겄구만요."

하야가와 옆에 두 손을 모아잡고 선 소년은 고개를 꾸뻑했다. 열서너 살쯤 나 보였다. 동그스름한 얼굴에 눈이 또릿또릿한 게 꽤나 총명해 보였다.

"여기 어깨 좀 주물러라."

"야아."

소년은 지체없이 하야가와의 어깨를 주무르기 시작했다.

"어머니 병세는 좀 어떠시냐?"

하야가와는 일부러 또 묻고 있었다.

"야아, 소장님 덕분에 그만허시구만요."

소년의 얼굴에는 황송해하는 빛이 역연하게 드러나며 작은 손을 쫙 펴 꽁꽁 힘을 써가며 주물러나갔다. 그 하는 품이 꽤나 익숙해 한두 번 해본 일이 아니라는 표가 금방 났다.

"그래, 빨리 나으셔야 할 텐데……."

하야가와의 어조에는 아주 인정미가 넘치고 있었다. 더 무슨 말을 하지 못한 채 입술만 달싹거리는 소년의 얼굴에는 황송해하는 빛이 더욱 진해졌다.

하야가와는 단순하게 병 안부를 묻고 있는 것이 아니었다. 그렇게 함으로써 일자리를 마련해 준 자신의 은혜를 소년에게 계속 일깨우는 것이었고, 또한 자신의 인정스러움을 소년에게 확인시키려는 것이었다. 그건 먼 앞날을 내다보고 올가미를 만들어가는 일종의 최면술이었다. 많은 형제, 병든 홀어머니, 밥을 굶주리는 가난, 소년의 총명함……. 그는 소년을 골라낸 자신의 안목에 한껏 만족을 느끼고 있었다.

지그시 눈을 내리감고 있는 하야가와는 그지없이 시원하고 편안한 얼굴이었다. 소년의 콧등이며 이마에는 송글송글 땀이 맺히기 시작하고 있었다. 하야가와는 어느덧 가늘게 코를 골고 있었다.

쓰지무라는 저녁상을 물리고 나서야 이야기를 꺼냈다.

"에에 또, 지금 밝힐 수는 없지만 다음 달에 모종의 중대한 정치적 변화가 단행될 것이오. 우리는 지금부터 거기에 철저한 대비를 해야 하오. 다시 말하면 그 정치적 변화를 계기로 조선놈들의 조직적 반발이 야기될지도 모른다 그것이오. 우리는 그런 사태에 대비해 사전에 그 뿌리부터 근절시켜야 하오. 그러자면 우리의 모든 조직을 더욱 강화하는 한편 최대한으로 작동시켜야 할 것이오. 이번에 단행되는 일이 무사하게 돼야만 또 다음 단계의 일을 추진할 수 있게 되는 거요. 어떻소, 소장이 움직이고 있는 조직은?"

쓰지무라는 어느 때 없이 심각한 얼굴로 하야가와를 주시했다. 하야가와는 자신이 예상했던 정치상황의 변화가 얼마나 중대한 것인지 예감할 수 있었다.

"예, 제 조직은 아무 이상 없이 움직이고 있습니다. 지시대로 앞으로 더욱 강화시켜 활동을 극대화하도록 최선을 다하겠습니다."

하야가와는 머리를 숙여 보였다.

"좋소, 하야가와 소장은 지금까지 단 한 번의 실수도 없이 책무를 충실히 수행해 왔소. 앞으로도 분투해 주시오. 그러면 천황폐하의 은혜가 내려질 것이오."

"하이!"

하야가와는 밤길을 혼자 걸으며 가슴을 흔드는 흥분을 누르기가 어려웠다. 그날은 마침내 오고 있는 것인가! 그는 장덕풍을 위시한 자신의 조직원들을 하나하나 점검해 나갔다.

5

이민이냐 노예냐

"다 왔다, 미국에 다 왔다아!"

누군가가 어둠침침한 선실로 뛰어들며 외치고 있었다. 그 목소리
는 너무 감격에 겨워 마치 울부짖는 것처럼 들렸다.

"뭐라고?"

"무시기?"

"참말이여?"

여기저기서 갖가지 말투가 튀어나왔다. 아무렇게나 눕고 기대고
웅크리고 있던 사람들이 일시에 똑바로 몸을 일으켰다. 그러나 그
들은 자기네의 귀를 의심하는 얼굴들이었다.

"아 육지가 바로 눈앞에 다가왔소. 이 눈으로 똑똑히 봤소. 못 믿
겠으면 다들 나가서 보시오."

그 남자는 들뜬 목소리로 외치며 문밖을 향해 힘차게 팔을 뻗쳤다.

"야아, 이제 살았다아!"

"나가세에!"

이런 환성이 터지면서 사람들은 일제히 몸을 일으켰다. 그리고 앞을 다투어 문밖으로 뛰쳐나가기 시작했다. 그들의 몸에서 펄펄 솟는 기운은 조금 전까지 늘어지고 처져 있던 사람들의 모습이 아니었다.

기운 뻗치는 그들 속에 방영근도 섞여 문 쪽으로 떠밀리고 있었다. 그도 가슴 벅찬 기쁨과 함께 새 기운이 솟는 것을 느끼고 있었다. 그 기쁨은 미국땅에 당도했다는 기쁨이 아니었다. 오로지 배에서 내리게 되었다는 기쁨이었다.

방영근은 배타기에 지칠 대로 지쳐 날이 어떻게 지나는지도 잊어버린 지 오래였다. 사람들은 너나없이 배타기에 넌덜머리를 내고 지긋지긋해했다. 누구 하나 어질병에 시달리지 않은 사람이 없었던 것이다. 매일 뱃멀미에 시달리는 데다가 음식까지 입에 맞지 않아 어질병을 더 심하게 앓아야 했다.

인천에서 일본 고베까지는 그나마 견딜 만했었다. 그런데 고베에서 무슨 병이 없나 신체검사를 받은 다음 배를 갈아타면서부터는 생전 보도 듣도 못한 해괴한 음식이 나왔던 것이다. 심심하고 느끼하고 맺힌 데 없는 서양음식을 끼니마다 받아들고 그들이 간절하게 그리워한 건 밥이요, 김치요, 고추장이었다. 입이 짧거나 비위가 약한 사람들은 음식을 받아놓고 구역질부터 하고, 억지로 넘기고 나서는 토해내기가 일쑤였다. 그런 사람들은 나날이 사람의 꼴을 잃어가며 어질병을 심하게 앓았다.

방영근은 끼니때마다 무슨 싸움을 하듯이 마음을 가다듬고 음식을 넘겼다. 속이 비게 되면 더 멀미가 났고, 혼자 몸으로 병이 나서는 안 된다는 생각을 굳게 가지고 있었다.

120여 명은 삽시간에 갑판으로 몰려나왔다. 과연 그들의 눈앞 저 멀리로는 육지가 바라다보였다.

"와아, 육지다 육지!"

"맞어, 이제 정말 살아났네그려."

"얼씨구나 좀도 좋다!"

그들은 다함께 기쁨의 소리들을 질러댔다. 서로 얼싸안는가 하면, 덩실덩실 춤을 추는 사람도 있었고, 만만세를 부르거나, 눈을 훔치는 사람들도 있었다.

그들은 100여 개의 섬으로 이루어진 하와이가 그저 육지라고만 생각하며 갑판을 떠날 줄 몰랐다. 얼마 전까지만 해도 갑판에 나서기를 그리도 꺼리던 그들이었다. 갑판에 나서면 사방팔방 보이는 것이라고는 숨이 막히도록 끝없는 망망한 바다뿐이었다. 그 바다를 바라보고 있노라면 배는 움직이는 것 같지도 않았고, 그 바다에서 영영 벗어나지 못할 것 같은 절망감에 사로잡혔다. 그러면 어질병은 더 심하게 도졌다.

배가 섬에 차츰 가까워지면서 은빛 날개들을 느릿하게 휘저으며 나는 새떼가 나타나기 시작했다.

"갈매기다, 갈매기."

누군가가 외쳤다.

"아하, 저걸 보니까 땅냄새가 나네."

누군가의 신명난 목소리였다.

뱃전을 선회하는 갈매기들의 수가 점점 많아지면서 배가 고동을 울리기 시작했다.

뿌우웅— 부우웅—.

긴 뱃고동소리를 들으며 사람들은 선실로 발길을 서둘렀다. 누가 시킨 것도 아닌데 그들은 제각기 보퉁이를 챙기기 시작했다.

그들이 짐을 다 챙겨들고 다시 갑판으로 나왔을 즈음에 배는 느린 몸짓을 지으며 항구로 들어가고 있었다.

그들의 눈에 제일 먼저 띈 것은 외줄기로 뻗은 키 큰 나무였다. 사람 키의 열 곱이 넘는 그 끝에 부챗살같이 갈라진 잎들이 엉성하게 붙어 있는 그 나무가 그들에겐 너무 눈설었다.

"아니, 저 나무가 어찌 저리 생겼소?"

"저것이 나무기는 나무요?"

"허 참, 고것 요상허게도 생겼네. 털 다 뽑고 꽁지만 남은 달구새끼꼴 아니라고?"

"참, 나무치고는 어지간히 못났네."

그건 바로 야자수였다.

배가 부두에 가까워지면서 그들에게 눈선 것은 그 키 큰 나무만이 아니었다. 멀찍이 보이는 산 모양새며 나무숲도 눈설었고, 집들도 눈설었으며, 사람들과 그 차림새도 눈설었다. 그러다 보니 하늘도 눈설고 햇볕이며 바람까지도 눈설게 느껴졌다.

그러나 그들은 착각을 일으키고 있는 것이 아니었다. 한반도와 기후가 다른 하와이는 하늘 색과 바다 색이 달랐으며, 햇볕의 강도나 바람의 감촉이 달랐고, 따라서 나무들 종류도 달라 숲 모양도 다를 수밖에 없었다. 그들의 눈이나 감각은 정확했던 것이다.

그들은 배에 오를 때처럼 줄 세워져 배에서 내려졌다. 그들의 몰골은 하나같이 후줄근하고 추레해서 궁상스러워 보였다. 그럴 수밖에 없는 것이 오랜 뱃길의 어질병에 시달려 지칠 대로 지친 데다가, 삼베 입성들은 선실에서 줄곧 입고 뒹굴어서 땀이 차고 때가 절어 있었고, 그동안 베개 삼았던 보퉁이를 하나씩 들고 짚신발을 하고 있었다. 거기다가 눈에 보이는 것마다 낯설고 눈설어 그들은 갑판에서 환호하던 때의 생기를 다 잊어버린 채 잔뜩 긴장하고 겁질려 있었던 것이다.

인원점검이 끝나고 그들은 다짜고짜 주사를 두 대씩 맞아야 했다. 그리고 종이에다가 무작정 손도장들을 눌렀다.

전혀 말이 통하지 않으니 무슨 주사인지 알 수가 없었고, 종이에 가득 적힌 꼬부랑 글씨가 무슨 내용인지 알 리가 없었다. 그저 하는 대로 내맡기고 손짓하는 대로 따를 수밖에 없었다.

손도장을 누르고 사무실을 나온 그들은 갑자기 바뀐 상황 앞에서 눈치 빠르게 정신을 가다듬어야 했다.

"갓댐, 스팅키 애니멀! 허리 업, 허리 업!(아이, 냄새 나는 짐승새끼야! 빨리 해, 빨리!)"

가죽장화에 차양 둥근 모자를 삐딱하게 쓴 몸집 큰 백인들이 채찍을 휘두르며 소리치고 있었다. 채찍으로 사람을 갈기지는 않았지만 채찍들이 제 몸을 치며 허공을 찢는 소리들이 소름 끼치게 울려댔다. 거기다가 거구의 백인들이 험상궂은 얼굴로 소리치고 있어서 분위기는 살벌하기만 했다.

그들은 백인들이 외쳐대는 소리가 무슨 뜻인지 모른 채 앞사람을 따라 부산하게 트럭 위로 올라갈 수밖에 없었다. 그러나 그들은 백인들이 외치는 소리가 욕이라는 것만은 알고 있었다. 그들의 외침 중에서 귀에 익은 한마디가 있었던 것이다. '갓댐'이었다. 그 말은 배를 타고 오는 동안에 수없이 들었던 것이다. 선원들은 걸핏하면 눈을 부라리거나 화를 내며 '갓댐'을 내뱉었으므로 그것이 욕이라는 것은 누구나 알아차렸다. 다만 그것이 조선말로 무슨 욕인지만 모를 뿐이었다. 어떤 사람들은 우스개 삼아 그 말을 써먹기도 했었다. 갓댐은 그들이 최초로 배운 영어이기도 했다.

그들 120여 명은 트럭 세 대에 빽빽하게 실려졌다. 트럭은 곧 출발했다. 빼곡하게 서로 붙어앉은 사람들은 두렵고 겁난 얼굴들로 입을 다물고 있었다. 트럭들은 시가지를 한동안 달리고 있었다. 그들은 스쳐 지나가는 시가지 모습들을 힐끔힐끔 훔쳐보고 있었다. 그 어디에도 초가집이나 기와집은 하나도 보이지 않고 반듯반듯하게 날이 서고 각이 진 집들만 말끔하게 줄을 서 있었다. 일본의 고베와는 또다른 그 생소함에서 그들은 마침내 머나먼 타국땅에 외톨이로 떨어졌다는 사실을 절실히 느끼기 시작했다.

트럭들은 시가지를 벗어나 키 큰 풀들이 무성한 벌판으로 접어들었다. 그들의 눈에 무성한 풀밭으로 보이는 것은 사탕수수농장이었다.

사람대접받고 살기는 다 틀렸구나.

두 번째 트럭에 앉은 방영근은 멍한 눈길을 하늘로 보낸 채 그런 생각을 하고 있었다.

"이놈들이 사람 대하는 게 영 틀려먹지 않았소?"

"글쎄 말이오. 초장부터 안 좋구만요."

"이거 잘못 온 것 같습디다. 고생길이 훤히 열렸시요."

"첨이라 기죽일라고 그러는 것 아니겠소?"

"글쎄요, 하는 짓들이 아주 몸에 익었는데…… 두고 볼 일 아니겠소."

사람들이 조심스럽게 소곤거리고 있었다. 방영근은 그 소곤거림에 귀가 열려 있었지만 말에 끼어들지는 않았다.

트럭은 벌판을 달리고 있었다. 트럭에는 포장이 쳐져 있지 않아 그들은 뙤약볕을 그대로 받고 있었다. 햇볕은 이상하게 눈이 부셨고, 두꺼운 느낌이었으며, 바늘끝처럼 따끔거렸다. 차가 달리고 있어서 바람이 일어나는데도 그들은 땀을 뻘뻘 흘려야 했다. 그 이상스러운 햇볕과 예사롭지 않은 더위에서 그들은 어떤 불길한 느낌을 갖게 되었다. 그건 속았다는 깨달음이기도 했다. 사시장철 기후가 좋아 일하기 편하고 살기 좋은 땅이라는 말이 새삼스럽게 떠올랐던 것이다. 트럭이 차례로 정거했다.

"허리 업! 갓댐, 허리 업!"

차에서 뛰어내린 백인들이 다시 채찍을 휘두르며 외치기 시작했다.
그들은 서둘러 트럭에서 뛰어내리고 있었다. 모두 민첩한 동작들
이었다.

그들의 눈에 들어온 것은 비탈에 줄지어 서 있는 똑같은 모양의
판잣집들이었다. 판잣집들은 시내를 거쳐오며 얼핏얼핏 보았던 집
들과는 딴판으로 한눈에 허술하고 엉성해 보였다. 그들은 그 볼품
없는 집들이 자기네 거처라는 것을 직감적으로 깨달았다.

그 집들은 저 멀리 솟은 우람한 산줄기를 배경으로 하고 있어서
그 꼴이 더 초라해 보이는지도 모를 일이었다. 산줄기는 그 생김부
터가 사뭇 기이했다. 산줄기는 으레껏 물줄기가 흐르듯 높은 봉우
리가 낮은 봉우리들을 거느리면서 뻗어가게 마련인데 그 산줄기는
어떻게 된 것이 느닷없이 땅속에서 불끈 솟아오른 것처럼 낮은 봉
우리라고는 붙어 있지 않았다.

그 대신 깎아지른 급경사에 억센 등줄기들이 마치 주름을 잡은
것처럼 수없이 아래로 뻗어내리고 있었다. 어떤 거대한 손으로 아
무렇게나 담을 높게 쌓아올린 것 같은 그 산줄기는 억세고 험한
생김만큼 사람의 접근을 꺼리는 듯한 인상이었다. 그런데 생김만
이 그렇게 묘한 것이 아니었다. 산 색깔도 이상야릇한 초록빛을 띠
고 있었다. 그 초록빛에는 무슨 연기나 안개가 엷게 끼어 있는 것
같아서 환상적이고 몽환적으로 보였고, 주름잡힌 등줄기의 그늘
에도 무당집이나 상여움막 같은 데 떠도는 그 음산하고 괴이스러

움 같은 것이 서려 있었다. 그 산줄기는 생김도 특이한 데다가 색깔까지 그렇듯 묘해서 험준함과 신비스러움이 합해져 한결 위압적으로 느껴지는 것이었다.

"저 산줄기가 영판 요상허덜 않으요? 산신령이 살아도 한둘이 사는 것이 아닐 것 겉은디요?"

한밑천 잡겠다고 뱃길을 나선 주만상이가 겁 실린 눈으로 말을 걸어왔다.

"몰르겄소, 어쩌는지."

방영근은 싫은 내색을 하며 고개를 돌렸다. 아무 말도 하고 싶지 않은 데다가, 좀 주책스러운 그 사람이 별로 마음에 들지 않았던 것이다.

백인들은 아까보다 훨씬 살벌한 기세로 연상 갓댐을 외쳐대고 채찍을 휘두르며 줄을 세워나갔다. 사람들은 행여 채찍을 맞을까봐 재빠른 동작으로 한 줄로 늘어서고 있었다. 그러는 틈에도 한 고향사람끼리 앞뒤에 서려고 눈치싸움들을 벌이고 있었다.

"갓댐, 스팅키 애니멀!"

한 백인이 고함을 지르며 뒤쪽으로 내닫고 있었다. 그리고 곧 비명이 터졌다.

"아이구구……."

모든 사람의 눈길이 일시에 그쪽으로 쏠렸다. 한 남자가 쓰러져 있었고, 백인은 사정없이 채찍을 휘둘러대고 있었다. 채찍이 몸을 휘감을 때마다 그 남자의 몸뚱이는 풀쩍풀쩍 솟기듯 했고 비명이

자지러지고 있었다. 그런데 그 남자의 바지는 엉덩이가 반쯤 보이게 흘러내려 있었다. 사람들은 그 남자가 급한 용변을 보다가 매질을 당하게 된 것을 알았다. 그들은 채찍이 그 남자의 몸뚱이를 물어뜯을 때마다 부르르 몸들을 조이고 기가 죽어들며, 용변 본 것이 뭐가 잘못이라고 저리 혹독한 매질을 당해야 하는 것인지 납득하지 못하고 있었다.

채찍질은 열 번이나 가까워져서야 멎었다. 그 남자는 신음소리를 낼 뿐 몸을 일으키지 못했다.

사람들 쪽으로 돌아선 백인은 그 남자를 손가락질해 대며 뭐라고 길게 떠들고 있었다. 사람들은 그가 떠들어대는 소리가 아무 데서나 용변을 봐서는 저렇게 맞게 된다는 뜻으로 알아새겼다.

매질당한 남자는 두 사람의 부축을 받고서야 몸을 일으켰다. 그의 한쪽 볼에는 불에 덴 것처럼 핏줄기가 길게 돋아 있었다. 채찍에 맞은 자리였다. 사람들은 채찍의 위력에 질리며 주눅이 들었다.

그들은 열 명씩 잘리어 막사마다 밀려 들어갔다. 비바람이나 겨우 가릴 수 있도록 판자막이를 한 허술한 막사는 안에도 아무런 치장이 없었다. 마룻바닥엔 공동침상이 깔려 있었고, 그 옆의 빈자리에 긴 나무걸상이 두 개 놓여 있을 뿐이었다. 아니, 유일한 치장물이 하나 있기는 했다. 출입문 위에 낡은 불알시계 하나가 걸려 있었다.

침상에 걸터앉은 방영근은 그 시계를 멍하니 올려다보고 있었다. 다른 사람들도 시무룩하고 침통한 얼굴들로 말없이 앉아 있기만 했다.

얼마 지나지 않아 해거름이 되었다. 그들은 줄을 서서 식당으로 갔다. 거기서 조선사람들을 만날 수 있었다. 식당일을 하고 있는 그들이 자신들보다 먼저 하와이에 온 사람들이라는 것을 금방 알아보았다. 모두 반가움이 넘쳤으나 그러나 서로 말 한마디 걸 수가 없었다. 백인들의 눈초리가 여기저기서 번득이고 있었기 때문이다. 그들은 서로 밥 한 그릇과 국 한 그릇씩을 퍼주고 받으면서 눈으로 말을 주고받고 웃음으로 정을 나눌 수밖에 없었다. 식당일을 하는 사람들의 눈에는 물기가 서린 듯했고, 웃음에는 서글픔이 서려 있음을 새로 온 사람들은 거의가 깨달았다. 밥과 국을 받아들고 돌아서는 그들은 하나같이 우울하고 침통한 얼굴들이었다.

그들은 밥 한 그릇에 국 한 그릇씩을 받아가지고 긴 나무식탁에 앉자마자 허겁지겁 밥들을 먹기 시작했다. 시장해서만이 아니었다. 손에 든 것은 쌀밥이었고 식탁에는 김치그릇들이 놓여 있었던 것이다.

배를 타고 오면서 밥에 김치를 얼마나 고대했었던 것인가. 그들은 게걸들린 사람들답게 김치와 밥을 순식간에 먹어치웠다. 그러나 국을 달게 먹는 사람들은 별로 없었다. 양배추와 양파가 섞인 고깃국이었는데 국물에 된장이 풀리지 않았던 것이다. 된장이 풀리지 않은 쇠고깃국은 배를 타고 오는 동안에 질리도록 먹어서 전혀 구미가 당기지 않았던 것이다.

그런데 밥을 먼저 먹고 난 사람들 쪽에서 연거푸 비명이 터지고 있었다. 이 사람 저 사람이 채찍을 맞고 있었다. 백인들의 채찍은 오랜만에 김치와 밥을 배불리 먹고 난 포만감에 젖어 맘놓고 트림을 해대는 사람들을 찾아 날아가고 있었다.

말 한마디도 할 수 없는 데다가 트림마저 할 수 없는 식당에서 벗어난 그들은 부산하게 자기네들 막사를 찾아갔다. 걸핏하면 날아드는 채찍에 그들은 완전히 주눅들고 기질려 있었다.

그들은 막사 안으로 들어와서도 한동안 아무 말이 없이 서성거렸다. 누군가 담배를 꺼내 피워서야 겨우 한마디가 나왔다.

"담배 피운다고 또 맞는 것 아니오?"

"여기 재떨이가 있는 걸 보니 그런 것 같지는 않소."

긴 걸상 위에 판자쪽을 엉성하게 짜맞춘 재떨이 하나가 놓여 있었다.

방영근은 침상에 걸터앉아 담배에 불을 붙였다. 연기를 깊이 빨아들였다. 가슴이 담배연기로 적셔지며 정신이 아슴하고 아른해졌다. 그나마 밥에 김치를 먹었다고 담배맛이 오랜만에 되살아나고 있었다.

그는 김치를 생각하며 담배를 거푸 빨아들였다. 배추라는 것이 아무래도 이상했던 것이다. 칼질을 했다고는 하지만 줄기도 잎도 구별이 안 되고 색깔도 그저 허옇기만 했다. 맛도 조선배추와는 달리 싱거운 데다가 짤깃하게 씹는 맛도 없었다. 궁한 판이라 소금기에 고춧가루가 뿌려져 있으니까 그나마 허겁지겁했던 것이다.

지놈덜 생김대로 배추도 그 모양으로 허연허구만.

이런 생각을 하는데 트림이 괴어올랐다. 방영근은 어찌해야 할까를 퍼뜩 생각했다. 소리나지 않게 삭여서 내뱉을 수도 있었다. 그러나 여기는 막사였다. 순간적으로 오기가 돋아올랐다. 에라이 잡새끼덜아, 트림도 맘대로 못허고 사는 시상이 워디가 있냐. 이런 생각과 함께 그는 맘껏 트림을 터뜨려버렸다.

사람들이 일제히 방영근을 쳐다보았다.

"여그는 집 안이오. 떨 것 없소."

방영근이 퉁명스럽게 말했다.

"그렇지. 집 안에서야 트림을 하든 방구를 뀌든 우리 맘대로지."

"맞어, 그것을 몰랐구만."

이런 맞장구가 돌고 이내 서너 사람이 끄윽끄윽 트림을 해댔다.

"아이고 억지로 해대지는 마시오. 오랜만에 먹은 김치 토하겠소."

누군가의 말에 모두는 소리내어 웃었다.

"그런데 말이오, 오줌을 눠도 매질이고, 트림을 해도 매질이고, 이래 가지고서야 앞으로 어떻게 살아가겠소. 우리가 이런 꼴 당하려고 여기 온 게 아니잖소."

한 남자가 정색을 하고 꺼낸 말이었다. 그는 사람들을 휘둘러보았다.

"그러게 말이오. 내일부터는 또 무슨 일로 매질을 할지 모를 일 아니오?"

"우리보담 먼첨 온 사람덜도 이리 매타작당해 감스로 살았을랑가요?"

"그런데, 그 코쟁이들은 대체 뭐요? 아주 악질들이던데."

그들은 자연스럽게 모여앉아 있었다.

"우리가 개돼지도 아니고 이런 생지옥에서 살 수는 없는 일 아니 겠소."

처음의 남자가 말에 힘을 주었다.

그때 문이 벌컥 열렸다. 그리고 백인 하나와 조선인 하나가 들어 섰다.

백인이 뭐라고 외치며 채찍으로 침상을 내리쳤다.

"다 침상으로 똑바로 올라앉으시오."

조선사람의 말이었다.

그들은 짚신을 벗고 침상으로 우르르 올라갔다. 그리고 다들 똑 바로 앉았다.

백인이 뭐라고 한참 떠들어댔다.

"오늘은 첫날이라 특별히 저녁밥을 대접한 겁니다. 내일 아침부터 는 하루에 한 막사에서 두 명씩 식사당번을 뽑아 밥을 해야 합니 다. 여러분은 내일부터 일을 시작합니다. 기상은 매일 새벽 4시, 하 루 노동은 열 시간입니다. 앞에 두 사람, 나오세요. 내일 식사 준비 를 해야 합니다. 다른 사람들은 빨리 자도록 하세요. 이상입니다."

말을 끝내자마자 두 사람은 돌아섰다. 그 뒤를 식사당번으로 지 적당한 두 사람이 엉거주춤 따라나갔다.

아까 처음에 말을 꺼냈던 남자가 팔을 들어올렸지만 말할 기회 를 잡지 못하고 팔을 도로 내리며 투덜거렸다.

"못된 새끼들, 숨돌릴 새도 안 주고 부려먹을려고."

"이것 참 기분 나쁘고 이상하지 않소. 우리를 꼭 종놈 다루듯 한 단 말이오."

다른 남자가 성질을 냈다.

방영근은 더 참을까 하다가 군소리들이 자꾸 길어질 것만 같아 입을 열었다.

"배 타기 전에 왜놈헌티 20원 받았지라?"

"예, 받았지요."

"그러면 종놈이 된 것이오."

"무슨 소리요?"

"생각혀 보시오, 왜놈덜이 우리가 머시가 이쁘다고 논 닷 마지기 값인 20원씩이나 줬겄소. 허고, 그 돈이 어디서 나왔겄소. 바로 이 양사람덜이 내놓은 것 아니겄소? 우리는 다 종으로 팔려온 것이다 그 말이오."

방영근은 일부러 매몰찬 기분으로 말했다.

분위기는 싸늘하게 굳어졌다. 벌레 우는 소리만 가늘게 들려올 뿐 아무도 더는 말을 꺼내지 않았다.

막사 안에 어둠이 밀려들고 있었다.

방영근은 담배를 피워물고 창가로 갔다. 어두운 하늘에 별들이 드문드문 돋아나고 있었다.

아아…… 여기서도 별들은 똑같구나…….

방영근은 코허리가 찡 울리는 것을 느끼며 담배를 깊이 빨았다.

어머니의 얼굴과 동생들의 얼굴이 밀려들었다. 어떻게 여름을 넘기고들 있는지…… 생각하기만 하면 가슴 먹먹해지는 핏줄의 당김이고 아픔이었다.

편하리라고 생각하진 않았지만 생각보다는 어려운 생활이 펼쳐질 것 같았다. 무슨 어려움이든 이겨내고 어머니와 형제들 곁으로 돌아가리라고 그는 이를 사리물었다.

사람들이 한둘씩 자리를 잡고 누웠다. 그리고 금방 코를 고는 사람도 있었다.

방영근은 그동안 며칠이 흘러갔는지를 생각해 내려고 했다. 그러나 막연하게 보름이 넘어갔다는 것뿐 정확하게는 계산해 낼 도리가 없었다. 바다 가운데 떠서 그날이 그날이기도 했지만 어질병에 시달리느라고 지나가는 날을 꼬박꼬박 꼽을 정신이 없었던 것이다.

그도 자리를 잡고 누웠다. 막상 눕자 몸이 한정도 없이 꺼져 내리는 것같이 무거웠다. 오랜만에 흔들림 없는 잠자리에 누운 안정감이 포개지고 있었다. 그는 바닷물에 꼴깍 잠기는 착각과 함께 진한 잠 속으로 빠져들고 있었다.

딸랑딸랑 종소리가 다급하게 울려대고 있었다. 멀어지다 가까워지다 하는 그 귀선 종소리에 쫓기며 방영근은 끈끈한 잠에서 벗어나려고 애썼다.

꼭꼬오오옥 꼬옥!

어디선가 닭이 목청 뽑는 긴 울음소리가 들리고 있었다.

방영근은 번뜩 정신이 들었다. 한 동작으로 윗몸을 일으켰다. 막사 안에는 아직 어렴풋한 어둠이 남아 있었다. 닭은 연이어 목청을 뽑고 있었고, 종소리도 계속 딸랑딸랑 울리고 있었다.

아아, 여기서도 닭이 우는 소리는 똑같구나!

방영근의 가슴을 친 생각이었다. 그 생각과 함께 고향집이 눈앞에 쑥 밀려들고, 집 안의 냄새도 물큰 풍겨왔다. 서러움과 그리움이 가슴 가득 차며 목이 메어왔다.

"허! 저놈에 닭이 사람 잡네."

누군가의 한숨 섞인 중얼거림이었다.

"게랍, 게랍! 갓댐, 게랍!"

이런 외침과 함께 백인이 문을 박차고 뛰어들었다.

그들은 허둥지둥 침상 아래로 내려서고, 아직 잠이 안 깬 사람을 흔들어대고 했다.

그들은 백인을 따라나가 그가 손짓으로 시키는 대로 빗자루를 집어들었다. 그리고 막사 주변을 청소했다.

청소를 끝내고 곧 식당으로 갔다. 어둠이 아직 땅바닥을 기어다니고 있었다.

식당 앞에서는 또 채찍질이 가해지고 있었다. 채찍질소리와 비명이 뒤범벅되고 있었다. 더운 탓에 저고리를 벗어버려 맨몸이거나 짚신을 신지 않아 맨발인 사람들을 골라내 채찍질을 하는 것이었다. 채찍을 맞은 사람은 뒤늦게 그 까닭을 알아채고는 질겁을 해서 막사로 내뛰고, 미리 그 눈치를 챈 사람들은 오던 걸음을 되돌리느라고 정신이 없었다.

식당을 출입하는 규율은 엄했다. 저고리 옷고름이 풀어지거나 짚신을 질질 끌어도 채찍이 날아왔다. 그러니 큰소리로 떠들거나 누구를 외쳐부르는 행위가 용납되지 않는 것은 더 말할 것도 없었다. 그런 까다로운 단속이 서양사람들의 예법에 맞춘 것이라는 걸 그들이 알기까지는 꽤 여러 날이 걸렸다.

식사시간은 30분이었다. 밥을 타느라고 기다리고, 각자 그릇을 씻고, 집합 전까지 담배라도 한 대 피울 짬을 내려면 밥을 먹으면서 옆사람과 말 한마디 나눌 틈도 없을 지경이었다.

낯을 씻는 시간이나 변소를 가는 시간 같은 것은 따로 빼주지 않았으므로 제각기 눈치껏 요령껏 할 수밖에 없었다. 행동이 굼뜬 사람은 그저 채찍질당하다가 골병들게 되어 있었다.

담배 한 대도 제대로 피우지 못하고 그들은 집합당했다. 트림을 하고 싶은 사람은 담배를 피우는 동안에 다 해치우는 영리함을 보였다.

그들은 하나하나 주머니털이를 당하게 되었다. 담배를 전부 압수하는 것이었다. 그들은 직감적으로 일하는 동안에 담배를 피울 수 없다는 것을 알았다. 그 암담함에 그들은 말 한마디 못하고 속만 앓았다.

백인감독은 익숙한 솜씨로 열심히 주머니 뒤짐을 해나갔고, 그들은 굳어진 듯 뻣뻣하게 서 있을 뿐이었다. 그때 어디선가 야릇한 소리가 새나왔다.

뽀오오요옹…….

누군가 방귀를 뀌고 있었다. 그냥 '빵'도 아니고 '뿡'도 아닌 그 소리는 묘한 가락으로 비꼬이며 길게 늘어졌다. 여기저기서 킥킥거리고 쿡쿡거리는 웃음이 터졌다.

"가앗댐!"

어느 때 없이 크게 터진 백인의 외침이었다. 웃음소리들이 뚝 멎었다.

백인이 앞으로 뛰쳐나갔다.

"갓댐 후스 댓! 캄온 허리 업, 허리 업!(어떤 놈이야! 당장 나와, 당장!)"

백인은 채찍으로 허공을 갈겨대며 악을 쓰고 있었다. 120여 명은 꼼짝 못하고 얼어붙어 있었다.

백인은 거푸 소리치며 채찍으로 땅바닥을 후려갈겼다. 그때마다 섬뜩한 소리와 함께 흙먼지가 일어났다. 백인의 기세로 보아 방귀 뀐 사람이 나서지 않고서는 사태가 마무리될 것 같지가 않았다. 그런 낌새를 느꼈던 것인지, 아니면 전체에게 미칠 위험을 느낀 주위 사람이 밀어낸 것인지 한 남자가 주춤주춤 앞으로 나가고 있었다.

"썬 오브 빗춰(개새끼)!"

이런 외침과 함께 채찍이 그 남자를 향해 날아갔다.

"어쿠!"

그 남자는 손으로 얼굴을 감싸며 무너졌다.

백인은 짐승 같은 소리를 질러대며 나뒹구는 남자를 향해 쉴새 없이 채찍을 휘둘러댔다. 그 매질은 어제 소변을 보다 당한 사람한테 가해진 것보다 훨씬 더 심했다. 그들은 몇몇 사람의 웃음이 사태를 그리 험하게 만들었다는 것을 알고 있었다. 그리고 그 방귀소리가 묘하고 길었던 것은 참고 견디다 못해 나온 것이기 때문임도 알고 있었다.

그 남자는 얼굴이 피범벅인 채 늘어져 막사로 들려갔다. 채찍의 위력이 얼마나 무서운 것인지 사람들은 하루가 다 못 되어 익히 알게 되었다. 그리고 금기사항이 무엇인지도 빠르게 익혀가고 있었다.

점심과 물통, 연장 같은 것들을 실은 마차 두 대를 앞세우고 그들은 일터로 나갔다. 어둑새벽의 들판길을 걷고 있는 그들의 발길은 무겁기만 했다. 배를 오래 타 지쳐 있는 탓만이 아니었다.

작업장 도착은 5시 직전이었다. 출발할 때 보이지 않던 백인들이 말을 타고 오락가락하고 있었다. 말을 탄 백인들이 저쪽 멀리 깃발을 꽂고 있었고, 아까 채찍을 휘둘렀던 자가 그 깃발들을 가리키며 뭐라고 목청을 돋우고 있었다. 사람들은 오늘 일을 거기까지 해내야 한다는 것임을 눈치로 알아들었다.

20명씩 조가 나눠지고, 연장이 분배되었다. 호루라기가 울리면서 정각 5시에 일이 시작되었다.

그들이 해야 하는 일은 농사짓기가 아니었다. 농토를 만들기 위한 개간작업이었다. 개간해야 하는 땅은 평지라고는 하지만 열대성 잡초들과 나무들이 뒤엉클어져 원시림을 이루고 있었다. 그런 것들을 뿌리까지 전부 뽑아내서 농사지을 땅을 만들어내야 하는 것이었다.

제각기 연장을 든 그들은 일에 달라붙기 시작했다. 그들의 의식

속에는 조금 전에 보았던 깃발들이 꽂혀 있었다. 그 책임량을 다하지 못했을 때 무슨 일이 벌어질지 그들은 너무나 잘 알고 있었던 것이다. 누구나 몸 사릴 엄두도 내지 못하고 일손을 부지런히 놀려야 했다. 이제 믿을 건 자신들의 몸뚱어리뿐이었다.

그러나 작업효과는 쉽게 나타나지 않았다. 거의가 개간작업을 해본 경험이 없는 데다, 열대 야생식물들은 난생처음 대하는 것들이었다. 그러니 그것들을 요령 있게 다루는 방법을 몰랐고, 뿌리의 생김이나 깊이 같은 것도 알 수가 없었다. 그뿐만 아니라 해가 떠오르게 되자 더위에 파묻히고 말았다.

열대의 7월 햇빛은 눈이 시도록 부신 밝은 빛을 내쏘았다. 또한 햇살은 무수한 바늘끝으로 내리꽂히면서 두꺼운 햇볕의 장막을 만들어내고 있었다. 눈부시고 따갑고 후끈거리는 열대의 태양은 그들을 희롱하듯 괴롭히고 있었다. 가만히 서 있기도 고통스러운 폭염 속에서 그들은 원시의 야생식물들과 싸움을 벌이고 있었다.

삼베옷들은 금방 땀으로 맥질이 되었고, 그들은 하나같이 기운을 쓰지 못하고 헉헉거렸다. 오랜 배타기의 피곤이 회복되지 않은 탓만이 아니었다. 어제 맞은 예방주사로 모두 열을 앓고 있었던 것이다. 시간이 흐를수록 그들의 몸은 물 먹은 백설기처럼 허물어져 내리고 있었다.

"이래 가지고는 죽도 밥도 안 되고 다 병나 죽게 생겼소. 이러지 말고 반씩이든 다섯 사람씩이든 돌아가면서 쉬어 기운을 차리는 것이 어떻겠소. 그래야 사람도 살고 일도 될 것 아니겠소."

누군가가 불쑥 내놓은 의견이었다.

"글쎄요, 그래 가지고 맡은 일을 다 끝내게 되겠소?"

누군가의 대꾸였다. 말이 시작되자 사람들은 다 일손을 멈추었다.

"이렇게 모두가 기운 못 쓰고 일이 안 되는 것보다는 쉬어가면서 기운 차려 하는 것이 훨씬 낫지 않겠소."

"그것 좋은 생각이오."

또다른 사람이 찬성하고 나섰다.

"우리 맘대로 그리해서 괜찮을랑가?"

주만상의 걱정스러운 말이었다. 방영근은 그의 말이 맞다고 생각했다. 자신들 마음대로 정할 문제가 아니었던 것이다.

"상관없소. 어쨌든 우리가 맡은 일만 해내면 될 것 아니겠소."

처음 말을 꺼낸 사람이 자신 있게 주만상의 걱정을 무질러버렸다. 사람들은 어느덧 그 남자의 말을 따르는 기색이 역연했다. 방영근은 반대를 할까 하다가 자신의 말이 통할 것 같지 않아 입을 다물고 말았다. 벌써 절반 가까이는 아예 연장들을 놓고 주저앉거나 몸을 부린 형편이었다.

결국 그 사람의 주도로 반씩 쉬기로 결정이 났다. 그리고 그 사람의 막사 사람들 열 명이 먼저 쉬게 되었다.

그들 열 명은 가까운 그늘을 찾아들었다. 그러면서 그들은 한가롭게 압수당한 담배타령을 하고 있었다.

잠시 뒤였다. 말발굽소리가 요란하게 울리며 귀에 익은 외침이 들려왔다.

"갓댐, 스팅키 애니멀!"

그리고 말을 탄 백인이 채찍을 휘두르며 들이닥쳤다.

그늘에서 쉬고 있던 열 명은 혼비백산 튕겨 일어났다. 그러나 백인이 마구 휘둘러대는 채찍을 맞고 순식간에 서너 명이 픽픽 쓰러졌다. 나머지 사람들은 몸을 피하려고 했지만 백인은 잽싸게 말을 몰아가며 채찍을 휘둘렀다. 그때마다 한 사람씩 비명을 지르며 거꾸러지고 나뒹굴어졌다. 백인의 채찍질 솜씨는 그야말로 날쌔고 귀신같았다.

열 명에 대한 채찍질은 그것으로 끝나지 않았다. 말에서 뛰어내린 백인은 그들을 나란히 줄을 세웠다. 그리고 다시 채찍질을 시작했다. 채찍은 한 사람의 몸을 세 번씩 휘감고 물어뜯고 잡아챘다. 첫 번째의 채찍을 맞고 그대로 서서 버티는 사람은 아무도 없었다. 채찍이 몸뚱이를 물어뜯는 소리와 사람의 비명이 뒤엉켜 따갑고 무더운 땡볕을 한동안 흔들고 있었다.

매질을 당한 그들이 연장을 들고 일을 시작하는 것을 보고 백인은 다시 말에 올라탔다. 그의 목에는 어제 볼 수 없었던 물건이 걸려 있었다. 그들 중에서 그 물건이 자신들을 감시하는 망원경이라는 것을 아는 사람은 아무도 없었다.

그들은 점심을 먹으라는 호루라기소리가 울릴 때까지 허리 한번 제대로 펼 수가 없었다.

점심시간은 11시 반부터 30분 동안이었다. 마차에 싣고 온 점심을 뙤약볕 아래서 받아먹었다. 마음대로 그늘을 찾아들 수가 없이 식당에서처럼 뙤약볕 속에서 줄을 맞춰앉아 먹어야 했다. 그 어떤 것이든 제약이고 통제 아닌 것이 없었다.

그러나 감독인 백인들은 저마다 손잡이 달린 바구니에 따로 장만해 온 점심을 그늘에 앉아 떠들어대고 웃어대며 먹었다. 그 모습이 소풍이라도 나온 사람들같이 한가롭고 즐거워 보였다.

점심을 끝낸 다음에야 사람들은 그늘에서 쉴 수 있는 자유를 갖게 되었다. 그때서야 정해진 장소에서 소변도 볼 수 있었다.

"자지도 놀래부렀능가 어쩨 오짐도 덜 매러우네그려."

"이보시오, 자지가 놀라고 눈치 있어서 그러는 게 아니라 땀을 너무 많이 쏟아서 오줌으로 나올 물이 없는 거요."

"허! 그게 그리되는감?"

"여름보다 겨울에 오줌이 더 자주 마려운 게 그 이치 아니오?"

소변을 보면서 나누는 말이었다.

그늘에서 쉬는 그들은 공통적인 괴로움을 겪고 있었다. 담배를 피울 수 없게 된 것이었다.

"요것 참 사람 환장헐 일이시. 저 잡새끼덜언 식후불연이면 소화불량이라는 것도 몰르는가."

"이거 정말 안 되겠는데. 사람을 짐승처럼 부렸으면 밥 먹고 나서 담배나 한 대썩 피우게 해얄 것 아녀."

"이런 법을 대체 어떤 놈이 만든 거야."

"어떤 놈이 따로 있소. 다 저놈들이 마음대로 하는 거지."

"저, 저, 인정사정없는 놈덜 보소. 우리는 담배 못 피게 맨글어놓고 즈그놈덜언 저리 맛나게 꼬실러대고 있네."

"빌어먹을, 우리보다 먼저 온 사람들도 이런 꼴을 당하고 살았을까?"

"목숨 부지하자면 별수 있었겠소. 그나저나 생지옥이 따로 없소. 그저 앞날이 캄캄하오."

"그러게 말이오. 바다가 막혔으니 내뛸 수도 없고, 기가 막힐 노릇이오."

사람들의 입에는 결국 한숨만 물렸다.

방영근은 사람들의 이야기를 듣기만 하며 풀줄기를 자근자근 씹고 있었다. 역시 밥을 먹고 나서 담배를 피우지 못하는 것은 견디기 힘든 일이었다. 그 간절함을 이겨내기 위해 풀줄기를 씹고 있었다.

그는 사람들의 이런저런 말들이 다 부질없이 느껴져서 아예 끼어들지를 않았다. 다만 어서 돈을 벌어가지고 다시 바다를 건너가야 한다는 한 가지 생각만을 굳게 붙들고 있었다. 오고 싶어 온 땅이 아니었고, 싫어서 떠난 땅이 아니었던 것이다.

그는 바다 쪽으로 눈길을 보냈다. 맞바라보이는 바다는 그다지 멀지 않았다. 모래밭 언덕이 강한 햇살을 되쏘며 눈부시게 흰빛으로 빛나고 있었고, 바닷물이 암벽에 부딪히며 하얀 물꽃을 쉴새없이 피워내고 있었다. 갈매기떼가 그 물꽃들을 따먹기라도 하려는 듯 아래로 쏟아져 내리다가는 슬쩍 비켜가며 다시 솟구쳐오를 때면 무수한 날개들이 은빛으로 반짝거렸다.

해변에 가까운 바다 색깔은 단조로운 푸른빛이 아니었다. 물 깊이에 따라 여러 종류의 푸른 빛깔 천을 펼쳐놓은 것처럼 층을 이루어나가고 있었다. 맑은 옥빛, 밝은 백옥빛, 진한 청옥빛, 좀더 진한 초록빛, 그리고 끝없이 펼쳐진 남빛. 그것은 마치 가지가지 푸른 빛들로만 이루어진 현란한 무지개 같았다. 갈매기들이 낮게 날 때면 그 색색의 바다 색깔이 배경이 되어 갈매기의 자태는 한층 또렷해지고는 했다. 외줄기 키 큰 야자수들은 그런 해변가에 외로운 듯 서서 먼 수평선을 바라보고 있었다. 갈매기들은 암벽에는 더러 내려앉아도 야자수에는 한 마리도 내려앉지 않았다. 그래서 야자수들은 더 외로워 보이는지도 모를 일이었다.

풍광은 좋다만 사람이 살 땅은 아니다.

가늘게 한숨을 쉬며 방영근이 한 생각이었다. 그는 눈을 감았다.

그때 호루라기소리가 귀따갑게 울리기 시작했다. 무거운 몸을 일으킨 사람들은 물통으로 몰려가 물을 마시기 바빴다. 오전에 목마름을 겪은 터라 미리 대처하는 것이었다. 그들은 빠르게 적응력을 길러내고 있었다.

일손을 잡자마자 또 땀이 솟기 시작해 그동안 약간 말랐던 옷들을 다시 적시고 들었다. 오후에도 잠시의 휴식이라고는 없이 노동이 계속되었다. 오후의 더위는 오전보다 갑절은 더 심한 것 같았다. 그러나 그들은 잡담 한마디 못하고 일손을 놀려야 했다. 등뒤에서 느닷없이 허공을 찢는 채찍소리가 싸늘하게 퍼지고는 했기 때문이었다.

그들 전체의 일과는 정해진 시각인 4시에 끝나지 않았다. 모두 일손이 서툴러 책임량을 다 마칠 때까지 두 시간을 더 일해야 했던 것이다. 그중에서도 방영근네조는 제일 늦어 어둠이 짙어질 무렵까지 헉헉댔다. 오전에 매질을 당하느라고 시간을 까먹은 데다가 매맞은 사람들이 힘을 제대로 못 썼던 것이다.

식당을 거쳐 9시가 넘어 막사에 들어선 그들은 픽픽 쓰러지며 잠이 들었다.

기상을 알리는 종소리는 어김없이 새벽 4시에 울려퍼졌다.

"아이고 씨부랄 것, 나럴 아조 죽여도라. 더는 못살겄다."

주만상이 두 팔로 머리를 감싼 채 몸을 뒤흔들며 울부짖고 있었다.

"어허, 한밑천 톡톡허니 잡겄다고 자진혀서 여그 온 사람이 하로 살아보고 그래서야 쓰겄소."

관에 미움을 사 끌려오게 된 남용석이가 비웃음 어린 얼굴로 오금을 박았다. 말이 별로 없는 사람이 웬일인가 싶어 방영근은 그에게로 눈길을 보냈다.

"불난 가심에 부채질이요, 시방?"

주만상의 고까운 대거리였다.

"불나면 어서 물 묵으시요. 어지께 보니 물 묵는 것이야 매질 안헙디다."

남용석은 상대방의 속을 더 것지르고 있었다. 그러나 주만상은 더 대거리가 없었다. 완력으로 이겨낼 만한 상대가 아니었던 것이다.

그들은 백인감독이 들이닥치기 전에 밖으로 나와 청소를 시작했다. 그들은 백인의 꼴을 보는 것이 싫었고, 욕먹는 것이 더러웠던 것이다.

"참, 다른 것언 다 몰라도 담배럴 못 태우는 신세가 질 드럽소."

변소에 앉아 남용석이 한 말이었다. 그는 이따가 못 피우게 될 담배를 미리 피워두려는 것처럼 열심히 담배를 빨아대고 있었다.

"그러게 말이오. 몰악시런 놈덜이 담배 태우는 짬꺼정 뺏어 일 부려묵자는 것인갑는디, 참 이리 살기 험헐지는 몰랐소."

옆칸에 앉아 방영근도 담배를 깊이 피우며 대꾸했다.

변소라는 것은 막사보다 훨씬 더 허술하고 날림이었다. 겨우 비를 가릴 정도로 판자지붕을 얹었고, 칸 사이사이는 앉은키 정도의 높이로 막는 시늉을 해놓고 있었다. 물론 칸마다 문이라고는 달려 있지 않았다.

그러니 나란히 앉아서 이야기하기는 편했다.

"그나저나 어서 집으로 가야 헐 날이 와야 될 것인디……."

남용석이 한숨 섞인 입맛을 다셨다.

"그날이 오기야 올 것잉게 그간에 몸이나 성허도록 헙시다."

방영근의 말이었다.

"맞소, 이런 디서 병나불면 끝장나요. 그놈덜이 낫게 혀줄 것도 아니고."

사람들은 식당으로 가기 전에 옷단속부터 하느라고 부산스러웠다.

"이놈에 흙이 왜 이리 안 털려."

"안 털리는 것이 아니라 흙이 시뻘건 색이라 그리 표가 많이 나는 것이오."

"맞소, 땀 찬 올 사이에 그 뻘건 흙가루가 낀 것이니 털어도 소용 없소."

"무신 웬수 졌다고 흙꺼정 그리 시뻘건 색이여. 지집년덜이 전부 그냥 땅에다 대고 월경피럴 싸대는 것도 아니겠고."

"흐흐흐흐…… 그 말 그럴듯하네. 땅이 확실히 피색깔이었어."

"피색깔이고 꽃색깔이고 간에 이대로 갔다가 또 매타작당허는 것 아니겠소?"

"제놈들도 이거야 어쩌겠소."

어제 땅을 파보고 사람들은 누구나 흙 색깔에 놀라지 않을 수가 없었다. 흙은 온통 붉은색이었던 것이다. 붉은색이되 진하고 탁한 자줏빛이었다. 흙은 피를 머금고 있는 듯이 붉었고, 일부러 물이라도 들인 것처럼 붉었던 것이다. 파헤쳐진 붉은 빛깔은 원시림의 진한 초록빛과 대비되어 더욱 선명하고 싱싱한 핏빛으로 보였다. 그 붉은빛은 강렬한 햇빛과 함께 사람들을 더욱 덥게 만들었다. 사람들은 그 생전 처음 보는 붉은 흙 위에 피만큼 진한 땀방울들을 뚝뚝 떨구어가며 원시림과 싸워야 했다.

절벽처럼 경사가 급하면서 억센 주름이 많이 잡힌 산줄기나, 핏빛으로 붉은 흙이나 모두 화산 폭발 때문인 것을 그들이 알 까닭이 없었다.

그들은 불안한 마음으로 식당에 들어갔지만 백인감독은 옷에 붉은 흙먼지가 낀 것을 시비하지는 않았다. 그런데 그들이 지나갈 때마다 백인은 커다란 코 앞에다 손부채질을 해대며 '갓댐 스팅키 애니멀'이란 소리를 연상 씨부려대고 있었다.

그들의 몸에서는 고리타분한 땀냄새와 시큼텁텁한 쉰냄새가 풍겨나고 있었다. 그건 몸과 옷에서 한꺼번에 나는 냄새였다. 배를 타고 오는 동안에 목욕을 한 일도 없었고 옷을 빨아 입은 일도 없었다. 그런 데다가 어제 하루종일 땀으로 맥질을 하고도 몸을 씻거나 옷을 갈아입지 않았으니 악취가 풍길 것은 너무 당연한 일이었다.

어제와 마찬가지로 그들은 모두 일과시간 안에 책임량을 마치지 못해 땅거미를 밟고 막사로 돌아왔다. 그러나 식사를 마친 그들은 다같이 환호성을 질렀다. 다음날이 일요일이었던 것이다.

일요일에는 일을 나가지 않았다. 그렇다고 마음대로 행동할 수 있는 것은 아니었다. 밤마다 권총을 찬 백인감독 하나가 숙직을 하듯 일요일에도 한 사람이 일직을 하며 그들을 감시했다.

그들은 숙소에서 내려다보이는 큰길 밖으로 벗어날 수가 없었다. 그런 통제가 없었더라도 그들 중에 어느 누구도 큰길을 넘어갈 사람은 없었다. 무엇보다도 말이 전혀 통하지 않는 그들은 백인세상에 대해 두려움을 가지고 있었다. 그리고 몸이 지칠 대로 지쳐 잠자는 것이 급선무였다.

점심때가 다 되도록 어느 막사에나 사람 하나 얼씬거리지 않았다. 아침을 먹고 난 그들은 다시 잠에 곯아떨어졌던 것이다.

점심을 먹고 난 그들은 백인의 지시에 따라 빨래를 하러 갔다. 일터와는 반대편인 산줄기 쪽의 나무숲 우거진 데로 얼마를 걸어가자 물 맑은 개울이 나타났다.

빨래를 끝낸 그들은 목욕을 하고 싶은 마음이 간절했지만 아무도 물속으로 뛰어들지 못하고 있었다. 그들은 채찍질의 공포에 완전히 질려 있었던 것이다. 그저 백인의 눈치만 보며 담배들을 빨 뿐이었다.

그런데 여기저기 살피던 백인이 바위 위로 올라서며 큰소리로 무슨 말인가를 했다. 그리고 옷 벗는 몸짓에다가 헤엄치는 시늉을 해 보였다. 그때서야 그들은 기쁨의 소리를 지르거나 손뼉을 쳐대며 옷들을 벗기 시작했다.

그들은 마치 어린애들처럼 앞다투어 물속으로 뛰어들었다. 그러나 그들의 시원함은 이내 가셔지고 말았다. 그들 사이에 채찍질을 당했던 사람들의 상처 입은 알몸이 띄엄띄엄 섞여 있었던 것이다.

얼굴을 맞은 사람들의 피 돋은 상처를 보아 채찍질이 얼마나 무서운 매질인지는 진작 알았었다. 그러나 채찍질을 심하게 당했던 사람들의 알몸을 보자 그 끔찍스러운 상처에 그들은 새로운 전율과 공포를 느끼게 되었다.

채찍을 맞은 자리마다 피멍 든 줄이 죽죽 그어져 있었다. 피멍이 잡힌 살은 부풀어올라 있었고, 어느 부분은 살갗이 찢어져 피가 말라붙어 있기도 했다. 그 피멍 잡힌 살에 물려 있는 아픔을 사람들은 가슴 아리게 느끼고 있었다.

묵은 때를 밀어내고 있던 그들은 뜻밖의 사람들을 만나게 되었다. 100여 명이 또 빨래를 하러 온 것인데, 그들은 작년에 하와이로

온 사람들 중의 일부였다.

그들은 서로 반가워하며 금방 어우러졌다. 그런데 두 백인은 저희들끼리 이야기하기에 바빠서 그러는지 어쩌는지 그들의 어우러짐을 간섭하지 않았다. 물론 그들은 반가움을 노골적으로 드러내지 못한 채 조심조심했던 것이다.

그들은 몇 명씩 모여앉아 낮은 소리로 이야기를 주고받기 시작했다.

"댁네덜도 그리 맞고 사셨소?"

남용석이 내놓은 첫 번째 말이었다.

"여부가 있겠소. 우리야 다 일하는 짐승인데."

얼굴이 핼쑥한 남자는 빨래를 주무르며 자조적으로 웃었다.

"여기가 천국이라더니 왜놈들한테 완전히 속았소. 이걸 어쩌면 좋소?"

다른 남자의 감정이 솟기는 어조였다.

"천국인 줄 알고 돈 벌러 온 모양이구려. 생각 바꾸시오. 여긴 생지옥이고, 우린 흰둥이 미국놈들 종으로 팔려온 거요. 당신네들도 검둥이들 봤지요? 그 검둥이들을 흰둥이 미국놈들이 끌어다가 종으로 부려먹었다는 거요. 그걸 노예라고 하는데, 우리말로 노비라는 말하고 같은 거요. 그런데 그 검둥이들을 노예로 부리는 것을 법으로 금한 것이 몇십 년 됐답디다. 우리가 바로 그 검둥이 노예나 똑같단 말요. 우리는 색깔이 다르니까 노란둥이 노예란 것이 다를 뿐이오. 알아듣겠소?"

처음 남자의 옆에 앉은 남자가 비웃음 어린 얼굴로 말했다.

"그게 말이 되나요? 나라에서 붙인 방(榜)에는 종놈이 된다는 말은 하나도 없었소."

"나라? 우스운 소리 마시오. 우리도 여기 와서야 알았으니 그런 답답한 소리 하는 건 당연한 일이오. 내 말 잘 들으시오. 우리는 모두 이 농장에 100딸라씩 빚을 지고 있소. 그 돈이 뭔가 하면, 배 타기 전에 왜놈한테 받은 20원에다 여기까지 배 타고 온 뱃삯이오. 그 100딸라를 갚지 못하고서는 종놈 신세를 면할 도리가 없게 되어 있소. 다 지장들 눌렀지요? 그 종이가 바로 그렇게 하겠다는 계약서요."

"100딸라가 얼매나 큰돈이다요?"

남용석이 다급하게 물었고, 방영근은 꾹 입을 다물고 있었다.

"들어보시오. 여기서 한 달에 받는 돈이 15딸라요. 밥은 먹여주니까 일곱 달이면 종놈 신세 면할 것 같지요? 그건 계산상 그럴 뿐이오. 그 짚신은 10년 가고, 그 삼베옷은 100년 가는 거요? 그리고 몸은 쇳덩이요? 술은 한 방울도 안 마시오? 땅 파뒤집는 거친 일에 짚신은 열흘을 못 가고, 흙먼지 뒤집어쓰고 팥죽땀 흘리다 보면 삼베옷은 한 달을 넘기기가 어렵소. 병 안 나고, 술 한 방울 입에 안 댄다고 해도 신 사신고, 옷 사입다 보면 그놈에 15딸라는 부서지지 않을 수가 없소. 종놈 신세 벗어나자면 감감한 세월이오."

이야기를 처음 듣는 사람들의 얼굴은 참담하게 일그러지고 있었다.

"100딸라라는 돈 속에넌 왜놈덜이 따로 챙긴 이문도 들어 있는 것 아니겠소?"

방영근이 입을 열었다.

"그놈들이 사람 팔아먹는 장사했으니 당연하지 않겠소?"

얼굴 핼쑥한 남자가 고개를 끄덕였다.

"그 돈이 얼맨지 아시오?"

"이보시오, 분하더라도 참으시오. 왜놈들하고 미국놈들하고 거래한 것인데 우리가 알 도리가 없는 것이고, 알았다고 한들 왜놈들한테 송사를 걸겠소 어쩌겠소. 그런 것 다 잊어버리고 종놈 신세 어서 면할 궁리나 하시오."

두 번째 남자가 빨래를 짜며 서글픈 웃음을 지었다.

방영근의 가슴에서는 누구보다도 먼저 바다를 다시 건너가겠다고 굳게 먹었던 마음이 걷잡을 수 없이 무너져내리고 있었다. 그는 눈을 감으며 속입술을 깨물었다. 식구들의 얼굴이 밀려들었다.

"빌어먹을, 팔자 망쪼들었네. 그런데 말이오, 우릴 날마다 개 잡듯 패는데, 언제까지 그리 맞어가면서 그 힘든 일을 하겠소. 무슨 수를 내얄 것 아니오?"

방영근의 옆에 앉은 남자의 낮은 목소리는 떨리고 있었다.

"수는 무슨 수가 있겠소."

얼굴이 핼쑥한 남자가 고개를 저었다.

"나라에서 붙인 방에는 법의 혜택을 받는다고 했지 매타작을 당한다는 말은 없었단 말이오. 여기 법이 사람을 무작정 패라고 돼

있진 않을 것 아니오."

"아까부터 자꾸 방을 따지는 걸 보니까 글줄을 읽을 줄 아는 모양이오만, 그러면 왜놈들한테 팔려간다는 것도 방에 씌었습디까? 나라고 방이고 다 소용없는 소리고, 법이니 뭐니 하지 말고 저놈들은 다 제놈들끼리 한통속이라는 거나 알아두시오. 돈 들여 사온 만큼 두들겨 일 더 많이 시켜먹자는 건데, 안 맞고 일 적게 하겠다고 나서면 무슨 법이 우리 편을 들어주겠소. 어림없는 소리는 하지도 마시오."

두 번째 남자의 냉정한 말이었다.

방영근은 그 남자의 말이 맞다고 생각했다. 방에 씌인 대로 되었으려면 나라에서는 왜놈들이 아예 설쳐대지 못하게 막았어야 했다. 그런데 오히려 관리라는 것들이 왜놈들과 한패거리로 돌아가지 않았던가. 그래서 팔려온 이상 어디에도 등 기댈 데는 없었다.

"저 흰둥이들은 무신 인종덜이 그리 악독헌지 모르겠습니다 이."

남용석이 고개를 내저었다.

"저것들이 다 미국으로 흘러 들어온 지 얼마 안 되는 독일이나 폴투칼이라는 나라 놈들이라고 합디다. 저것들은 무슨 수를 써서든 돈 벌 생각밖에 없는 놈들이오. 우리한테 일을 많이 시키면 그만큼 돈을 많이 받으니까 그 지랄들인 거요."

"잡새끼덜, 즈그도 고용살이험스로."

"다 차차 알겠지만 농장주인놈들이 더 나쁘오. 그 백인놈들은 뒤에 앉아서 돈을 걸어놓고 그놈들을 자꾸 악독하게 만들고 있단 말이오. 루나놈들 중에서 작업실적을 제일 많이 올린 놈을 매달 골라내 상금을 주고, 1년 통틀어 1등을 한 놈한테는 세계일주 여행을 시켜주는 판이오. 그러니 루나놈들이 눈에 불을 켤 수밖에 더 있소."

"루나가 뭐요?"

"아, 여기 하와이말인데, 감독이란 말이오."

"말이 나왔으니 말인데, 저놈들 입에 항시 붙어 있는 그 갓댐 스팅, 거 뭐라는 소리는 무슨 말이오?"

"아, 갓댐 스팅키 애니멀 말이오? 그게 저놈들이 우릴 부르는 이름이오. '냄새나는 짐승'이란 뜻인데, 우리한테서 김치냄새 마늘냄새 땀냄새가 난다고 그리 업신여겨 부르는 거요."

"개겉은 놈덜! 즈그놈덜헌티서넌 그 지독헌 노린내에 쉰내가 안 나간디."

방영근이 격하게 내뱉었다.

호루라기소리에 따라 방영근네는 먼저 빨랫감을 들고 대오를 지었다.

하와이 이민은 노동력 충당을 위해 하와이 사탕수수농장협회에서 주한미국공사 알렌을 통해 교섭하게 한 것이었다. 고종은 1902년 11월에 수민원(綏民院)을 설치하게 하고, 12월 22일 인천항에서 121명을 떠나보냈다. 그러나 '백성을 편안케 한다'는 뜻인 수민원은 처음부터 그 직무를 유기하고 있었다. 이민자 121명 중 반이상이 미국 선교사 존스의 '대한사람이 인간의 천국인 미국에 이

민하게 되는 것은 하나님의 뜻이요 하나님의 은혜'라는 설교에 회유된 영동교회 교인이었던 것이다. 그리고 그 뒤로도 여러 선교사들이 각 개항장을 중심으로 사람들을 모집하러 다녔다.

6

돈바람, 땅춤

두 남자가 야산을 오르고 있었다. 소나무와 잡목들이 섞인 숲속에서 매미가 한낮의 더위를 즐기듯 목청을 높일 대로 높이고 있었다. 말없이 산을 오르고 있는 두 남자의 겨드랑 밑이며 등판에는 땀이 배어나고 있었다. 야산의 경사는 완만하지만 한낮의 더위인데다가 그들은 유난히 빨리 걷고 있었던 것이다.

"이제 조금만 더 올라가면 됩니다. 힘들지 않으십니까?"

앞서 걷던 남자가 뒤를 돌아보며 말했다. 그 말은 일본말이었다.

"아니 괜찮소. 어서 올라갑시다."

뒤따르던 남자가 어서 올라가자는 손짓을 했다. 그 대답도 일본말이었다.

그들은 곧 야산의 정수리에 올라섰다.

"다 올라왔습니다."

앞장섰던 사내가 옆으로 비켜섰다.

"아 역시 여름은 여름이군."

뒤따라 걷던 사내가 이마의 땀을 훔쳐 뿌리며 걸음을 멈추었다.

"살펴보시지요."

"하아 참 시원하군, 시원해!"

앞으로 한 발짝 나선 두 번째 사내가 두 팔을 허리춤에 걸치며 토해낸 감탄이었다. 그의 눈길은 앞을 똑바로 응시하고 있었다. 그의 시원하다는 감탄은 산마루에 올라서서 바람기를 느낀 탓이 아니었다. 그의 시야를 가득 채운 것은 끝 간 데 없이 펼쳐져 있는 푸르른 들녘이었다.

8월을 앞둔 들녘의 푸르름은 절정에 이르러 있었다. 색깔이 너무 짙어 검은기마저 감도는 그 초록의 들판은 단순한 초록색이 아니었다. 살찐 벼들의 부피감으로 하여 보드랍고 폭신하고 두툼하고도 묵직한 질감의 초록색이었다. 거기에 햇빛까지 가미되어 초록색은 싱싱하고 풋풋하고 싱그러움이 생동하고 있었다. 어느 화가가 그런 생명감 넘치는 생동적이고 약동적인 색깔을 낼 수 있을까. 그건 인위적인 색깔이 아니라 자연의 색깔이었다. 그러한 색감에다가 그것이 모두 식량이라는 생각까지 곁들이게 되면 그 초록색 들판은 누구에게나 한없이 넉넉하고 푸짐하면서도 경건하고 겸손한 마음까지 품게 했다.

"두루두루 다 살펴보십시오."

첫 번째 사내가 손수건으로 얼굴을 훔치며 아첨기를 드러내고 있었다.

"과연 기가 막히오, 기가 막혀! 조선땅에 이런 기막힌 평야가 있다니!"

두 번째 사내는 이마에 손차양을 만들어대고 몸을 느리게 돌리며 감탄을 연발하고 있었다.

"저어기 저어 끝이 지평선입니다."

"그렇지! 수평선이 아니라 지평선이지. 그 끝이 바로 바다와 연결되는 것 아닌가!"

"그렇습니다. 계속 걸어가면 바로 바다가 나옵니다."

"됐소! 우리가 이 일대를 전부 차지해야 하오."

두 번째 남자가 주먹으로 허공을 치며 불현듯 외쳤다. 그 목소리가 부르르 떨리고 있었다.

"그렇게만 되면 참 좋겠지요."

"아니, 무슨 말을 그렇게 미온적으로 하는 거요. 반드시 그렇게 되도록 만들어야 하오."

두 번째 사내가 고개를 홱 돌려 첫 번째 사내를 쏘아보았다. 그 서슬에 첫 번째 사내가 멈칫 당황했다.

"예, 최선을 다해 노력하겠습니다."

"요시다, 내 말 잘 들으시오." 두 번째 사내는 담배에 불을 붙여 연기를 길게 내뿜고는, "우린 지금 일생일대의 막중한 사업 앞에 서 있소. 저 광활한 들판은 우리의 앞길을 환하게 여는 사업장이면서 우리 일본인들의 쌀창고요. 이 일대를 손아귀에 넣기만 하면 우리 사업은 승승장구인 동시에 우리 일본의 쌀 부족도 거뜬하게 해결되는 것이오. 수단과 방법을 가리지 말고 손아귀에 넣도록 하시오. 요시다, 그 대가가 뭔지 알겠소? 당신은 바로 농장의 총지배인 자리를 차지하게 되는 거요" 하는 그의 얼굴은 상기되어 있었다.

"옛, 모리야마 상무님 말씀 명심하고 최선을 다하겠습니다."

요시다는 작은 체구가 꼿꼿해지도록 전신에 힘을 넣으며 가는 눈을 빛냈다.

"왜 꼭 이 일대를 잡으라는 건지 알겠소?"

요시다보다는 몸집이 큰 모리야마가 상대방을 빤히 쳐다보며 물었다.

"저어…… 바다가, 아니 항구가 가까워서 그러는 것 아닙니까?"

요시다의 아주 조심스러운 반문이었다.

"바로 그거요, 그거!"

모리야마가 손가락으로 딱 소리를 내며 더없이 흡족하게 웃었다.

모리야마는 요시다에게 담배를 권했다.

"아니 괜찮습니다."

요시다는 황송한 몸짓을 지었다.

"어서 한 대 뽑으시오."

모리야마는 아주 기분 좋은 얼굴로 눈짓했다.

"역시 요시다 당신은 총지배인 자격이 충분하오. 이 옥구 김제 일대의 땅을 차지하게 되면 쌀운반이 그만큼 쉬워진단 말이오. 그러면 멀리 떨어져 있는 다른 농장들에 비해 운반비가 그만큼 절약

되고, 시간 또한 절약하게 된다 그거요. 운반비만 돈이 아니오. 시간도 돈이오, 시간절약은 곧 시장선점에 직결된다 그 말이오. 일거양득, 무슨 수를 써서든 이 일대를 장악해야 하오."

모리야마의 말에는 잔뜩 힘이 들어가 있었다.

"예, 잘 알겠습니다만…… 그러나……."

요시다는 상대방의 눈치를 살피며 무슨 말인가를 입 안에서만 굴리고 있었다.

"무슨 말이오? 하고 싶은 말이 있으면 기탄없이 하시오."

모리야마가 눈치 빠르게 말했다.

"예, 이렇게 어려운 걸음 하신 기회에 애로점을 말씀드리겠습니다. 애로점을 대별하면 두 가지가 있습니다. 첫째는 토지구입에 우리 일본인들끼리 너무 난립해 경쟁을 하고 있는 점입니다. 둘째는 조선놈들의 콧대가 날로 높아져 가고 있다는 점입니다. 현명하신 상무님께서는 금방 눈치채셨겠지만, 첫 번째 애로점 때문에 두 번째 애로점이 야기되고 있는 것입니다. 우리가 조선땅에 진출하고 있는 것은 개인사업을 위해서뿐만이 아니라 아울러 대일본제국의 발전을 도모하기 위한 목적도 포함되어 있는 것 아니겠습니까. 그런 견지에서 보자면 우리 일본인들끼리 과당 경쟁을 벌이는 것은 토지값만 자꾸 올려 조선놈들 배불리면서 일은 일대로 어렵게 만드는 국가적 손실을 저지르고 있는 것입니다. 일본인들이 서로 경쟁을 피해 지역을 분할해도 조선놈들의 콧대가 높아질 판인데, 이것 참 예사 문제가 아닙니다. 이 점을 어떻게 좀 관권을 동원해서 해결해 주실 수는 없는지요."

요시다는 몸집은 작았지만 다부진 생김 그대로 말에 빈틈이 없었다.

"아 그것 참 중대한 문제를 알려줬소. 내가 이번에 일부러 나온 건 단순히 토지매입 상황만 살피려는 것이 아니었고 바로 그런 문제점들을 알아내려는 것이었소. 조선놈들을 배불리면서 콧대를 높여주고 정작 제국의 손해를 자초하는 바보 같은 경쟁을 하다니! 그런 멍청한 짓들은 초기에 당장 뜯어고쳐야 하오. 제국의 손해가 걸려 있는 문제니까 그건 당장 해결할 수 있소."

문제해결의 열쇠가 '제국의 손해'라는 것을 포착한 모리야마의 말은 자신만만했다.

"그런데, 이 지역에서 현재까지 토지를 제일 많이 확보한 사람이 누구요? 개인이나 회사나 통틀어서."

"그거야 물론 우리 회사지요."

"그러면 더 말할 것 없이 그 문제는 해결 났소. 뭐 다른 애로사항은 없소?"

"예, 다른 문제는 조선놈들을 상대로 해서 일어나는 것들인데, 그건 그때그때 제가 알아서 처리하도록 하겠습니다."

"좋소. 요시다, 당신은 조선토지가 일본토지에 비해 얼마나 헐값인지 잘 알고 있지요?"

"예, 대개 열 배 이상 쌉니다."

"아니오, 지역에 따라 서른 배까지 싸니까 평균을 내도 열다섯

배 이상 싼 거요. 황무지가 아니라 현재 알곡이 생산되고 있는 농지가 그렇다 그것이오. 세상에 이런 별천지가 어디에 또 있겠소. 논이란 논은 닥치는 대로 다 사들이시오. 무슨 회유책을 써도 좋으니까. 내가 이번에 섭외비용을 배로 늘리도록 하겠소."

"하! 감사합니다, 상무님."

요시다는 고개를 꺾었다.

"보시오, 요시다. 이 일대를 우리가 장악해서 일본인들 중에서 최대 규모의 농장을 세울 수 있도록 이번 기회에 공을 한번 세워보시오. 그 농장의 총지배인은 바로 당신이오!"

모리야마는 상기된 얼굴로 요시다의 눈앞에 팔을 뻗쳤다. 그의 태도는 상대방을 당장 총지배인으로 임명하는 것 같았다.

"예, 분골쇄신하겠습니다."

요시다는 땀이 진득거리는 얼굴을 또 깊이 숙였다.

"자아, 그만 내려갑시다."

모리야마는 몸을 돌려세웠다. 그는 투자이윤이 연간 2할 5푼을 넘어 3할까지도 넘을 거라는 속셈을 하고 있었다.

산을 내려가면서는 올라올 때와는 반대로 모리야마가 앞서고 요시다가 뒤따르고 있었다. 길안내가 필요 없게 되자 요시다는 깍듯하게 상하서열을 지키는 것이었다.

"에에 또, 조선놈들을 상대하는 데 무슨 특별한 애로사항은 없소?"

모리야마는 가볍게 옮기는 발걸음만큼 기분 좋은 어조로 묻고 있었다.

"예, 누구나 값을 좀더 올려받으려고 눈치보고 몸을 사리고 하는 것 외에는 별다른 애로점은 없습니다."

논을 사들이는 과정에서 이런저런 어려움이 한두 가지가 아니었지만 그런 것들을 구구하게 늘어놓았다간 업무에 대해 불평을 하는 것으로 오해받거나 자신의 능력을 의심하게 만들까 봐 요시다는 그렇게 대답했다. 그런데 대답을 해놓고 보니 아무런 애로사항이 없다면 놀고먹는다는 인상을 줄 우려도 있었다. 그거야말로 자신의 장래에 불리하게 작용할 요소가 아닐 수 없었다.

"그런데 한 가지 아주 고약한 문제가 있긴 합니다."

요시다는 혀까지 차며 말했다.

"고약한 문제? 그게 뭐요?"

모리야마는 즉각적인 반응을 나타냈다. 고개를 뒤로 홱 돌렸던 것이다.

"예, 다름이 아니라 조선놈들 중에 농토를 우리 일본사람에게 팔지 말라고 사람들을 선동하는 놈들이 있습니다."

"아니, 뭐라고?"

모리야마는 목청을 높이며 갑자기 몸을 돌려세웠다. 그런 상황을 전혀 예기치 못한 채 걷고 있던 요시다는 하마터면 모리야마와 맞부딪칠 뻔해서 부리나케 뒷걸음질을 했다.

"그런 악질분자들이 많소?"

모리야마의 왜놈답지 않게 넓적한 얼굴이 고약스럽게 구겨져 있었다.

"아닙니다. 많지는 않습니다만 가끔 있습니다."

요시다는 모리야마의 너무 심한 반응에 당황하며 사실대로 말했다.

"그런 놈들을 어떻게 처리하고 있소?"

"예에……?"

요시다는 잠시 어리둥절해졌다. '처리'라는 말이 언뜻 잡히지 않았던 것이다.

"아니 그럼, 그동안 그런 놈들에게 어떤 조치도 취하지 않고 방임해 뒀단 말이오?"

모리야마의 얼굴은 더욱 심하게 구겨지고 있었다.

"아닙니다. 회유하고 제지하고 했습니다."

요시다는 얼렁뚱땅 말을 꾸며대고 있었다. 속으로는 괜한 말을 꺼냈다고 후회막심이었다.

"당신 힘으로 말이오?"

"예, 조선고용인도 동원해섭니다."

"지금 무슨 소리 하는 거요!"

모리야마가 버럭 소리질렀다. 요시다는 흠칫 놀라며 뻣뻣이 굳어졌다.

"도대체 주재소는 왜 있는 거요. 그런 놈들은 주재소에 처넣어야해. 무슨 트집을 잡아서라도 주재소에 처박아 다시는 그따위 소릴 지껄이지 못하게 만들어야 한다 그 말이오."

모리야마는 거침없이 내쏘고 있었다.

"예, 알겠습니다. 명심하겠습니다."

요시다는 연상 꾸벅거렸다.

"요시다, 내 말 똑똑히 들으시오." 모리야마는 목소리를 낮추며 담배에 불을 붙이고는, "그동안 우리 제국정부가 왜 온갖 장애를 이겨내며 오늘날 조선의 치안권까지 장악하느라고 얼마나 분투해 왔는지 모르겠소? 그건 바로 조선땅으로 진출하는 모든 일을 쉽고 편하게 하자는 것이었소. 그런데 당신은 그 취지도 모르고 주재소의 협조를 안 받다니, 그게 말이나 되는 소리요?"

그는 자못 훈계조였다.

"죄송합니다. 생각이 짧았습니다."

요시다는 그저 머리만 조아렸다. 그러나 누가 주재소를 이용할 줄 몰라서 안 한 것이 아니었다. 그런 말을 하는 사람이 간혹 있어도 일을 방해할 정도는 아니어서 주재소를 이용할 필요가 없었던 것이다. 그러나 뒤늦게 그 말을 입 밖에 내지도 못하고 그는 난처하고 옹색해져 있었다.

"앞으로는 주재소를 최대한 이용해 가면서 농토 확보에 박차를 가하시오."

"예, 알겠습니다. 그런데 이 지역은 바다가 가까워 갯논이 많은 게 좀 문젭니다. 갯논은 수확이 떨어지거든요."

"수확이 떨어지면 값이 그만큼 싸니까 하등 문제가 없소. 또, 간척사업도 하는 판인데 갯논을 상답으로 바꾸는 기술쯤 아무것도 아니오. 논이면 무엇이든지 닥치는 대로 사시오."

모리야마의 단호한 명령이었다.

"예, 최선을 다하겠습니다."

요시다도 새로운 각오로 부동자세를 취해 보였다.

모리야마가 옥구 김제 일대의 들녘을 살펴보고 떠나간 며칠 뒤부터 이상한 소문이 퍼지기 시작했다.

"이 대감이 논얼 전부 왜놈헌티 팔아넘기겠다는 것이 참말이여?"

"글씨 말이시. 나도 그 소문얼 듣기넌 들었는디, 어찌 된 것인지 세세허게는 잘 모르겠구마."

"어허, 사람덜이 어째 그려. 요시다 쪽으로 넘어갔다는 말 나 귀로 똑똑허니 들었당게로."

"말이야 다 귀로 듣제 코로 듣는 법도 있간디? 그 말얼 누구헌티 들었느냐가 문제 아니라고? 대체 누구여, 그 말얼 헌 사람이. 요시다여, 요시다 심바람꾼이여, 고것도 아니면 이 대감댁 마름이여? 이 셋 중에 누구 하나는 돼야 그 말얼 믿어줄 것 아니겄어?"

"저 사람, 셋 중에 아무도 아닌갑네. 똥 묵은 상호 허는 것 봉게로."

"아, 그 셋 중에 한 사람헌티 안 들었으면 어쩌. 방구 안 꾼는디도 냄새나고, 밤일 안 허고도 애 배는 법 봤는감? 무신 일이 저질러졌웅게 그런 소문이 퍼지는 것이제."

"허기사 그려. 이적지 아무 소리 없다가 그런 소문 퍼지는 거 보면 무신 일이 있기넌 있었든 것일 거로구만."

"근디, 이 대감 논이 대체 몇 마지기나 되는 것이여?"

"3천 석이라 허기도 허고 5천 석이라 허기도 허고, 대중이 없제."

"그것이야 이 대감 당자허고 마름이나 알제 작인덜이라고 어찌 다 알겄어."

"이 대감이 어찌 왜놈손에 그 많은 논얼 팔아넘겼는고. 여그 관찰사로 일헐 적에넌 왜놈들헌티 그리 엄하게 혀놓고. 그간에 맘이 변혔는가?"

"맞어, 여그 감사로 있음서 왜놈덜언 전주성 안에는 얼씬도 못허게 엄히 다스렸제. 그래서 왜놈덜언 서문 밖에서 살문서 고상들깨나 안 했드라고."

"그리 엄허게 혀서 이 대감이 인심얼 많이 얻었제."

"지기럴, 그런다고 인심 후허게 쓴 사람덜이 반편이제. 관찰사 노릇 얼매나 했다고 뒤로는 진봉면 그 좋은 상답얼 다 몰아잡고 있었는디."

"어허, 못쓰겄다 저 주딩이!"

누군가가 꾸짖었다.

오가던 말이 뚝 끊기며 그들 대여섯 명 사이에는 주위의 어둠만큼 진한 침묵이 내리덮였다. 모깃불만 매캐한 연기를 피워올리고 있었고, 연기를 피해 날아다니는 모깃소리가 침묵의 깊이를 확인시키고 있었다.

그들이 말하는 이 대감은 현직 학부대신인 이완용이었다. 그가 관찰사 시절에 아무리 부정하게 치부를 했다 하더라도 현직이 현직인 만큼 험담이란 용납될 수 없는 일이었다. 가까운 관청에 그 소식이 들어갔다 하면 당장 잡혀 들어가 요절이 날 판이었다.

이완용은 7년 전에 전라북도 관찰사로 전주에 부임해 왔었다. 그 1년 전에 이완용은 이범진과 함께 임금의 안위를 빙자하여 임금을 러시아공관으로 옮기게 한 아관파천을 주도했었다. 해가 바뀌어 임금이 다시 궁중으로 돌아오고, 국호를 바꾼다 어쩐다 하면서 새 정치상황이 만들어지고 있었다. 이완용은 새로운 도약을 위한 발판을 마련하려고 지방 근무를 하게 되었던 것이다. 그때 그는 철저한 친로파로 친일파들을 제거하고 일본을 궁지에 몰아대고 있던 판이라 일본사람들을 전주성 안으로 한 발짝도 들여놓지 못하게 했던 것이다. 그런데 다시 중앙관직으로 옮겨가면서 정치상황이 달라져 러시아가 자꾸 일본에 밀리게 되었다. 그 상황을 따라 이완용도 친일파로 변해간 것을 시골에서 농사나 짓는 사람들이 알 까닭이 없었다.

"그나저나 우리는 논얼 어째야 헐 것인고? 팔아야 혀, 말아야 혀?"

누군가가 침묵을 깨고 나섰다.

"이 대감 겉은 양반이 파는 걸 보면 우리도 팔아도 되는 것 아닐랑가?"

"아닐 것인디, 그 양반이야 농새꾼이 아니고 우리는 농새꾼이란 말이여."

"그도 그렇구만. 논 팔아 돈 받아쥐면 머헐 것이여. 그 돈 솔랑솔랑 까묵음서 편히 살아? 그 담에넌?"

"아이고 참말로 어지럽네."

그들은 거의 매일 밤 모여앉아 같은 문제로 이야기를 주고 받았다. 그러나 이야기는 언제나 제자리걸음이었다.

요시다의 사무실 ___ 는 한낮인데도 농부들이 북적거리고 있었다. 벼 사이의 잡초들을 파___ 는 논갈이는 다 끝날 시기였지만 논의 진기를 사정없이 빨아대는 피를 ___면 농부들은 한가할 틈이 없는 때였다. 햇볕에 검게 그을은 그들의 얼___리를 띠고 있었고, 끼리끼리 낮춘 소리로 무슨 말들인가를 나누고 있었ㄴ.

"요시단지 저시단지가 더우묵어 정신이 어찌 된 것 아니여?"

"정신이 어찌 되기넌. 눈만 초롱초롱허고 말ㄴ 또록또록허등마."

"근디 어째서 갯논얼 그리 비싼 값으로 사겄ㄷ 는 것이까? 요상허덜 안혀?"

"이사람, 걱정도 팔자시. 우리야 돈 많이 받고 팔ㅇ 으면 그만이제."

"그야 그런디, 그려도 이적지 돌아다도 안 보든 갯논얼 작시리 비싼 값으로 사겄다고 나승게 요상시럽단게로."

"요상헐 것 하나또 없네. 요시다라는 물건이 왜놈 중에서 똑똑헌 왜놈이여. 다 즈그 손해날 일 허겄어?"

"그야 아는디, 그려도 애만 믹이는 그놈에 갯논얼 그리 ㅂ 값으로 사겄당게 영 믿기덜 안혀서 허는 소리 아닌감."

"그놈이 땅에 환장혀서 그러는 것잉게 지놈이 갯논을 떠안고 떡

얼 치든 죽얼 쑤든 지놈 알아서 헐 일이고, 우리야 그 애물단지 팔
아없애고 돈만 챙기면 되는 것이제, 머."

"그나저나 시상 살다 보니 별 횡재럴 헐 날도 다 있네 이. 우리찌
리야 1원 50전은새로 1원에도 살지 말지 헌 갯논얼 3원씩이나 쳐준
다니. 왜놈 덕에 팔자 피는 시상얼 다 만내보기도 허네그랴."

그들은 요시다가 풀어놓은 거간꾼이나 바람잡이들에게 갯논 한
마지기에 3원씩 사들인다는 말을 분명히 듣고 모여들었던 것이다.
그러면서도 그 사실을 믿기가 어려워 서로가 그 까닭을 알아내려
고 들었다. 논의 쓸모에 비해 그 가격은 너무 많았던 것이다.

김제·만경 들판의 논값이 득달같이 뛰어오른 것은 일본사람들
이 논을 사들이기 시작하면서부터였다. 논값은 갑자기 배로 치솟
아 상답이 5원 정도였고, 평답은 4원 정도였다. 그건 조선사람들이
약삭빠르게 올려부른 것이 아니었다. 바람잡이 고용인이나 거간꾼
을 앞세운 일본사람들이 먼저 그런 가격을 놓고 사람들의 마음을
홀려댔던 것이다. 논마지기나 가진 사람들의 입장에서 보면 논값
이 느닷없이 배로 오른다는 것은 상상할 수도 없는 이변이었다. 농
자천하지대본이라는 그럴싸한 말을 믿고 농사를 지어먹는 사람은
거의 없었다. 그러나 농사 이외에는 별달리 생계를 꾸려갈 만한 마
땅한 직업이 없는 세상에서 농사는 그야말로 천직일 수밖에 없었
다. 농사에서 손을 떼고 다른 생계를 찾아나서게 되는 경우 경험이
없어 안게 되는 위험에다가, 그 어떤 직업이든 농업보다 천시받는
것뿐이었다. 세상에서 신분이 천해지는 것을 바랄 사람이 있을 리

만무였다. 따라서 거래가 빈번하지 않는 농토값은 언제나 변동이 없이 고인 물이었던 것이다.

그런데 일본사람들 때문에 논값은 출렁거리기 시작하고, 그 난데없는 바람은 김제·만경 들판에서부터 시작되어 호남평야 전부를 휩쓸어가고 있는 참이었다. 일본사람들은 돈바람을 일으키며 논들을 마구잡이로 사들이면서도 그동안 갯논은 거들떠보지도 않았던 것이다. 감은 감이되 똘감이 감 축에 들지 못하듯 갯논도 논은 논이되 논 축에 들 수 없었던 것이다. 논값이 뛰자 논 가진 사람이라면 누구나 들뜨고 신명나 했지만 갯논 가진 사람들은 예외가 되어 썰렁한 가슴을 쓸어야 했던 것이다. 그런데 요시다 쪽에서 이삼 일 전부터 갯논을 3원씩에 사들인다는 새 바람을 일으키고 다녔던 것이다.

잠방이 한쪽을 무릎 위에까지 걷어올린 농부 한 사람이 사무실에서 나왔다. 그의 광대뼈 불거진 그을린 얼굴은 벙글벙글 웃고 있었다.

"어이, 참말로 3원씩 쳐주등가?"

누군가가 다급하게 물었다.

"이, 그려. 참말이드란 말이시."

그 농부가 신바람 나게 외쳤다. 열서너 명의 농부들이 금방 그를 에워쌌다.

"어디, 돈 잠 귀경허세."

한 사람이 그 농부 앞으로 고개를 쑥 뺐다.

"귀경언 무신. 자네도 곧 받을 것인디."

그 농부는 고개를 외로 꼬았다.

"김판돌이, 누구요?"

사무실에서 다음 사람을 불렀다.

"야아, 나 여깄소."

한 사람이 허둥지둥 사무실로 들어갔다.

"나 먼첨 가볼라네."

그 농부가 옆사람에게 말하고는 에워싼 사람들을 헤쳤다.

"어허 자네 인자 그 애물단지 없애고 횡재혔응게 오늘 밤 자네 마누래가 태와주는 호시가 기맥힐 것이로구만."

"뗏끼놈!"

그 농부는 뒤도 돌아보지 않고 소리만 질렀다. 다른 농부들이 다 같이 흐뭇한 얼굴로 허허대며 웃었다.

"참말이제 귀신이 곡헐 노릇이시. 어찌서 그 간기 짭짤허게 배는 쓰잘디없는 논얼 3원씩이나 내고 사는고?"

한 사람이 다 들으라는 듯 말하며 고개를 갸웃갸웃했다.

"그 속이야 알 것 머 있겄소. 우리야 논 같지도 않은 논 팔아묵기만 허면 됐제. 왜놈들이 그 땅 짤라내서 즈그 나라로 갖고 가야 못헐 참잉게 거그다가 나락얼 심궈묵든, 삼얼 심궈묵든 다 즈그 맘대로 아니겄소?"

더 이상 쓸데없는 소리 하지 말라는 듯 한 남자가 마땅찮은 기색으로 말했다.

"맞구만. 그 말 한분 씨언허시."

다른 사람이 맞장구를 쳤다.

"그려 그놈에 갯논, 혹 띠낸 것만치나 속씨언허구마."

또다른 사람이 헛트림을 해댔다.

군산포구에 끝을 대고 있는 바닷물은 밀물 때가 되면 그 센 기운으로 강경까지 거슬러 올라갔다. 드센 힘으로 강물을 밀어올리는 바닷물이 금강 양쪽으로 가지 치고 있는 크고 작은 개울들을 그냥 지나칠 리 없었다. 힘이 약한 개울들은 바닷물에 떼밀릴 수밖에 없었다. 폭넓은 금강이 그런 시달림을 당하는 처지에 만경평야의 가운데를 순하게 흘러내리고 있는 만경강이 그 고역을 면할도리는 없었다. 금강이 구렁이라면 만경강은 실뱀에 지나지 않았던 것이다.

그런데 목숨줄을 이어야 하는 사람들의 절박한 욕구는 그 바닷물이 거슬러 오르는 수많은 물줄기 옆에까지 뻗치지 않을 수 없었다. 바닷물이 미치지 않는 좋은 논을 아예 가질 수 없는 가난한 사람들이 살길을 찾아 간기 전 땅에다가 논을 일구게 되었다. 그것이 갯논이었다. 바닷물을 막아내려고 그들 나름대로 둑을 쌓고 방비를 하는 것은 더 말할 것이 없었다. 그러나 바닷물은 억센 힘으로하루 두 차례씩 거슬러 올라와서 느긋하게 쉬다가 내려가고 하는바람에 간기가 배드는 것을 완전히 막아낼 방도가 없었다. 물이라는 것이 스며들지 못하는 데가 없고, 벼라는 것은 간기와는 상극이었다. 간기를 없애려고 날이 날마다 물갈이하기에 허덕거렸지만 바다와의 싸움에서 사람들은 밀릴 수밖에 없었다. 그 증거가 벼에서 뚜렷하게 나타났다. 간기를 머금은 벼들은 무슨 병이라도 앓는 것처럼 언제나 시들거리며 제대로 자라나지 못했고, 이삭이라고 나와봐야 빈약하기 짝이 없었다. 배곯아 시들어버린 아이의 몰골이 따로 없고, 비루먹은 말의 형상이 따로 없었다.

갯논에 매달리는 사람들은 힘을 곱절로 바치고도 소출은 보통 논의 반도 건지기가 어려웠다. 그것도 하늘이 까탈을 부리지 않고 너그럽게 넘어갔을 경우였다. 가뭄이 들거나 홍수가 나면 그들은 도리 없이 빈손을 털어야 했다. 가뭄을 제일 먼저 타고 홍수에 제일 먼저 무너앉는 것이 갯논이었던 것이다. 갯논 가진 사람들은 후레자식 둔 사람이나 똑같은 신세라는 말이 생겨날 정도였다. 갯논을 가진 사람들의 공통된 소원은 어서 갯논에서 벗어나 평답을 가져보는 것이었다. 그러나 그것이 쉬운 일일 리가 없었다. 갯논 서 마지기하고 평답 한 마지기하고 안 바꾼다는 말은 하루이틀 된 것이 아니었다. 그건 소출만을 비교한 것이 아니라 농사짓는 힘겨움까지 합쳐서 하는 말이었다.

그런데 뜻밖에도 요시다가 그들의 소원을 풀어주고 나섰던 것이다.

"그놈에 혹 띠내불고 알토란 겉은 돈얼 받기는 받었는디, 자네넌 어쩔 챔이여?"

한 남자가 주머니 속에 든 돈을 만지작거리며 옆사람에게 물었다. 그의 얼굴에는 약간 불안기가 서려 있었다.

"우선 급헌 디보톰 쓰고 봐야제."

"딴 논 안 사고?"

"딴 논값이 다 올랐는디?"

"허면, 어쩔 심판이여?"

"왜놈 소작얼 부쳐묵어도 갯논지기보담 낫게 생겼응게 아무 걱정 말드라고."

상대방은 갯논을 팔아없애 아주 속시원하다는 투였다.

"참말로 갯논지기보담 나슬랑가?"

그러나 그 남자는 미심쩍어하며 마른 입맛을 다셨다.

"자네년 그 콩알만헌 간에 호박뎅이만헌 의심얼 품고 사는 것이 병이여. 아, 생각혀 보소. 소작얼 삼칠제로 혀서 내준다닝게 말이시, 상답언 그만두고 평답얼 얻어부친다고 혀도 한 마지기에 쌀 양석 빼묵는 것이야 아그덜도 다 아는 일 아닌감. 거그서 우리가 7얼 묵으면 한 석 반 가차이럴 묵는 것 아니여? 허고, 세금도 우리가 안 낸단 말이시. 그러니 갯논지기보담 얼매나 큰 이문인지 답이 다 안 나왔능가. 갯논에 목매달고 죽어라고 고상혀 봤자 한 마지기에 한 석 소출이고, 거그서 세금 띤기고 농비 털고 나면 얼매나 얻어묵어지든가. 좌우간 거짓말 쬐깨 보태 말허자면 평답 소작 부치고 사는 것이 세 배는 이문이란 말이시, 세 배."

상대방은 손가락 세 개를 꼿꼿하게 펴서 그 남자의 눈앞에다 흔들었다.

"나도 그런 셈이야 다 허는디, 딴 걱정이 있어서 그렇제."

"딴 걱정?"

"이, 왜놈덜이 참말로 소작얼 삼칠제로 내놓을 것인지, 우선 논 사덜이기 급헌게 입에 발린 소린지가 걱정이고, 또 한나는 이리 나나나나 논얼 팔아대는 판에 소작얼 꼭 평답으로 얻어부칠 수 있을란지도 걱정 아녕가?"

"원 사람 참말로 별 새 날아가는 걱정 다 허고 앉었네. 왜놈덜손수 농사짓지 못헐 것이야 정헌 이친디, 우리 손 빌리자면 삼칠제로 안 허고 어쩔 것이여. 혹여 반타작으로 허겄다고 말을 뒤집으면 그때야 똑겉은 반타작에 같은 조선사람 소작얼 언제 누가 왜놈덜소작얼 얻을라고 헐 것이여. 그리되면 왜놈덜이 별수 있었어? 허고, 평답 얻어부치는 것이야 그때 가서 눈치 빨르게 허면 다 될 일이시. 아무 걱정 말소."

상대방이 그 남자의 어깨를 쳤다.

"허, 자네 말대로만 됨사 무신 걱정이 있겄능가. 아먼, 그리 돼야 겄제."

그 남자는 비로소 안도하는 웃음을 피워냈다.

열네댓 사람을 상대로 한바탕 논 매매계약을 치르고 난 요시다는 이마에 끈적하게 내밴 땀을 손수건으로 닦아냈다.

그는 흡족한 마음으로 담배에 불을 붙였다. 그리고 푸우 소리를 내며 담배연기를 내뿜었다.

"이상, 앞으로도 계속 오늘같이 논을 사들일 수 있도록 하시오. 그럼 내가 이상한테 특별 상금을 내리겠소."

요시다는 윗몸을 뒤로 젖히며 들뜬 듯 유쾌한 목소리였다.

"예, 예, 알겠습니다."

얼굴에 늙은 그늘이 자리잡기 시작한 사십 중반의 남자가 굳이 의자에서 몸을 일으키며 굽실거렸다. 비굴한 웃음까지 짓고 있는 그의 양쪽 눈꼬리에는 여러 줄의 주름이 잡혔다. 어딘가 글줄이나 읽은 것 같은 냄새를 풍기는 인상에 그 비굴한 웃음은 영 어울리지 않았다. 그는 일본사람 밑에서 일하는 사람답게 머리를 짧게 깎고 있었다. 일본사람들은 상투라는 것을 싫어했고, 저희들이 부리는 조선사람에 대해서는 반드시 상투를 자르게 만들었다. 그 남자의 나이와 한복과 짧은 머리가 조화되지 않고 어색스럽기만 했다.

단발은 신분의 고하에 상관없이 나이든 축에서는 거부당하고 있었고, 대개 나이가 스무 살 아래서부터 느리게 해나가고 있는 형편이었다. 그는 요시다 바로 아래서 다른 조선고용인들을 부리고 있는 이동만이었다.

"앞으로도 계속해서 갯논 가진 사람들을 회유하도록 하시오. 가격을 알리는 건 물론이고, 소작을 삼칠제로 한다는 걸 꼭 선전하도록 하시오. 그게 아주 효과적이니까."

"예, 예, 그리하겠습니다."

"그리고 말이오, 오늘부터 새로 시작할 일이 한 가지 있소. 그게 뭔고 하니, 우리가 돈을 아주 싼 이자로 빌려준다는 것을 대대적으로 선전하시오, 조선사람들은 이자를 으레껏 1할씩 받지 않소? 허나 우린 5푼밖에 안 받겠소."

"예에? 그렇게 싸게요?"

이동만의 눈이 휘둥그레졌다.

"하! 역시 놀랄 만큼 싸지요? 그러나 한 가지 조건이 있소. 돈은 얼마든지 빌려주는데 그 대신 담보를 꼭 잡혀야 하오. 담보물은 반드시 논이오. 무슨 뜻인지 알겠소?"

요시다는 이동만을 뚫어지게 쳐다보았다.

"예, 그 뜻 잘 알겠습니다."

이동만은 맺힌 데 없이 풀린 인상의 얼굴로 히죽 웃어 보였다.

"됐소, 아랫것들에게 지시해 곧 선전하도록 하시오."

요시다가 다부지게 명령했다.

"그리하겠습니다. 그런데 저어…… 정재규는 어제 제가 만나보긴 했는데 저어…… 소장님은 언제 만나보실 생각이신지요."

이동만은 말을 더듬거리며 해나갔다. 말이 좀 길어지자 그의 일본말이 서툴다는 것이 금방 표가 났다.

"아참, 그 정가는 뭐라는 거요?"

요시다는 미간을 찡그렸다.

"그러니까 저어…… 팔 마음은 있는데 아직은 어렵다는 겁니다."

"또 아버지가 죽어야 된다는 그 소리를 하는 거요?"

요시다의 짜증스러운 말이었다.

"예, 그렇기는 한데…… 한 가지 방법이 있기는 합니다."

"그게 뭐요? 빨리빨리 말하시오."

요시다는 부채를 집어들어 방정맞을 정도로 빨리 부쳐대기 시작했다.

"저어…… 소장님이 직접 만나 술을 한잔 사시면서 저어…… 그러니까 논 한 마지기당 50전 정도 더 쳐주겠다고 하고 저어…… 우선 논을 담보 잡고 돈을 빌려주겠다고 해보면 어떨까 싶은데요."

마음이 다급해진 이동만은 말을 더 심하게 더듬거렸다.

"응, 미리 한쪽 다리를 잡아두자 그건데, 그거 과히 나쁜 방법은 아니로군." 요시다는 고개를 끄덕이며 자리를 고쳐앉고는, "그자의 논이 전부 얼마라고 했소?" 눈을 깜박거리며 물었다.

"상답 평답 합쳐서 천 마지기지요."

"조선놈들 계산이야 엉터리니까 천 마지기를 다 믿을 수는 없고, 하여튼 그 논을 다 우리 손에 넣어야 하니까, 좋소, 내가 만날 테니 그자를 술집으로 끌어내기만 하시오. 그런데 그자가 술하고 계집을 좋아하나?"

"예, 아주 소문난 한량이지요."

이동만은 또 히죽 웃어 보였다. 그럴 때면 그의 맺힌 데 없이 허여멀쑥한 얼굴은 천진스러운 것 같기도 하고 약간 모자라는 것 같기도 했다.

"그거 참 잘됐소. 내가 일본 가이샤들 맛을 한번 톡톡히 보여주지."

요시다가 입을 오므라뜨렸다. 작은 입이 더 작아지고 있었다.

"히히히…… 그거 좋지요."

이동만은 약간 처진 듯한 어깨가 들먹일 정도로 히히대며 좋아하고 있었다. 그런 그의 모습을 요시다의 경멸적인 눈초리가 빠르게 훑고 지나갔다.

"이상!"

"예예⋯⋯."

이동만은 후닥닥 정신을 가다듬었다. 그는 일본기생을 끼고 한 바탕 술 마실 생각을 하고 있다가 그 생각을 황급히 털어내고 있었다.

"거, 논을 팔지 말라고 바람 넣고 있는 놈들을 찾아내는 일 말이오!"

"아 예, 아랫것들한테 단단하게 일러놨고, 저도 열심히 찾고 있습니다."

"말로만 그래선 안 된다는 걸 아시오. 그런 놈들이 누군지 곧 내 앞에 이름을 가지고 와야지."

요시다는 담배에 불을 붙이며 눈은 이동만을 노려보고 있었다.

"예, 곧 찾아내게 될 것이구만요. 며칠만 기다려주십시오."

이동만은 당황한 기색을 드러냈다. 그 얼굴이 웃음을 지을 때보다 더욱 천진스럽기도 하고 모자라 보이기도 했다.

"이상, 당신 자리를 탐내는 사람들이 날로 늘어간다는 걸 알고 있소?"

요시다는 담배연기를 내뿜으며 이동만에게 일격을 가하고 있었다.

"예, 예, 소장님 마음에 들게 여, 열심히 하겠습니다. 며, 며칠만 더 기다려주십시오. 그런 놈을 꼭 찾아내겠습니다."

느닷없이 급소를 찔린 이동만은 말을 더욱 더듬거리며 안절부절

못하고 있었다.

저따위 게 양반의 자손이라고, 조선놈들의 양반, 한심하구나!

요시다는 담배연기를 더 거칠게 내뿜으며 상대방을 맘껏 비웃고 있었다.

"됐소, 이상을 믿을 테니 열심히 하도록 하시오. 그리고 그 정가 일은 오래 끌 필요가 없소. 오늘 저녁에 당장 만나 결판을 내야겠소. 빨리 정가를 찾아가시오. 길이 좀 머니까 인력거를 태워가지고 오도록 하시오."

"예, 그럼 당장 데려오겠습니다."

이동만은 두루마기 자락을 펄럭이며 사무실을 나와 사방을 두리번거렸다. 그가 마음 급하게 찾고 있는 인력거는 보이지 않았다.

"어허! 기생년덜이 대낮보톰 어디럴 싸돌아댕기는가 원. 쯧쯧쯧쯧……."

그는 짜증스럽게 혀를 차며 길 위아래로 고개를 바쁘게 돌렸다. 그가 기생들을 욕해 대는 건 괜한 트집이 아니었다. 기생들은 밤출입 때만 인력거를 많이 타는 것이 아니었다. 밤출입 때 들인 버릇 탓인지 아니면 천대받는 신분에 대한 앙갚음의 심사에서인지 그녀들은 나들이를 나섰다 하면 인력거를 타기가 예사였다.

그래서 인력거 앉을깨에 기생년들 지린내 배고, 기생년들 등쌀에 인력거 차지를 못한 양반이나 일본사람들 발바닥에 물집 잡힌다는 말이 생길 정도였다.

"어허 참, 덥기년 원!"

그는 연상 혀를 차며 쥘부채를 짜증스럽게 펼쳤다. 그의 얼굴에 짜증이 묻어나자 비로소 어떤 남자다움이 생기는 것 같았다. 그런데 그는 더워할 만도 했다. 그가 걸치고 있는 두루마기는 모시가 아니라 무명이었던 것이다. 무명도 낡고 풀기가 없어서 두루마기를 걸친 그의 모습은 후줄그레했다. 그러나 손목을 까딱 하는 것으로 쥘부채를 쫙 펼치는 솜씨는 일품이었다.

더위를 무릅쓰면서도 무명두루마기는 걸쳐야 하고, 쥘부채 멋들어지게 펼치는 솜씨가 한마디로 그의 고상한 신분을 말해 주고 있었다. 그러나 그의 고상한 신분의 격을 여지없이 손상하는 것이 짧게 깎은 머리모양새였다. 머리가 그리 체통 없이 된 연유를 설명해 주는 것이 낡은 무명두루마기였다. 여름햇볕 아래 드러난 낡은 무명두루마기의 남루함에는 가난이 덕지덕지 붙어 있었다. 이동만의 모습은 그 누구의 눈에나 뼈다귀만 남은 양반의 배고픈 허세를 금방 느끼게 했다.

"이리 오너라아, 거 인력거 이리 오너라아!"

이동만은 쥘부채를 접어 손짓하며 저 멀리 나타난 인력거를 향해 점잖은 소리로 부르고 있었다. 그의 그 여유만만한 태도는 요시다 앞에서 굽실거리던 것과는 전혀 딴판이었다.

"아니, 저, 저……."

급하게 내뱉는 소리와 함께 그의 얼굴이 그만 일그러지고 있었다. 골목에서 튀어나온 남자 하나가 인력거를 잡아타고 있었던 것이다.

"저, 저런 못된……."

그의 욕은 시작되다 말고 끊어져 버렸다. 인력거를 잡아탄 것이 일본사람인 것을 그는 알아보았던 것이다. 그는 쩝쩝 입맛을 다시며 한동안 서 있다가 반대편에서 오는 인력거를 잡았다. 그의 얼굴은 땀으로 번질거렸다.

"워디로 가시능게라우?"

인력거꾼이 손잡이를 잡고 허리를 펴며 뒤에다 대고 물었다.

"만경으로 가세."

이동만의 점잖은 말이었다.

"만경이라고라?"

인력거꾼이 놀라며 재빨리 손잡이를 다시 땅에 내려놓고 돌아섰다. 그의 눈길은 인력거에 의젓하게 앉아 있는 이동만의 몰골을 살피고 있었다.

"아, 어여 가. 급헌디."

이동만은 아무 눈치도 못 채고 그저 팔을 내둘렀다.

"만경은 그냥 가는 삯만 받고는 못 가는디요. 그 먼 길 되오는 삯꺼정 쳐줘야 되겠구만이라."

고개를 약간 삐딱하게 꼰 인력거꾼의 말이었다. 30리가 넘는 만경까지 인력거를 타고 가는 사람은 좀처럼 없었고, 왕복 인력거비를 내기에는 이동만의 몰골은 너무 추레했던 것이다.

"아, 알어. 어서 가기나 혁!"

이동만은 또 팔을 내저었다.

"가고 오고 합친 삯이 10원인디, 미리 줘야 쓰겄는디라우."

인력거꾼이 목에 걸친 수건으로 이마를 쓱 문지르며 한 말이다.

"네 이놈! 어느 안전이라고 고런 시건방구진 소리럴 허고 자빠졌냐. 인자 보니 니놈이 나럴 무시보고 잔말얼 해댄 것이로구나. 인력거나 끌어묵는 상놈이 감히 양반헌테! 니놈이 당장에 끌려가 덕석말이럴 당해야 지정신이 나겄냐 어쩌겄냐. 요런 불상놈아, 여깄다 10원!"

이동만은 불호령을 놓으며 인력거꾼을 향해 무언가를 내던졌다. 백동전 서너 개가 여기저기 떨어졌다. 인력거꾼은 덜컥 겁이 나서 무릎을 꿇었다.

"아이고메, 지가 잘못했구만이라."

"고이얀 놈, 잘잘못은 이따가 따지기로 허고, 만경 정 진사댁으로 인력거나 어서 몰아라."

이동만은 쥘부채로 앉을깨를 치며 호령했다. 그의 기세는 양반의 체통을 살리기에 아무 손색이 없었다.

"야아, 야아, 잘못했구만이라."

인력거꾼은 허둥지둥 땅바닥에 떨어진 백동전들을 집어들고는 인력거의 손잡이를 잡았다. 그는 마음 같아서는 뺑소니를 치고 싶었다. 그러나 상대방이 인력거에 올라앉아 있으니 어쩔 도리가 없는 일이었다. 그 추레한 행색으로 보아 틀림없이 빈털터리인 줄만 알았던 것이다. 몰골이야 어찌 됐든 간에 양반을 무시하고 들었으니, 덕석말이를 돌리면 당할 수밖에 없었고, 물볼기를 치면 맞을 도리밖에 없는 일이었다. 종문서가 다 없어지고, 백정이 갓을 쓸 정도로 세상이 달라지고 있다고는 하지만 아직도 양반들의 위세는 펄펄 살아 하늘을 찌르고 있었던 것이다. 문서만 없어졌지 양반 집마다 종들은 그대로 있었고, 무슨 잘못을 저질렀는지 모르지만 상것들이 덕석말이를 당하는 것은 흔한 일이었다. 만경까지 가는 동안에 무슨 수를 써서든 환심을 사야 된다고 그는 생각하고 있었다.

인력거는 곧게 뻗은 들녘길을 굴러가고 있었다. 인력거가 흔들리는 대로 몸을 맡긴 이동만은 푸르른 들녘을 멀리 바라보고 있었다. 그러나 그는 들녘을 보고 있는 것이 아니었다. 그는 딴생각에 젖어 들고 있었다.

나도 이제 멀지 않아 내 돈으로 인력거를 타고 다닐 날이 올 것이다. 족보가 어디 밥 먹여주고, 뼈대가 어디 옷 입혀주더냐. 벼슬 못한 양반이 어디 양반이고, 재산 없는 양반이 어디 양반이더냐. 헐벗고 굶주리는 것도 한도가 있지, 아이들을 다 굶겨죽일 수야 없는 일이지. 아버지야 저승에서도 펄펄 뛰시겠지만 이제 세상이 달라졌다. 남들은 왜놈한테 붙어먹는다고 손가락질하고 욕하는지 모르지만, 입들 놀릴 테면 놀려봐라. 난 헛껍데기 양반질 집어치우고 배부르고 실속 있는 양반이 되기로 했다. 내 신세 펼 날도 머잖았으니 어디 두고 봐라.

인력거는 어느 들마을 앞을 지나가고 있었다. 숨이 찬 인력거꾼은 땀을 뚝뚝 흘리고 있었다.

"어르신, 물 한 모금 얻어묵고 가면 안 될랑가요?"

인력거꾼이 땀을 훔치며 물었다.

"머시라고, 물?"

이동만은 생각에서 깨어났다.

"야아, 쩌그 앞이 시암인디요."

인력거꾼은 단내를 내뿜으며 침찌꺼기가 말라붙은 입술을 혀로 축였다.

"물이야 묵어야제."

이동만의 허락이었다.

"고맙구만이라, 어르신."

인력거꾼은 꼬박꼬박 '어르신'이었다. 그 소리는 이동만의 귀에 달게 고이고 있었다.

인력거꾼은 우물 가까운 나무그늘에다 인력거를 조심스럽게 세웠다.

그늘을 드리운 큼직한 나무가 서 있는 것은 마을이기 때문이었다. 논들만 질펀한 들녘에는 나무라고는 보이지 않았다. 논에 그늘을 내리는 나무는 농사에 피해를 끼칠 뿐이었던 것이다. 농부들은 한 톨의 쌀이라도 더 건지려고 뙤약볕 속에서 일을 하다 잠시 쉴 수 있는 그늘 하나도 들녘에는 만들지 않았다.

"어르신, 목 축이시제라."

인력거꾼이 이동만 앞에 바가지를 두 손으로 받쳐올렸다.

햐, 이놈이 눈치 빠르게 나대네. 어디 어쩌는가 보자.

"목타는디 자네가 먼첨 마시소."

이동만의 은근한 말이었다.

"아이고 어르신, 무신 말씀이신게라우."

인력거꾼은 펄쩍 뛰었다.

"그려? 허면 내가 먼첨 묵제."

이동만은 만족스러운 기분으로 바가지를 받아들어 물을 벌컥벌컥 들이켜기 시작했다. 인력거꾼에게 가졌던 노여움이 물과 함께 넘어가고 있었다.

힝! 나럴 허방에 빠쳐볼라고? 나도 눈칫밥만 묵음서 시상 살아가는 놈이여. 인력거꾼은 물을 마시고 있는 이동만을 눈흘김하며 마른 입술을 달싹거리고 있었다.

인력거꾼은 물을 양껏 마시고, 낯을 씻고, 수건에 물을 적시고 하느라고 좀 시간이 걸리고 있었다. 적당히 목을 축인 이동만은 나무그늘의 시원함에 취해가며 아슴아슴 졸음에 젖어들고 있었다.

"어르신, 어르신."

인력거꾼이 인력거를 조심스럽게 흔들며 이동만을 깨우고 있었다. 그 뒤에는 세 여자가 주저스런 얼굴로 서 있었다.

"으? 머, 머시여?"

이동만은 잠이 담뿍 담긴 거슴츠레한 눈으로 두리번거리며 말을 더듬었다.

"어르신, 이 아짐덜이 어르신헌티 무신 부탁이 있다고 허능마요."

인력거꾼이 옆으로 비켜서며 서둘러 말했다. 그는 선잠을 깬 상대방의 기분이 좋지 않을 것을 눈치채고 미리 피하자는 속셈이었다.

"아짐덜이? 이, 무신 부탁이여?"

이동만은 눈을 비비며 자리를 고쳐앉았다. 그러는데 하품이 나와 그의 입이 있는 대로 다 벌어졌다. 그 바람에 담뱃진 검게 낀 이빨 뒷면까지 다 드러났다. 여자 하나가 손으로 입을 막으며 킥 웃었다.

"아, 무신 부탁이냐고 묻덜 안혀. 나 갈 길이 바쁜 몸이여."

이동만은 잠이 지워진 눈으로 여자들을 내려다보며 짜증스럽게 말했다.

"저어, 부탁이라는 것언 다른 것이 아니고라, 우리 아그덜이 돌아감스로 학질얼 앓아대는디요, 오래되았는디도 영 낫덜 않는구만이라. 우리 새끼덜 불쌍허니 생각허서서 지니신 금계랍얼 잠 노놔주십사 허는 청이구만요."

두 손을 앞으로 모아잡은 여자가 지극히 공손한 태도로 간곡하게 말했다.

"금계랍얼?"

이동만의 눈이 약간 찡그려지며 세 여자를 새삼스럽게 살펴보았다.

"야아, 쬐깨썩만 주시면 어린것덜이 고상얼 면허겠구만이라우."

다른 여자가 주저하는 몸짓으로 말했다.

"당신네덜 논 가진 것 있능가?"

이동만의 말이었다.

그 갑작스러운 물음에 세 여자는 의아스런 얼굴로 서로를 쳐다보았다.

"어허, 농사짓는 논이 몇 마지기썩이나 있냐 그 말이여."

이동만이 무시하는 투로 내쏘았다.

"저어, 다 소작 부치고 사는디요."

부끄러운 듯 한 여자가 얼굴이 붉어지며 대답했다.

"나가 지닌 금계랍언 아무나 퍼주는 물건이 아니여. 황토현꺼정 나갈 것 없이 군산에도 약국이 생겼웅게 사다가 믹이드라고."

이동만이 내던진 말이었다. 그가 말하는 황토현이란 5년 전에 그곳에 일본사람이 처음으로 문을 연 양약국 일신의원을 가리키는 것이었다. 세 여자는 어이없는 얼굴로 이동만을 쳐다보고만 있었다.

"허고, 약 사묵을 돈이 없으면 아그덜 모기 띧기지 않게 혀얄 것 아니겄어. 길 잡어라, 나 바쁘다!"

이동만은 쥘부채로 인력거를 치며 고개를 꼬아 돌려버렸다.

곰방대를 물고 한가롭게 눈을 팔고 있던 인력거꾼은 화들짝 놀라며 인력거의 끌대 안으로 들어섰다. 그리고 지체없이 인력거를 끌기 시작했다.

"하이고 참, 그 위세 한분 당당허다."

한 여자가 눈총을 쏘며 내뱉었다.

"이, 왜놈헌티 붙어묵는 것이 큰 벼슬이시. 참말로 꼴사납네."

"대대로 나라 벼슬 못해묵은 집구석잉게 그 드러운 벼슬이라도 혀야겄제."

"오살헐 놈이 금계랍얼 안 줬으면 그만이제 아그덜 모기 띧기지 말라는 주딩이넌 어째 놀리고 지랄이여. 어떤 년이 모기 띧기고 잡

아 믿기는 년도 있간디. 그놈에 아가리럴 쫙 찢어놨으면 속이 씨언
허겄다."

"하 금메 누가 군산에 약국 생긴 것 몰르고, 돈 있음사 누가 약국
찾어갈지 몰를 것이여. 육시헐 놈이 사람 가심에 천불을 놓네그랴."

"지도 주렁주렁 새끼덜 키우는 놈이 맘보 하나 드럽게 쓰네 이."

"생긴 것은 꼭 염생이새끼로 생겨갖고."

"그 생김에 또 주색잡기넌 둘찌가라면 세러워허게 능허다등마."

"잡것이 꼴에 양반족보 깔고 태어났다고 못된 것만 보배운 것
이제."

"에라이 드런 놈, 가다가 인력거나 논바닥에 찰팍 엎어져 뿌러라."

세 여자는 들녘길 저쪽으로 멀어져 가고 있는 인력거를 향해 감
정이 풀릴 때까지 온갖 험담을 다 쏘아대고 있었다.

학질에 특효약인 키니네를 이동만이 가지고 다닌다는 것은 널
리 퍼진 소문이었다. 요시다는 키니네만이 아니라 회충약도 지니
게 했다. 그 약은 논 가진 사람들을 회유하는 데 쓰는 선심용이었
다. 일본사람들이 밀려들면서 퍼지기 시작한 그 양약들은 무척이
나 효과가 좋아 사람들의 환심을 사기에 충분했다.

7

일진회 지부

8월이 중순을 넘기면서 호남평야의 더위는 표정을 바꾸었다. 한낮의 햇볕이 따갑기는 했지만 논배미나 봇도랑의 물에는 거품이 잡히지 않았다. 7월의 더위 속에서 논배미의 물에 거품이 보글보글 일게 만들고, 봇도랑에 붕어가 배를 뒤집고 떠오르게 했던 위세는 이제 완연히 한풀 꺾여 있었다.

호남평야의 가마솥더위는 유별났다. 불볕은 땡땡 내리쬐고, 잎줄기가 너무 부드러워 갓난아기의 입김에도 흔들릴 정도인 버드나무 잎도 까딱하지 않도록 바람은 불지 않고, 불볕에 익을 대로 익은 땅은 열기를 되뿜어내고, 따끈따끈한 불볕과 후끈후끈한 지열은 뒤헝클어져 마침내 숨이 막히도록 푹푹 쪄대는 더위를 만들어냈다. 그 더위 속에서 한나절 논일을 하고 나면 누구나 얼굴이 부어오르고 눈에 핏발이 섰다.

그러면서도 모든 농부들이 그 고통을 달게 견뎌내는 것은 그 가마솥더위 속에서 벼들이 쑥쑥 자라나고, 알을 배고 하는 것을 나날이 확인해 가는 까닭이었다. 호남평야의 숨막히는 무더위는 가을에 알곡을 약속하는 것이었으므로 농부들은 그 더위를 '가마솥더위'라 이름 붙여 부르며 묵묵히 논일을 해나가는 것이었다.

거품이 일지 않는 논배미의 물은 이제 벼에게 필요하지 않았다. 벼들은 자랄 대로 다 자라 낟알들을 영글게 할 시기에 이르러 있었다. 농부들은 논물을 빼내면서 봇둑 여기저기에 새보기 움막을 지었고, 벼들은 한낮의 따가운 햇볕 속에 스미기 시작하는 바람결에 여유롭게 몸을 씻으며 알곡을 익혀가고 있었다.

8월 중순을 넘기면서 더위만 변한 것이 아니었다. 하늘 색도 변했고, 물 빛깔도 달라졌으며, 아침저녁으로 선들바람이 일었고, 메뚜기나 민물새우도 알을 배기 시작했다.

그런 계절의 변화에 맞추기라도 하듯 나라에 큰 사건이 벌어졌다.

"마침내 우리가 고대하던 일이 성사됐소. 이제야말로 때가 온 것이오."

영사관 서기 쓰지무라는 주먹을 부르쥐며 눈을 빛냈다.

"그렇습니다. 고문정치의 시작으로 조선을 지배하는 실권을 장악하게 되었으니 이 얼마나 기쁜 일입니까."

하야가와는 쓰지무라의 비위를 맞추듯이 맞장구를 쳤다.

"그렇소, 조선의 통치권을 명실공히 장악하게 된 이번 협정체결이야말로 경사 중에 경사요. 그러나 우리는 그저 기뻐하고 있을 때

가 아니오. 우리가 해야 할 일은 지금부터라는 것을 잊어서는 안
될 것이오."

쓰지무라는 힘이 뻗치는 눈길로 하야가와를 응시했다.

"옛, 명심하고 있습니다."

하야가와가 턱을 바짝 끌어당기며 힘있게 대꾸했다.

"이번 협정은 중대한 것이지만, 우리의 원대한 목표로 볼 때에
주춧돌을 놓은 것에 불과하다는 점을 명심해야 하오. 겨우 주춧돌
을 놓았으니 집을 완성하자면 앞으로 얼마나 많은 일들이 남아 있
는지 알겠지요? 그 일들을 아무 사고 없이 차근차근 해나가기 위
해서 우린 더욱 총력을 다해야 한다 그 말이오."

"예, 있는 힘을 다하겠습니다."

"그런데……." 쓰지무라는 담배 한 개비를 뽑아 왼쪽 엄지손톱
에 톡톡 치며 뜸을 들이다가는, "우리가 당장 해야 할 일이 한 가지
가 있소" 하며 아래로 내리고 있던 눈길을 들었다.

"예, 무슨 일입니까?"

하야가와는 무슨 일이든 명령만 내리라는 듯 민첩하게 반응했다.

"에에 또, 이번 일을 계기로 우리의 반대세력만 색출할 것이 아니
라 그와 동시에 우리의 지지세력을 광범위하게 조직하려는 계획이
오. 어떻소?"

"아, 그것 참 좋은 계획입니다. 아주 시기적절한 계획인 것 같습
니다."

하야가와는 일본사람 특유의 몸짓으로 상체를 깝신거렸다.

"그 계획에 따라 우리 군산에서도 시급히 조직을 짜서 중앙에 맞추어 지부를 결성시켜야 되겠소. 그런데…… 무엇보다도 중요한 게 그 모임의 회장을 누굴 시키느냐 하는 점이오. 누구 마땅한 사람 없소?"

"아 예에…… 어느 정도의 요건을 갖추어야 하는 건지요……."

너무 갑작스러운 말 앞에서 하야가와는 당황의 빛을 감추지 못했다.

"물론 우리를 적극 지지하는 자여야 하오. 둘째는 이 지역에서 이름이 좀 알려져 있어야 하오. 셋째는 행동에 적극성이 있어야 되겠소. 넷째는 학식이 좀 들었으면 좋겠소."

"예에…… 그런 사람이……."

하야가와는 마음만 급했지 마땅한 사람이 떠오르지 않아 몸이 달고 있었다.

"자아, 차나 한잔 더 들면서 여유 있게 생각해 봅시다. 일이 중대하고 급할수록 마음은 여유롭게!"

쓰지무라는 엷은 웃음을 지으며 찻주전자를 집어들었다. 하야가와는 황급히 제 찻잔을 받쳐들었다.

"어떤 전문가한테 들으니까 조선땅에는 차도 잘된다던데……."

쓰지무라는 차를 따르며 그 맛이라도 음미하듯 나직하게 말했다.

"아 그렇습니까?"

하야가와는 빈틈없이 상대방의 말에 관심을 드러내 보였다.

"남쪽 해안지방에서 나는 게 맛이 아주 일품이라는데."

"예, 기후가 알맞은 모양이군요."

"아마 그런 것 같소. 허나 남쪽 해안이라고 다 그런 건 아니고 전라남도 해안지방에서 난다는 거요."

"그렇군요. 이 전라도땅은 참 묘합니다. 평야가 넓어 쌀도 많이 나고, 맛좋은 차까지 나니 말입니다."

하야가와는 말을 하면서도 '해안지방의 차'를 머릿속에 새겨넣고 있었다. 쓰지무라는 유달리 차 마시기를 즐겼던 것이다.

"잘 봤소. 이 전라도땅은 조선땅 중에서 보물 중에 보물이오. 이곳 평야에 비하면 북쪽의 평야는 있으나마나요. 기후 차이로 북쪽에선 쌀이 별로 안 난단 말이오. 우리가 이 보물의 땅에 근무하게 된 것도 결코 우연은 아닐 것이오. 따라서 책임도 그만큼 막중한 것 아니겠소?"

쓰지무라는 능란하게 말꼬리를 돌려 아까의 본론에다가 이어붙이고 있었다.

"예, 그렇습니다."

하야가와도 이야기가 본론으로 돌아왔음을 놓치지 않고 있었다. 쓰지무라의 말에 대꾸를 하면서도 그의 머릿속에서는 자신과 선을 대고 있는 사람들 중에서 그 네 가지 조건에 부합되는 인물이 누구인지를 찾아내느라고 의식의 작동은 끊일 새가 없었다.

"자아, 그럼 그 일에 누가 마땅한 인물인지 함께 생각해 봅시다."

쓰지무라는 앉음새를 고치며 담배를 빼들었다. 하야가와도 어깨를 추스르며 마른침을 삼켰다.

"예에 또, 누구 한 사람만을 생각하지 말고 서로가 적당하다고 생각하는 사람을 두세 사람씩 내놓고 그중에서 제일 마땅한 사람을 골라내도록 합시다."

쓰지무라의 제안이었다.

"예, 그렇게 하시지요."

"어디 먼저 말해 보시오."

쓰지무라는 하야가와를 힐끗 쳐다보고는 담배에 불을 붙였다.

"예, 제가 생각한 것은 두 사람인데…… 하나는 문수환이라고 재산을 꽤 가진 부자고, 그 다음은 백종두라고 현직 이방을 지내고 있는 잡니다."

하야가와는 숨죽인 소리로 조심스럽게 말하고는 쓰지무라의 눈치를 살폈다.

"하! 역시 하야가와 상은 사람을 보는 투시력이 있소. 백종두를 골라내다니 말이오. 나도 그자를 꼽고 있었는데 딱 일치가 됐소. 우리 의견이 일치됐으니 다른 자들은 더 따져볼 필요도 없소. 백종두, 그래 그자가 아주 적임자요."

쓰지무라는 밝은 웃음까지 지으며 만족스러워했다. 하야가와는 비로소 큰 짐을 벗은 안도감으로 어깨의 힘을 뺐다.

"그런데 백종두에게 한 가지 문제가 있지 않을까 합니다."

"문제? 그게 뭐요?"

"현직 관리가 그런 일에 나서도 되는지가 좀……."

"아 그건 별로 염려할 게 없소. 만약 형식상 곤란하다면 관리직을 내놓게 하면 되는 거요."

"그럴려고 할는지……."

"됐소. 그런 건 다 나한테 맡기시오. 그리고 그자를 내일 당장 만나도록 합시다."

자신만만하게 말하는 쓰지무라의 입가에는 묘한 웃음이 번지고 있었다.

"제가 연락을 할까요?"

"아니오. 그자가 하야가와 상의 휘하조직이 아닌 이상 조금이라도 의심받을 일은 할 필요가 없소. 연락과 접촉은 내가 다 알아서 하겠소."

"예, 알겠습니다."

"자아, 담배."

두 사람은 담배에 불을 붙였다.

"이번 협정은 우리 일본제국을 위해 중차대한 것이오. 우리도 가일층 임무에 충실하도록 합시다."

쓰지무라는 엄숙하게 말하고 있었다.

그들이 기쁨에 넘치는 고문정치의 시작이란 제1차 한일협약이었다. 러시아를 상대로 전쟁을 일으킨 일본은 재빨리 군대를 한양에 진입시킨 다음 무력의 위협 아래 한일의정서를 조인하여 조선 안에 군사기지를 확보하는 법적 근거를 마련했다. 그것이 2월의 일이었다. 그 뒤로 러시아군을 계속 궁지로 몰아넣으며 전쟁을 유리하게 이끌게 되자 그들은 그 기세를 조선정부로 확대시켰다. 재정고문과 외교고문을 초빙하라는 강요였다. 결국 정부는 그 강압에 굴복하여 협정서 체결에 도장을 찍고 말았다. 1904년 8월 22일이었다. 그 협정에 따라 재정고문에 일본인 메가다가, 외교고문에는 미국인 스티븐스가 앉게 되었다.

그것은 곧 나라의 재산권을 넘겨준 것이었고, 나라의 외교권을 박탈당한 것이었다. 그러나 고문 배치는 그것으로 끝나지 않았다. 일본은 계속해서 경무고문, 군부고문, 궁내부고문, 학정참여관을 들이밀었다. 그런데 그 네 부문의 고문은 원래 협정서에도 없는 것이었다. 그러나 정부에서는 그 엄연한 위약조차 막아내지 못했다. 결국 나라의 모든 힘을 빼앗겨버린 것이었고, 반도땅은 꼼짝없이 일본의 실질적인 식민지가 되어버렸던 것이다.

서쪽하늘은 아직 붉게 물들어 있는데 시가지에는 어스름이 번지기 시작하고 있었다. 바다로 빠진 해가 오래도록 서쪽하늘에 그 잔영을 남기고 있어서 군산의 밤은 언제나 들녘 쪽에서 밀려오는 듯싶었다.

해가 떨어지고 어스름이 깔리기 시작하면 한낮의 더위는 자취가 없어지고 이내 소슬한 기운이 감돌았다. 인력거들의 움직임도 그 무렵부터 한결 경쾌해지기 시작했다.

인력거 한 대가 물안개 번지듯 하는 어스름 속을 빠르게 굴러가고 있었다. 그 위에 거만스럽게 앉아 있는 것은 백종두였다. 그는 별로 보잘것없는 수염을 자꾸 쓰다듬고 있었다. 수염이 탐스러워지기를 바라서가 아니었다. 무슨 깊은 생각을 할 때 그가 곧잘 하는 버릇이었다. 그가 거만해 보이는 것은 몸을 유별나게 뒤로 젖혀서가 아니라 수염을 쓰다듬고 있기 때문이었다.

"저녁에 좀 만나도록 합시다."

쓰지무라의 말은 그것뿐이었다. 물론 서너 마디가 더 오가기는 했다. 그러나 그 말들은 그저 별 뜻 없이 주고받게 되는 인사치레일 뿐이었다.

"무슨 일이시오?"

"아, 만나서 얘기합시다."

이렇게 되었으니 쓰지무라가 한 말은 '만나자'는 한마디뿐이었던 것이다.

그 뒤로 몇 시간 동안 아무리 머리를 짜보아도 왜 갑자기 만나자는 것인지 짚이는 것이라고는 없었다. 오만 가지 생각을 다 해본 결과 간추려진 것은 한 가지였다. 결코 나쁜 일은 아닐 거라는 점이었다. 그리고 거기에 연결려 자신이 부탁했었던 것을 쓰지무라가 들어주려는 것이 아니라 쓰지무라가 무슨 부탁인가를 자신에게 할 거라는 예측이었다.

그런 추리에 도달한 근거는 두 가지였다. 쓰지무라가 먼저 연락을 해온 것과, 만나자는 장소가 일본기생집이었던 것이다. 그 콧대 세우기 좋아하는 쓰지무라가 먼저 만나자고 한 것은 처음 있는 일이었다. 무슨 다급한 부탁이 아니고서는 있을 수가 없는 일이었다.

도대체 무슨 부탁일까……?

생각은 여기서 막혀 한 치도 더 뚫리지 않았다. 수염뿌리가 얼얼

하도록 수염을 쓰다듬어도 막혀버린 생각은 제자리에서 맴돌이질을 할 뿐이었다.

"동매관 다 왔구만이라우."

인력거꾼이 퉁명스럽게 알렸다.

"이! 그려……."

백종두는 그때서야 정신을 차리고 주위를 둘러보았다. 새로 지은 말끔한 집들이 어스름에 잠기고 있었다.

"어험, 흠, 흠……."

백종두는 동매관으로 들어서기 전에 두루마기를 털고 갓을 바로잡으며 헛기침을 네댓 번이나 계속했다. 그건 습관적인 거드름을 피우는 것이 아니라 마음을 가다듬고 있는 것이었다. 그는 쓰지무라를 대하는 데 그전과는 달리 어떤 마음의 준비가 필요하다는 것을 느끼고 있었다.

백종두는 동매관 마당으로 들어섰다.

"아이 어서 오세요, 백상."

그가 마당 중간쯤에 이르렀는데 벌써 기모노 차림에 화장 짙은 기생이 쪼르륵 달려나오고 있었다.

"쓰지무라 상이 기다리고 계십니다."

옆걸음을 치며 걷는 기생이 생글생글 눈웃음을 굴리며 말했다.

입을 꾹 다문 백종두는 그저 고개를 끄덕일 뿐이었다.

뭐라고? 쓰지무라가 먼저 와서 기다려! 역시 내 생각이 틀림없구나. 어디 만나보자.

백종두는 아랫배에 힘을 주며 또 헛기침을 해댔다.

백종두는 구석방으로 안내되었다.

"아 어서 오시오, 백상. 기다리고 있었소."

담배를 피우고 있던 쓰지무라는 자리에서 일어나며 백종두를 맞이했다.

"늦어 죄송합니다. 오래 기다리셨나요?"

백종두는 일본말로 인사하며, 쓰지무라가 자기를 일어나서 맞는 것을 지나치지 않았다. 그것도 전에 없던 행동이었던 것이다.

"아니오, 자아 앉읍시다."

쓰지무라는 연상 웃는 얼굴로 자리를 권했다. 백종두는 점점 더 긴장을 느끼면서도 쓰지무라의 그런 달라진 행동에 어떤 만족감을 느끼고 있었다.

"요새도 일어학원에는 나가십니까?"

쓰지무라가 담배를 권하며 물었다.

"나가기는 합니다만 말이 늘지를 않습니다."

백종두는 담배를 뽑으며 비식 웃었다.

"아닙니다, 백상은 이제 학원에 안 다녀도 되겠습니다. 워낙 열성으로 하니까 그렇겠지만, 일본말 하는 게 아주 일취월장입니다. 요코, 안 그런가?"

쓰지무라는 문 옆에 무릎 꿇어앉은 기생에게 눈길을 돌렸다.

"네에, 그렇습니다. 이제 우리 일본사람하고 별로 다를 게 없습니다."

기생은 눈치 빠르게 대꾸하며 백종두에게 눈웃음을 쳐 보였다.

"허허허허…… 아직 멀었어요."

백종두는 손을 내저었다. 그러나 그 언행은 겸손일 뿐 그는 그들의 말을 입에 발린 소리가 아니라 사실 그대로라고 믿고 싶어했다. 그동안 기를 쓰고 매달린 효과가 커서 자신이 생각해도 일본말이 놀랄 만큼 늘었던 것이다. 듣는 것이야 진작에 해결된 것이고 말하는 것도 거의 막히는 데가 없었던 것이다. 그는 그 사실을 아무한테나 자랑하고 싶고, 확인받고 싶은 심정이었던 것이다.

"요코, 부를 때까지 기다리게."

쓰지무라가 기생에게 일렀다.

기생은 민첩하게 방을 나갔다. 백종두는 숨을 들이쉬며 침을 삼켰다.

"백상, 이번에 세상이 크게 달라진 걸 알고 있지요?"

쓰지무라는 백종두를 응시하고 있었다.

"고문초빙 협정서 체결 말인가요?"

"그렇소." 쓰지무라는 고개를 몇 번 끄덕이고는, "그걸 어떻게 생각하시오?" 그는 목소리를 조금 낮추며 물었다.

"글쎄요…… 저 위에서 한 일인데 내가 감히……."

백종두는 말을 조심하며 고개를 저었다. 그는 순간적으로 쓰지무라가 자신의 마음을 떠보려고 하는 것이라고 판단했던 것이다. 그로서는 그런 정도의 함정을 건너뛰고 피하는 데는 얼마든지 자신이 있었다. 그는 다음 말을 기다리며 마음을 다잡았다.

백종두의 말을 듣고 나서 쓰지무라는 자신의 물음이 너무 막연하고 정확하지 못했다는 것을 깨달았다.

"아, 내 말이 좀 모호했던 것 같소. 다시 말해서 말이오, 그 고문정치에 따라 앞으로 세상이 어떻게 달라질 것인지 백상은 잘 알고 있지요?"

백종두에게 눈길을 박고 있는 쓰지무라의 얼굴에는 묘한 웃음이 번지고 있었다. 그 말과 웃음이 가슴을 예리하게 찌르는 것을 백종두는 느꼈다. 그는 반사적으로 직감했다.

"예에…… 그 고문이라는 게, 그게 자문이라는 것과 같은 뜻이고, 그러니까 서로 협조하는 정도가 아닌가요……."

백종두는 고문제도에 대해서 머리를 빨리 돌려 다시 생각해 보았지만 그 이상의 의미는 찾을 수가 없었던 것이다.

병신 같은 녀석, 제법 눈치 빠르고 머리가 잘 돌아가는 줄 알았더니 네놈도 별수가 없구나. 아무리 지방 하급관리라고는 하지만 그따위로 멍청해서야 원. 네놈이 그 정도니 다른 것들이야 더 말해 뭘 해. 좋게 말해 순진하고, 나쁘게 말해 전부 바보 허깨비들이야. 관리라는 것들이 저 모양으로 돼먹었으니 우리가 조선땅을 먹어치우는 것이야 너무 당연한 일 아닌가.

쓰지무라의 그 묘한 웃음은 조소로 바뀌고 있었다.

"백상, 백상의 생각은 틀렸소!"

한동안 말이 없던 쓰지무라가 불쑥 내던진 말이었다.

"예? 무슨 소리요?"

무언가 심상치 않은 느낌을 가지고 있던 백종두는 즉각적으로 반응했다.

"글쎄요, 백상의 생각이 틀렸다면 그 다음은 백상이 알아서 생각할 문제지 내가 무슨 말을 더할 필요는 없지 않겠소?"

쓰지무라는 능란하게 꼬리를 사렸다.

"말 나온 김에 다 하시오. 우리 처지에 단둘이 있는데 못할 말이 없잖소."

백종두는 긴장이 너무 심해져 감정이 흔들리고 있었다.

"글쎄요, 백상이 그만한 걸 생각하지 못할 사람이 아닌데요."

쓰지무라는 빙긋 웃으며 차를 홀짝 마셨다.

"어허 이것 참. 어디 봅시다, 내 생각이 틀렸으면, 그럼 고문정치라는 것이 협조가 아니라는 말인데, 협조가 아니면, 그렇다면 일본 사람들이 직접 정치를 한다는 뜻이오?"

생각을 정리하느라고 백종두는 말을 많이 더듬었다.

"그렇소!"

쓰지무라는 회심의 웃음을 지었다. 의도대로 백종두의 입에서 그 말을 끌어냈던 것이다.

"아니 그럼, 세상이 뒤집힌 것 아니오!"

눈을 휘둥그렇게 뜬 백종두의 입에서 터져나온 소리였다.

"뭘 그리 놀라고 그러시오. 눈치 빠른 백상은 이런 날이 올 것을 미리 다 알고 있지 않았소?"

쓰지무라는 백종두를 쓰다듬듯 하는 부드러운 눈길을 보내고 있었다. 그는 2단계로 백종두를 몰기 시작했다.

백종두는 정신이 멍했다. 고문초빙 협정이라는 것이 그렇게 엄청난 일인 줄은 전혀 몰랐던 것이다. 정치가 일본놈 마음대로 되면 내 신세는 어찌 되는 것인가…… 다른 것은 생각할 겨를이 없이 그가 순간적으로 휩싸인 불안이었다. 그동안 사또가 수없이 바뀌고, 동학난리를 겪고 한 것과는 생판 다른 세상이 될 거라는 생각이 들었다.

"글쎄요…… 그게, 글쎄……."

백종두는 마땅히 할 말을 찾지 못한 채 엉덩이를 들먹거렸다가 손을 맞잡아 비비다가 하고 있었다. 쓰지무라는 그 불안에 찬 모습을 재미있는 구경거리 보듯 주시하고 있었다.

"백상, 아무 염려 마시오. 세상이 어떻게 바뀌어도 백상의 처지는 좋아졌으면 좋아졌지 나빠지지는 않을 것이오. 그 점 이 쓰지무라가 보증하겠소."

쓰지무라는 백종두의 심장을 정통으로 찌르고 들었다.

"예에? 그게 정말입니까!"

배고픈 개가 고깃덩이를 덥석 물어버리듯 백종두는 너무 쉽게 속을 드러내고 있었다.

"내가 왜 거짓말을 하겠소." 쓰지무라는 손가락 마디마디를 꺾어 똑똑 소리를 내가며 한참 뜸을 들이더니, "그래서 내가 백상한테 중요한 일을 한 가지 맡길까 하는 참이오." 그는 새로운 눈길로 백종두를 쳐다보았다.

"무슨 일인데요."

백종두는 성급하게 말을 뱉어놓고 금방 후회했다.

웅, 마침내 본론이 나오는구나. 무슨 일인지 모르지만 너희들 이익을 위한 일일시 분명하니 내가 몸달아할 것이 하나도 없지. 그럼, 내가 급하게 굴 것이 없고말고.

그는 인력거를 타고 오면서 먹었던 마음을 회복하려고 턱을 끌어당기고 아랫배에 힘을 주었다.

"예, 그건 다름이 아니라 이번에 중앙에서부터 조선인 중심의 거국적인 단체를 만들게 되어 있습니다. 그 계획에 따라 여기서도 지부를 결성해야 하는데 내 마음에 그 회장으로 백상이 적임자가 아닌가 생각합니다."

조선인 중심의 거국적인 단체? 그런데, 뒤에서 영사관이 움직인다? 옳아, 이것이 예삿것이 아니로구나!

일단 마음의 고삐를 잡은 백종두의 머리는 빠른 회전을 하며 과녁을 정확하게 맞히고 있었다.

"글쎄요, 나 같은 사람이 뭘 알아야 말이죠."

친일단체 구성이라는 윤곽을 파악한 백종두는 손익계산을 따지기 위한 시간벌기 작전을 시도하고 있었다.

"아, 무슨 겸손의 말씀을, 내가 보기엔 백상을 당할 적임자가 없습니다."

쓰지무라는 백종두가 겸손해하는 줄만 알고 선뜻 그렇게 말했다. 그러나 그는 백종두를 너무 단순하게 생각한 나머지 너무 성급하게 속을 털어놓고 있었다. 이제 백종두의 수에 쓰지무라가 말려들고 있었다.

"아니 과분한 말씀입니다. 여러모로 나보다 자격이 넘치는 사람들이 얼마든지 있지요."

일단 시간여유를 갖기로 작정한 데다가 쓰지무라의 속마음까지 알게 된 백종두는 느긋한 마음으로 이제 제 값을 올리는 엉덩이빼기 작전으로 접어들고 있었다.

"그렇지가 않습니다. 무슨 일을 하려다 보면 사람은 많아도 적임자를 고르기는 쉽지 않은 법입니다. 그만 겸손하시고 회장직을 맡아주시지요."

쓰지무라는 앞에 구덩이가 파였는지 덫이 놓였는지 모르고 자꾸 발을 내딛고 있었다.

"아닙니다. 겸손해서가 아니고 난 사실 무슨 단체 같은 것을 해본 일이 없는 사람입니다. 그러니 부적격하지요."

쓰지무라는 그만 신경질이 솟겼다. 말 한마디면 감지덕지할 줄 알았는데 판이 영 이상하게 돌아가고 있었다.

으레 먹을 밥이면서도 세 번까지는 사양해야 한다는 이자들의 그 속뻔한 예절이라는 것을 생각해서 같은 말을 되풀이하는 고역을 참아냈던 것인데 정작 상대방의 태도는 그것과도 상관이 없는 것 같았던 것이다. 그는 신경질을 꾹 누르며 담배를 빼물었다. 성냥을 그어대는 손끝에 신경질이 묻어났다.

저것이 무슨 생각을 하고 있나. 이렇게 시간을 끌며 부탁하는 꼴이 돼서는 안 되지? 아주 노골적으로 밀어대 버려?

그는 오늘 회장을 정하는 것뿐만 아니라 단체결성의 구체안까지 세울 계획을 가지고 있어서 마음이 조급했던 것이다.

백종두는 백종두대로 계산을 따지기에 여념이 없었다.

표나지 않게 세상이 뒤집어진 판에 영사관 세력에 업혀? 그거야 더 말할 것 없는 득세지. 그런데 남 먼저 친일단체 회장으로 깃대를 들어? 그러면 그게 어떻게 되나? 세상을 겉만 보고 속을 못 보는 사람들은 욕을 바가지로 퍼대겠지? 헌데, 욕하고 대세하고…… 그 야 언제나 대세를 따르는 게 신상에 유익하고 편한 법이지. 그렇지 만 이 문제가 한두 가지 복잡한 것이 아니니 원…….

그는 속입술을 잘근잘근 깨물고 있었다.

"자아 백상, 길게 이러고저러고 할 게 없소. 우린 일이 바쁘고, 우리가 물색해 둔 회장 후보자는 여럿이오. 어떻게 할 건지 앗싸리 하게 대답하시오."

태도가 돌변한 쓰지무라는 '앗싸리'에다 특히 힘을 주어 말했다. 그는 사무라이 종족답게 니뽄도를 내려치듯 백종두의 정수리를 여지없이 갈긴 것이었다. 그 느닷없는 정면공격에 백종두는 정신이 아찔해지는 것을 느꼈다.

백종두는 순간적으로 자신이 궁지에 몰리는 것을 느꼈다. 자신 을 위협하는 것은 후보자가 여럿이라는 말이었다. 그건 협박이고 허풍일 수 있었다. 그 말에 몰리지 말고 요령 좋게 대응해야 된다 고 생각했다.

"예, 일이 바쁘고, 후보자도 여럿이겠지요. 허나 그 단체가 무슨 일을 할 것인지, 또 회장이 할 일은 무엇인지 등등 설명이나 하고 회장을 맡으라고 하는 게 순서일 것이고, 나로서도 회장을 맡으면 현직은 어찌 되는 것이며, 또 장래는 어찌 될 것인지 등등을 생각해야 할 여유가 필요한 것 아닙니까. 중하고 급한 일일수록 신중해야 하는 것 아닙니까? 일본책에도 그리 적혀 있더구만요. 어찌 생각하십니까?"

백종두는 정면으로 박치고 든 쓰지무라를 여유만만하게 엎어치기하고 있었다.

숨을 잔뜩 들이켠 상태처럼 긴장하고 있던 쓰지무라는 그만 어깨가 처져내리도록 맥이 빠지고 말았다. 상대방의 말은 틀리지도 않고 흠잡을 데도 없었던 것이다. 그는 상대방의 요구대로 말해 줄 필요를 느꼈다.

"맞는 말이오. 그러나 신중이 지나쳐 실기하는 우를 범하지 말라는 말도 적혀 있다는 걸 잊지 마시오. 그럼, 백상이 원하는 대로 간략하게 말하겠소. 그 단체가 하는 일은 우리 일본이 반도땅에 진출하는 것을 지지하는 것이오. 그리고 회장은 우리와 동격의 유대를 맺고, 모든 편의와 혜택을 제공하고, 그 장래는 전적으로 우리가 보장하오. 이만하면 됐소?"

쓰지무라는 두 팔을 뒤로 받쳐 윗몸을 젖혔다. 굶주린 짐승 앞에 독이 든 고깃덩이를 던져놓고 기다리는 포획자의 여유고 거만이었다.

백종두는 자신의 귀를 의심할 지경이었다. 쓰지무라가 한 말은 자신이 예상했던 것보다 훨씬 더 엄청난 것이었다.

동격의 유대, 모든 편의와 혜택, 장래의 전적인 보장, 도무지 믿어지지 않는 사실이었다. 어차피 고문정치가 시작된 바에야 조선관직은 더 빛바랠 것이고, 그리되면 자기 쪽에서 매달리게 될 판인데 오히려 그런 상상할 수도 없는 조건이 앞에 놓인 것이었다. 그 조건 앞에서는 시간벌기 작전이고 값올리기고 다 필요 없는 것이었다. 그 이상을 요구할래도 할 것이 없었던 것이다.

그러나 백종두는 동요할 대로 해버린 감정 속에서도 그들이 하필이면 자신을 선택했다는 사실만은 잊지 않았다. 그는 영리하게도 그 사실을 붙들고 군침 질질 흐르는 먹이를 허겁지겁 무는 추태를 부리지 않고 체면을 차릴 수 있는 여유를 갖게 되었다.

"아, 진작에 그리 다 말씀하셨더라면 이야기가 길어질 필요가 없었겠군요. 말씀하신 게 사실이라면 회장을 기꺼이 맡도록 하겠습니다."

백종두는 쓰지무라를 똑바로 쳐다보며 말했다. 남달리 반들거리는 그의 눈이 더욱 반들거리며 빛을 내고 있었다.

"아, 잘됐소 백상!" 쓰지무라는 뒤로 받치고 있던 두 팔을 당겨 기운차게 손바닥을 맞때리며, "지금부터 기분 좋게 축하주를 마십시다" 하면서 그는 정말 기분 좋은 듯 환하게 웃었다.

"예, 한잔해야지요."

백종두도 맘놓고 웃었다.

쓰지무라가 손뼉을 쳐 기생을 불렀다.

"여기 음식도 특찬으로, 술도 특주로 올려라."

쓰지무라가 일렀다.

"기생도 특기로 올리고."

백종두의 맞장구였다.

"으하하하…… 그렇지, 그렇지."

"허허허허……."

마주 보고 웃는 두 사람의 웃음소리가 뒤섞이며 방 안을 울리고 있었다.

"곧 준비해 올리겠습니다."

기생이 날개 접는 나비같이 인사를 하고 물러갔다.

"자아, 담배."

쓰지무라가 권했고, 백종두는 담배를 뽑았다.

"불 여깄습니다."

백종두는 재빨리 성냥을 그어 쓰지무라 앞으로 내밀었다. 쓰지무라는 친근한 눈인사를 보내며 담배에 불을 붙였다.

"저어, 궁금해하실 것 같아서 술상이 들어오기 전에 그 단체에 대한 전체 계획을 대충 설명하겠습니다."

쓰지무라가 자리를 고쳐앉았다. 백종두도 얼결에 앉음새를 고쳤다.

"이번에 조직하게 될 단체는 그 규모가 전국적이며, 회원은 다다익선으로 무제한이고, 자금지원은 각 영사관을 통해 하게 됩니다.

사업은 아까 말한 대로 일본의 진출을 선봉에서 대대적으로 지지하고 환영해서 그것이 대중들에게 파급되게 하는 겁니다. 현재 중앙에서 책정된 일차적인 자금이 5만 원입니다. 그 자금을 토대로 조직을 짜고 사업을 시작하게 됩니다. 그리고 지역에 따라 필요한 자금은 지방 영사관에서 지원하게 됩니다. 대충 이런데 더 궁금한 것 없습니까?"

"아 예, 회원들은 회장이 모집하는 겁니까?"

"아닙니다. 회장도 많은 회원을 모으기 위해 노력을 하는 건 좋은 일입니다만, 그 기본 인원은 주재소며 기타 조직을 이용해서 확보하게 될 겁니다."

"단체의 명칭은 뭔가요?"

"중앙에서 정해져 내려올 겁니다."

"술상 준비됐습니다아."

방문 밖에서 들려온 소리였다.

"지금까지 한 얘기는 일체 비밀입니다. 이제부턴 술자립니다."

쓰지무라가 낮고 빠르게 속삭였다. 백종두는 헛기침을 하며 고개를 끄덕였다.

많은 안주들이 옮겨 놓이는 동안에 백종두는 골똘한 생각에 빠져 있었다. 그는 5만 원이란 자금을 계산하고 있었다.

상답이 5원이니까 5만 원이면 논이 1만 마지기였다. 그리고 논 한 마지기에 두 석을 잡으면 모두 2만 석이었다. 실로 어마어마한 돈이 아닐 수 없었다. 그런데 그것이 일차적인 자금이라고 했다. 그는 형용할 수 없는 만족감으로 두 손을 맞잡았다.

　백종두는 심한 갈증을 느끼며 눈을 떴다. 눈앞은 흐릿한 채 바싹 마른 입 안은 껄껄하고 머리는 욱신욱신 아팠다. 그리고 자신의 숨결에서 맡아지는 술냄새가 진득거리는 게 너무 지독스러웠다. 이런, 술을 마셔도 너무 많이 마셨구나. 그는 눈을 비비며 숙취 다음에 으레 따르는 늦은 후회를 씹었다.

　어어, 여기가 어딘고?

　그는 눈을 껌벅였다. 방 안이 영 낯설었던 것이다. 그는 몸을 벌떡 일으켰다. 옆에서 웬 여자가 자고 있었다. 그 여자가 어젯밤 옆에 앉았던 기생이라는 것을 알아보았다. 그때서야 그는 집이 아니라는 것을 알았다.

　속이 느글거리는 것을 느끼며 그는 방문 가까이에 놓인 주전자를 향해 기어갔다. 기어가면서 생각해 보았지만 어떻게 해서 여기서 자게 되었는지 영 기억이 없었다. 쓰지무라와 어떻게 헤어졌는지도 전혀 알 수가 없었다.

　이거 낭패로군. 내가 너무 마음을 풀어버렸던 게로군.

　그는 또다른 후회와 함께 무슨 실수나 저지르지 않았는지 걱정이 되었다. 그는 주전자째로 물을 들이켰다.

　"어머, 깨셨어요?"

　기생이 일어나 앉으며 옷을 여몄다.

　"내가 왜 여기서 잤지? 기억이 하나도 없는데."

　백종두는 주전자를 입에서 떼며 다급하게 물었다.

"여기서 꼭 주무시겠다고 했잖아요."

기생이 살짝 눈을 흘겼다.

"쓰지무라 상은 어찌 됐고?"

백종두는 요 위로 다시 기어오르며 물었다.

"가셨지요."

"뭐라고, 여기서 안 자고?" 백종두의 얼굴은 난감하게 변하더니, "내가 뭐 실수한 건 없나?" 하며 쩝쩝 입맛을 다셨다.

"네, 아무 실수도 안 하셨어요."

기생은 잔잔하게 웃음지으며 흘러내린 몇 올의 머리카락을 쓸어 넘겼다.

"내가 여기서 자고 간다니까 쓰지무라 상이 뭐라고 안 했어?"

"네, 그냥 잘 모시라고만 하셨어요."

기생은 앳된 얼굴을 숙이며 말했다.

백종두는 그때서야 긴 숨을 내쉬었다. 그리고 앞에 앉은 속옷 바람의 기생이 눈에 들어왔다. 제법 생긴 동그스름한 얼굴이 가슴을 꿈틀하게 만들었다.

"그래 나를 잘 모셨느냐?"

백종두는 기생의 손을 덥석 잡았다. 전부터 마음먹어 왔던 밥상이 차려져 있는데 그냥 물릴 수는 없는 일이었다. 일단 불안이 가신 그의 가슴에서는 색정이 거침없이 피어나고 있었다.

"아이 참……."

나어린 기생은 맑은 눈동자를 굴려 눈흘김을 하며 몸을 꼬았다.

그 눈짓이며 몸놀림에서 교태가 지르르 흘렀다. 그의 새벽음기는 불길로 변하면서 숙취가 남긴 머리아픔이나 속거북함을 금방 태워 버렸다.

"이리 와, 어서 이리 와……."

목소리만큼 다급하게 그의 손이 기생의 속옷을 벗기고 있었다. 기생은 쓰지무라의 명령을 따르듯 옷을 쉽게 벗기도록 몸짓을 짓고 있었다.

탄력 좋고 티 없이 깨끔한 여자의 알몸이 드러났다. 여자는 부끄러움으로 몸을 조그맣게 오그렸다. 무릎을 세워 팔로 감싼 그 사이로 젖가슴이 살며시 드러났다. 젖가슴의 싱싱한 탄력을 느끼자 그의 욕정은 거센 불길로 변했다. 그는 속옷을 벗어던지고 작게 웅크린 여자의 몸을 끌어안았다. 나어린 몸이라서 그런지 살내음이 짙고도 상큼했다. 그는 물건에 기운이 뻗치는 것을 느꼈다. 그의 뜨거운 손길에 여자의 몸은 요 위로 허물어졌다.

"왜년덜 그것언 전부가 밑으로 처졌다고 헙디다."

여자의 몸을 덮치는 순간 그의 머리를 친 소리였다. 그리고 옥향이의 알몸이 눈앞을 가렸다.

그는 멈칫했다. 참말로 요것이 그럴랑가? 불쑥 솟긴 의문이었다. 그리고 백 뭐하고 하면 3년 재수 없고, 밑 뭐하고 하면 5년 재수 없다는 말이 떠올랐다.

그는 맥이 빠지는 것을 느꼈다. 그리고 볼 것도 없이 그의 물건도 풀죽어 들었다. 그는 푹 한숨을 내쉬었다.

"왜 그러세요? 제가 맘에 안 드세요?"

어느새 눈을 빠끔하게 뜬 여자가 올려다보고 있었다.

"아니야, 술이 덜 깨서 그래."

그는 퉁명스럽게 말하며 몸을 기울였다. 그러면서 조선말로 내뱉었다.

"허, 옥향이 그년이 산 귀신이시!"

백종두는 하루종일 께적지근하고 찜찜한 마음으로 보냈다. 싱싱한 꽃을 보고 덤벼들었다가 꺾지 못하고 물러선 것은 최초의 일이었던 것이다. 꽃줄기에 가시가 돋친 것도 아니었다. 이불깃으로 몸을 감싸며 짓던 기생의 그 야릇한 웃음이 뇌리에서 지워지지 않았다. 정신없이 벗어던졌던 옷을 꿰입으려다가 왈칵 느낀 것은 모독감이고, 열패감이었다. 남자로서의 체면이 박살나 버리는 그 감정은 견딜 수가 없었다. 여자를 다루는 솜씨는 어느 누구한테도 지지 않을 자신을 가지고 있었다. 그 솜씨라는 건 입으로, 돈으로, 권세로 여자를 홀리는 것을 말하는 것이 아니었다. 그따위 것들은 다 제쳐두고 잠자리에서 정력으로 여자를 제압하는 것을 말하는 것이었다. 지금까지 상대해 온 여자치고 그 누구든 꼴딱 숨넘어가게 만들지 못한 여자라고는 없었다. 성감이 좀 예민한 여자라면 연거푸 서너 차례씩 그 숨 자지러지는 고개로 발딱발딱 넘겨주는 위력을 과시했던 것이다. 그런데 하필이면 일본기생 앞에서 망신을 당하고 말았던 것이다. 창피하고 또 창피한 일이 아닐 수 없었다. 시간이 지나도 씻겨 내려가지 않는 그 감정의 찌꺼기는 떨떠름하기도 하고 텁텁하기도 한 것이 영 지랄 같았던 것이다.

그런 기분에 합해지는 또 하나의 무거운 생각이 있었다. 그 결정은 과연 잘한 것인가 하는 심적인 부담이었다. 정치가 그 꼴이 되면 나라가 망하는 건데 내가 그래서 되는 것인가 하는 생각이 마음을 무겁게 했다. 어젯밤에는 전혀 생각하지 않았던 문제였다. 밤생각과 낮생각의 차이였다. 밤에는 느끼지 못했던 나라라는 것이 낮이 되자 눈앞으로 다가들었던 것이다. 자신은 나라의 녹을 먹고 살아온 명색이 관리였다. 그것이 관리로서 할 만한 일인가. 내가 잘못 생각한 게 아닌가. 그런데 한양의 대감이란 사람들은 뭔가. 상감은 또 무얼 하는가. 고문 초빙은 다 그 사람들이 결정한 것 아닌가. 그 높으신 양반들이 그런 결정을 내렸는데 나 같은 말직이 그렇게 나선다고 무슨 죄가 되겠는가. 말직이야 하늘 같은 상감이나 대감들이 결정한 대로 따라가는 것 아닌가. 그래도…… 너무 서둘러 앞으로 나서는 것 아닌가. 아니지, 기왕 나설 판이면 먼저 숟가락을 들어야 한 술이라도 더 뜨고, 먼저 말뚝을 박아야 한 평이라도 더 넓게 터를 잡지. 그런데 상감이고 대감들은 어쩌자고 그런 막가는 결정을 내린 것일까. 일본놈들의 힘이 그렇게도 센 것인가. 청국이고 아라사고 일본에게 지고 있는 판이기는 하지만, 상감과 대신들은 앞으로 어쩔 셈인가. 이제는 청국이 아닌 일본을 섬겨 신하 노릇을 할 것인가…….

그는 이런저런 생각들을 엎었다 뒤집었다 하며 지루한 오후를 보내고 있었다. 그런데 쓰지무라한테 연락이 왔다. 저녁때 만나자는 것이었다. 모든 걸 비밀에 부치기로 했기 때문에 이쪽에서도 용건을 묻지 않았고 그쪽에서도 아무 내색이 없었다.

"백상, 백상이 회장직을 맡아준 기념으로 내가 선물을 하나 드려야겠소. 자아, 이것 받으시오. 거류지 내의 일급지 땅문서요."

쓰지무라가 봉투를 불쑥 내밀었다.

"아니⋯⋯!"

백종두는 너무 놀라 입을 헤벌린 채 상대방을 멍청하게 바라보고 있었다. 그가 목을 맸던 소원이 너무나 뜻밖에 이루어진 것이었다. 공매 낙찰도 아니었고 송두리째 공짜로 굴러 들어온 것이었다. 그는 정신이 하나도 없었다.

"아 어서 받으시오."

쓰지무라가 만족스럽게 웃으며 봉투를 더 내밀었다.

"가, 감사합니다. 이 과분한 선물을⋯⋯ 천천히 주시잖고⋯⋯."

봉투를 받는 그의 손도, 인사를 하는 목소리도 떨리고 있었다.

"어허허허⋯⋯ 기왕 드릴 선물 하루라도 빠른 게 좋지 않습니까. 앞으로 잘 좀 해주시오."

"아 예, 여부가 있겠습니까."

두 팔로 봉투를 끌어안은 백종두는 갓 쓴 머리를 깊이 숙였다. 하루종일 묵지근했던 그의 마음은 가뿐하고 말끔해지고 있었다.

"백상, 회장을 하자면 그 갓부터 벗어던져야 합니다."

쓰지무라의 느릿한 목소리였다.

"예에? 갓을?"

눈이 휘둥그레진 백종두의 얼굴에서 웃음이 싹 가셨다.

"아하, 뭘 그리 놀라시오. 당신네 상감에서부터 모든 대신들이 전부 상투를 잘라버린 지가 벌써 언젠데 정작 아랫사람들은 지금까지 상투를 틀고 있다니. 그건 엄연히 단발령이라는 국법을 어기고 있는 범법행위란 말이오. 내 말이 틀렸소?"

쓰지무라는 백종두를 노려보듯 쳐다보며 입이 약간 비틀리는 웃음을 짓고 있었다.

"글쎄요, 그게……."

백종두는 대꾸할 마땅한 말을 찾지 못하고 어물거리기만 했다.

"뭐 어렵고 복잡하게 생각할 것 없어요. 이번 기회에 상투를 잘라서 상감 앞에 충신이 되시오. 어허허허……."

쓰지무라는 고개를 뒤로 젖히며 너털웃음을 웃어댔다.

백종두는 봉투를 매만지며 억지웃음을 지어내고 있었다.

"칠문아, 여러 말헐 것 없다. 어여 가서 니 이름 올리고 오니라."

장덕풍이 아들의 어깨를 밀었다.

"근디, 앞질언 앞질이고, 당장 돈벌이가 대륙회사만 헐랑게라?"

장칠문이 사탕을 우물거리며 아버지를 옆눈길로 힐끗 보았다.

"아이고, 일본사람덜이 맨입으로 무신 일 시키는 것 봤냐. 그 경우 바른 사람덜이. 허고, 만일에 손에 잽히는 돈이 당장에는 잠 작다고 허드라도 그것이 무신 걱정이냐. 앞으로 살 날이 구만 리 겉은 나이에 앞질 훤헌 쪽으로 붙어야제. 안 그려?"

장덕풍의 말은 꽤나 정겹고 은근했다.

"나럴 높은 자리 하나 시켜주는 것언 틀림없는게라?"

장칠문은 아버지에게로 고개를 돌렸다.

"고것이야 이 애비만 딱 믿어."

장덕풍은 자신 있게 말했다.

"그것만 확실허면 이름얼 올리겄소."

"이, 나가는 질로 그리혀라. 허고 말이여, 니 나이또래 아그덜도 얼렁얼렁 모아디래라. 일이 급허다."

장덕풍은 새로운 말을 내놓았다.

"딴 놈덜 존 일 시켜줄라고라?"

장칠문의 목소리가 꼬이며 눈째가 고약해졌다.

"아이고 이놈아, 무신 앞 맥힌 소리여. 몸뗑이 없고 꼬랑지 없는 대가리 봤냐. 니가 웃자리에 앉자면 아랫것덜이 있어얄 것 아니여. 일본말로 거 머시냐, 거, 거, 안 있냐……."

장덕풍은 답답해서 자기 머리를 툭툭 쳤다.

"꼬붕 말이다요?"

"이 맞어, 꼬붕! 그렇게 말이여, 니가 꼬붕얼 삼어야 쓴게 아그덜얼 모아디려도 니보담 나이 많고 완력이 씨거나 머리 잘 돌아가는 놈언 꼭 피해야 혀."

장덕풍이 정색을 하고 말했다.

"그런 것언 말 안 혀도 진작에 다 아요."

장칠문은 픽 코웃음을 쳐버렸다.

"온냐, 온냐, 니 똑똑타. 어여 가서 이름 딱 올려부러라."

장덕풍이 아들의 등을 떠밀었고, 장칠문은 마지못한 듯 몸을 일으켰다. 그러나 속에서는 새로운 희망이 부풀고 있었다. 여태까지 부림만 당해온 신세를 면하고 '꼬붕'들을 거느리게 된다는 것만으로도 가슴 울렁거리는 일이 아닐 수 없었다.

선창이나 나무전, 인력거창 같은 데는 새로운 바람으로 술렁거리고 있었다.

"니 거그 청년횐가 머신가 들었어?"

"아니, 아직 생각 중인디."

"야, 느그덜 거그 들면 무신 이문이 있는지 아냐?"

"금메, 돈도 주고, 주재소허고 가차이도 지내고, 하여튼지 이문이 많다는 것이여."

"거그서 허는 일이 먼디?"

"새로 일어나기 시작허는 군산얼 위해 일헌다고도 허고, 말이 많은디 안직은 잘 몰르겄어."

"딴 젊은 놈덜이 다 들어가고 있다는디 우리 이러고 있다가 자리 다 뺏기는 것 아니겄어?"

"그려, 들라면 얼렁 들어야제."

"일본말얼 헐지 알면 더 쳐준담시로?"

농사일하고는 거리가 멀게 옷들을 말쑥하게 빼입은 젊은것들이 서너 네댓씩 모여 나누는 이야기들이었다. 그들은 선창가를 배돌며 촌사람들을 왈기거나 물건을 빼돌려 술값을 장만하고, 나무전을 어슬렁거리며 텃세를 뜯어내 노름돈을 만들고, 인력거창을 맴돌며 주먹질을 해대 계집질할 돈을 챙기며 건들건들 살아가는 패거리였다. 그렇다고 그들은 완력으로 생계를 삼는 본격적인 주먹패도 못 되었다. 그들은 거의가 집안은 세끼밥 먹고 살 만하면서 신분으로는 양반이 못 되고 공부도 하기 싫은 아전급 집안의 자식들이었다.

9월이 중순으로 접어들고 있었다.

영사관에서 얼마 떨어지지 않은 널찍한 빈터에서 무슨 식이 벌어지고 있었다. 커다란 차일이 쳐진 앞으로는 60여 명 젊은이들이 도열해 있었고, 그 양쪽 옆으로는 수많은 사람들이 모여서 있었다. 그런데 도열한 젊은이들은 단출한 차림에다가 똑같이 밀짚모자를 쓰고 있었다. 밀짚모자 아래로 드러난 짧은 머리칼은 그들이 모두 단발을 했음을 말해 주고 있었다.

"다음은 회장님의 말씀이 있겠습니다."

차일 밑에서 나와 단상 앞에 선 것은 백종두였다. 그의 상투는 간 곳이 없었다.

그건 다름 아닌 일진회 군산지부 발단식이었다.

8

차라리 죽자

해가 기우는가 싶으면 소슬바람이 일었다. 가을이 달음박질쳐
오고 있었다.

감골댁은 지친 걸음으로 사립문을 들어섰다. 머릿수건이며 삼베
적삼에 먼지가 부옇게 앉아 있었다. 하루종일 품팔이 밭일을 한
흔적이었다.

집 안에는 아무 기척이 없었다. 스산한 바람결에 나뭇잎 몇 개가
토방 아래 구르고 있는 집 안은 썰렁하기만 했다. 좁장한 마루를
가운데 두고 방 둘에 부엌 하나가 딸린 그 흔한 초가삼간은 짙은
회색빛 지붕을 인 채 외롭게 가을추위를 타고 있었다.

"대근아아 —."

감골댁은 머릿수건을 벗으며 막내아들을 소리내어 불렀다. 네
아이들 중 그 누구도 얼굴을 내밀지 않았다. 감골댁은 집이 빈 것

을 알면서도 막내아들을 불렀던 것이다. 오래된 습관이었다. 그런데 큰아들 영근이가 집을 떠난 다음부터는 그 소리가 좀더 커지고 진하게 변하게 되었다.

"요것덜이 다 워디로 갔능고."

감골댁은 중얼거리며 머릿수건으로 옷을 털기 시작했다. 먼지가 해거름의 햇살 속으로 뽀얗게 피어올랐다. 감골댁은 먼지 털던 손짓을 문득 멈추었다. 그녀의 눈길은 한곳에 박혀 있었다.

"워쩌끄나, 가을이 코앞으로 닥쳐부렀네!"

한숨과 함께 감골댁의 어깨가 처져내렸다. 그녀는 누렇게 고스러지고 있는 토담 위의 호박잎을 보고 있었다.

절기가 바뀌고 있음은 진작부터 느껴왔던 것이다. 그러나 그 감정이 새삼스럽게 가슴을 치기는 처음이었다.

그런데 감골댁이 가슴 서늘하게 느낀 것은 가을이 아니었다. 가을 뒤에 숨어 있는 겨울이었다. 봄이 그렇듯 가을도 오는 듯 가버리는 계절이었다. 건듯 스쳐가는 짧은 가을 다음에는 긴 겨울이 닥쳐오는 것이다. 겨울은 있는 사람들에게나 살 만한 계절이었지 없는 사람들에게는 몸 춥고 마음 아린 시절일 뿐이었다. 감골댁은 겨우살이 걱정으로 가슴이 내려앉고 있었다.

"영근아……."

감골댁의 입에서 큰아들의 이름이 신음처럼 흘러나오고 있었다. 아들이 떠나버린 다음에 새로 생긴 버릇이었다. 그리울 때도 외로울 때도 답답할 때도 괴로울 때도 감골댁은 무시로 큰아들을 불렀다.

땅뙤기라고는 아예 없는 신세였지만 그래도 큰아들이 집을 지키고 있을 때는 겨울양식을 크게 걱정하지는 않았었다. 큰아들과 둘이서 가을품을 팔아대 겨울 날 준비는 어찌어찌 갖추었던 것이다. 그런데 아들이 없고 보니 혼자 힘으로는 다섯 입에 나날이 풀칠하기에도 허덕거릴 지경이었다. 큰딸 보름이가 품팔이를 나선다고는 했지만 장정 힘에 비하면 새다리 놀리기이니 품삯도 하품 나오는 것이었다. 품삯도 품삯이고 다 큰 처녀가 품팔이를 나서는 것도 못할 일이라서 앞을 막았지만 큰딸은 한사코 듣지 않았다.

감골댁은 먼지 내려앉은 툇마루에 그대로 주저앉았다. 먼지를 훔칠 마음도 없었고 기운도 없었다.

"감골댁, 와 있소?"

머리 희끗희끗한 여자노인네가 사립문을 들어서고 있었다.

"어여 오시게라, 봉산댁."

감골댁이 인사했다. 그러나 그녀는 몸을 일으키는 시늉도 하지 않았고, 얼굴도 반기는 기색이라고는 없이 심드렁할 뿐이었다.

"아그덜언 다 워디 갔소?"

봉산댁이 살피듯이 집 안을 둘러보았다.

"다 어디럴 싸돌아댕기는지……."

감골댁은 마지못한 듯 혼잣말처럼 하며 자리를 권하지도 않았다.

"이, 마침 잘되았소."

봉산댁은 상대방의 표나는 냉대는 아랑곳하지 않고 반색을 하며 마루에 엉덩이를 걸쳤다.

"감골댁, 오늘 아조 존 소식얼 갖고 왔소 이."

봉산댁은 목을 쑥 늘여 과장되게 침을 삼키며 감골댁 옆으로 다가앉았다.

"들으나마나 헌 소리, 또 그 이얘기면 꺼내지도 마시게라."

감골댁은 팔짱을 끼며 몸을 사렸다.

"하이고, 말 들어보도 않고 어찌 이려. 요것이 나 혼자 좋자고 허는 일도 아니겄고, 이 늙은것이 왔다리 갔다리 허는 수고럴 생각히서라도 말 듣기 전에 그리허는 것이 아니시."

마침내 봉산댁의 목소리가 높아졌다. 말도 반말로 놓고 있었다.

"나이 대접 안 헐라는 거이 아니고 그 일언 애시당초 뜻이 없다고 안 헙디여."

감골댁은 팔짱을 풀며 봉산댁에게로 눈길을 돌렸다.

"아이고메 아이고, 물 다 엎질러진다."

"그렇게 살살 걸어, 살살."

두 계집아이가 구김살 없이 떠들며 사립을 들어서다가 멈칫했다.

"엄니, 언제 왔능가!"

물이 반나마 담긴 두레박을 든 작은 계집아이가 반갑게 소리치며 종종걸음을 쳤다. 감골댁의 셋째딸 수국이었다.

"피이!"

물동이를 인 둘째딸 정분이가 봉산댁을 알아보고 내뱉은 소리였다. 그리고 입술을 삐죽거리며 부엌 쪽으로 발길을 돌려버렸다. 땅바닥을 꽉꽉 차지르는 발걸음에 토라진 성미가 묻어나고 있었다. 걸음을 옮길 때마다 물방울들이 동이를 넘쳐나고 있었다.

"하이고, 언제 봐도 딸내미덜 중에서 인물언 니가 질이다. 셋째 딸 값 허니라고 그러냐 어쩌냐. 몇 년 지대로 묵어 처녀로 피면 꽃이 따로 없겄냐. 그 눈에, 그 입에, 꽃이라면 무신 꽃이 되겄다냐. 그려 니 이름 고대로 복시럽고 향내 진헌 수국 아니겄냐. 느그 아부지가 어찌 그리 이름얼 딱 맞게 지었을끄나."

봉산댁이 수국이를 찬찬히 들여다보며 너스레를 떨었다. 수국이는 부끄럼을 타며 배시시 웃었고, 감골댁은 그 말이 좋게만 들리지 않아 막내딸을 슬그머니 끌어당겼다.

"긍게로 나가 헐라는 말언……."

"아이고 어찌 이러요."

감골댁은 봉산댁의 말을 자르며 질색을 했다. 감골댁은 빠르게 부엌 쪽을 눈짓하고 막내딸을 손가락질했다.

"으쩌까? 헐 말언 혀야는디."

봉산댁은 비위짱 두껍게 그냥 돌아갈 눈치가 아니었다.

"안 되겠소. 얼렁 방으로 듭시다."

결국 감골댁이 밀려서 지게문을 열었다.

"참말로, 찔기기도 허요 이."

짚자리가 깔린 방바닥에 앉으며 감골댁이 원망조였다. 짚자리는 그나마 낡아 엮음매듭이 여기저기 닳아 터지고, 크고 작은 보푸라기들이 일어나 있었다.

"하면, 중신애비 찔긴 것이야 삼줄이 못 당허제."

봉산댁이 능청맞게 말을 받았다.

"중신도 헐 중신이 따로 있제."

감골댁은 혀를 차며 눈을 흘겼다.

"아니, 처녀 총각 중신만 중신이가니. 홀애비 중신도 스고, 과부 중신도 스고 혀야 시상이 어울려지고 설클어지고 허는 것이제. 중신애비가 더운밥 찬밥 가래묵어 갖고야 시상이 푸지게 되겄소?"

"아이고 존 일 헌다고, 말 쫌 살살 허랑게라."

감골댁이 밖을 손짓하며 눈살을 찌푸렸다.

"이, 알겄소. 근디 말이요, 김 참봉이 맘을 크게 썼소. 논얼 닷 마지기로 올렸단 말이요, 닷 마지기."

목소리를 낮춘 봉산댁은 감골댁 옆으로 바싹 다가앉으며 손가락 다섯 개를 쫙 펴 보였다.

다섯 마지기! 감골댁은 가슴이 꿈틀하는 것을 느꼈다. 그러나 다음 순간 큰딸 보름이의 얼굴이 쑥 밀려들었다. 감골댁은 속입술을 깨물었다. 시퍼런 처녀를 그럴 수는 없는 일이었다.

"닷 마지기 아니라 열 마지기라도 안 되겄소."

감골댁은 냉정하게 잘랐다. 그건 상대방에게 하는 말인 동시에 스스로에게 하는 말이기도 했다.

"무신 소리여, 시방? 논이 닷 마지기나 되는디도?"

봉산댁은 감골댁의 반응에 놀라는 한편으로 어이없어했다.

"더 여러 말 허덜 마시랑게라. 처녀럴 첩질로 내놓을 수야 없응게."

"허 참, 영판 배불른 흥정이시. 아 처년께 논얼 닷 마지기나 내놓겄다는 것이제 과분디도 그러겄어. 안직도 배가 덜 고푼 모냥이로 구만."

봉산댁이 것지르고 나왔다.

"더 배곯아도 안 되는 일이단 말이오."

감골댁은 고개를 틀어돌렸다.

"꼭 그리될랑가 몰라? 감골댁은 나날이 늙어가제, 새끼덜언 주렁주렁 딸렸제, 기운 쓰는 장정언 없제. 그런 행편에 논 닷 마지기가 뉘 집 개 이름이여? 셋이나 되는 딸에 눈 딱 감고 하나 내놓고 남치기 식구 배불리 살면 좀 좋을 것이여. 그까진 딸자석 하나가 머시가 아깝다고 그래싸. 허고, 보름이도 해 넘기면 열야닭, 꽃으로 치자면 시들기 시작허는 꽃잉게 논 닷 마지기넌 어림없는 소리여."

"아, 시끄럽소. 우리 아덜 돈 벌어오면 싹 다 풀리요."

감골댁은 힘주어 말했다.

"하이고, 헛꿈 꾸덜 말드라고 잉. 한분 떠난 사람언 영영 못 돌아온다는 소문 들어보도 못허고 사는감?"

봉산댁이 힝 콧방귀를 뀌었다.

"아니, 고것이 무신 소리랑게라?"

감골댁이 소스라치게 놀라며 엉덩이를 들었다가 그대로 방아를 찧었다.

"무신 소리기넌, 말 그대로제."

봉산댁이 감골댁을 의아스럽게 쳐다보았다.

"그런 소리 누구헌티 들었소?"

감골댁은 봉산댁을 다잡듯이 물었다. 그 눈빛이 변해 있었다.

"누구헌티 듣기는 누구헌티 들어. 소문이란 것이 본시 대가리 있고 꼬랑댕이 있고 그런 것이간디? 요상허시, 마누래가 딴 배 맞추면 그 집 서방만 그 소문 몰르드라고 감골댁이 똑 그 짝 났네그랴. 귀 막고 사는 것도 아닌 것인디 어째 그 소문이 감골댁 귀만 피해 댕겠을꼬?"

봉산댁은 감골댁을 힐끔힐끔 곁눈질하며 능청스럽게 말하고 있었다.

"시상에나…… 그 무신 얄궂은 소문인고……."

중얼거림과 함께 감골댁의 입에서는 한숨이 흘러나오고 있었다. 감골댁은 몸이 흐물흐물 풀리는 것을 느끼며 그 꿈 생각에 사로잡히고 있었다.

거의 밤마다 꾸는 꿈이었다. 아들은 바다 저쪽에 빠져 허우적거리고 있었다. 어찌 된 영문인지 아들은 생시와는 달리 헤엄을 치지 못하고 물속으로 잠겼다 솟았다 하며 팔을 휘저어대고 있었다. 이쪽에서 사생결단 아들에게로 헤엄을 쳐갔다. 잔잔하던 바닷물이 출렁거리기 시작했다. 더 기를 쓰며 헤엄을 쳤다. 물결은 더욱 거칠어졌다. 파도에 따라 아들의 모습이 지워졌다가 나타났다가 하고 있었다. 아들을 불러대며 물결을 헤쳤다. 그러나 파도는 더 거칠게 솟구치고, 끝내는 아들도 자신도 시퍼런 바닷물에 파묻히고 말고는 했다.

그 흉악한 꿈을 깨고 나면 가슴은 벌떡벌떡 뛰고 있었다. 꿈은 생시하고는 반대라니까…… 하는 생각으로 마음을 다스리려고 했다. 그러나 그 꿈 다음에는 더 잠을 잘 수가 없었다. 세상 그 어디에다 대고 물은들 아들의 소식을 알려줄 데는 없었다. 그 회사를 찾아가 볼까도 생각해 봤었다. 그러나 살갑게 대해줄 사람들이 아니었다. 그 진저리쳐지는 꿈에 시달리면서도 한 가닥 붙들고 있었던 것은 그리 오래지 않아 아들이 돌아오리라는 믿음이었다.

"집 떠난 자석 일이야 돈 벌어갖고 오면 왔는갑다 헐 일이고, 지끔이야 당장 눈앞에 붙은 불보톰 끄는 것이 이치에 맞덜 안컸소. 그냥 기분으로만 뻗질르지 말고 차근허니 생각혀 봇시요. 딸 하나 치워서 좋고, 논 닷 마지기 생겨서 좋고, 이보담 더 존 일이 요새 시상에 어디가 또 있겄소. 논 닷 마지기면 남은 네 입이 배 안 곯고 묵고살고, 두 딸이야 소원대로 총각헌테 시집보낼 수 있덜 않으요. 심청이야 즈그 아부지 한나럴 보고 죽을 길로 나섰는디, 보름이야 네 목심얼 위허는 일이고, 또 죽을 길로 가는 것도 아니덜 않으요. 그저 넘 앞살이라는 것이 쬐깨 맘에 씨이기는 혀도, 어쩌겄소, 땡전 한 닢 없어 시집보낼 처지도 못 되고, 또 어찌혀서 총각헌티 시집간다고 허드라도 쫄쫄이 굶어감서 사느니 부잣집에 들어가서 평생 배불리 묵고 위함 받음서 사는 것이 훨생 낫덜 안컸냔 말이오."

품팔이에서 돌아온 보름이는 부엌 쪽 벽에 몸을 반쯤 숨기고 서서 안방에서 흘러나오는 말을 다 듣고 있었다. 그녀의 곱상한 얼굴은 수심이 차서 핼쑥했고, 두 손은 가늘게 떨리고 있었다.

"몰르겄소, 몰라. 다 듣기 싫은게 인자 가랑게라, 가!"

감골댁의 눈물 머금은 소리였다. 어머니의 그 목소리에 보름이
는 속입술을 깨물었다. 눈물이 목까지 차오르고 있었다. 보름이는
주체할 수 없는 서러움 속에서 아버지를 생각하고 오빠를 불렀다.
그러나 아버지는 딴 세상 사람이었고, 오빠는 그 어딘지 모를 곳에
너무 멀리 있었다.

"이, 날 어둡기 전에 나도 가야 쓰겄소. 김 참봉 어른이 보름이럴
이쁘게 봐서 큰맘 쓰고 논 닷 마지기럴 내놓는지나 아시요. 이쁜
처녀가 한둘인 것도 아니고, 김 참봉 눈이 딴 디로 팔렸다 허는 날
에넌 애걸복걸해도 다 소양없는 일잉게, 보름이허고 의논지게 이애
기혀서 김 참봉 맘 변허기 전에 얼렁 맘 정해야 헐 것이오. 나 가보
겄소."

보름이는 재빨리 몸을 돌려 부엌으로 들어갔다.

"그 늙은이 가능가?"

짚불을 때고 있던 정분이가 언니를 올려다보았다. 보름이는 살
강 쪽으로 돌아서며 고개만 끄덕였다. 동생에게 눈물을 보이지 않
으려는 것이었다.

"저 잡놈에 늙은이, 헐 일도 어진간히 없는갑네. 저런 뻔뻔헌 할
망구럴 지리산 호랭이넌 칵 안 물어가고 멀허고 있는겨. 염병헐 놈
에 늙은이!"

정분이는 부지깽이로 부엌바닥을 내리쳤다.

"아이고, 듣겄다."

보름이가 발을 굴렀다.

밥물이 솥전으로 굴러내리며 피시식거리기 시작했다. 젖빛의 밥물을 받느라고 끼니때마다 수선을 피우곤 하던 정분이는 밥물이 줄줄이 흘러내리는데도 그것을 받을 생각은 하지도 않고 알아들을 수 없는 소리를 투덜거리고 있었다. 밥물은 살결이 고와지는 데 좋다고 해서 정분이는 숟가락을 대고 애써서 받은 밥물을 얼굴에 찍어바르곤 했던 것이다. 정분이는 밥물에만 눈을 돌리고 있는 것이 아니었다. 연상 투덜거리며 부지깽이끝으로 부엌바닥에 봉긋봉긋 솟은 흙군살을 마구 찔러대 부서뜨리고 있었다. 흙이 날이 날마다 발에 자근자근 밟혀 다져지면서 결에 따라 자연스럽게 생겨난 흙군살들은 그 도드라진 모습이 갓 솟기기 시작하는 젖망울처럼 예쁜 생김이었다. 그것이 많이 솟으면 솟을수록 부자로 살게 된다는 말이 전해지고 있었다. 정분이는 그 말을 믿어 언제나 크고 작은 흙군살들을 밟기 즐거워했고, 어느 때는 어서어서 더 많이 생기라고 소리내어 말하기도 했었다.

보름이는 눈물 흔적을 지우며 밥상을 서둘러 차리고 있었다. 점심을 건너뛰는 생활에서 배가 고프지 않은 사람은 아무도 없었다. 특히 막내 대근이는 언제나 배가 고파 게걸거렸다. 조금 전에도 마당에 들어서기가 바쁘게 부엌문부터 먼저 열어보았던 것이다. 밥을 하나 안 하나 살피는 것이었다.

다섯 식구가 밥상에 둘러앉았다. 보리밥에 풋김치와 간장 한 종지가 전부였다. 그러나 아무도 반찬투정을 하지 않고 숟가락들을 들었다. 밥을 제일 먼저 떠넣은 것은 역시 막내 대근이었다. 그 다음이 수국이었다.

보름이는 밥상을 들여오면서부터 어머니를 바로 보지 못했다. 마치 자신이 무슨 잘못을 저지른 것만 같았던 것이다. 그리고 어머니의 마음을 헤아려 동생 정분이에게 그 말을 꺼내지 못하도록 단단히 일렀던 것이다.

감골댁은 감골댁대로 큰딸 보름이의 눈길을 피하고 있었다. 시집갈 나이가 다 차도록 배곯키고 헐벗겨 키웠을 뿐인데 제짝을 찾아주지 못하고 그런 흉한 말이 오가고 있으니 가슴에 피가 맺힐 일이었다. 밥이라는 것을 제 입으로 씹어넘기게 되면서부터 이제까지 정말로 쌀 한 말을 제대로 먹였을지 말지 한데 작년 봄에 꽃을 보게 해주었을 때 그 얼마나 고맙고 대견했던가. 동백꽃잎처럼 붉던 핏방울을 보고 사무쳐오던 설움은 어찌 그리 진하고 매웠던가.

기어이 눈물을 떨구며 저세상의 남편에게 했던 약속이 실한 짝을 제대로 찾아주겠노라는 것이었다. 그때만 해도 큰아들이 옆을 지키고 있었던 것이다. 그 돈 2원만 탈 없이 받아냈더라도 맘놓고 중매쟁이를 놓았을 것을……. 감골댁은 또 부질없는 생각에 사로잡혔다. 그러나 곧 그 생각을 털어내며 밥숟가락을 입으로 밀어넣었다. 숟가락을 놀리지 않는 것도 보름이의 마음을 불편하게 하는 것이라 싶었던 것이다. 감골댁은 밥을 씹었다. 그러나 이빨에 씹히는 건 모래였고 눈물이었다.

"누나, 나 물."

대근이가 숟가락을 놓으며 보름이를 쳐다보았다. 그리고 그 눈길은 어머니의 밥그릇을 힐끔 스치고 지나갔다.

"아니여, 나가 떠올라네."

보름이보다 빠르게 정분이가 몸을 일으켜세웠다.

"히! 작은누나가 나 말얼 다 들어주네."

대근이가 정분이를 올려다보며 장난스럽게 웃었다. 정분이가 알밤 먹이는 시늉을 하며 눈을 흘겼다.

"아나 대근아, 더 묵어라."

감골댁이 밥을 떠서 막내의 그릇에 옮겼다. 그런데 한 번으로 끝나지 않았다. 숟가락에 가득가득 퍼서 세 번이나 덜어주었다. 그렇게 되니 대근이의 그릇에는 밥이 반나마 차올랐다. 대근이의 입이 그만 헤벌어졌다. 눈길을 떨군 보름이는 그런 것을 다 살피고 있었다. 밥을 그렇게 많이 덜어주는 어머니의 마음이 쓰리게 느껴져 왔다. 어머니는 입맛을 잃어 그러는 것만이 아니었다. 신세를 한탄하고, 오빠를 생각하고, 그러다 보니 아들인 막내에게 마음이 쏟아지고 있는 것이 분명했다.

막내는 눈치 없이 숟가락을 집어들었다.

"대근아, 기둘려."

보름이는 대근이의 밥그릇을 집어들었다. 그리고 반을 어머니의 그릇에 덜었다. 그런 다음 자신의 밥을 한 숟가락 떠서 대근이의 그릇에 담았다.

"어째 이러냐."

감골댁의 말이었다.

"그리 안 잡수먼 병난단게라."

여전히 눈길을 떨군 보름이의 말이었다. 감골댁은 더는 말이 없었다.

"엄니, 나도 핵교 댕기고 잡은디."

입에 밥을 가득 담은 채 대근이가 뚱하게 내놓은 말이었다.

"핵교? 그려……."

막내를 쳐다보았다가 도로 눈길을 떨구는 감골댁의 입에서는 한숨이 새어나오고 있었다.

"뜬금없이 핵교넌 무신 놈에 핵교여."

숭늉을 떠가지고 들어오던 정분이가 어이없다는 듯 퉁을 놓았다.

"핵교 안 댕기먼 장헌 사람 못 된다는디. 나도 핵교 댕겨 후제 장헌 사람 되고 잡단 말이여."

대근이의 또렷한 말이었다.

"그려, 그려. 어여 밥이나 묵어."

감골댁의 목이 잠겨들고 있었다.

벽의 말코지에 걸린 쇠고리에서는 가느다란 관솔불이 타고 있었다. 관솔불은 긴 그을음을 피워올리는 것에 비해 그 불빛은 미약했다. 불빛 언저리만을 피해 선 어둠에 포위당해 있는 형국이었다. 벽지라고는 붙어 있지 않은 흙벽에는 오래된 그을음이 검게 끼여 있었다.

방바닥에 짚자리를 엮어 깔고, 벽에 벽지를 붙이지 못하는 살림살이에는 관솔불은 으레껏 제격이었다. 촛불은 아예 엄두를 낼 수가 없었고, 일본사람들이 몰려들기 시작하면서 흔해진 석유라는 것도 넘볼 수가 없었으며, 그렇다고 참기름이나 동백기름에 손을 댈 수도 없었다. 한 방울이라도 목에 넘길 참기름이 급한 판에 태워없앨 수 없는 노릇이었고, 명절 때 찍어바르는 것도 조심스러운 동백기름에 아무나 불 댕길 심지를 담그지 못했다.

그래서 대부분의 농가에서는 관솔개비에 불을 댕겼다. 그러나 큰 산이 먼 들녘이라서 관솔도 흔한 물건이 아니었다. 아무리 밝은 눈으로도 바느질을 할 수 없도록 흐린 관솔불마저 맘놓고 댕겨놓을 수는 없었다.

관솔불빛 옆에 보름이는 오두마니 앉아 있었다. 한쪽이 그늘진 얼굴에는 무거운 수심이 가득했다.

"나가 언니맨치 이쁘지 못헌 것이 한이시."

손을 닦으며 정분이가 불쑥 내놓은 소리였다.

방구석 어둠에 하염없는 눈길을 보내고 있던 보름이는 눈길을 거둬 동생 정분이를 물끄러미 바라보았다.

"그리됐으면 그 영감탱이가 나럴 좋아혔을랑가 모를 일 아니여."

정분이가 잇댄 말이었다.

"무신 소리여!"

낮지만 힘이 들어간 보름이의 말이었다.

"그 할망구보고 나가 어쩌겠냐고 나서보면 안 될랑가."

"니 미쳤냐!"

보름이가 소스라치며 동생의 팔을 붙들었다. 그 손이 떨리고 있었다.

"언니넌 안 돼야, 맘이 온순허기만 허고 대가 약혀서 안 돼야. 나야 언니허고넌 달르제."

놀란 언니를 아랑곳하지 않고 정분이가 차분하게 한 말이었다.

"그 무신 숭헌 소리냐, 니 나이가 멫 살이나 됐다고."

보름이는 울먹였다.

"나도 인자 다 큰 처녀여."

꽃도 아직 안 비친 열네 살짜리 정분이의 철든 것 같은 말이었다.

"안 되겄다, 얼렁 자그라."

보름이는 관솔불을 훅 불어 껐다.

어둠 짙은 방에 적막이 밀려들었다. 보름이는 벽에 등을 기대고 눈을 감았다. 정분이는 더는 말이 없었다.

보름이는 소리 없이 울고 있었다. 울지 않으려고 아무리 애를 써도 소용이 없었다. 서러움이 가슴을 넘쳐나 그대로 눈물이 되고 있었다.

그 노인네의 말이 생생하게 다시 들리고 있었다. 심청이…… 논 다섯 마지기…… 어머니와 세 동생…… 자신이 마음을 작정하기만 하면…… 그러나 늙은 김 참봉…… 김 참봉의 아내…… 온갖 구박과 눈치와…… 사람들을 바로 볼 수 없는 부끄러움…… 허지만 어머니는 자꾸만 늙어가고 동생들은 커가고…… 가난은 갈수록 심해지고…… 그걸 면하자면 결국…… 첩살이…… 온몸이 오그라붙었다.

동생 정분이는 언제부턴가 가르릉 가르릉 가늘게 코를 골고 있었다.

논 닷 마지기를 받고 차라리 심청이처럼 죽을 수가 있다면…… 논 닷 마지기, 네 식구가 배곯는 것은 면할 수 있었다. 아니, 막내동생의 소원도 풀어줄 수 있을 것이었다. 정분이가 그리 강단지게 마음을 먹는데…… 나는, 나는 언니가 아닌가…….

보름이는 자리에 누웠다. 그러나 잠은 오지 않았다. 가을벌레의 울음소리가 서러운 가락으로 가슴을 후벼파고 들었다.

몸을 뒤척이고 또 뒤척였다.

우리는 어찌 이리 가난한가. 아버지가 없기 때문이다. 아버지가 돌아가시고 그 빚으로 오빠까지 떠나게 되어 집은 더 가난하게 되었다. 애초에 아버지가 동학군으로 나섰던 게 탈이었다. 그럼, 그게 잘못된 일이었던가. 그렇지는 않다. 동학군으로 나섰다가 죽은 사람은 아버지만이 아니었다. 너무나 많은 사람들이 죽었다. 그 사람들은 다 장한 일을 하려고 나섰던 장한 사람들이었다. 그렇지만 남은 건 더 심해진 가난뿐이었다. 그때 죽은 사람들의 집안도 다 우리처럼 가난할 것이다. 그 집안들은 어찌 살아가고 있을까. 나 같은 처지에 빠진 처녀들도 더러 있겠지. 세상은 어찌 이러는가…… 내가 첩살이를 하면 오빠가 돌아와 뭐라고 할까…… 어머니를 원망하고 나를 야단칠까…… 그런데 오빠는 언제나 오는 것일까. 첩살이…… 첩살이…….

보름이는 헝클어진 마음으로 밤새껏 몸부림을 쳤다. 새벽닭이 울고 있었다.

감골댁도 뜬눈으로 새우다시피 했다. 온갖 생각들에 시달리며 지샌 밤은 짧았다. 봉창이 밝으면서 감골댁은 한 가지 생각을 굳게 붙들었다. 온 식구가 굶어죽는 한이 있어도 딸을 그런 식으로 팔아먹지는 않겠다는 결심이었다.

그건 어미로서 못할 짓이기에 앞서 남편에게 죄짓는 일이었다. 비록 가난할망정 한평생을 곧게 살려고 했던 남편이 자식 팔아먹는 그 흉한 짓을 용서할 리가 없었던 것이다. 더구나 김 참봉은 남편하고 원수지간이나 마찬가지였다. 남편이 동학군으로 나섰던 것은 김 참봉 같은 사람들을 미워해서였고, 김 참봉은 피란을 했다가 돌아와 하인과 마을사람 하나를 동학군에 내통했다고 하여 덕석말이로 죽였다는 소문이 떠돌고 있었다. 병을 앓고 있던 남편은 김 참봉에게 빚돈을 쓰고 있는 줄 몰랐었고, 김 참봉은 남편이 동학군으로 나섰던 것을 몰랐던 것이다.

또 한 가지는 큰아들을 생각해서 그 짓을 해서는 안 되었다. 그짓을 했다가 큰아들이 돌아오면 무슨 면목으로 대할 것인가. 큰아들도 심지가 굳기는 남편 못지않았던 것이다. 있는 사람들에게 굽히고 사는 것을 속 아파했고, 특히나 동생들에 대한 사랑이 두터웠다.

돈에 팔려 첩살이를 시키느니 함께 배곯으며 처녀로 늙히고 말겠다며 감골댁은 마음을 단단히 도사렸다. 오죽하면 첩살이를 하느니 차라리 기생질이 낫다는 말이 있을 것인가. 딸에게 기생질만도 못한 첩살이를 시켜 창자를 채우느니 차라리 온 식구가 굶어죽는 게 낫다고 작정했다.

감골댁은 어떻게 하면 보름이를 시집보낼 수 있을까 하는 생각으로 하루종일 일이 손에 잡히지 않았다.

"무신 근심 있으신게라?"

지삼출의 아내 무주댁이 조심스럽게 물어왔다.

"아니시, 별일 없네."

감골댁은 그저 고개를 저었다. 서로 마음을 터놓고 사는 사이였지만 무주댁에게도 그 이야기는 하고 싶지 않았다. 감골댁은 그 이야기가 퍼지는 것조차 싫었다.

"아아헌티서 무신 나쁜 소식이라도 왔능게라?"

무주댁은 근심 서린 감골댁의 얼굴을 유심히 살폈다.

"무신 궂은 소식이라도 있으면 좋게? 뱃길 멫만 리라등마 은제나 소식이 올라는지 원. 참, 근디 말이시, 자네 혹여 우리 영근이맨치로 배 탄 사람덜이 영영 못 올 것이란 소문 들었능가?"

감골댁은 불현듯 그 생각이 떠올라 다급하게 물었다.

"그려라? 그런 소문이 있등게라?"

무주댁은 고개를 저었다. 그러나 그녀의 가슴은 뛰고 있었다. 얼마 전에 그런 소문을 얼핏 듣고도 감골댁에게는 숨겨왔던 것이다.

"그놈에 할망구가 헛소리 지절댔구만."

감골댁의 목소리가 차가웠다. 그러나 얼굴에는 웃음이 엷게 번지고 있었다.

무주댁은 누가 그런 소리 하더냐고 묻지 않았다. 혹시 이야기를 더 길게 끌어 감골댁이 의심을 품게 될까 싶어서였다. 아는 게 병이라고 그 소문은 감골댁에게 병이 될 뿐이었다.

"지 서방헌티서넌 아무 소식이 없제?"

감골댁은 무주댁을 대할 때마다 묻는 말을 또 물었다. 죄스러운 마음을 씻을 길이 없어서였다.

"무소식이 희소식이제라."

무주댁의 대답도 한결같았다.

"나가 큰 죄인이제……."

감골댁의 똑같은 중얼거림이었다.

"근디 요상시런 소문이 퍼졌등마요."

"무신?"

"어떤 철길공사장서 왜놈덜허고 일꾼덜 간에 패쌈이 벌어져 갖고 사람이 죽고 상허고 혔다드랑게라."

무주댁의 시름에 찬 말이었다.

"그려? 거그가 워디랑가?"

놀란 감골댁의 얼굴에서 아까의 근심기가 싹 걷혔다.

"몰르겄구만요."

"가만있어 보소. 왜놈덜허고 패쌈혀서 죽고 상허고 혔으면 고것이 예삿일이 아니시. 그런 큰일언 필시 그 머시냐, 신문이란 것에 적혀 나왔을 것이네. 우리 송 선상얼 찾아가 보도록 허세."

감골댁이 민첩성을 보이고 있었다.

"그리됐을랑게라?"

"어이, 나 말이 얼추 맞을 것이네. 이따가 저녁에 가보도록 허세."

감골댁은 어루만지듯 하는 눈길로 무주댁을 바라보았다.

"고맙구만이라. 아그덜 아베가 원체로 왜놈얼 싫어허는 디다 더러운 꼴언 못 참는 성미라 행여 그 쌈에 앞장스고 나선 것이 아닝가 걱정이 되느만요."

무주댁은 입술에 울음을 물었다.

"아닐 것이네, 아녀. 돼지 아범이 왜놈 싫어허고 마음이 곧아도, 또 진중헌 사람이시. 감추고 사는 처지 생각허고 또 어린 새끼덜 생각혀서 그리 마구잽이로 허지넌 안 혔을 것이네, 아먼, 안 혔제."

감골댁은 무주댁의 어깨를 쓰다듬었다.

'돼지'는 지삼출의 젖먹이 아들의 별명이었다. 돼지처럼 무엇이든 잘 먹고 건강하게 자라라고 젖먹이 아이들에게 흔하게 붙여 부르는 별명이었고, 진짜 이름은 '만복'이었다. 서당 선생이 지어준 이름은 천복이었다. 그런데 지삼출이 하는 말이, "에이, 천복이가 머시여 천복이. 기왕지사 복얼 받으라 허는 이름이면 인심 푹 써서 만복이라고 혀야제. 나가 인심 푹 썼다, 만복이여 만복이" 했던 것이다. 그런데 서당 선생이 지어준 이름은 한자로 '天福'이었지 '千福'이가 아니었던 것이다. 그러나 아버지의 절대권 행사 앞에서 그의 아들은 '만복'이가 되고 말았다.

"허고, 또 한 가지 일이 있구만요."

"말허소."

"혹여 우리 쥔집에서 논얼 처분헐란지도 몰르겄소. 어지께 왜놈이 왔다 갔소."

무주댁이 속삭였다.

"머시여? 그런 눈치가 뵈등가?"

감골댁의 놀란 얼굴이 금방 낭패스럽게 변했다.

"안직 몰르겄구만이라, 어찌 될란지."

"글씨, 그리되면 큰탈이시. 그런 일 없어야 헐 것인디."

감골댁은 거친 손을 맞비볐다. 지삼출이 돌아오기 전에는 그런 변통이 생기지 말아야 했던 것이다. 주인집에서 논을 팔아없애면 무주댁네 생계가 당장 막막해지는 것이었다. 그렇다고 자신이 나설 일도 못 되어 감골댁은 그저 몸이 달 뿐이었다.

"너무 걱정 마시게라. 더 두고 볼 일잉게."

무주댁이 억지웃음을 지었다.

"논덜얼 하도 쉽게 팔고 사고 허는 시상이 되야부렀시니 원."

감골댁의 그늘진 얼굴이 울상이었다.

저녁설거지를 서둘러 끝낸 무주댁은 만복이를 들쳐업고 감골댁 집으로 갔다. 무주댁을 기다리고 있던 감골댁은 곧 집을 나섰다.

"아이고, 발써 가는 가을이시. 돼지 잘 단속허소."

감골댁은 섬뜩 끼쳐오는 찬 기운에 몸을 떨며 무주댁에게 일렀다. 서늘한 밤공기는 삼베옷 속으로 거침없이 파고들었던 것이다.

"야아, 철이 일른가 어찐가 썬들썬들허구만요. 고약시럽게⋯⋯."

무주댁은 만복이를 추슬러 업으며 말꼬리를 흐렸다. 그녀가 삼킨 말은 '객지에 나간 사람이 있는디'였다. 그 말이 감골댁 마음에 짐으로 얹힐까 봐 얼른 삼켜버린 것이다.

송 선생은 집에 있었다.

"어두운디 어쩐 걸음이시오. 어서 들어오시오."

송 선생은 그들을 스스럼없이 맞이했다. 그들이 '선생'이라고 불렀지만 그의 웃음 띤 얼굴은 스물대여섯 살밖에 안 되어 보였다. 한복 차림인 그는 상투머리가 아니었다.

감골댁과 무주댁은 주저하며 방문을 넘어섰다. 장판에 벽지가 붙은 방 안은 말끔했다. 대나무 모양으로 깎은 촛대 위에서 촛불이 방 안을 밝히고 있었다. 아랫목 구석에 사방탁자가 학다리처럼 가늘고 긴 네 개의 기둥으로 균형을 잡으며 서 있었고, 그 옆에는 아무런 치장을 하지 않아 담담하게 보이는 문갑이 한 짝 놓여 있었다. 아랫목에는 방석 하나와 책 몇 권이 놓인 작은 책상이 자리 잡고 있었다. 윗목 벽에는 서너 개의 말코지에 옷가지가 나란히 걸려 있었다. 간소하고 조촐한 방 안의 차림이었다. 그러나 그 세간들에는 대물림한 세월의 숨결이 흐르고 있었다.

감골댁과 무주댁은 허리를 반쯤 구부려 옆걸음질을 치고 있었다. 짚신을 꿰었던 자신들의 깨끗하지 못한 맨발을 치마 속에 감추려는 것이었다.

"편히들 앉으시오."

송 선생이 자리를 잡으며 그들에게 자리를 권했다.

"저어…… 이리 찾아뵌 것언 다른 것이 아니고라, 저어…… 어떤 철길공사판서 왜놈덜허고 일꾼덜허고 패쌈이 벌어져 사람이 죽고 상허고 혔다는 소문인디, 혹여 거그가 우리 지 서방 있는 디가 아닌지……. 선상님이 거그가 어딘지 아시는지 싶어 요리……."

감골댁이 어렵게 말을 해나갔다.

"아아, 그 사건 말이구만요."

"워메, 알고 기신게라?"

무주댁이 불쑥 말을 내놓았다.

"예, 걱정하실 것 없구만요. 그것은 철도공사장에서 일어난 패쌈이 아니고 저어 한양 근방하고 그 위쪽에서 일어난 일인게요."

송 선생이 부드럽게 웃었다.

"그 머시냐, 신문이란 것에 그리 적혔는게라우?"

감골댁은 좀더 확실하게 알고자 했다.

"아 예, 신문에 그리 났구만요. 어디 봅시다, 그 신문이 저기 있겠지요."

송 선생은 자리에서 일어나 춘하추동을 그린 산수화가 붙은 벽장문을 옆으로 밀었다. 그는 신문뭉치를 들고 돌아섰다.

"예, 바로 여기 있구만요. 그러니까 이것이 두 가지 사건이군요. 걱정이 되시는 모양이니 내가 이얘기를 해드리지요."

송 선생은 촛대를 끌어다가 신문을 다시 살피기 시작했다.

감골댁과 무주댁은 서로 마주 보며 안도하는 얼굴이 되었다. 감골댁은 무주댁의 등에 엎드려 잠들어 있는 만복이의 머리를 쓰다듬었다.

"자아, 이얘길 들어보시오. 첫 번째 사건은 경기도 시흥에서 벌어진 것으로, 그 이민이라는 것 때문에 일어난 분란이구만요. 사연인즉, 왜놈들이 이민자를 모으는데 관청에서 중간에 끼어들어 행악질을 했어요. 어찌 행악질을 했는고 하니, 관청이 백성과 왜놈들 중간에 서서 왜놈들이 원하는 이민자들을 강제로 뽑아냈고, 왜놈들이 이민 떠나는 사람들에게 주는 20원씩을 가로챘드라 그것이구만요. 거그다가 또 이민자가 생긴 동네마다 이민자 위로금이라 해서 백성들한테 돈을 거둬들여서는 그 돈까지 다 관에서 먹어버렸구만요. 그래 그것을 알게 된 사람들이 들고일어나게 되었어요. 한쪽에서 일어나게 되니까 여기저기서 백성들이 따라서 일어나 사람수가 수천 명으로 불어나고 말았구만요. 그 많은 사람들이 한덩어리가 되어 군청으로 몰려간 거지요. 그리헌데 군수는 마침 한양에 가고 없었고, 군청에는 서기 등속만 있었어요. 그 난리가 일어난 소식을 전해 듣고 군수가 한양에서 부랴부랴 내려오기는 왔는데, 군수는 그 문제를 순리로 해결지은 것이 아니라 외려 왜놈군대를 끌어다가 사람들을 강제로 해산시키려고 들었다 그것이구만요. 형편이 그리되니 분통이 터진 백성들이 왜놈군대를 치받고 군청으로 쳐들어가고, 싸움판이 벌어졌지요. 결국 군수와 왜놈 두 놈이 백성들 손에 맞아죽었어요."

송 선생의 자상한 이야기였다.

"또 한바탕 갑오난리가 일어났네."

무심결에 말을 해놓고 감골댁은 그만 찔끔해져 송 선생을 후딱 쳐다보았다.

"그리된 셈이지요."

송 선생은 빙그레 웃으며 고개를 끄덕였다. 그의 단정한 얼굴에 괴로운 빛이 스치고 지나갔다.

"그 담 이얘기넌 머신게라?"

무주댁이 주저하며 물었다.

"아 예, 또 하나 사건은 저 위에 평안도 곡산에서 벌어진 것으로, 왜놈들하고 조선사람들 사이에서 터진 싸움이구만요. 그 싸움이 어찌 된 것인고 허니, 왜놈들이 철도라는 것을 놓는데, 한양하고 부산 사이를 잇대는 경부선 철도만 놓는 것이 아니고 한양에서 시작해서 저 위쪽인 압록강가의 신의주라는 곳까지 잇는 경의선 철도도 놓고 있지요. 우리한테 소문이 많이 난 것은 경부선 철도고, 왜놈들은 북쪽에다 경의선 철도도 놓아, 이 땅을 우리 몸으로 치자면 머리끝에서 발끝까지 한 일 자로 잇자는 생각이구만요. 그 경의선 철도공사에서도 일손이 모자라니까 왜놈들은 우리 조선사람들을 강제로 끌어다가 일을 시키게 됐어요. 사람들을 끝없이 강제로 끌어가니 참다 못한 사람들이 들고일어나게 되었지요. 한 곳에서 일어나니까 동네마다 사람들이 따라서 일어나게 되었구만요. 그 싸움에서도 백성들 수천 명이 한덩어리가 되어 힘을 뭉쳐 나섰는데, 왜놈들 일곱에, 앞잽이로 나선 조선놈 하나가 맞아죽었다고 되어 있어요."

송 선생은 들고 있던 신문을 한쪽으로 치웠다. 그것은《황성신문》이었다.

"선상님, 고맙구만이라우."

감골댁이 머리를 조아렸다. 무주댁도 따라서 고개를 깊이 숙였다.

"근디 저어…… 핵교넌 인자 안 여시는게라?"

감골댁이 조심스럽게 물었다.

"글씨요…… 나라에서 사사로이 학교를 못 열게 허고, 법대로 맞추자니 우리 집 재산이 보잘것이 없고…… 형편이 그리되어 있구만요."

송 선생은 곤혹스러운 얼굴이 되었다.

막내 대근이가 학교를 다닐 수 있는 가망이 영 없어지는 것 같아 감골댁은 한숨을 입에 물었다.

감골댁과 무주댁은 방을 나오면서도 맨발이 보이지 않도록 조심했다.

"참말로, 송 선상님언 은제 봐도 지대로 된 양반이요 이. 나이도 젊은디."

"하면, 드물고 귀헌 진짜배기 양반이제."

"저런 양반만 있음사 시상이 요리 꽉꽉허덜 않을 것인디라."

"그라제. 사람 차등얼 허나, 유식헌 티럴 내나, 저런 양반이 재산이 많혀 핵교럴 새로 세와야 허는 것인디."

"맘씨가 그리 고우니 큰 재산얼 지닐 수가 있겄소. 문중서도 실없이 산다고 욕묵는다드만이라."

"그럴 것이네. 그려도 저 양반이 질로 알찌게 사는 것이네. 사람덜한테 인심 얻고 떠받들림서 사는 것인게로."

감골댁은 송 선생이 다시 학교를 열 수 없게 된 아쉬움을 쉽게 지울 수가 없었다. 또, 어째서 사사롭게는 학교를 못하게 막는지, 나라법이라는 것이 원망스럽기만 했다. 송 선생이 그대로 학교를 계속했더라면 대근이는 돈 없이도 신식공부를 할 수 있었을 것이다. 송 선생은 사랑채를 다 비우고 학교를 차려 공짜로 아이들을 가르쳤던 것이다. 그런데 2년이 다 못 되어 억지로 문을 닫아야 했다. 대근이는 그 학교에 신바람 나게 다니다가 정처를 잃게 되었다. 서너 달째 갈 곳이 없어진 대근이는 놀기도 지쳤는지 걸핏하면 학교에 보내달라고 졸라댔다. 10리 밖 김제에 버젓한 학교가 세워진 것을 알지만 돈 한푼 없는 처지로서는 그림의 떡일 뿐이었다.

"질래 공부 못 시킬 처지였음사 애초에 핵교에 발걸음얼 못허게 혔어야는디. 입맛만 베래놨으니⋯⋯."

감골댁은 혼잣말을 하며 혀를 찼다.

"대근이 말이다요?"

"그렇구마. 새끼가 핵교 보내도라고 시시때때로 졸라대는디, 빚쟁이헌티 졸리는 것보담도 더 심든단 말이시. 짠혀서⋯⋯."

감골댁이 한숨을 푹 내쉬었다.

"고것이야 가심 찢어질 일이제라. 시상언 참 너무 공평허덜 못혀요."

무주댁도 한숨을 쉬었다.

"이놈에 시상 공평허지 않은 것이야 어디 하로이틀 된 일이드랑가."

"그려도 혀도 너무허는구만이라. 요 넓디나 넓은 벌판에 깔린 것이 논인디, 있는 사람언 수백 수천 마지기썩 갖고 배가 터지고, 없는 사람언 한 뙈기도 없이 배럴 탈탈 곯으니, 요것이 어디 사람 사는 시상이겄소. 시집오기 전에넌 무주 산골짝서 사니라고 요런 놈에 시상이 있는지도 몰랐는디, 들판으로 시집오고 보니 요런 숭헌 시상이 있드랑게요. 참 사람 못살 시상이제라."

무주댁은 어둠의 힘을 빌려 속에 든 말을 털어내고 있었다.

그러나 무주댁은 지삼출을 따라나선 것까지 후회하지는 않았다. 총각 지삼출은 왜놈들 총에 쫓겨 산을 타고 다니며 싸우는 신세로 몇 차례인가 밥을 얻어먹고 갔었다. 그런데 어느 날인가는 불쑥 나타나서 엉뚱한 소리를 내놓았던 것이다. 당신네 딸한테 장가들게 해달라는 것이었다. 그 말을 듣고 나서 아버지가 자신을 따로 불러앉히고 한 말은 짧은 한마디였다. 사람 하나 쓸 만하다는 것이었다. 어글어글하게 생긴 그 총각의 느닷없는 말에도 놀랐지만 아버지의 말에는 더 놀라지 않을 수 없었다. 아버지의 그 한마디는 '혼사를 하라'는 말이나 다름없었는데, 아버지는 그 총각이 동학당이라는 것을 다 알고 있으면서도 그렇게 마음을 정한 것이었다. 아버지가 속으로 동학당을 좋게 생각하고 있다는 것을 그때서야 알아차리게 되었다. 전에 밥을 먹여 보내고 할 때는 그저 인정상 그러는 것인 줄만 알았던 것이다. 그러고 나서 아버지는 한마디를 더 보탰다. 처자 밥 굶길 놈은 아니다. 남자가 곰보나 언청이가 아닌 이상 그 말 앞에서는 다른 말이 더 필요하지 않았다. 무엇보다도 다행인 것은 그 총각의 생김에 별달리 흠잡을 데가 없었고, 심성도

무던하고 인정이 있어 보였던 것이다. 먹고사는 어려움이 무엇인지도 모르고 그저 사내다움에 끌려 마음을 정하고 말았다. 그런데 들판을 찾아나와 보니 땅 없는 고생과 설움이 겹쳐서 몰려오기 시작했던 것이다.

감골댁도 어둠을 믿어 무주댁의 그 입바른 듯한 말을 탓하지 않았다. 사람이라는 것이 제아무리 속 깊고 참을성이 있다고 해도 때에 따라 속을 털고 마음을 헹구지 않고서는 살아내기 어렵다는 것을 잘 알고 있었다. 남모르게 퍽퍽 울어대는 것도, 새 보는 척하며 목터져라 소리소리 질러대는 것도 다 그런 까닭이었다.

"무주댁, 그 친정동네에 어디 그닥잖은 신랑감 하나 없을랑가?"

감골댁은 그저 지나치듯 말을 꺼내보았다.

"야아, 보름이가 나이가 다 찼제라 이."

무주댁은 발 잘 맞춰 널뛰기하듯 제때 화답을 해왔다.

"그렁마. 헌디, 우리가 땡전 한 닢 없이 암것도 갖춘 것이 없으니 어디 중신애비를 놓을 수도 없고, 글타고 처녀귀신 맨글 수도 없고, 요리 답답헐 수가 없단 말이시. 어찌 밥이나 안 굶고 살 자리만 있으면 좋겄는디 이."

"당장 혼례비가 없어서 그렇제 보름이야 신붓감으로 어디가 모지랜 디가 있소. 인물 잘났제, 행실 발르제, 성정 온순허제, 솜씨 엽렵허제, 빠지는 것이 머시가 있소. 어디 마땅헌 자리가 있능가 알아보도록 허겄구만이라."

"잉, 그래 주소. 불쌍헌 것이 지 하나 잘났으면 멀혀. 에미 애비릴 잘못 만났시니……."

감골댁은 또 한숨을 토해내며 고개를 젖혔다. 하늘에 별들이 돋아나고 있었다.

여름별들과 달리 별빛이 맑고 깨끗해져 있었다. 별들이 가을을 품고 있었다.

무정허기도 허시요. 멀허고 있소, 집안 잠 안 돌보고. 보름이 짝이나 잠 점지해 주씨오.

감골댁은 하늘을 우러러보며 남편에게 하소연하고 있었다. 서늘한 바람결에 벌레 우는 소리가 실리고 있었다.

감골댁은 구름 낀 마음으로 이틀을 보냈다. 보름이의 일은 마음을 단단히 작정했으므로 더 마음 무거울 것이 없었지만 대근이의 학교일이 마음에 구름을 일게 했다. 아무리 생각해 보아도 학교에 보낼 길은 없었던 것이다.

딸들이야 까막눈 신세를 면할 수 없다 하더라도 막내 대근이만은 눈을 틔워주고 싶었다. 대근이 제 말대로 장한 사람이 되기를 바라서가 아니었다. 세상은 무섭게 변해가는데 면무식은 해야 사내로서 제 앞감당은 해나갈 수 있으리라 싶어서였다. 그러나 그 작은 욕심마저 채울 길은 막막할 뿐이었다.

그때 나서지만 안 했음사 이리는 안 됐을 것인디……. 또 그 생각이 불쑥 고개를 들었다. 그러나 곧 그 생각을 부러뜨렸다. 그 생각이 죽은 자식 불알 만지기로 부질없어서가 아니었다. 그 생각을 마음에 품는 건 남편의 뜻을 거역하는 것이었다. 시상얼 원망허덜 말어. 나럴 원망허덜 말어. 그 쌈에 나슨 것은 옳은 일이었웅게. 원망허고 미워헐 놈덜언 따로 있어. 우리럴 속인 놈덜이여. 허고, 혼자 당헌 일이라고 생각허덜 말어. 죽어간 사람이 수없이 많은게…… 남편이 눈감기 며칠 전에 숨 헐떡거리며 힘들여 한 말이었다. 남편의 그 말을 가슴 한복판에 심고 살아왔었다. 그러면서도 어려운 고비가 닥칠 때마다 그 후회스런 생각은 불쑥 고개를 치켜들고는 했다.

"그려, 우리럴 속인 놈덜이 못쓸 놈덜이제. 근디 그놈덜언 다 배불르고 떵떵거림서 잘사니…… 빌어묵을 시상이제……."

감골댁은 무슨 주문이라도 외우듯 중얼거리며 고샅을 걸어가고 있었다.

"감골댁, 인자 오요?"

뒤에서 부르는 소리에 감골댁은 그 생각을 덮으며 고개를 돌렸다. 봉산댁이 환하게 웃으며 다가들고 있었다.

"아이고 감골댁, 참 자알 생각혔소. 김 참봉도 너무 좋아라고 허드랑게로."

봉산댁은 곧 춤이라도 출 듯이 몸을 야단스레 놀리며 감골댁의 손을 덥석 잡았다.

"무신 소리 허요, 시방?"

감골댁의 목소리가 쨍 울렸다. 그녀는 순간적으로 무엇이 잘못되었다는 것을 느끼며 봉산댁의 손을 뿌리쳤다.

"아니, 맘 정했다고 혀놓고 어째 이려. 미쳤당가!"

얼굴이 차게 변한 봉산댁이 바락 소리쳤다.

"미친 것언 당신이여. 헛소리허고 있는 당신이 미쳤제 나가 머시가 미쳐!"

감골댁이 맞받아 소리질렀다.

"머시여! 보름이헌티 말 일러보낸 것언 뉘기여, 도깨비여 귀신이여?"

"보름이?"

그때서야 감골댁의 머리가 휘돌았다. 보름이가 일을 저지른 것이었다. 감골댁은 정신이 아뜩해지는 걸 느꼈다.

"감골댁이 딴소리럴 혀도 소양없어. 당자가 맘 정헌 것잉게 끝난 일이여. 김 참봉헌티도 말 전해부렸고."

봉산댁이 말뚝을 박고 들었다.

"머시가 어찌고 어쩌! 내 목얼 쳐도 그 일언 안 돼야!" 감골댁은 부릅뜬 눈으로 봉산댁을 노려보며 이를 갈아붙이듯이 말을 내뱉고는, "내 그년 가쟁이보톰 찢어놓고 말 것이여!"

일부러 딸을 험하게 욕하며 휙 돌아섰다.

"아이고 무셔라. 저 사람 저리 독헌 거 첨 보겄네."

감골댁의 서슬에 기가 질려버린 봉산댁은 고샅을 내닫고 있는 감골댁을 멍하니 바라보며 고개를 설레설레 젓고 있었다.

"엄니, 나 한나 그리 살면 집안이 다 필 것 아니겄소. 심 필 가망이 없는디 언제꺼정 이러고 살겄소. 엄니허고 동상덜이 편히 살아진다면 나 한나 고생언 암시랑토 안허요."

보름이가 느껴울었다.

"미쳤냐, 니 미쳤냐. 새끼 팔아 배 채우는 부모 봤고, 언니 누님 팔아 호식허는 동상덜 니 어디서 봤드냐. 느그 아부지가 저시상서 피럴 토헐 일이고, 느그 오빠가 타국서 환장허고 죽을 일이다. 니가 그리허겄으면 내 목에 칼얼 박고 나서 그리혀라. 우리넌 굶어도 항께 굶고, 죽어도 항께 죽어야 헌다."

감골댁이 눈물 떨구며 결연하게 한 말이었다.

"엄니이―."

보름이가 어머니의 품에 얼굴을 묻었다. 감골댁도 울었다. 정분이가 어머니의 팔을 붙들며 울음을 터뜨렸다. 수국이도 대근이도 어머니를 붙들며 울음을 터뜨렸다. 감골댁은 두 팔을 있는 대로 다 벌려 아이들을 싸안았다.

9

어떤 양반

후여어— 후우여어—.

훠어어 후우여어—.

깨갱깽깽 깽깽깽…….

들녘은 온통 황금빛으로 넘치고 있었다. 여름의 그 짙은 초록빛
은 다 어디로 바래고 끝 간 데 없는 들녘은 정말 금을 녹여 붓기라
도 한 것처럼 황금빛으로 물들어 있었다. 그러나 그 황금빛에는 진
짜 금빛이 품고 있는 현란하면서도 고아하여 거만스럽고 도도해 보
이는 그 이상야릇한 광택은 없었다. 광택이 없는 들녘의 황금빛은
수수하고 친근했으며 푸짐하고 넉넉했다.

하늘은 사람의 목숨줄을 이어가는 알곡의 소중함을 일깨우려고
그런 황금빛 포장을 한 것일까. 아니면, 하늘은 진짜 금이라고는 만
질 기회가 없는 가난한 농부들의 마음을 헤아려 그런 황금빛을 흠

뻑 내리는 것일까. 그렇지 않으면, 여름의 폭염 속에서 농부들이 수없이 떨군 피땀을 벼들이 빨아들여 피땀에 숨겨진 붉은색이 초록색과 섞이게 되면서 초록색은 서서히 황금색으로 변하게 된 것이었을까. 그러나 정작 농부들은 그 누구도 그런 이상한 생각 같은 것은 하지 않았다. 그저 들녘의 여름옷은 초록색이고 가을옷은 황금색이겠거니 여기며 무감한 듯 가을걷이 준비를 할 뿐이었다. 그들은 자연과 계절의 변화에 순응할 뿐이지 초록색이 왜 황금색으로 변하는지 그 까닭을 굳이 알려고 하지 않았다.

황금색으로 치장한 벼들은 알곡을 익힐 대로 익혀가며 제 무게에 겨워 고개를 하나같이 다소곳이 수그리고 있었다. 서늘한 바람이 스쳐갈 때마다 들녘에는 느리고 묵직한 황금물결이 끝없이 여울지어 일어나고는 했다. 그 묵직한 출렁임은 곧 알곡들의 무게였고, 농부들의 노동의 무게였다.

들녘의 여기저기에서는 새 쫓는 소리들이 길게 길게 울려 퍼지고 있었다. 사내아이의 쉰 목소리, 계집아이의 카랑한 목소리, 컬컬한 남자의 목소리, 쉬다 못해 팬 여자의 목소리가 얽히고설키며 새 떼들을 쫓고 있었다.

그러나 새떼들도 이제 영악해질 대로 영악해져 있었다. 알곡이 여물기 시작할 무렵부터 눈치싸움을 하기 시작한 새떼들은 처음과는 달리 소리지르는 것쯤 들은 척도 안 하게끔 배짱이 두둑해져 있었다. 그래서 깨진 꽹과리가 동원되고, 돌팔매질을 쉴새없이 하게 되었다. 그렇다고 새떼들이 돌팔매질을 무서워하는 것도 아니었다. 돌이 떨어지면 수십 마리의 참새들은 마지못한 듯 나지막하게 날아올라 빙그르 선회하다가는 다시 가까운 논으로 내려앉는 것이었다. 그럴 때면 사내아이나 계집아이들은 참새떼가 자기네 논에 내려앉지 못하게 하려고 논두렁을 달음박질치며 소리소리 질러대고는 했다. 참새떼와의 싸움은 거의가 아이들이 맡은 고단한 일거리였다.

참새떼가 기승을 부려대는 것과는 달리 제비떼는 차츰 모습을 감추어갔다. 서늘한 바람결에 밀려 제비들은 어디론가 떠나가고 있었다. 아이들은 참새떼는 진저리치며 미워하면서도 제비들이 떠나가는 것은 못내 아쉬워했다. 제비들이 빨랫줄이며 토담 위에 수십 마리씩 모여앉아 조잘거리며 분주해지기 시작하면 아이들은 제비와의 이별이 가까워진 것을 알았다. 아이들은 흥부와 놀부를 생각하며 제비들이 떠나가는 것을 꼭 보고 싶어했다. 제비들이 떠나갈 때 손을 흔들어주고 싶은 마음이 가슴에 간직되어 있었다. 그러나 어느 날 아침 잠에서 깨어나 보면 제비들은 흔적도 없이 떠나버리고 없었다. 아이들은 그 허전함과 아쉬움을 들녘에 나와 참새떼를 미워하고 욕하는 것으로 다 풀었다.

"날이 저무니 나그네 발길은 정처 없고, 가을이 깊으니 가난한 이 수심도 깊어라, 북풍에 실려 날아든 철새는 둥지를 트나, 인간사 헐벗고 배고픔은 그 누가 가려주랴. 자네 혹시 이 시 누구 것인지 기억허나?"

송수익은 들녘에 눈길을 둔 채 옆에서 걷고 있는 정재규에게 물었다. 새 쫓는 아이들의 쉰 목소리가 가슴에 담겨오며 문득 떠오른 시였는데 정작 지은이가 누구인지는 생각나지 않았던 것이다.

"궁상맞은 시로구만. 자네가 모르는 것을 내가 어찌 알겠어."

정재규는 퉁명스럽게 말하고는, "에이 이놈에 갓, 답답해서 원" 하며 두 손끝으로 갓전을 잡아흔들며 짜증을 부렸다.

"원, 사람허고는. 그리 답답하면 나 모양으로 상투를 잘라내면 될 것 아닌가."

송수익이 상투 없는 짧은 머리를 손가락으로 빗질해 보이며 허허대고 웃었다.

"자네야 춘부장 어른이 안 계시니 그리했겠지만 나는 어림도 없네. 우리 영감이 저세상으로 뜨기 전에는 내 마음대로 되는 일이 아무것도 없단 말이시."

정재규는 두루마기 자락을 내쳤다.

송수익은 그의 거친 말이 귀에 거슬렸다. 그러나 탓하지 않기로 했다. 일부러 버릇없이 말하고 있는 그의 뒤틀린 심사를 건드릴 필요가 없었던 것이다. 그만한 예절쯤 모르는 사람이 아니었고, 병든 아버지의 외고집에 억눌려 사느라고 쌓이고 있는 반발심을 이해할 만도 했던 것이다.

"자넨 요새도 글 읽고 사는 모양이시?"

정재규가 불쑥 물었다.

"모르겠네, 세상이 하 뒤숭숭해 진서 읽고 앉았을 마음은 없고, 신문이나 그저 열성으로 읽고 사는 것이제."

송수익의 심드렁한 대꾸였다.

"그놈에 신문이란 물건을 열성으로 읽어서 멀허나."

정재규는 코웃음을 흘렸다.

"무슨 소리여, 자네?"

송수익은 들녘으로 보내고 있던 눈길을 정재규에게로 돌렸다. 아까 시를 읊조렸을 때 궁상맞다고 했던 그의 말이 신경에 걸렸으나 그냥 지나쳤었다. 그러나 신문을 읽어서 무얼 하느냐는 코웃음까지 또 그냥 지나칠 수는 없었던 것이다.

"세상이 갈지자걸음 걷는 판에 그놈에 것 읽어봐야 정신만 더 산란해진단 말이시."

정재규는 화가 난 듯한 말투 뒤에 또 코웃음을 달았다.

"모를 소리로세. 세상이 뒤숭숭허고 조석변이니 정신을 바로 차리자면 신문을 똑똑히 읽어야 허지 안컸는가."

송수익은 좀 어이없는 기분으로 정재규를 바라보았다. 이 사람 마음이 틀어진 것인가, 그 위태한 한량기가 동했는가, 그는 생각하고 있었다.

"시장스런 소리 말소. 벼슬 차고 앉은 양반님네들이 다 제 입맛에 맞게 나라 말아잡숫고 있는 판에 이런 촌구석에 백혀 날짜 지낸 신문인지 구문인지나 뚫어지게 읽는다고 무슨 수가 생기겠나? 벼슬 없는 촌양반의 우국충정이고 비분강개는 추수 뒤의 샛바람만도 못한 것이시."

정재규는 쓴웃음을 지었다.

송수익은 투명한 갓 그늘이 내려앉은 정재규의 얼굴을 유심히 쳐다보았다. 그의 속마음이 무엇인지를 뜯어보려는 것이었다. 눈·코·입이 흠잡을 데 없이 생긴 얼굴이었다. 적당한 봄집과 함께 흔히 말하는 귀골이었다. 굴곡 없이 반반하게 자리잡은 이마가 뼈대를 말하고 있었고, 눈꺼풀 얇은 눈에 재주가 들어 있었다. 그러나 혈색 붉은 작은 듯한 입에 여색을 탐하는 도색기가 묻어 있었고, 턱뼈 드러나지 않은 매끈한 얼굴에는 한량기가 서려 있었다. 그 복잡한 얼굴에서 그의 진심을 캐내기란 쉽지가 않았다.

"자네 말도 틀리지는 않네."

송수익은 정재규의 속마음 알아내는 것을 일단 뒤로 미루어두기로 했다. 그가 가자는 대로 술집에 가 자리를 잡으면 자연스럽게 알게 될 것이기 때문이었다.

"김제 다 왔네. 뒤뚱뒤뚱허는 세상, 술이나 마시는 것이 속편허네."

정재규는 잰걸음을 치기 시작했다. 김제가 가까워지자 술맛이 동하는 듯이.

해가 뉘엿뉘엿 지고 있었다. 석양빛 속에 펄럭이는 정재규의 비단두루마기 자락을 보며 송수익은 마음이 추워지는 것을 느꼈다. 그를 찾아온 것이 헛걸음이 될 것만 같은 예감이 진해지고 있었던 것이다.

내가 괜히 찾아온 것 아닌가……. 송수익은 입맛을 다셨다. 그러나 정재규가 세상 돌아가고 있는 것에 절망감을 느끼고, 스스로 아무 힘도 없다는 허탈감에 빠져 그런 억지소리를 하는지도 모른다는 생각도 없지 않았다. 여기까지 내친걸음이니 술자리까지 가보자고 생각하며 그는 걸음을 빨리해 정재규를 따라잡았다.

해가 지고 있는데도 새 쫓는 소리들은 멀리서 들려오고 있었다. 해거름이 되면 새들은 용케도 논을 떠나 잠자리를 찾아갔다. 그런데 해질녘까지 줄기차게 울리고 있는 새 쫓는 소리들은 마지막 순간까지 알곡을 한 톨이라도 더 지키려는 안간힘인지도 몰랐다.

김제는 군산과는 달리 아직 일본사람들의 꼴이 자리잡지는 않았다. 송수익은 그것을 무엇보다도 다행으로 여겼다.

그러나 언제 일본사람들이 김제에도 밀려들어 집을 지어댈지 모를 일이었다. 일본사람들이 배고픈 개 설쳐대듯 닥치는 대로 논을 사들이고 있는 것으로 보아 그럴 날도 머지않았다는 것을 그는 짐작하고 있었다. 군산이나 호남평야만이 아니라 조선천지가 일본사람들에게 야금야금 먹혀 들어가고 있는 것을 생각하면 마치 자신의 몸 부분부분이 잘려져 나가고 있는 것 같은 두려움과 분노를 느꼈다. 한사코 군산에 발걸음을 안 하는 것도 그런 감정이 한층 심해지기 때문이었다. 정재규는 집을 나서면서 군산으로 나가기를 원했다. 그러나 길이 멀다는 핑계를 대서 김제로 발길을 돌리게 했던 것이다.

"자아아, 오랜만에 만났으니 우리 술이나 한잔 걸판지게 마셔보세."

정재규가 호기를 부리며 자리잡았다.

"그러세, 술을 마신 지도 오래네."

송수익은 정재규의 호기를 맞받으며 껄껄 웃었다. 그러나 그는 마음까지 흔쾌한 것은 아니었다. 정재규의 호기가 기생을 옆에 낀 술 한상의 호기였지 자신의 계획에 선뜻 찬동하고 나설 장부의 호기는 아닐지도 모른다는 생각을 떼칠 수 없었던 것이다. 그와 교분을 튼 10여 년 동안 서로 술인심에 인색한 사이는 아니었다. 그러나 자신이 가지고 있는 계획은 후한 술인심 정도로는 해결할 수 없는 너무나 큰 계획이었다.

"술상 들기 전에 소리나 한 자락 들으실랑게라우?"

기생어멈이 정재규를 보고 눈웃음을 쳤다.

"일없네. 우리 할 이야기가 있으니."

송수익은 얼른 말을 받았다.

"그리허소. 술상이나 걸게 봐서 어서 올리게. 소리는 이따가 듣세."

송수익의 갑작스러운 대꾸에 기분이 머쓱해진 정재규는 이렇게 말을 잇댈 수밖에 없었다.

"무슨 긴한 이야기가 있는 모양이시?"

기생어멈이 방을 나가자 정재규는 약간 긴장한 얼굴로 물었다.

"응, 자네허고 의논헐 일이 한 가지 있어서……."

정재규가 긴장한 것을 눈치챈 송수익은 옹색스러움을 느끼며 담배쌈지와 곰방대를 꺼냈다.

"아니 자네, 그것이 머시여! 곰방대 아니라고?"

눈을 크게 뜬 정재규의 목소리는 너무 컸다.

"그러네, 곰방대네."

송수익은 곰방대를 들어 보이며 뭐가 잘못되었느냐는 얼굴로 정재규를 쳐다보고 있었다.

"아니 자네, 장죽을 들고 댕기기 거북허면 궐련을 피울 일이지 그것이 무슨 꼴인가. 궐련 여깄네."

정재규는 담뱃갑을 꺼내 송수익 앞으로 쭉 밀었다.

"상것들이 쓰는 것이라 양반 체통이 떨어진다 그런 뜻인가?"

정재규를 쳐다보는 송수익의 눈길이 곱지가 않았고, 입언저리에 쓴웃음이 스치고 지나갔다.

"두말하면 머허나. 그리 안 해도 상것들이 고개를 치켜세우고 대드는 세상에 양반 체통은 양반이 지켜야 헐 것이 아니겠능가."

정재규는 불쾌한 표정에 흥분기까지 드러내고 있었다.

"그거 모를 소리로군. 곰방대로 담배 피워서 나는 무시당한 적이 없네. 보게, 담뱃대로 양반 상놈 지체 가르던 세상은 지나가지 않았나. 장죽이 길어 점잖으니 양반 체통이 서고 곰방대는 짧아 방정맞으니 상놈들이나 쓰는 것으로 되어 있는데, 그리 따지자면 이 궐련은 어째서 돈 많은 양반들만 골라가면서 태우나. 길이가 손가락만치 짧으니 방정맞기로 치자면 곰방대 몇 곱절이니 양반들이 피울 것이 아니라 상놈 중에 상놈이나 피워얄 것 아니겠능가. 서양놈들이 만들어내는 것이고 값비싼 물건이니 궐련은 예외로 쳐주는가?"

송수익은 정재규의 고리타분한 생각이 마땅찮아 말고삐를 바짝 죄었다.

"자네 그 말 따지고 드는 솜씨는 더 늘었구만." 정재규는 떫은 입맛을 다시고는, "참, 말이 났으니 생각났네. 자네가 아랫것들헌테 존대를 쓴다는 소문이 있든디, 그것이 참말인가?" 그는 정색을 하고 물었다.

"그 소문이 났던가? 상투를 잘라내면서 그리허기로 작정을 했는데 실은 입버릇이 잘 고쳐지지 않아 애먹고 있네."

정재규를 쳐다보고 있는 송수익의 대답은 분명했다.

"자네 미쳤는가! 상투를 자른 건 머리 편허고 신식을 따르자는 것이 아니라 양반 지체를 똥통에 처박고 상것이 되자는 것이었는가. 세상이 지아무리 변해도 양반은 양반이고 상놈은 상놈인 것이여. 난 자네가 무슨 생각을 허고 있는지 당최 속을 모르겠네."

얼굴을 붉힌 정재규는 마구 혀를 차댔다.

송수익은 어떤 벽을 느꼈다. 그러나 바로 단념할 수는 없었다. 정재규는 아직 생각을 바꾸지 못한 흔한 양반 중의 한 사람이었던 것이다.

"이보게 재규, 그 신식을 따른다는 게 무언가. 서양놈, 일본놈 흉내를 내서 멋을 부리자는 것이 아닐세."

송수익은 차분하게 말을 꺼냈다.

정재규는 못마땅한 얼굴로 궐련을 뽑아물고 성냥을 칙 그었다. 궐련은 인천의 영·미합작공장에서 생산되는 것이었고, 성냥은 일본에서 건너온 것이었다.

"상투를 자르고 신식을 따르자는 건 우리의 생각을 바꾸고 구태를 벗어 좀더 좋은 세상을 만들자는 것 아닌가. 물론 사람이 오래 습관되어 내려온 생각을 바꾼다는 게 그리 쉬운 일이 아니라는 건 아니네. 그렇다고 또 그리 어려운 일도 아니네. 양반들이 생각을 못 바꾸는 건 자기네들이 양반으로서 취한 이익을 지키자고 하는 욕심과 계속 호의호식하며 살려고 하는 탐욕 때문인 것일세. 자넨 양반과 상놈이 애초부터 인간 종류가 다른 것으로 생각하고 있는데……."

"아니 그러면, 자넨 양반이고 상놈이고 다 똑같은 인종이란 말인가? 양반하고 상놈은 애초부터 그 피가 다르단 걸 자넨 어째서 모르는가. 양반하고 백정하고가 어떻게 같은 인종이란 말인가."

정재규가 송수익의 말을 토막치고 들었다. 송수익은 연민의 웃음을 흐릿하게 흘리며 정재규를 바라보았다.

"알겠네. 자넨 상것들이 예의범절도 모르고 표리부동하고 무식하고 금수와 같다고 말하려는 거지. 그거야 양반들이 입만 열면 내놓는 말이니까. 허나 좀 생각해 보세. 양반의 자식들을 태어나자마자 상놈의 자식들과 똑같이 먹이고 입히고 하면서 글도 가르치지 않고 막일만 시켜대고 하면 어떻게 될까? 그랬는데도 그 아이는 커서 양반이 될 수 있겠는가? 자네와 나를 그리했다면 어떻게 됐겠는가 말일세. 우리도 더 볼 것 없이 무식한 상놈일 것이네. 양반과 상놈은 인종이 다른 것이 아니라 사람이 사람을 차별하는 아주 못된 제도로……."

"다 듣기 싫네. 자네가 말허는 좋은 세상이란 결국 양반이 상놈으로 떨어지는 것인가? 그런 세상이라면 나는 죽을 때까지 상투를 안 자르겠네."

정재규는 또 말허리를 자르며 내쏘았다.

"그래, 그리 생각할 수도 있지. 허나 자네도 몇 년 전에 나와 함께 글공부를 하면서 개화를 마음에 두었고, 만인평등사상이 옳다고 생각하지 않았나? 그때의 생각을 다르게 먹지 말고 자꾸 키워나가는 것이 우리 젊은 사람들이 해야 할 일일 것이네."

"자네 시방 정신이 있나 없나. 김옥균이 역적으로 참형을 당헌 것이 언제라고 아직도 그런 생각을 품고 있어. 다 소싯적에 철모르고 마음 쏠렸던 것이지 나 그런 생각 버린 지 오래네."

정재규는 차갑게 말했다.

송수익은 벽이 더 두꺼워지는 것을 느끼며 말을 더하고 싶은 의욕을 잃었다. 그러나 상대는 늙은이가 아니었다. 한때 글벗이었고 술벗이었고 지금도 허물없이 술자리를 마주할 수 있는 사이였다. 다만 신분에 대한 생각에 간격이 나 있을 뿐이었다. 그 생각을 고쳐먹게 하는 것은 여러모로 의미가 큰 일이었고, 또 불가능한 일도 아니었다. 그는 다시 마음을 추슬렀다.

"여보게, 그렇게만 생각하지 말게. 역대에 사약을 받고 참형을 당한 것이 어디 꼭 역적이라서 그러던가. 옳은 생각, 곧은 소리를 고집하다가 정적들에게 몰려서 죽은 충신들이 얼마나 많던가. 김옥균도 그런 사람들 중에 하나야. 그래, 김옥균을 내놓고 옳다고 할 수 없는 세상이니 그 사람을 제쳐놓고 생각해도 좋네. 그 만인평등사상이라는 건 앞으로 갈수록 커지게 될, 옳고 바른 사상이라는 걸 깨달아야 허네. 공맹지도만으로는 더 다스려지는 세상이 아니란 말일세. 그러니 우리 양반이란⋯⋯."

"아 알겠네, 알겄어. 그놈의 곰방대 땀새 이얘기가 헛길로 샜네. 어서 자네가 헐라든 이얘기나 허소."

정재규는 또 말을 잘랐다. 그의 얄팍한 얼굴에는 짜증이 배나고 있었다.

송수익은 그의 경박한 듯한 무례에 불쾌감을 느꼈다. 그러나 흔들리려는 마음을 다시 누르며 진중하고자 했다.

"지루한 모양이구만. 허나 지금까지 한 이얘기가 내가 하려는 이얘기와 무관하지 않네. 내가 자넬 찾아온 건 말일세, 그러니까 다름이 아니고, 자네하고 나하고 힘을 합쳐서 학교를 하나 세워보면 어떨까 하는 것이네."

"학교?"

정재규는 흠칫 놀랐다. 그러나 그 감정을 드러내지 않으려고 웃음을 지었다.

"응, 학교. 세상이 이렇게 앞뒤를 가릴 수 없게 뒤숭숭하고 어지러울 때 학교를 세워 많은 사람들에게 신학문을 가르치는 것은 우리 젊은 사람들이 해볼 만한 일이 아니겠나. 돈이 좀 들겠지만 그래도 돈을 값지게 쓰는 일이고 말이네."

송수익은 절실한 심정으로 진지하게 말했다.

"그 생각이야 존디, 재산을 내 맘대로 헐 수가 있어야제."

정재규는 꼬리를 사렸다.

"아네, 그러니 당장 시작허자는 것이 아니고 마음부터 먼저 정하는 것이 중헌 일이네."

송수익은 정재규를 주시했다.

"글씨…… 그것이 한두 푼 드는 일도 아닐 것이고……."

정재규는 싫은 기색이 역력해진 얼굴로 짭짭 입맛을 다셨다.

"이사람아, 많은 재산 다 어디다 쓰나. 좋은 일에 써야 되지 않겠
나?"

송수익은 마른침을 삼켰다.

"신학문은 양반 자제한테만 가르치나?"

"그래서야 쓰나. 모든 아이들을 공평하게 가르쳐야지."

"무슨 소리여! 내 금싸래기 겉은 돈 퍼내놓고 상것들이 더 치받
고 들으라고 공부를 가르쳐? 나 그런 짓 안 허네!"

정재규는 단호하게 잘라버렸다.

"진정인가?"

"두말헐 것 없네."

"우린 생각이 너무 다르구먼. 나 그만 가봐야겠네."

입을 꾹 다문 송수익이 몸을 일으켰다.

"아니 이사람아, 어찌 그러는가."

정재규의 눈이 휘둥그레졌다.

송수익은 들은 체도 않고 방문을 밀쳤다.

"이사람 수익이, 내 말 좀 듣소."

정재규는 황급히 몸을 일으켜 송수익의 소매를 잡았다.

"양반 체통 살려서 자네나 기방놀음 잘허소."

고개를 돌린 송수익의 싸늘한 말이었다. 견고한 느낌의 그의 얼굴에는 경멸의 쓴웃음이 서려 있었다.

"내 말이 어디가 잘못됐다고 그러는가."

정재규가 따지듯이 말했다.

"자네 말이 잘못된 것이야 없지. 우린 서로 생각이 다른 것이네. 이것 놓소!"

송수익은 고개를 되돌리며 팔을 뿌리쳤다. 그의 서슬에 눌린 정재규는 더 무슨 말을 하지 못하고 멍하니 서 있었다.

저놈이 미쳐도 되게 미쳤네. 세상이 혼란스럽게 돌아가니까 멀쩡헌 놈도 미치나. 하기는 저것이 글방에서 글 읽을 때부터도 좀 요상시럽기는 혔제. 마음씨가 고운 것 같으면서도 고집이 세고, 공맹지도보다는 실학을 더 중히 여기는 눈치였고, 갑오년 난리 때도 관리들의 탐학을 욕해 대며 은근히 농민들을 싸고돌아 눈총을 받지 않았나. 왜놈이야 하면 치를 떨어대고, 계집도 아닌 사내가 언문은 또 그리 좋아하고, 속이 어찌 된 물건인지 참 별난 종자야. 저것이 양반 탯줄 타고났어도 저 모양인데 상놈 탯줄 타고났더라면 전봉준이가 따로 없을 판이었제. 만인평등이고, 학교를 세워 상놈도 공평허게 가르쳐? 어림없는 소리다. 누구 좋으라고 그 짓이냐. 내가 요시다라는 놈한테서 돈 100원 빌려쓰고 있는 걸 알면 저놈은 기절초풍을 하겠지. 그 돈으로 술이나 한번 걸판지게 사주려고 했더니. 멍청한 놈, 곰방대나 차고 다니면서 실컷 신역 고되게 살아봐라. 무슨 영화가 오는지. 양반 뼈대는 아무나 보존한다더냐.

정재규는 송수익의 모습이 사라져버린 대문 쪽을 바라본 채 비웃음을 흘리고 서 있었다.

송수익은 빠른 걸음으로 김제를 벗어나며 떫게 웃고 있었다. 들녘에는 어스름이 엷은 회색빛으로 내리고 있었다. 새 쫓는 소리들이 간곳없는 들녘에는 저녁의 고요가 어스름의 두께를 따라 깊은 적막으로 쌓여가고 있었다. 어스름에 쫓기듯 참새떼들이 부산스러운 날갯짓을 해대며 어디론가 날아가고 있었다.

송수익은 해질녘의 그 아늑하면서도 슬픔인 듯싶은 들녘의 정경을 가슴 가득 안으며 숨을 들이켰다.

벌써 벼를 베어낸 자리가 무슨 흠집이나 흉터처럼 드문드문 드러나 보였다. 그런 자리가 눈에 띌 때마다 송수익은 눈살을 찌푸렸다. 그 자리는 어느 배고픈 사람들이 서둘러 낫질을 한 것이 아니었다. 항시 배불러 입맛이 까다로운 어느 양반들이 올벼쌀을 만들고, 남 먼저 햅쌀을 먹으려고 한 짓임을 그는 잘 알고 있었다.

"……양반 지체를 똥통에 처박고……."

아직 뇌리에 남아 있는 정재규의 말의 찌꺼기였다. 송수익은 곰방대를 꺼내 입에 물었다. 그는 정재규를 탓할 생각이 없었다. 정재규는 흔한 양반의 한 사람일 뿐이었다. 자신이 그를 찾아갔던 것은 아는 얼굴들 중에서 그나마 말이 통하리라고 생각했었기 때문이었다. 결국 잘못은 그를 그렇게 생각한 자신에게 있었다.

그가 물려받게 될 재산 중에서 반의반 정도만 털어놓게 되면 학교를 세울 수 있었다. 그러나 그는 아예 말상대가 아니었다. 그는 이미 글방에서의 그가 아니었다. 글방공부를 마친 다음 장가를 들고, 아버지가 아파 직접 재산관리를 하게 되고 한 몇 년 동안에 그는 세상의 흐름과는 담을 쌓은 탐욕스럽고 지엄한 양반님네가 되어 있었다.

그런 그가 상놈들도 차등 없이 고루 가르친다는 학교를 세우려고 양반의 권세 중의 하나인 재산을 내놓지 않는 것은 너무 당연한 일이었다. 학교에 대한 이야기가 아니더라도 그에게 할 말은 많았다. 그러나 마음의 문을 닫아버린 그에게 무슨 말이든 다 부질없는 소리일 뿐이었다.

송수익은 외로움을 느꼈다. 그건 학교를 세울 가망이 없는 안타까움이기도 했다. 벌판이 넓은 만큼 부자들도 많았다. 그러나 찾아갈 사람은 아무도 없었다. 자신이 가진 재산이라고는 논 40마지기가 고작이었다.

송수익은 동네 어귀에 있는 주막으로 들어섰다. 술 한잔을 하지 않고서는 집으로 들어갈 기분이 아니었다.

"아이고 선상님, 어서 오시게라우."

혈색 좋은 주모가 반색을 하며 송수익을 맞이했다. 주모는 말인사로는 부족한 것인지 두 손을 앞으로 모아 허리가 반으로 접히도록 깊은 절을 했다. 그 공손한 예절차림은 주막의 주모한테서는 흔히 볼 수 없는 것이었다.

"장사는 잘되시오?"

송수익은 고개를 숙여 인사를 받았다. 그가 쓰는 존대 또한 주모한테 쓰는 말로는 좀체 듣기 어려운 것이었다. 평민들도 주모를 상대할 때는 반말이 예사였다. 그는 테 큰 갓을 쓰지 않았지만 두루마기에서 그의 신분이 금방 드러났다.

"야아, 그냥저냥 묵고 살지라우. 날이 써늘헌디 얼렁 방으로 드시제라."

주모가 옆걸음질을 쳤다.

마루에는 두 남자가 술상을 마주하고 앉아 있었다.

"동길이는 공부 잘허는가요?"

"야아, 선상님 덕분에 자알허능마요."

주모는 허리를 굽실거리며 더없이 환하게 웃었다. 한때는 자신의 아들을 차별 없이 가르쳐주었고 그 뒤로도 아들을 꼭꼭 기억해 주는 송 선생이 그녀는 이 세상에서 제일 고마운 사람이었다.

송수익은 술사발을 기울이며 정재규를 생각했다. 그는 지금쯤 기생을 끼고 술타령이 한창일지 아니면 그냥 집으로 돌아갔을지 궁금했다. 아마도 기왕 내친걸음이고, 술상을 차리게 했으니 그냥 집으로 돌아가지 않았을 것이다. 그가 돌아가려 해도 영악한 기생 어멈이며 기생이 그냥 놓아주었을 리가 없었다.

"아, 내게 그 재산만 있었더라도……."

송수익은 술사발을 놓으며 탄식했다.

"재산을 더 모을라고 허지 마라. 땅으로 재산을 모으는 것은 결국 농부들의 살을 깎고 피를 빼는 일이다. 세상에 그보다 더 큰 죄가 어디 있느냐. 재산을 탐하면 마음이 썩는다. 마음이 썩으면 죄짓는 것을 무서워하지 않는다. 죄짓는 것을 무서워하지 않는 자가 어찌 바르게 살 수 있겠느냐. 내가 남기는 전답을 주색잡기 하지 않고 간수만 제대로 하면 네 권속 입고 먹는 것은 족하다. 재산을 탐하지 말고 바르게 살도록 마음을 가꾸기에 게을리하지 마라. 그것이 바른 사람의 길이고, 옳은 양반의 길이다."

그 탄식을 꾸짖기라도 하듯 쟁쟁히 들려오는 아버지의 말씀이었다. 송수익은 눈을 내리감았다. 아버지가 떠나신 뒤로 그 말씀을 지키며 살려고 애써왔었다. 그런데 학교를 세우려는 뜻이 막히게 되자 불현듯 재산 많은 자가 부러워진 것이었다.

그렇지, 탐욕이 컸으니 많은 재산을 모았을 것이고, 재산이 많은 만큼 마음이 썩었을 테니 좋은 일에 돈을 쓸 리가 없지. 송수익은 고개를 끄덕이며 눈을 떴다. 그리고 사발에 천천히 술을 따랐다.

"어허, 내 말얼 믿으란 말이시. 소작언 틀림없이 삼칠제고, 종자대고 세금이고 다 요시다 쪽서 물기로 헌당께로. 논값도 내가 들어서 20전썩 더 받게 맹근 것 아닌가."

밖에서 들려온 소리였다. 송수익은 술을 따르다 말고 밖으로 귀를 기울였다. 그러나 그 대꾸하는 말은 잘 들리지 않았다.

"이사람아, 의심이 병이여. 왜놈이다고 다 거짓말허간디? 그것이 거짓말이먼 내 손꾸락에 장얼 지짐세. 어쩐가, 낼 거래 마치드라고 잉."

송수익은 자리를 차고 일어나 마루로 나섰다.

"거기 뉘시오!"

송수익은 두 남자 쪽으로 걸어가며 대뜸 이렇게 말을 던졌다.

"아, 아니, 선상님 어쩐 일이신게라우. 안녕허신가요?"

한 남자가 송수익을 알아보며 몸을 일으켰다.

"아, 아랫말 이 서방 아니시오."

송수익도 그 남자를 알아보았다.

"듣자 허니 이 서방 논을 팔라고 허는 모양인디, 이 서방은 어쩔 생각이오?"

송수익은 다른 한 남자를 묵살해 버린 채 이 서방에게 바로 물었다.

"글씨요…… 벨로 맘에 없는디 자꼬 팔아넘기라고 해싸서 당최 이거……."

이 서방은 말을 어물거리며 뒷머리를 긁적였다.

"당신 누구여! 당신이 먼디 넘 일에 끼들고 이려."

버럭 소리지르며 몸을 일으킨 남자가 송수익에게 삿대질을 했다.

"나 송수익이라는 사람이오. 댁은 뉘시오?"

송수익은 상대방을 똑바로 쳐다보았다.

"아서, 아서. 선상님헌티 이래서넌 안 되는 거이여."

이 서방이 재빨리 그 남자를 막아섰다.

"허! 말허넌 거이 논얼 못 팔게 헐라고 그러는 모냥인디, 넘 잔치에 어찌서 배 놔라 감 놔라여. 양반이먼 점잖허니 있을 일이제 공연시 넘 일에 훼방 놓고 들다가넌 안 존 일 당헐 것잉마."

그 남자는 술기운인지 어쩐지 불량기를 피워내며 거침없이 소리를 질렀다. 송수익은 저놈이 왜놈을 믿고 저리 기를 세우는 것이라고 생각했다.

"요것이 무신 일이여, 선상님 앞에서 이 무신 버르장머리 없는 말질이당가, 말질이. 아무리 술이 취혔어도 상하넌 알아봐얄 거 아니겠소. 가시오, 얼렁 가!"

주모가 그 남자의 팔을 잡아끌었다.

"누가 술이 취혔다고 이려. 넘 일얼 망칠라고 든 거넌 저짝이란 말이여. 어찌서 넘이 애씀서 해논 일얼 망치고 드는지 따질 것은 따져야제 가기넌 워디로 가!"

그 남자는 주모의 팔을 뿌리쳤다.

"이런 못된 놈아, 따지겠으면 어디 따져봐라. 세상에 할 짓이 없어서 왜놈 앞잽이질이나 해묵는 놈이 뭐가 잘났다고 주둥아리를 놀리는 거냐. 이놈아, 당장 앞으로 나서라! 마당에 패대기를 치고 말 것이다."

송수익의 호령이었다. 그러나 그는 상대방의 기를 꺾기 위해 큰소리를 친 것이 아니었다. 정말 패대기를 치려는 듯 두루마기를 벗어젖히고 있었다.

"아이고 선상님, 참으시제라. 주모, 어서 그 사람 내치랑게."

이 서방은 송수익을 막아서랴 주모에게 이르랴 정신이 없었다.

"아, 얼렁 가시오 얼렁. 여그가 어쩐 동네라고 눈치 없이 나대고 그렁게라."

주모가 그 남자의 팔을 마구 잡아끌었다. 그 남자는 송수익의 서슬에 기가 질렸는지 더는 군소리가 없이 토방을 내려섰다.

"헹, 양반 우세 얼매나 큰지 어디 두고 보드라고 잉."

그 남자가 어둠이 짙어진 사립 밖으로 나서며 큰소리로 내뱉은 소리였다.

"못된 놈, 고이얀 놈!"

송수익이 두루마기의 옷고름을 매며 진득거리는 소리로 중얼거리고 있었다.

"선상님, 논언 안 팔겠구만이라. 지가 진작에 안 판다고 했는디도 어찌 성가시게 쫓아댕기는 바람에 여그꺼정 나오게 되었구만이라우."

이 서방은 무슨 잘못이라도 저지른 것처럼 송수익의 눈치를 살폈다.

"잘 생각했소. 농사꾼이 논을 팔아서야 되겠소. 그건 큰일날 일이오."

송수익은 이 서방을 바라보며 웃었다.

"우선 묵기넌 꼬깜이 달드라고 논덜 팔아묵는 것 보먼 이년 가심이 다 땁땁해징마요. 논 팔아 광목 떠서 식구대로 옷 해입고, 석유지름 사서 불씨고, 아그덜 박하사탕 사믹이고, 그리 풍청풍청 돈 다 쓰고 그 담에넌 어찌덜 살란지 모를 일이랑게라."

술상을 새로 내온 주모가 이 서방 들으라는 듯 푸념조로 하는 말이었다.

"이 서방은 논이 몇 마지기나 있소?"

송수익은 곰방대에 담배를 재며 물었다.

"야아, 열두 마지기인디라우."

"자식은 몇이나 됬소?"

"넷이구만이라."

"그 논에 그 자식이면 형편이 넉넉허지는 못하겠구만요. 자식들은 커나는데 논을 더 사붙이지는 못해도 그 논을 잘 간수하도록 하시오. 왜놈들이 우선 듣기 좋은 말로 이런저런 소리들 하지만 그것이 어찌 다 믿을 수 있는 말이겠소. 내 생각으로는 사람들이 생각 짧게 다 속고 있는 것이오."

송수익의 말은 차분하고 다정했다.

"야아, 명념허겄구만요. 그런디 왜놈덜헌티 땅얼 팔아묵는 것은 어찌 보면 그만치 나라럴 팔아묵는 거이 아닐랑가요?"

이 서방의 말에 송수익은 문득 놀랐다. 자신이 해주고 싶었던 말을 그가 먼저 하고 있었던 것이다.

"맞는 말이오. 나라를 팔아먹는 것이오."

"그런디 어찌서 나라서넌 왜놈덜이 그 짓얼 못허게 안 막는게라우."

그건 예상하지 못한 물음이었다. 송수익은 그만 말문이 막히고 말았다. 할 말이 없어서가 아니었다. 임금의 무능과 대신들의 사욕에 찬 망동과, 무력을 앞세운 왜놈들의 교활한 술책에 대해서 할 말은 얼마든지 있었다. 그러나 말을 조심하지 않으면 안 되었다.

"나라에서 왜놈들을 막아주기만 기다릴 것이 아니라 우선에 사람들이 눈 크게 뜨고 자기들 재산을 지키는 것이 더 중헌 일이오.

나라가 가난 구제 못하더라고 자기 재산 자기가 지키는 것이 상수 아니겠소."

맥빠지고 한심한 소리인 줄 알면서도 송수익은 그렇게 말할 수밖에 없었다.

"다 무식해 논게 귀만 얇고 머시가 먼지럴 알아야제라."

이 서방이 중얼거리듯 말했다.

"허나, 내가 그간에 여기저기 알아보니 논을 판 사람들은 거의가 딱한 처지에 빠진 사람들이었소. 귀가 얇아 논을 판 사람은 열에 한둘이고, 다른 사람들은 그간에 빚에 쪼들려 살아온 사람들이었소. 논값이 올랐으니 빚을 갚고도 돈을 좀 쥐게 된다 그 말이오. 애초에 논은 얼마 안 되고, 자식들은 생겨나고, 이런저런 잡세는 많고, 빚돈 이자는 높아 빚은 늘어가고, 다 세상이 잘못되어 그런 딱한 사람들이 생겨났으니 논을 팔았다고 해서 그 사람들만 나무랄 수도 없는 일 아니겠소."

송수익은 한숨 대신 끄응 힘을 쓰며 술잔을 들었다.

"아이고 선상님언 속사정얼 훤허니 다 알고 기시느만이라우."

이 서방은 감탄하듯 말하며 머리를 조아렸다.

"아이고, 우리 선상님이 몰르시는 거이 머시가 있다요. 양반님네덜이 다 우리 선상님만 같음사 시상이 얼매나 살기 좋고 편안해지겄소."

주모가 말을 거들고 나섰다.

"무슨 그런 말을……." 송수익은 쑥스러워하며 자리를 고쳐앉고는, "나는 그간에 동네사람들한테 논을 팔아넘기지 말라고 당부해 왔소. 이 서방도 아는 사람들이 논을 팔려고 하거든 내 일이거니 생각하고 말리는 게 좋겠소. 서로가 그리하는 길밖에는 다른 방도가 없소."

그는 무거운 마음으로 말했다.

"야아, 알겠구만이라우."

"난 이만 가봐야겠소. 잘 쉬었소."

송수익은 이 서방과 주모에게 눈인사를 하고 몸을 일으켰다.

그는 어둠 속에 희붐하게 드러나는 들길을 밟으며 그동안 삼사년 사이에 김제·만경을 비롯한 호남평야 일대에서 왜놈들의 손에 넘어간 땅이 얼마나 될까를 생각해 보았다. 그러나 막상 얼마 정도가 될 것인지 어림도 할 수가 없었다. 그저 막연히 엄청나게 많으리라는 생각이 들 뿐이었다. 관청에서도 제대로 모를 일을 개인이 알도리가 없는 일이었다.

그는 가슴이 답답하게 막혀오는 것을 느꼈다. 날이 갈수록 위로는 정치권력이 왜놈들 손아귀에 쥐어잡히고, 아래로는 땅이 왜놈들 손으로 넘어가고 있었다. 그건 국권과 국토의 동시적 상실이었다. 그 두 가지가 계속 팽창되다 보면 결국 나라는 없어지고 마는 것이었다. 국운이 풍전등화…… 그는 신음을 씹었다. 그건 상상하기조차 무섭고 괴로운 일이었다. 그러나 부정하거나 거부할 수 없는 힘으로 밀어닥쳐 오고 있는 위협이었다.

왜놈 앞잡이는 주막에서 술을 받아주기까지 하면서 논을 팔라고 회유하고 있었다. 그자는 일진회를 결성한 송병준이나 이용구에 비하면 좀벌레에 지나지 않았다. 그러나 그 좀벌레가 한두 마리가 아니라 수십 마리 수백 마리인 것이 문제였다. 아무리 큰 기둥도 밑에서 좀벌레들이 슬어대면 무너지게 마련이었다. 그런 자들수백 명이 계속 설치고 다니면 호남평야는 결국 왜놈들에게 장악당할 수밖에 없었다. 그건 개인적으로 자작농이 소작농 신세로 전락하는 것이었고 전체적으로는 조선사람들의 목숨줄이 돈 많은왜놈들의 손아귀에 틀어잡히게 되는 것이었다.

그는 송병준이란 놈이 하필이면 '송가'인 것에 또 수치와 분노를느끼며 집 앞에 이르고 있었다.

송수익은 간밤에 설친 잠으로 몸이 묵지근한 것을 느끼며 오전을 보내고 있었다. 그는 신문을 뒤적거리면서도 학교 세울 궁리에빠져 있었다.

"여그가 송수익이 집이제. 송수익이 어딨어, 당장 나와!"

갑자기 밖에서 들려온 외침이었다. 송수익은 허리를 곧추세웠다.그는 불쾌감과 동시에 불길함을 느꼈다. 누가 자신의 이름을 그렇게 마구잡이로 불러대는 호령을 당하기는 처음이었다.

"송수익이, 있어 없어! 있으면 당장 나오랑게로!"

더 커진 고함이었다.

송수익은 자리를 차고 일어났다. 관청에서 나왔을까? 그럴 만한잘못을 저지른 일이 없었다. 관청에서 나왔더라도 저런 식으로 무례하고 거침없이 기를 세울 리는 없었다. 자신은 명색이 양반이었던 것이다.

"감히 어떤 놈이냐!"

송수익은 방문을 열어젖히며 호령했다. 상한 감정이 폭발하는 그의 굵은 목소리는 쿠렁하게 울려퍼졌다.

마루로 나선 송수익의 눈에 잡힌 것은 일본헌병 둘과 통변이 분명한 조선놈 하나였다. 방자하게 소리를 지른 것이 틀림없는 조선놈을 그는 차갑게 내려다보았다.

"당신이 송수익이여?"

고개를 치켜든 통변의 말이었다.

"너 이놈, 어디다가 입을 함부로 놀려대는 거냐!"

송수익이 팔을 쭉 펼치며 고함을 질렀다. 그의 노기는 곧게 뻗은 검지손가락을 타고 화살이 되어 통변에게로 날아가고 있었다.

"힝! 죄진 양반도 양반이여? 죄인헌티 존대 쓰는 법 없는겨."

통변은 코웃음을 치며 두 헌병에게 고갯짓을 했다. 헌병 둘은 지체없이 송수익을 향해 내달았다.

장총을 들고 자신을 향해 달려오고 있는 헌병을 보고 송수익은 전신에 팽팽한 긴장을 느꼈다. 저놈들이 감히 누구를……. 그는 순간적으로 뻗치는 분노를 느꼈다. 그리고 정재규의 얼굴이 스치고 지나갔다. 그가 무슨 감정보복을 하려는 것인가 하는 생각이 퍼뜩 들었다. 그러나 더 생각할 겨를이 없었다. 두 헌병이 구둣발인 채 마루로 뛰어올랐다.

"이놈들아, 물러서!"

송수익이 고함을 질렀다. 그의 부릅뜬 눈이 이글이글 타고 있었다.

주춤하는 것 같던 두 헌병이 달려들었다. 그는 조금 앞선 헌병의 가슴을 떠다밀었다. 기습을 당한 헌병이 중심을 잃고 비틀거렸다.

"바까야로!"

다른 헌병이 소리치며 총을 뒤로 빼는 듯했다가 총끝으로 송수익의 복부를 일직선으로 찔렀다.

"윽!"

송수익은 막힌 소리를 토하며 허리를 접었다.

그때 몸을 바로잡은 첫 번째 헌병이 개머리판으로 송수익의 어깻죽지를 내리쳤다. 송수익은 다시 신음을 토하며 마루에 푹 고꾸라졌다.

"아이고 서방님, 서방님!"

그때서야 안채 쪽에서 쫓아나온 머슴이 정신없이 달려들고 있었다.

"바까야로!"

헌병 하나가 또 소리치며 머슴의 옆구리를 걷어찼다. 머슴은 뚝 멈춰서는가 싶더니 눈이 희게 뒤집어지며 댓돌 옆에 나동그라졌다. 그러는 사이에 다른 헌병은 익숙한 솜씨로 송수익의 두 팔을 뒤로 모아 쇠고랑을 채우고 있었다.

송수익은 반항을 하려고 했다. 그러나 마음뿐이었다. 배가 비비 틀리고 아파 전혀 기운을 쓸 수가 없었다.

헌병이 송수익의 허벅지를 툭툭 차며 뭐라고 지껄였다. 그때까지 비식이 웃으며 구경만 하고 있던 통변이 입을 열었다.

"송수익이, 인자 가보드라고 잉."

송수익은 이빨을 악물며 그대로 엎드려 있었다. 그는 헌병놈들보다 통변에게 더 강한 증오를 느끼고 있었다.

바로 너 같은 인간 말종들이 있으니 왜놈들 기세가 날로 커지는 것이다. 이 어리석고 불쌍한 종자들아!

헌병 둘이서 송수익을 일으켜세웠다.

얼굴이 일그러진 송수익은 허리를 제대로 펴지 못했다. 배창자가 꼬이고 비틀리는 통증을 이겨낼 수가 없었던 것이다.

"엄살허지 말고 착착 걷드라고."

통변이 비웃음을 날리며 돌아섰다. 송수익은 또 이빨을 뿌드득 갈았다.

송수익은 겨우겨우 걸어 대문을 나섰다. 그때까지도 정신을 잃은 머슴은 그대로 쓰러져 있었다.

송수익이 동네를 벗어날 즈음에 동네사람들이 그의 쇠고랑 찬 뒷모습을 지켜보고 있었다.

들길을 5리쯤 걷고서야 송수익은 허리를 제대로 펼 수 있었다. 억지로나마 몸을 움직이자 뱃속의 뒤틀림이 차츰 가라앉으면서 기운이 회복되었던 것이다.

몸에 기운이 돌기 시작함에 따라 송수익의 걸음은 빨라지고 있었다. 두 팔을 등뒤로 엮어 쇠고랑을 차고 일본헌병들에게 잡혀가는 자신의 흉측하고 수치스러운 꼴을 한시라도 빨리 감추고 싶었던 것이다.

송수익은 다시 정재규를 생각해 보았다. 술자리를 거절해 버린 것을 그가 모독으로 받아들였다 해도 주재소에 어떤 모함을 했을 것 같지는 않았다. 어제 자신이 했던 말 중에서 악의를 가지고 확대하거나 왜곡시키면 문제가 없는 것도 아니었다. 그러나 정재규가 그렇게까지 나쁜 사람이라고는 생각되지 않았다.

송수익은 아무리 생각해도 자신이 왜 쇠고랑을 차야 하는 것인지 알 수가 없었다. 그렇다고 통변놈에게 그 이유를 묻고 싶지는 않았다. 그놈을 더 방자하게 만들어줄 수는 없었다.

새 쫓는 소리들은 여전히 들녘을 울리고 있었다. 송수익은 그 힘겨운 소리들을 들으며 오늘의 모독과 분노를 가슴벽에 각인하고 있었다.

"당신 언제부터 동학 잔당과 내통해 왔어."

이름을 확인하고 난 주재소장의 첫 번째 물음이었다.

송수익은 자신이 엉뚱한 덫에 차이고 있음을 직감했다. '동학 잔당과 내통'이라는 죄목은 곧 목숨과 맞바꾸는 죄목이었다. 최근까지도 그 죄목은 시퍼렇게 날을 세우고 있었다. 그는 어금니를 맞물며 정신을 가다듬었다.

"그런 일 추호도 없다."

송수익은 주재소장을 똑바로 쏘아보았다. 그의 각이 진 눈에서는 분노의 불꽃이 튀고 있었다.

"잔소리 마라! 우린 증거를 다 가지고 있어."

주재소장은 카랑하게 째지는 소리를 지르며 굵은 막대기로 책상을 내리쳤다.

"난 조선사람이다. 왜놈한테는 아무 대답도 하지 않겠다."

이 말을 내쏜 송수익은 고개를 숙여버렸다.

"뭐라고? 왜놈! 이자식이 어디다 대고 그따위 말버릇이야. 그래도 양반이라고 점잖게 대해줬더니 이거 영 틀려먹은 놈이로구만!"

화가 치솟긴 주재소장은 책상을 마구 내리쳤다. 그러나 고개를 숙여버린 송수익은 미동도 하지 않았다.

"고개 들어. 이자식아, 고개 들라니까!"

그러나 송수익의 숙인 고개는 조금도 움직임이 없었다.

"고개 들으란 말이여."

통변이 송수익의 머리카락을 움켜잡아 고개를 뒤로 젖혔다.

"너 언제부터 동학당과 내통했냐니까!"

주재소장의 얼굴은 험상궂게 변해 있었다. 고개를 숙일 수 없게 된 송수익은 이제 눈을 감아버렸다.

"이자식아, 뼈가 부러지게 맞어야 정신 차리겠나!"

제 말에 힘을 넣듯이 주재소장은 또 책상을 내리쳤다. 그러나 송수익의 눈은 뜨이지 않았다.

"이놈 이거 악질이로구만. 다른 일 바쁘니깐 우선 갖다 처넣어."

주재소장이 침을 내뱉었다.

송수익은 유치장에 갇혀서 아무리 생각해도 누가 그런 가당치도 않은 모함을 한 것인지 짐작 가는 사람이 아무도 없었다. '동학과의 내통'이라고 하니 정재규는 더구나 아니었다.

그는 동학에 대해서 생각했다. 지난번 일진회 결성에 이용구가 앞으로 나섬으로써 동학은 완전히 반으로 갈라지고 말았다. 한때 동학군 장수였던 이용구가 변절해 경의선 철도공사에 북쪽 동학도들을 20만이 넘게 동원하면서부터 동학은 반 동강이 나기 시작했고, 민심을 잃게 되었다.

이제 이용구가 일진회의 거두가 되었으니 그 영향력 아래 있는 동학도들은 고스란히 일진회 회원이 될 수밖에 없었다. 북쪽의 동학은 더 이상 동학일 수가 없었다. 그나마 뿌리가 남은 것은 남쪽이었다. 나라가 망하자니 이용구 같은 흉물이 나타나 동학의 정신을 정반대로 뒤집어 이용해 먹는 변고까지 생기고 있었다.

송수익은 더 취조를 받지 않고 저녁때 국밥 한 그릇을 얻어먹었다.

"송수익, 일어나. 얼렁 일어나랑게."

그는 눈을 껌벅였다. 잠이 안 오던 밤이 어느새 밝아 있었다.

"당신네 문중을 봐서 이번엔 특별히 눈감아 주기로 했소. 앞으론 일본사람들이 하는 일을 방해하고 다니지 마시오. 그건 동학당이나 마찬가지 짓이오."

주재소장의 말이었다.

뭐라고!

그때서야 송수익의 머리에 퍼뜩 떠오르는 것이 있었다. 어젯밤 주막에서의 일이었다.

자신이 어떤 경로를 거쳐 잡혀오게 되었는지 일직선으로 연결이 되었다. 그 신속함에 그는 전신이 저릿거리는 전율을 느꼈다. 논을 사들이고 있는 왜놈들은 그저 돈 많은 개인이 아니었던 것이다. 그 놈들은 주재소와 연결되어 있고, 주재소의 무력은 조직적으로 그 놈들을 비호하고 있는 것이었다. 그 사실을 뒤늦게 깨달으며 그는 무릎이 꺾이는 절망을 느꼈다.

   송수익은 주재소를 나와서야 문중회의가 열렸다는 것을 알았다. 문중의 압력으로 쉽게 풀려나긴 했지만 그는 기분이 영 찜찜했다. 문중 어른들은 자신이 상투를 자른 것이며 그 밖의 행위에 대해서 고깝고 마땅찮게 여기고 있었다. 양반이란 신분을 지키고자 하는 문중 어른들의 집요함은 정재규의 생각보다 더했으면 더했지 덜하지 않았다. 그들은 자신들이 양반 중에서도 얼마나 품격 높고 질 좋은 양반인가에 대해 끝도 없이 강조했다. 따라서 조상들이 대대로 얼마나 높은 벼슬들을 해내려 왔는지를 수없이 되풀이해서 자식들이 그 사실을 하나도 틀리지 않고 암기하기를 강요했다. 그들은 문중자랑을 끊임없이 되풀이하다 보니 정작 자기 스스로는 무위도식하는 신세이면서도 어느 때는 우의정이 되고 어느 때는 평양감사가 되고 어느 때는 영의정도 되는 착각과 혼란에 빠져 살았다. 그들은 자신들의 무위도식을 전혀 부끄러워하거나 창피스러워할 줄을 몰랐고, 오로지 문중의 내력을 미화시켜 자손들에게 전하는 것으로 자신들이 할 일을 충실히 수행하고 있다고 만족해했고 또 확신하고 있었다. 그 외에 하는 일이 한 가지 있다면 선대에서 물려받은 재산을 더 늘려 가세를 더욱 번창시키겠다는 것이었다. 그런 문중 어른들 앞에서 상투를 자른다느니, 상것들을 존대한다느니 하는 것은 참으로 용납될 수 없는 일이었다. 그건 문중의 위신을 추락시키는 망동이었고, 족보의 권위를 훼손시키는 만행으로 지탄되기에 모자람이 없었다. 그간에 어른들 앞에 불려가 호된 책망을 들은 것이 한두 번이 아니었다. 그런데 이제 주재소 출입까지 하는 소란을 피웠으니 회의에서 좋은 소리가 오갔을 까닭이 없었다.

송수익은 집으로 가기 전에 아랫마을 이 서방부터 먼저 찾아갔다.

"왜놈들한테 논 팔아먹지 말라는 말을 내놓고 허지는 마시오. 그저 눈치껏 하면서 말조심하는 게 좋겠소."

그가 이 서방한테 이른 말이었다.

만약 이 서방이 잡혀 들어갔다가는 그놈들이 밀어넣는 함정에 꼼짝없이 빠질 수밖에 없는 노릇이었다. 이 서방은 재력은 물론 문중의 힘도 허약했던 것이다. 그런 그를 한시바삐 위험 앞에서 비켜 세워야 했다.

이건 이제 내 나라, 내 땅이 아니로구나…….

집으로 발길을 돌리고 있는 송수익의 심정은 비감할 뿐이었다. 잡혀가지 않으려고 저항했다가 폭력 앞에서 어이없이 허물어지고만 자신의 몰골이 자꾸만 곱씹히고 있었다. 그런 식의 저항이란 백의 백 사람이 해보았자 똑같은 꼴이 될 뿐이었다. 그러면 어떻게 해야 하는 것인가……. 그는 괴롭게 신음했다.

해가 기울면서 집집마다 파아란 연기를 피워올리기 시작했다. 매캐하고도 쌉싸름한 연기냄새가 땅바닥을 기며 퍼지고 있었다.

땅거미를 밟으며 건장한 체구의 남자가 마을로 들어서고 있었다.

조그만 보따리 하나를 달랑 든 그 남자의 행색은 체구에 비해 너무 남루했다. 철 지난 삼베옷은 낡을 대로 낡아 흐물거릴 지경이었고, 발에 꿰고 있는 짚신도 칡넝쿨을 둘러 묶고 있었다. 때 전 수건을 동인 상투머리도 헝클어진 채 지푸라기 같은 것들이 붙어 있었다. 작은 보따리 대신 바가지를 들었더라면 영락없는 거렁뱅이였다.

"만복아아 ― 마안복아아 ―."

그런데 고샅으로 접어들며 그 남자가 거침없이 외치기 시작한 소리였다. 그 목소리는 볼품없는 행색과는 달리 당당하고 어기찼다.

"만복아아 ― 만보가아아 ―."

그 남자는 철도공사장에서 돌아오고 있는 지삼출이었다.

지삼출의 목소리를 먼저 알아들은 것은 그의 아내가 아니라 감골댁이었다. 그의 집은 아직 멀었고, 집이 가까운 감골댁의 귀에 그의 목소리가 먼저 잡혔던 것이다.

"아이고 아이고, 요것이 누구여! 자네, 자네, 만복이 아범 아니라고!"

허둥지둥 사립 밖으로 뛰쳐나오고 있는 감골댁의 반가움에 겨운 외침이었다.

"아이고 아짐, 어찌 지내셨는게라우!"

아들을 불러대느라고 정신이 없던 지삼출도 감골댁을 보자 금방 얼싸안을 듯이 반가워했다.

"이, 자네 몸이나 성헌가, 몸이나 성헌가……."

감골댁은 지삼출의 몸을 쓰다듬는 것처럼 손짓하며 그 눈길은 얼굴에서부터 온몸을 훑어내리고 있었다. 그 눈에는 눈물이 그렁 그렁 고이고 있었다.

"야아, 몸이야 성허고말고라."

지삼출은 보란 듯이 가슴을 쫙 펴 보였다. 그의 검게 그을은 얼굴은 넉넉하게 웃고 있었다.

"그간에 얼매나 고상이 심혔능가……."

고개를 떨구는 감골댁의 눈에서 눈물이 주르륵 흘러내렸다.

"고상언 무신 고상이다요. 영근이헌티서넌 소식 왔능게라."

지삼출은 얼른 말머리를 돌렸다.

감골댁은 그저 고개를 저었다.

"아니, 여적 소식이 없다는 말인게라우?"

감골댁이 고개를 끄덕였다.

"그거이 어쩐 일이당가요?"

"다 무소식이 희소식이제 머."

감골댁이 눈물을 훔치며 겨우 한 대답이었다. 그 대답은 며칠 전까지만 해도 무주댁이 자신에게 했던 것이었다.

"이러고 있을 일이 아니시. 얼렁 집으로 가야제. 그간에 무주댁 가심이 숯 다 되았네. 어여 가세."

감골댁은 앞서 발길을 잡았다.

"숯언 무신 숯 되고 말고 혀라, 다 한 땅에 있는디." 지삼출은 퉁명스럽게 말하고는, "그나저나 영근이가 요상허시. 떠난 지 다섯 달이 다 차 가는디 어쩨 쓰다 달다 소식이 없능고." 그는 고개를 갸웃

갸웃하며 중얼거리고 있었다.

"무주댁도 아그덜도 다 무사허시."

이번에는 감골댁이 말머리를 돌렸다. 지삼출은 아무 반응 없이 발걸음만 옮겨놓고 있었다. 방영근의 소식을 어떻게 알아야 할 것인지 그는 막막할 뿐이었다.

지삼출이 작은 보따리에서 꺼내놓은 것은 엿 예닐곱 가락이었다. 그는 엿 다섯 가락을 따로 싸서 감골댁 앞에 내놓았다.

"아그덜 하나썩 맛이나 뵈씨요."

"아니시, 아니여. 만복이허고 곱단이나 믹이소. 우리 아그덜이야 다 컸웅게."

감골댁은 엿을 되밀어놓으며 손을 내저었다. 그것은 그냥 인사치레가 아니었다. 감골댁은 그 엿이 얼마나 힘들게 모아진 돈으로 산 것인지 다 아는 터라 진정으로 사양했다.

"입이야 다 똑같으요. 얼렁 챙기시게라."

지삼출은 엿을 다시 밀었다.

"나 인자 가볼랑마."

감골댁은 서둘러 일어났다.

"어허, 어찌 그래싸시요."

지삼출이 엿을 들고 따라 일어섰다.

"밥이 다 되았웅게 한술 뜨고 가시지라우."

무주댁이 부엌에서 나오며 말했다.

"아니시, 아녀. 집이 가서 묵을라네."

감골댁은 완강하게 고개를 저었다. 서로 없는 살림에 한 끼 밥이라도 축내는 것, 그것처럼 눈치 없고 속 빈 짓도 없었던 것이다.

"밥이야 어쩌그나 이 엿언 꼭 가지가야 허요."

지삼출이 엿을 감골댁의 손에 들려주었다. 감골댁은 가슴이 찡 울렸다.

"이 귀헌 것얼…… 자알 묵겄네."

감골댁은 엿뭉치를 가슴에 품듯 하고 집으로 돌아가면서 지삼출이가 그 돈 2원에 대해 묻지 않은 것을 더없는 다행으로 여겼다.

그 돈을 받아내려다가 끌려가 넉 달이 넘게 고생하고 돌아온 사람 앞에서 그 돈을 결국 못 받았다는 말을 꺼내기는 그 얼마나 면목 없는 일인가. 지삼출은 자기가 헛고생한 것을 알면 속이 뒤집힐 것이었다. 그 일을 그냥 덮고 넘어갈 수는 없다 하더라도 될 수 있는 대로 늦게 알게 하고 싶었다.

지삼출이 돌아왔다는 소식은 금방 퍼져나갔다. 그가 그토록 소리를 질러대며 고샅을 누볐으니 소문이 안 퍼질 수가 없었다.

지삼출이 숟가락도 놓기 전에 서너 사람이 몰려들었다. 그는 동네 사랑방으로 행차를 하지 않을 수 없게 되었다.

풀먹인 옷을 갈아입은 그의 모습은 이제 사람 꼴을 갖추고 있었다.

사랑방에 네댓 명이 빼곡하게 모여앉았다. 관솔불빛도 흐린 데다가 담배를 피워대니 연기까지 가득 차 방 안은 더욱 어둠침침했다.

"철길공사넌 다 끝난 것이랑가?"

누군가가 물었다.

"아니, 사람 억지로 끌어내 놓고 맨입으로 이얘기 듣자는 것이여?"

지삼출의 대꾸 아닌 대꾸였다.

"마누래 품고 돌아갈 것을 훼방 놓고 있는 판이니 그럴 수야 있가디? 곧 술 오기로 힜네."

"이, 아까 말이시 저 사람 마누래가 미운 눈으로 내 뒤꼭지럴 딱 꼬나보드랑게로."

"어찌 안 그러겄어. 넉 달이나 독수공방이였는디. 자네덜 인자 원수 샀네."

"이놈덜아, 느그덜언 뒤꼭지에도 눈 달고 댕기냐? 느그덜언 우리 마누래헌티 미움 사 인자 3년 재수 없게 생겼다."

지삼출의 능청스러운 말에 모두는 와아 웃음을 터뜨렸다.

"문 열어, 술이여 술."

밖에서 들려온 소리였다.

방 안의 사람들은 모두 반색을 하며 일어섰다. 술동이가 방 가운데 놓였다. 술동이에는 조롱박 하나가 긴 목을 동잇가에 걸친 채 가볍게 떠 있었다. 김치가 봉우리를 이룬 사발 하나가 술동이 옆에 놓였다. 그리고 방문이 닫혔다. 올 것이 다 온 것이었다.

"짜아, 오늘이야 삼출이가 진객이니께 나이넌 다 접어두고 삼출이보톰 쭈욱 한잔!"

바른말 잘하고 나서기 좋아한다고 '초라니'라는 별명을 가진 임덕구가 조롱박의 손잡이를 잡고 술을 휘저으며 신명나는 소리로 말했다. 그리고 그는 조롱박에 막걸리를 넘쳐흐르게 떠서 지삼출에게 건넸다.

"아니여, 무신 베슬허고 온 것도 아닌디 나이순으로 히야제 될 말이랑가?"

지삼출은 조롱박 받기를 주저하며 아랫목 쪽으로 눈길을 보냈다.

"아니시, 아녀. 저 초라니가 가다가 옳은 말 힜구만. 얼렁 들소."

"그간에 얼매나 고상힜능가. 어여 들어."

지삼출보다 서너 살쯤 많아 보이는 두 남자가 웃음으로 술을 권했다.

"인사 치렀응게 얼렁 마셔, 얼렁. 술 어서 들오라고 다덜 목구녁서 당그래질허고 난리시 시방."

임덕구가 빠르게 말하고는 손가락으로 김치쪽을 집어 날름 입에 넣었다.

"아이고 저 초라니 방정. 당그래질허는 것언 바로 니놈 목구녁이다."

누군가가 내질렀고, 방 안 사람들은 모두 웃었다. 임덕구도 김치를 씹으며 속좋게 웃고 있었다.

지삼출이 조롱박을 기울이며 술을 마시기 시작했다. 술이 넘어갈 때마다 툭 튀어나온 목울대가 꿀럭꿀럭 소리내며 오르내렸다. 누군가의 입맛 다시는 소리가 섞이기도 했다.

"맛나게도 마시네. 그간에 술 한 모금도 못 얻어묵고 살었는가 부네."

큰 눈이 툭 튀어나와 '왕방울'이란 별명이 붙어 있는 주성춘이가 큰 눈을 껌벅거리며 혀를 찼다.

"아이고, 삼출이가 짠히서 저 왕방울눈에 눈물 맺히겄다. 술독에 눈물 떨어져 술 짜지는디 뒤로 나앉어."

것지르고 대지르는 말에 이골난 손판석의 말이었다. 그는 성질이 강하고 고집이 세서 '판석'이가 아니라 '돌석'이라고 불리었다. 이름 끝자가 돌 석 자니까 별명을 한글로 풀어놓으면 '돌돌'이 되는 셈이었다.

"어 씨언허다!"

입을 한 번도 떼지 않고 조롱박을 다 비운 지삼출이 숨을 토해 냈다. 그는 손등으로 입을 쓱 훔치고 나서 손가락으로 김치를 가득 집어 입에 몰아넣었다. 그리고 손가락을 바지의 엉치께에 씩씩 문질렀다.

조롱박은 나이순으로 돌아가기 시작했다. 조롱박을 따라 정이 오가고, 술기운을 따라 사랑방에는 화기가 넘쳐나고 있었다.

"철길이 다 됐응게 우리도 인자 신식으로 살기가 좋아질랑가? 자네 생각언 어쩐가, 삼출이."

임덕구가 술기운 도는 눈으로 지삼출을 쳐다보았다.

"그런 소리 허덜 말어. 그거이 다 왜놈덜이 지어낸 헛소리고, 넋 빠진 조선놈덜이 맞장구치는 잡소리여. 철길이야 조선사람덜이 골 빠지고 쎄빠지게 일혀서 왜놈덜 발에 발통 달아준 것이로구만. 우리헌티넌 손해가 났으면 났지 아무 이문도 없는 일이란 것얼 알아야 쓰네."

지삼출의 대답은 냉담했다.

"그거이 무신 소리당가?"

아랫목에 앉은 남자가 관심을 드러냈다.

"더 두고 볼 일인디, 우선에 왜놈덜이 기차라는 것얼 공짜로 태와주는 거이 아닝게 왜놈덜 돈벌이 시켜주는 것이고, 또 왜놈덜이 철길얼 이 나라 뺏어묵는 일에 써묵게 된다 그것이요."

"철길이 총이간디 그리 써묵어?"

주성춘이 큰 눈을 껌벅껌벅했다.

"답답허시. 총만 총이간디? 철길얼 사방팔방으로 깔아놓고 즈그 군대럴 빨르게 실어날르고, 즈그가 좋아허는 물자 여그서 모아 일본으로 실어가기 쉽게 써묵고, 그리될 것이다 그 말이여."

"이, 그 말이 맞을 상싶은디."

"그려, 그리되면 예삿일이 아니시."

방 안 사람들은 모두가 긴장했다.

"그거이 자네 혼자 묵은 생각이여?"

손판석이 정색을 하고 물었다.

"아니시, 나도 공사판서 듣고서야 그 속얼 알았구만."

"공사판 사람덜언 그런 속얼 다 안가?"

아랫목의 남자가 고개를 빼며 물었다.

"쉬쉬허는 속이서 퍼진 말잉게 다 알고말고라."

"우리도 내놓고 헐 소리가 아닌디."

누군가의 중얼거림이었다.

"하면. 송 선상도 그리 험허게 잡아가는 판잉게 우리 같은 것덜이야 더 말혈 거이 없제. 다덜 속으로만 알아두소."

아랫목의 남자가 좌중을 훑어보았다.

"어이, 가만 잠 있어보소. 송 선상이 잽혀 들어갔다는 소리가 먼 소리랑가? 무신 일이 났등가?"

지삼출이 놀란 얼굴로 초라니 임덕구에게 물었다.

"이, 자네넌 안직 몰르고 있겄구마. 송 선상이 두 팔 뒤로 엮여 쇠고랑 차고 왜놈헌병덜헌티 잽혀갔는디, 그 일이 어찌 된 것잉고 허니……." 임덕구는 목을 늘여 마른침을 삼키며 자리를 고쳐앉고는, "여그 징게 맹갱 들얼 미친년 널뛰덧기 험서 마구잽이로 사딜이는 왜놈덜 중에 요시다라는 놈이 있는디, 그놈 심바람꾼 하나가 저 그 저 궁뎅이 큰 예펜네 주막집서 아랫말 이 서방헌티 술얼 받아줌스로 논얼 즈그헌티 팔아넴기라고 조청 발르고 깨소금 치고 콩가리 묻힌 말로 사리살살 꼬디기고 있드라 그거시여. 헌디 방 안에서 술얼 묵고 있든 송 선상이 그 달착지근허고 꼬시고 고소롬헌 말얼 다 듣다 봉게 그거시 모다 귀 간질간질허게 맨글고 간 사리살짝 녹게 맨글고 허파에 바람 팅팅 차게 맨그는 거짓말이라. 그리서 송 선상이 방문 차고 나옴서 벽력겉이 호통얼 치넌디, 너 이놈아 당장 베락 맞어 뒤질라고 어디서 그런 싯뻘건 거짓말얼 허고 자빠졌냐. 당장에 물러가그라, 힜지. 그런디 그 심바람꾼놈이 즈그 왜놈상전얼 믿고 시건방구지게 송 선상헌티 대듬서 헌다는 말이, 당신이 먼 디 넘 일에 배 놔라 감 놔라 허고 그냐. 어디 잠 따져보자, 험서 턱쪼가리럴 치올렸겄다. 그리뒹게 부애가 터진 송 선상이, 너 이놈 잘

만냈다. 그래 따져보자, 힘스로 그놈얼 맥살잽이혀서 마당에다 패
대기럴 쳐뿐 것이여. 그리됭게 그놈언, 아이고메 아부지 성님 찾음
서 붕알에서 방울소리야 나그라 발바닥서 불이야 나그라 허고 뽕
빠지게 달아나부렀어. 헌디 하룻밤이 지내고 날이 훤허니 밝았는
디 주재소 헌병 두 놈허고 통변 한 놈이 송 선상얼 잡을라고 들이
닥친 것이여. 왜놈헌병놈덜이 진 총얼 들고 송 선상헌티 뎀비넌디,
송 선상이 그대로 잽히덜 않고 앞서 오는 놈 면상얼 보기 좋고 씨
언허게 주먹으로 내래쳤어. 그렇게 왜놈언 더 볼 것 없이 팍 꼬꾸
라졌넌디, 그 담에 들이닥친 놈이 송 선상얼 총으로 무지막지허게
팬 것이여. 그리됭게 송 선상도 안 꼬꾸라질 수가 있어야제. 쇠고랑
얼 차게 되었제. 송 선상이 잽혀가기넌 힜어도 양반인 디다가 문중
이 원체로 끄리끄리헝게 주재소놈덜도 담날 안 풀어줄 수가 없었
구만. 그런디 말이여, 논 사딜이는 왜놈덜허고 주재소 헌병놈덜허
고넌 다 한통속으로 돌아가는 한패라넌 것잉게 그거럴 똑똑허니
알어야 써."

말재주 좋은 임덕구의 말은 가락을 타고 넘으며 막힘이 없이 줄
줄이 이어져 듣기에 아주 재미가 있었다. 그러나 부분부분이 과장
되어 있었다. 그렇지만 아무도 그 과장을 지적하거나 고치려 하지
않았다. 송 선생에 대한 대목이기 때문에 그런지도 몰랐다.

지삼출은 사람들이 묻는 대로 공사판에서 있었던 이런저런 일
들에 대해 이야기해 나갔다. 그러면서 밤이 깊어갔다.

"술도 더 나오기넌 틀렸고, 삼출이 마누래헌티 더 미움 사기 전

에 삼출이 그만 보내드라고 잉."

손판석이 자리를 털고 일어나자 모두 그 뒤를 따랐다.

"자네 일진회라는 것 몰르제?"

단둘이가 되자 손판석이 말을 꺼냈다.

"일진회?"

지삼출은 어둠 속에서 손판석을 쳐다보았다.

"이, 얼매 전에 새로 생긴 단첸디, 자네허고 나허고 들면 좋을 상 싶어서."

"거그서 무신 일얼 허는디?"

"이런저런 존 일얼 헌다는디, 그중에서도 질로 맘에 드는 거이 있 구만. 그거이 말이시, 백성 못살게 괴롭히넌 악질 관리고 양반얼 쳐없앤다는 것이네. 자네 맘에넌 어쩐가?"

"어디서 꾸미넌 단첸디 그런 소리럴 맘놓고 허고 그런고?"

지삼출은 가슴이 푸득 떨리는 것을 느꼈다. 갑오년 그때가 확 다 가들었다.

"거 머시냐, 일본영사관서 뒤럴 받쳐준다고 허데. 든든허덜 않은 가?"

지삼출은 깜짝 놀랐다. 왜놈영사관이 왜 그런 짓을 허고 나서? 무신 일인고? 그는 온몸이 싸늘하게 식어드는 것을 느꼈다.

"낼 날이 밝으면 더 생각혀 보세. 나가 시방 너머 고단허시."

지삼출은 어둠을 이용해 감정을 쉽게 감출 수 있었다.

"더 생각허고 말고 헐 것도 없네. 못된 관리고 양반얼 쳐없애면 얼매나 속시원헌 일이겄는가. 가서 푹 쉬소."

손판석이의 들뜬 것 같은 목소리였다.

오랜만에 아내와 함께 자는 잠은 깊고도 달았다. 그러나 잠을 깨자 한잠도 안 잔 것처럼 손판석의 말이 머릿속에 가득했다. 지삼출은 일진회가 무엇이며, 일본영사관이 왜 그런 짓을 시키는 것인지 또 골똘히 생각했다.

"일진회란 거이 생겼다는 말만 들었제 지 겉은 거이 그 속이야 알간디요."

아내의 대답이었다. 지삼출은 당연한 일이라고 생각하며 송 선생을 찾아가 보기로 했다.

"그런 말에 속아 넘어가서는 안 되오. 일진회란 더 말할 것 없이 왜놈들의 앞잡이 단체요."

송 선생의 분명한 말이었다.

"그런디 어찌서 그런 말얼 내걸고 그러넌게라우?"

지삼출은 좀더 앞으로 다가앉았다.

"자아, 들어보시오. 일진회를 만들면서 그자들이 내건 4대 강령이라는 게 있소. 첫째가 왕실의 존중, 둘째가 백성의 생명과 재산 보호, 셋째가 시정 개정, 넷째가 군정과 재정의 정리요. 첫째와 둘째는 쉬운 말이고, 셋째는 백성을 위해 잘못된 관청일을 고친다는 뜻이고, 넷째는 군대살림과 나라살림을 바로잡는다는 뜻이오. 그 네 가지에 왜놈들 앞잡이 노릇 하겠다는 말은 눈을 씻고 찾아도 없덜 않소. 다 백성들이 바라는 것들만 골라냈소. 왜 그렇겠소? 백성들이 왜놈들을 싫어허는 판에 왜놈들 앞잽이로 나선 것을 표냈다가는 몰매 맞어 죽게 생겼으니 그리 속임수를 쓴 것이오. 그러고도 모자라 악질 관리고 양반을 쳐없앤다는 말로 사람들을 속여 회원으로 끌어들이는 것이오. 그게 다 못되게 영리한 왜놈들이 하는 짓이오."

"그러니 선상님겉이 유식헌 분이나 그 속얼 알제 무식헌 사람덜이야 그 말에 귀 솔깃혀서 속아 넘어가딜 안컸는가요. 어찌야 헌당게라우?"

"참 어지러운 세상이오. 왜놈장사치들은 날로 늘고, 철도는 완성되고, 일진회놈들은 날뛰고, 할 말은 못하게 되고……. 무슨 도리가 없는 세상이 돼가고 있소……."

송수익의 한숨은 진하고 길었다.

두 사람 사이에는 더 말이 오가지 않았다.

10

겨울 들녘

들녘의 겨울이 깊을 대로 깊어져 있었다. 끝없이 펼쳐져 나가다가 하늘과 맞닿으며 아슴푸레하게 지평선을 이루어내고 있는 들판은 진한 회색빛이었다. 마치도 눈을 품은 겨울하늘이 그대로 내려앉은 듯한 넓고 넓은 회색빛 들판에는 그 깊이를 헤아릴 수 없는 적막만이 가득했다. 벼 그루터기만 남은 들녘에는 사람의 모습 하나 보기가 어려웠다. 그래서 들녘은 더 쓸쓸하게 넓어 보였고 적막은 태고의 신비로움을 품고 사무치게 깊었다.

그 깊고 깊은 적막을 헤집으며 정연한 대오를 지은 기러기떼들이 바다 쪽의 하늘 가장자리를 가끔씩 날아가고는 했다.

기러기들은 그 유연한 날갯짓에 맞추어 맑으면서도 서러운 음조로 끼룩끼룩 울었다. 그러나 그 소리들은 그들의 날갯짓이 허공에 아무런 흔적을 남기지 못하듯이 들녘이 품은 적막에 실금도 내지 못했다. 적막에 빨려들어 여음도 남기지 못하는 그 소리들은 적막의 깊이가 얼마나 깊은지를 어렴풋이 보여줄 뿐이었다.

들녘은 그 깊은 적막을 덮고 겨울잠을 자고 있었다. 그 모습이 진회색이라서 잠도 회색빛일 듯싶은 광막한 들녘에서 맘껏 호기를 부리는 것은 북쪽에서 불어닥치는 찬바람뿐이었다. 추위를 실어오는 찬바람은 허허로운 벌판에서 아무런 거칠 것이 없이 달음박질치고 휘돌고 맴돌았다. 그런데도 들녘은 그다지 황량하거나 살벌하지는 않았다.

드넓은 들녘에 드문드문 자리잡은 야산들은 소의 앉음새처럼 듬직했고, 그 야산들을 바람막이해서 모여앉은 집들이 오순도순했고, 그 집들은 아침저녁으로 파아란 연기를 피워올리고는 했던 것이다. 집집마다 파아란 연기들이 피어오르는 속에 개 짖는 소리가 멀리 울리고, 아이들 부르는 아낙네들의 정겨운 소리가 길게 여울져 퍼지는 때면 회색빛 들녘에는 생기가 돌고, 거침없이 활개치던 찬바람도 멈칫대는 것 같았다.

해거름이 되면서 한 집 두 집 연기가 피어오르기 시작했다. 며칠째 추웠던 뒤끝을 짓듯이 흐린 하늘에서는 희끗희끗 눈발이 날리기 시작했다. 눈발이 날리는 속에 옹기종기 자리잡은 마을들과 저녁연기 피어오르는 정경은 화평스럽기 그지없었다.

"방도 다 식고 했는디 불이나 쬐깨 때그라."

감골댁의 힘없는 목소리였다. 그 낮은 말에는 진한 시름이 묻어 있었다.

동생들의 해진 옷을 깁고 있던 보름이는 일감을 방구석으로 밀어놓고 소리 없이 몸을 일으켰다. 지게문을 밖으로 밀며 보름이는 어머니를 보지 않으려고 애썼다. 어머니를 보았다간 그대로 눈물이 쏟아질 것만 같은 심정이었다. 어머니의 말에는 다른 뜻이 담겨져 있었다. 그 말을 감추고 있는 어머니의 마음이 얼마나 쓰리고 아플 것인지는 더 말할 것이 없었다.

　"음마, 눈이 오네!"

　마루로 나선 보름이는 문득 중얼거렸다. 흩날리는 눈발을 보자 순간적으로 마음이 반짝하는 반가움이 솟았던 것이다. 그러나 이내 마음은 시무룩하고 무거워져 버렸다.

　보름이는 짚신에 발을 꿰며 하늘을 올려다보았다. 어둠살이 느껴지는 하늘에서 눈송이들은 탐스럽게 내리고 있었다.

　하얀 눈송이들을 바라보며 보름이는 엉뚱한 생각을 하고 있었다.

　저것이 다 쌀이라면 얼마나 좋을까…….

　그 부질없는 생각에 더 마음 무겁고 서러워지며 보름이는 부엌 문지방을 넘어섰다. 쌀독이 비어버린 것처럼 부엌 안도 썰렁하기만 했다.

　보름이는 밥을 짓는 것처럼 솥뚜껑을 소리내서 열고 물동이에서 물을 세 바가지 퍼다 부었다. 그러면서 그녀는 내가 남자이기만 했어도 얼마나 좋았을까, 하고 생각했다. 남자로 머슴질만 할 수 있어도 빈 솥에 불을 지펴 밥하는 시늉은 면할 수 있을 것 같았던 것이다.

보름이는 짚단을 끌어다가 불을 지폈다. 짚단도 얼마 남아 있지 않았다. 온 식구가 이러고 사느니 차라리……. 또 그 생각이 불현듯 떠올랐다.

"배 쫄쫄이 곯음서 면체면 헐라고 소두방 소리나게 열었다 닫었다 허니라고 기운 더 파허겄네."

정분이가 부엌으로 들어서며 내뱉은 오기 받친 소리였다.

"아이고, 누가 들으먼 어쩔라고 그냐."

보름이가 동생을 보며 질색을 했다.

정분이는 그렇게 말하면서도 살강의 그릇들을 금이 가지 않을 만큼 부딪쳐 달그락거리는 소리를 내게 하고 있었다.

밥을 끓이지 못하면서도 끼니때에 맞춰 연기를 피우거나 설거지 소리를 내는 것은 그저 체면치레를 하자는 것만이 아니었다. 서로 마음을 불편하게 하거나 신경쓰지 않게 하려는 예절이었다. 밥때에 연기가 피어오르는 것을 보며 이웃들은 서로 죽이나마 끓이는 것이겠거니 생각했고, 연기가 피어오르지 않으면 그 집이 곯고 있다는 것을 눈치채게 되었다.

어느 집이나 땔감보다는 끼닛거리가 먼저 떨어지게 마련이었다. 연기가 피어오르지 않게 되면 그 집은 벌써 사나흘은 곯았다는 표시이기도 했다. 그 소식은 곧 가까운 이웃들에게 돌았고, 죽이나마 끓이고 있는 사람들은 보릿가루든 밀기울이든 한 줌씩 추렴하는 마음을 모았다. 그런 이웃의 덕으로 연명을 해낸 사람은 그 고마움을 말로 표하고 끝내는 것이 아니라 바쁜 농사철에 일품으로 갚아나갔다.

"저녁도 굶기면 대근이가 눈 뒤집을 것인디 싸래기너물이라도 무치면 어쩐가?"

"그리히서넌 안 되는디…… 겨울이 안직도 멀었응게……."

보름이는 커다란 바윗덩이를 떠미는 심정으로 힘겹고 괴롭게 동생의 말을 막아냈다.

"염병허고, 묵자 것도 없는 눈만 저리 퍼붓으고 저렁고."

정분이는 괜한 날씨를 타박하고는 바가지로 찬물을 떠서 들이켰다.

보름이는 찬물을 마셔대는 동생을 막지 않았다. 동생은 점심을 굶은 허기만을 달래는 것이 아니라 가슴의 불을 끄고 있었던 것이다. 시래기도 이제 몇 두름 남아 있지 않았다. 동생의 말대로 시래기나물이나마 무칠 수 없는 것이 보름이는 언니로서 면목 없고 속 쓰릴 뿐이었다. 그러나 겨울준비는 어머니를 도와 힘이 닿은 데까지 다한 것이다.

솥전에 물방울이 굴러내리기 시작했다. 보름이는 손에 쥐고 있던 한 움큼의 짚마저 아껴 뒤로 밀쳐놓으며 동생에게 일렀다.

"얼렁 사발 챙게라."

뜨거워진 물 한 사발씩을 마시는 것이 저녁밥이었다.

어두워지면서 눈은 더 많이 내리고 있었다.

머리에 눈꽃을 이고 남자들이 하나둘씩 사랑방으로 모여들었다.

"어허, 올해 농새가 풍년 들랑가 눈이 아조 푸지시."

왕방울 주성춘이 방문을 열며 방 안 사람들에게 인사 삼아 하는 말이었다. 그의 손에는 반쯤 짜나가고 있는 짚신이 들려 있었다. 그들은 사랑방에 모이면서도 제각기 잔일거리를 가지고 오는 것을 잊지 않았다. 누구는 도끼자루를 다듬기도 했고, 어떤 사람은 망태기를 엮기도 했다. 그러나 가장 많이 가져오는 일거리가 짚신짜기였다. 짚신짜기는 우선 자리를 넓게 차지하지 않았고, 짚신은 농사일이 시작되면서 농기구만큼 긴요한 물건이라서 겨울 동안에 미리미리 짜두지 않으면 안 되었다.

"눈이 자꼬 더 많이 오능갑네?"

"밥이나 묵었능가?"

방 안 사람들이 인사했다.

"이, 밥이야 배터지게 묵었제."

주성춘이 건트림을 해 보이며 자리잡았다. 그러나 그의 말을 그대로 믿는 사람은 아무도 없었다.

"눈 푸지게 와서 풍년 들면 속터질 사람덜 많응게 내놓고 풍년 좋아허덜 못허게 생긴 시상이시."

손판석이가 떨떠름하게 말했다.

"무신 소리여?"

지삼출이 눈을 껌벅거렸다.

"무신 소리기넌. 논 팔아묵은 사람덜 안 있능가. 그 사람덜이야 풍년들먼 들수록 속이 얼매나 씨리씨리허겄능가."

지삼출은 무심한 듯 그저 고개만 끄덕였다.

"어찌서 초라니가 안 오능고. 밥 굶고 누웠는 거시 아닐랑가?"

주성춘이 고개를 갸웃거리며 방 안 사람들을 둘러보았다.

"어허, 이놈으 눈발에 노루고 퇴깽이고 심심찮이 저승질로 가겄네."

그때 문밖에서 들려온 소리였다.

"허, 호랭이가 지 말 헝게 딱 오네그려."

손판석이 무릎을 쳤다.

"호랭이 지 말 힜으면, 내 숭이라도 꼬시게 봤등 거 아니여? 글안 해도 옴스로 귓속이 간질간질 해쌓등마."

초라니 임덕구가 방문을 열어젖히며 으름장 놓는 시늉을 했다. 눈을 뒤집어쓴 그는 무슨 그물 같은 것을 들고 있었다.

"하이고, 밤일허다가 설사똥얼 지렸다등가, 닭다리 뜯다가 이빠디가 빠졌다등가, 무신 숭거리라도 있으먼 좋겄네."

누군가가 통을 놓았다.

"어쩐 그물이여?"

주성춘이 왕방울눈을 더 크게 떴다.

"왕방울눈 됐다가 멀혀? 척 보면 삼천 리, 일어났다 허먼 삼만 리 제. 이리 눈 오지게 오는 밤에 썩는 내 나는 사랑방서 씬 담배덜만 꼬실릴 챔이여? 우리 아까운 양석 돌라묵고 살찐 참새새끼덜 사냥 나서야제."

임덕구가 어떠냐는 듯 방 안의 사람들을 둘러보았다.

"어허, 저 초라니가 살림꾼이랑게."

"어찌서 늦능고 힜드만."

"참새 꿉어 탁주 한잔, 조오체."

방 안에는 금방 화기가 돌았다.

"참새새끼덜이 자울를라면 안직도 멀었응게 앉이나 허소. 죽 묵은 배덜이나 꺼치고 실실 나서야 헝게로."

지삼출이 곰방대에 담배를 우겨넣으며 자리를 좁혀 앉았다.

눈이 오는 밤에 참새몰이는 제격이었다. 기름 자르르 흐르는 참새구이를 소금에 꾹꾹 찍어 차가운 막걸리 한 사발씩 쭈욱쭉 비우는 시원함이란 겨울 사랑방의 더할 수 없는 맛이었다. 얼음 잡힌 생두부에 배추김치를 쭉쭉 찢어 걸친 안주도 어금니 사이사이에 신침 흘러내리게 하는 맛이었지만 그래도 참새구이에는 당할 바가 아니었다. 참새몰이는 단순히 술타령을 하자는 것이 아니었다. 그보다 먼저 농사에 해만 끼치는 얄미운 것들을 없앤다는 뜻이 작용하고 있었다. 제비가 오는 것을 반기고 귀찮다는 생각 추호도 없이 해마다 제비집 밑에 똥받침대를 해주는 것과는 정반대였다. 그 일거양득인 참새몰이는 농부들이 겨울을 나면서 즐겁게 하는 일이었다.

"그런디 말이여, 금산사 미럭불이 통곡했다던 소문 들었능가덜?"

임덕구가 자리에 앉자마자 꺼낸 말이었다. 말 좋아하는 그의 입술에 침이 반드르르 발라져 있었다.

"또 그 무신 승헌 소문이당가?"

아랫목의 나이든 축에서 물었다.

"야아, 다 못 들었능갑웅게 이얘기허지라우. 그거이 긍게로 한 보름 전에 일이란디, 밤이 짚은 참에 요상시런 곡성이 자꼬 딛기드랑마요. 여자소리도 아니고 남자소리도 아닌 곡성에 놀래서 중덜이 다 잠얼 깼넌디, 잠얼 깨고도 무섬징 커져서 중덜언 아무도 바깥으로 나가덜 못히서 벌벌 떨기만 힜다등마요. 그런디 그 곡성은 사흘 밤얼 내리 울림서 자꼬 커지드래여. 사흘찌 되넌 밤에 가서야 주지시님이 알아냈넌디, 그 곡성언 미럭불이 운 거이라고 허드랑게요. 날이 새고 봉께 미럭불 얼굴에 눈물 흘른 자꾹도 있드랑마요."

이야기를 끝낸 임덕구의 얼굴에는 두려운 빛이 드러나 있었다.

"이 삼동에 은진미럭이 땀얼 흘렸다는 소문 들은 지가 얼매 안 되넌디 금산사 미럭불이 사흘 밤이나 통곡얼 힜으면 무신 큰탈이 나기넌 날 징조 아니라고. 시상이 큰일이시."

아랫목에 앉은 사람이 자리를 고치며 침통한 얼굴로 사람들을 둘러보았다. 모두의 얼굴은 침울해져 있었다.

"그런디 말이시, 임진란 나기 전에도 그 미럭불이 곡성얼 냈다고 안 그러등가."

손판석의 말이었다.

"이, 그랬다넌 말이 있제. 그적에 은진미럭도 땀얼 흘렸다고 허고."

누군가의 대꾸였다.

"좌우당간 왜놈덜이 저리 설레발얼 쳐대는 판굿인디 그 영험 많기로 소문난 미럭불덜이 어찌 가만이 있겠어."

지삼출의 말이었다.

아무도 더는 말이 없었다. 흐린 관솔불빛으로 어둠침침한 방 안이 더욱 어두워지는 것 같았다. 문풍지 떠는 소리가 유난스레 크게 울리고 있었다.

"무신 탈이 나는 것이야 그때 일이고, 오늘 저녁에넌 참새새끼덜이나 사냥히얄 것 아니드라고?"

임덕구가 그물을 집어들며 방 안의 우울한 분위기를 휘저었다.

"그리허세. 근심 걱정 미리 끌어댕게서 허먼 몸에 빙 되는 법잉게."

손판석이 자리를 털고 일어났다.

그들은 모두 참새몰이를 나섰다. 어둠 속에서 눈이 내리고 있었다. 그들은 눈을 맞으며 대밭을 찾아 잰걸음질을 치기 시작했다.

"자네 저그 건너말 동식이허고 봉두가 일진회에 든 것 안가?"

손판석이 지삼출 옆으로 붙어서며 물었다.

"모른디. 언지 그랬능고?"

지삼출은 놀라면서 되물었다.

"한 열흘 됐는갑데."

"거그 들먼 못씬다는 거럴 몰랐능가?"

"이, 그 사람덜도 쉑인 것이등마."

"쉑인 것 알었으먼 얼릉 발얼 빼야제."

"자네 속편허시. 한분 발얼 딜에노먼 지맘대로 못헌디여."

"허허 그 사람덜 탈났네그랴."

"우리야 송 선상 덕에 재수 좋게 피해 섰는디, 그리 속 모르고 탈만낸 사람덜이 한둘이 아니시."

"그렁게 말이여. 그놈덜이 믹여살리는 것도 아닌디 대창 들고 따라댕기는 신세가 됐시니 다 큰탈이제."

"왜놈 앞잽이로 죄짓는 것은 어디허고."

"그것이야 더 말헐 거이 없제."

"왜놈덜, 간 빼묵을 놈덜이여."

"백여시가 따로 있간디. 아조 무선 시상이 됐잉게 정신 채려야 헝마."

두 사람은 한동안 말없이 걸었다.

"대밭 다 왔웅게 두 패로 갈르드라고. 다 아는 일인디, 새럴 쫓일 때꺼지넌 숨도 쉬덜 말고 소리 죽이드라고 잉."

임덕구가 목소리를 한껏 낮추어 속삭이듯이 말했다. 그 목소리에는 긴장된 힘이 들어가 있었다.

눈 오는 밤의 어둠은 진했다. 그러나 비 오는 밤의 어둠과는 달랐다. 비 오는 밤의 어둠은 그냥 먹물일 뿐인데 눈 오는 밤의 어둠은 그 바닥에 희붐하고 어렴풋한 빛이 서려 있었다. 내려서 쌓이고 있는 눈빛에 밑바닥의 어둠이 삭고 있었다.

두 패로 갈린 그들은 발소리 죽여가며 대밭으로 접근해 갔다. 뽀드득 뽀드득 눈 밟히는 소리만 어둠을 간질이고 있었다. 바람기는 별로 없는데도 대밭이 가까워지자 대나무잎들이 서로 몸 비비며 서걱거리는 소리가 무슨 슬픈 흐느낌처럼 흐르고 있었다.

새몰이 쪽에 낀 지삼출은 대숲이 우는 소리를 들으며 찬 공기를 가슴 가득 들이켰다. 대숲에 가까이 설 때마다 그는 전신이 팽팽해지는 긴장을 느끼고는 했다. 색깔 푸르른 대창을 꼬나들고 나섰던 그날의 가슴 뜨거움이 그대로 되살아나는 것이었다. 대창이 싱싱하게 푸르른 만큼 적을 향해 나서는 마음은 핏빛으로 붉었었다. 흰옷 입은 농군들이 손에 손에 푸르른 대창을 꼬나잡고 함성을 지르며 앞으로 나아갈 때 무서움이라고는 전혀 없었다. 새 세상을 향해 뻗쳐오르는 힘뿐이었다. 그런데 대창을 거꾸로 돌려 땅에 박고 나서 숨어살게 된 다음부터 대숲이 우는 소리는 그때 죽어간 사람들의 울음소리로 들리게 되었다. 그 한 맺힌 혼령들이 대통 속을 집으로 삼고 대숲에 모여사는 것만 같았다. 한번 그런 생각이 든 다음부터 그는 그 사실을 아주 믿어버렸다.

대밭 저쪽에서 불빛이 반짝반짝했다. 그물을 다 쳤다고 부싯돌을 치는 것이었다. 그 신호에 따라 세 사람은 대밭으로 뛰어들며 막대기로 대나무를 마구 후려치기 시작했다. 대밭에는 난데없는 폭풍이 일어나고 있었다. 대나무 치는 소리, 얻어맞은 대나무가 흔들리며 잎들이 쏠리는 소리, 거칠게 몰아대는 사람들의 소리. 댓잎 아래서 눈을 피하며 추운 잠을 자고 있던 참새들은 혼비백산하여 무작정 반대쪽으로 날아갈 수밖에 없는 일이었다. 당황해서 일직선으로 날아가던 참새들은 주둥이부터 그물에 박고 두 다리가 그물에 걸려 퍼득거릴 수밖에 없게 되었다.

대숲에서는 새로운 소란이 일어나고 있었다. 참새들이 쩍쩍거리고 푸득거리며 날기 시작한 것이다. 신바람이 난 세 사람은 더욱 거칠게 대나무들을 후려치며 새들을 몰아대고 있었다. 댓잎에 얹혔던 눈덩이들이 머리로 쏟아져 내리고 목덜미를 파고들었지만 그들은 아랑곳하지 않고 앞으로 나아가고 있었다.

저쪽에서 횃불이 두 개 밝혀졌다. 미리 준비했던 짚묶음에 성냥을 그어댄 것이었다.

"얼렁얼렁 모가지 삐틀드라고, 다 잡어놓고 놓치는디. 한 사람 앞이 열 마리썩언 묶게 될랑가 어쩔랑가."

임덕구가 신바람 나게 외쳐대고 있었다.

설을 고비로 추위가 고개를 떨구었다.

가난한 사람들은 초라한 설상을 조상 앞에 차려놓고 절을 올리면서도 고마운 마음을 가졌다. 설을 쇠는 것으로 춥고 배고픈 겨울을 무사하게 나게 되었다고 안도하는 때문이었다.

설을 고비로 추위가 물러가는 것을 사람들이 감지하는 것은 피부의 촉감으로써가 아니었다. 그 확연한 느낌은 미각에서 비롯되었다. 땅에 묻은 김치를 꺼내보면 그 맛이 거짓말처럼 변해 있었다. 며칠 사이에 군내를 풍기는 김치는 땅김이 더워지고 있음을 말해주고 있었다. 땅김이 더워지면 먹을 수 있는 싹이 돋을 날도 머지않았던 것이다.

사람들이 설 다음에 오는 대보름을 반기는 것은 그때부터 농사절기가 시작되는 까닭이었다. 부자들이 장리쌀을 슬슬 풀어내는 것도 그 무렵부터였고, 서너 달만 어찌어찌 살아내면 푸성귀나마 흔해지는 철이 오게 되어 있었다.

동네마다 뒷산에서 달집을 태우며 달맞이를 하는 것은 묵은 액을 불사르고 새해 농사가 잘되게 해달라는 기원이었고, 동네끼리 총각들이 힘 모아 돌싸움을 벌이는 것은 미리 힘겨룸을 해서 풍년을 자기네가 이루겠다는 마음다짐이었다. 그런데 해충을 태워없애는 아이들의 쥐불놀이야말로 본격적인 농사일 중의 하나였다. 자칫 잘못하면 아이들의 하잘것없는 불놀이로 비칠 그 쥐불놀이는 불장난 좋아하는 아이들에게 불놓기를 맡겨 놀잇감도 주고 농사일 한 가지를 해결하는 어른들의 오랜 슬기였다.

넓다나 넓은 들녘에서 이루어지는 쥐불놀이는 장관이었다. 쥐불놀이는 논둑의 마른풀만을 태우는 것이 아니었다. 해충은 논둑의 풀숲에만 있는 것이 아니라 논의 벼그루터기에도 숨어 있었다. 그래서 짚단을 묶어낸 다음 남은 짚덤불을 논바닥에 깔아놓았다가 보름을 맞아 불지르면 알에서 깨어날 참인 해충은 해충대로 죽고, 그 재는 재대로 거름이 되었다. 그러나 모든 논에 짚덤불이 깔려 있는 것은 아니었다. 논이 많지 않아 가난한 사람들은 짚덤불마저 다 걷어다 때며 겨울을 나야 했다. 그러니까 짚덤불이 깔린 논들은 거의가 부잣집들의 논이었다. 그렇지만 아이들은 누구의 논이든 가리지 않고 불을 놓았다. 보름날 밤의 넘쳐 휘들어진 달빛 아래 드넓은 들판 가득 너훌너훌 춤추며 일어나는 불길, 그것은 들이 넓은 곳에서 펼치는 보름날의 제일가는 잔치였다.

짚덤불에 불을 지르는 것으로 아이들의 할 일이 다 끝난 것이 아니었다. 정작 아이들이 오줌 질금질금하도록 신바람 나는 놀이는 그 다음부터 시작되었다. 불길이 한 마지기 논에 다 번지면 기다리고 있던 아이들은 이쪽 논두렁에서 저쪽 논두렁으로 불속을 가로

질러 냅다 뛰기 시작했다. 그것은 한 번만이 아니었다. 설을 쇠고 한 살 더 먹은 나이만큼 왔다갔다해야 하는 것이었다. 그래야만 부스럼도 안 나고, 학질도 안 걸리고, 고뿔도 안 앓고, 꼬치도 제대로 여물어진다고 했다.

아이들은 두 주먹을 꼬옥 말아쥐고, 숨도 멈추고 눈을 질끈 감은 채 불길 속을 내달아서는 건너편 논두렁에 올라서서 제각기 하나씩 보태지는 횟수를 외쳐대고 다시 불길 속으로 뛰어들고 하는 것이다. 그런 아이들의 얼굴은 땀으로 번들거리고, 긴장과 신명이 범벅되어 있었다.

열한 살짜리인 감골댁의 막내아들 대근이도 여러 아이들 사이에 섞여 불길 속을 뛰고 있었다.

"일고옵!"

논두렁에 올라선 대근이는 숨을 헐떡이면서도 큰소리로 외쳤다. 그리고 또 불길 속으로 거침없이 뛰어들었다.

대근이는 논 중간쯤을 달리다가 마주 달려오던 어떤 아이와 정면으로 부딪쳤다. 두 아이는 우뚝 멈춰섰다. 그러나 불길 속이었다. 뜨거운 데다가 금방 비지직거리는 소리와 함께 노린내가 풍겼다. 대근이와 그 아이는 질겁을 해서 다시 내닫기 시작했다.

불길 속에서 가까스로 벗어난 대근이는 논두렁에 쓰러지며 기침을 토하기 시작했다. 뛰기를 멈추는 바람에 연기를 들이마신 것이었다. 대근이는 눈물을 찔끔거려 가며 매운 기침을 계속했다.

"대근아, 대근아, 니 눈썹이고 머리고 다 꼬실라졌다. 똑 걸뱅이 꼴이여."

한 아이가 대근이를 들여다보며 소리쳤다.

대근이는 아까 불길이 확 끼쳐오며 노린내가 났던 것을 생각했다. 두 손바닥으로 얼른 얼굴을 훔치고 머리를 매만져보았다. 그러나 얼마나 심한 것인지 알 수가 없었다.

대근이는 덜컥 겁이 났다. 그리고 까닭 모르게 서러워졌다. 타죽었으면 어찌 됐을까 하는 생각과 함께 어머니와 누나들의 얼굴이 떠오르고, 아이들한테 놀림당할 생각도 떠올랐다. 대근이는 그만 아앙 울음을 터뜨렸다.

아이들은 연상 불길 속을 오락가락하고 있었다. 대근이는 눈물 속으로 얼비치는 불길과 아이들을 보며 울고, 높아진 달을 올려다보며 울었다.

그러나 아이들은 아무도 거들떠보지 않았다. 대근이는 울면서도 아직 세 번이 더 남았다는 것을 또렷하게 기억하고 있었다. 그렇지만 다시 불길 속으로 뛰어들 마음은 나지 않았다. 대근이는 사타구니를 훔치고 내려다보며 새로운 울음을 추슬렀다. 세 번을 다 채우지 않아 꼬치가 제대로 여물지 않으면 어쩌나 하는 걱정거리 때문이었다.

들녘에 너훌너훌 번지는 불꽃춤을 멀리 바라보며 당산나무 아래서나 타작마당에서 총각들이 벌이는 놀이는 따로 있었다. 그건 들돌들기였다.

열일고여덟 먹은 총각들이 어른들 앞에 모여섰다. 그들은 차례로 나서서 커다란 돌덩이를 불끈 들어올렸다. 그것을 머리 위에까지 받쳐올려 등뒤로 던져야 했다. 그 돌덩이는 쌀 한 섬 무게였다.

돌덩이를 거뜬하게 등뒤로 내던진 총각들은 어른들이 떠주는 술 한 사발을 받아마시며 치하를 들었다. 그건 뼈대 잡힌 장정의 여부를 따지는 시험이었고, 상일꾼이 될 수 있나 없나를 가리는 자격분류였고, 맞술을 마셔도 된다는 성인으로서의 인정이었다. 술 사발을 받은 총각들이 일등 신랑감으로 꼽히는 것은 더 말할 것도 없었다.

동네끼리 벌이는 돌싸움이 단체 힘겨루기라면 들돌들기는 개인 힘겨루기였다. 들돌을 거뜬하게 들어 던지지 못하고서는 들녘에서 살아내기가 어려웠다.

당산나무 아래에는 30여 명의 남자들이 모여 있었다. 커다란 돌덩이를 가운데 두고 그 사람들은 양쪽으로 나누어져 있었다. 열서너 명으로 수가 적은 쪽이 들돌을 들어올릴 총각들이었다.

"자아, 그리허먼 인자보톰 들돌들기럴 시작허겄넌디, 총각덜이 들어올리기 전에 기운 씬 어런덜 두엇이 먼첨 히보일팅게 총각덜언 자알 봐뒀다가 몸 상허지 안토록끔 혀!"

나이 제일 많은 강 영감이 앞으로 나서서 총각들에게 일렀다. 총각들은 낮게 대답을 하기도 했고, 고개를 약간 숙여 보이기도 했다.

"누가 먼첨 허겄능가? 판석이여, 삼출이여?"

강 영감이 옆으로 고개를 돌렸다.

"자네 먼첨 허소."

지삼출이 손판석의 등을 밀었다.

"그러세, 매도 먼첨 맞는 매가 낫당게."

손판석이 선뜻 앞으로 나섰다.

그는 돌덩이를 붙들고 약간 들었다가 놓았다. 힘을 모으는 것이었다. 당산나무 가지들 사이사이로 달빛이 쏟아져 내리고, 사람들은 숨소리를 멈추었다.

"으라아처쳐!"

외침과 함께 손판석이 돌덩이를 번쩍 들어올렸다. 가슴께까지 치오른 돌덩이가 잠깐 멈추는가 싶더니 두 팔이 쭉 뻗치며 머리 위로 솟아올랐다. 그리고 돌덩이가 땅에 떨어지는 소리가 쿵 하고 둔중하게 울렸다.

"어허 참 자알혔다."

"씨언허게 자알형마."

사람들이 입을 모으며 손뼉을 쳤다.

"담언 삼출이!"

강 영감이 손짓했다.

지삼출이 앞으로 나섰다. 그는 손바닥에 번갈아가며 침을 튀겼다. 그리고 허리를 굽혀 돌덩이를 붙들었다.

"웃차라!"

그의 외침과 함께 돌덩이가 그대로 머리 위로 솟겼다. 그리고 그의 등뒤로 떨어지며 쿵 소리를 냈다.

"저놈으 기운 잠 보소."

"쌀 두 섬 올리는 어깬디."

사람들이 다시 손뼉을 쳐댔다.

"자아, 잘덜 봤제? 인자보톰 총각덜이 시작이여. 누가 먼첨 헐티여?"

총각 하나가 앞으로 나섰다.

지신밟기를 끝낸 처녀들이 먼발치에서 당산나무 아래로 눈길을 모으고 있었다.

정월 대보름이 지나면서부터 소작인들은 서로 눈치를 살피며 마음이 분주해지기 시작했다. 혹시 소작을 떼이는 것이 아닐까, 좀더 좋은 논을 얻어부칠 수 없을까 하는 마음들로 지주네집 문간을 얼씬거리고 마름을 찾아다니고 했다. 그러나 기왕에 소작을 부치고 있는 사람들은 그나마 약간은 느긋할 수 있었다. 그들에 비해 새로 소작을 얻어야 하는 사람들의 불안과 조바심은 말할 수 없이 컸다.

그건 몇 년 전부터 새로 생겨나기 시작한 변화였다. 그전에는 소작을 떼이거나 작인이 바뀌는 일 같은 것은 거의 없었다. 더러 작인이 바뀌는 경우는 한정되어 있었다.

작인집에서 무슨 변을 당해 큰 일손인 가장을 잃어버리게 되면 지주는 논을 거둬들였다. 그리고 작인이 게을러서 수확이 표나게 줄거나, 타작 때 눈속임을 하다 들키면 소작을 떼게 되었다. 그런 경우가 아니고서는 소작은 계속 이어부치는 것이 상례였다. 그런데 일본사람들이 논을 사들이게 되면서부터 소작인들이 자꾸만 새로 생겨나게 되었다. 논을 팔아먹은 사람들이 소작논을 구하려고 나서다 보니 모든 소작인들은 서로가 불안감을 갖지 않을 수 없게 되었다.

요시다의 사무실 앞에는 날마다 사람들이 모여들었다. 그들은 모두가 논을 팔아넘기고 나서 소작을 얻으러 온 사람들이었다.

"어이 보소, 농사비용허고 세금얼 작인헌티 물린다는 말이 참말 이랑가?"

"그런감마."

"아니, 인자 와서 그거이 될 소리여? 논 사딜임서 머시라고 혔간디?"

"그렇게 말이시."

"아니, 떡 묵딧기 농사비용이고 세금이고 다 즈그덜이 물고 소작 내놓는다고 쌔가 닳게 이애기 안 혔다고?"

"그렇게 말이시."

"어허 이사람아, 답답히서 못살겄네. 자꼬 그렇게 말이시만 되씹 지 말고 무신 속시언헌 말얼 잠 히보소."

"이사람아, 내 속도 시방 풋감 묵고 얹힌 거맨치로 깝깝허당게."

"말히서 머헌다요. 우리가 다 둘린 것잉게 입만 아프요."

다른 남자가 말을 받았다.

"우리럴 쇡였다고? 근다고 이리 당허고만 있어야 쓰겄소?"

"글안허면 어쩌겄소?"

"따지고 들어야 헐 것 아니겄소. 어찌서 한입으로 두말허냐 힘 스로 모다 하나가 돼서 따져야 헌당게라."

"다 따지고 대들고 혔어도 아무 소양이 없드라요."

"아무 소양이 없다니?"

"어허, 영판 답답허요 이. 소작 안 부치겠으면 그만두라고 뱃짱으로 나오는디 거그서넌 무신 말로 더 따지고 들랑게라? 나럴 쉑여묵었시니 내 논 물러도라 허고 돈얼 착 내놓기 전에야 그놈덜이 칼자리 쥔 것 아니겠소."

또다른 남자가 말을 받고 나섰다.

"하 이거 사람 환장헐 일이시."

처음의 남자가 발로 땅을 차며 고개를 젖혀 한숨을 토해냈다.

"인자 와서 아무리 속태와도 다 죽은 자석 붕알 맨지기고, 삼칠제가 반타작으로 벤허지 않은 거이나 다행으로 생각험스로 속상허덜 마씨오."

"이 많은 사람덜이 왜놈 하나헌티 그리 둘림서도 당허기만 히서야 쓰겠소. 다 나서서 그놈 버르장머리럴 고쳐야제."

"아니, 시방 술취혀서 허는 소리다요 꿈꿈서 허는 소리다요? 요시다라는 놈이 어찌서 그리 씬 뱃짱으로 나오겄소? 그놈언 혼자가 아니라 뒤에는 든든헌 주재소럴 짊어지고 있응게 잘못 생각허덜 말드라고라."

두 번째로 말을 받았던 남자가 떫은 입맛을 다셨다.

"아이고, 사람 죽겄네!"

처음의 남자가 어깨를 축 늘어뜨렸다.

"그 새 날아가는 소리에, 귀신 씨나락 까묵는 소리넌 더 허덜 말

어. 아무도 말길 사람 없응게 삼칠제가 싫으면 반타작허는 조선지주
덜 찾아가랑게. 우리야 당신 아니라도 소작 돌라넌 사람덜이 10리
고 20리고 줄얼 슨 판이여."

요시다 옆에서 이동만이가 자신만만하게 하는 말이었다. 그가
당당하게 내세우고 있는 삼칠제 조건 앞에서 소작논을 얻으려는
사람들은 더 할 말이 없었다. 그건 분명 조선지주들이 하고 있는
반타작보다는 나은 조건이었다. 그러나 상답을 얻지 못하고 갯논
을 소작하게 되는 사람들은 그대로 굶어죽을 판이었다.

"때리는 시엄니보담 말기는 시누가 더 밉드라고 요시다 그놈보담
더 미운 것이 이동만이놈이랑게."

"말히서 멀혀. 그놈 놀아나넌 꼬라지럴 참음서 보자닝게 눈이 시
어 봉사 되겄고, 속에서 천불이 일어 피가 다 보트겄네."

"나잇살이나 처묵은 놈이 얼매나 살겄다고 그리 더럽게 나대고
그렁고?"

"나이도 나인 디다가 명색이 양반이라넌 물건이 그 모양이랑게."

"하이고 양반 싸다. 똥구녁으로 바람 넣서 배 터쳐 쥑일 놈."

"양반이란 것이 왜놈 똥구녁이나 핥아댐스로 권세 부리는 꼬라
지허고, 양반도 인자 상놈만도 못허게 벤헌당게."

"아, 옛적보톰 개돼지만도 못헌 양반이 어디 한둘이간디? 예나
지끔이나 인종 못된 짓 질로 잘허는 것이 다 양반덜 아니드라고?"

"공자님 말씸이시. 이동만이 그놈도 사람이 아니여."

"그런 놈이 바로 염병얼 내리 삼 대럴 앓음서 땀 못 내고 뒤질 놈

이제."

사람들이 끼리끼리 모여서 입을 맞추는 험담이었다.

그러나 이동만은 그런 험담들을 아는지 모르는지 그 기세가 날로 승해가기만 했다. 그뿐만 아니라 기세에 격을 맞추기라도 하듯 그의 살림살이도 기름기가 돌기 시작했다.

이동만은 낮보다는 오히려 늦은 밤이나 이른 새벽을 더 바쁘게 살고 있었다. 남들의 눈을 피해가며 사람들이 찾아오기 때문이었다.

"지무실 것인디 늦게 찾어와서……. 얼릉 한말씸만 디리고 가겠구만이라우."

이동만 앞에 머리 조아리는 사람들은 잔뜩 기죽어 있게 마련이었다.

"야심허기넌 허시. 무신 말일랑가?"

다리를 꼬고 앉아 눈을 내리뜬 이동만은 양반의 지체에 어울리도록 거만하고 냉정했다.

"저그 머시냐…… 지헌티 소작얼 상답으로 쬐깨 내래주십사 허고……."

"사앙답? 그거이 어디 나 맘대로 되는 일이간디……."

"아이고 어러신, 그거시야 어러신 맘묵기에 달린 것얼 시상이 다 아능마요. 누구헌티 줘도 줄 소작잉게 지헌티 내래주시면……."

'어러신'이란 호칭을 들으며 이동만은 그 호칭에 걸맞게 끄음 끄음 된소리를 냈다. 그런 그의 근엄하고 묵직한 모습은 요시다 앞에서와는 전혀 딴판이었다. 그럴 때면 그의 손바닥은 으레 때에 전

버선바닥을 문질러대고 있었다.

"알었웅게 가보소. 나 몸이 곤허시."

이동만은 한 사람을 오래 만나지 않았다. 누가 또 찾아올지 모르기 때문이었다.

"요거 벤벤찮은디 우선에……"

"멀 그런 것얼……"

빈손으로 찾아오는 사람은 하나도 없었다. 저녁어둠에 몸을 감추고 찾아오는 사람이거나 새벽어둠을 틈타 찾아드는 사람이거나 한 가지 물건은 다 내놓고 갔다.

그의 집에서는 닭을 자주 잡게 되었고, 생달걀로 아이들의 밥을 비벼 먹이는 것이 예사가 되었으며, 아이들은 조청보다는 꿀이 더 맛있다고 입맛을 가리게 되어갔다.

그는 아이들의 살 오르고 윤기 흐르는 얼굴을 가늘게 뜬 눈으로 그윽이 바라보면서 가장으로서의 떳떳함과 흡족함을 맘껏 맛보고 있었다. 가장으로서의 충족감은 아이들의 그런 변화에서만 느끼는 것이 아니었다. 아이들은 전과 다르게 고분고분 말을 잘 들을 뿐만 아니라 서로 아버지에게 이쁨을 받으려고 다투는 것이었다. 아아, 권세와 돈의 힘이란 이런 것인가……. 그는 새삼스럽게 깨닫는 것이고 그리고 마음을 더 단단히 먹고는 했다.

그런데 더 기가 막히는 것은 마누라의 변화였다. 언제나 찡등그려져 있었던 얼굴이 활짝 펴진 것은 말할 것도 없었고, 얼굴을 대할 때마다 먼저 방실방실 웃었다. 달라진 것은 그것만이 아니었다.

잠자리에서의 마누라는 완전히 딴 여자였다. 전에는 먹일 것도 없이 아이만 만든다고 하여 팔을 내치며 퉁을 놓기가 일쑤였고, 어떻게 억지쓰다시피 몸을 합쳐도 마누라는 그저 장작토막일 뿐이었다. 그런데 이제 마누라는 떡판에서 잘 매질된 뜨끈뜨끈한 찰떡덩어리였다. 마누라는 제 몸만 뜨겁고 보드랍고 찰지게 만든 것이 아니었다. 남편이 달고 꼬시고 맛나게 하게 하려고 갖은 예쁜 짓을 다 하고 들었다.

하이고야, 요거시 내 마누래당가!

그는 놀랍고도 또 놀라워 정신이 하나도 없을 지경이었다. 그는 마누라가 태워주는 황홀경 속에서 새 세상을 사는 맛과 함께 남편으로서의 당당함을 만끽하곤 했다.

이동만은 아침마다 아내의 방글거리는 웃음과 아이들의 공손한 인사를 받으며 집을 나서는 것이 더없이 느긋하고 행복했다. 그는 마음속에 굴리고 있는 이런저런 계획이 많았다. 집도 널찍한 것으로 장만해야 했고, 아이들도 신식공부를 시켜야 했으며, 재산도 남부럽지 않게 지녀야 했다. 그런 생각에 빠져 있는 그는 주위의 눈총 같은 것은 아랑곳하지도 않았다. 그는 오로지 요시다에게 더욱 신용을 얻을 수 있도록 애쓰고 있었다.

"이상, 만경 정가의 기한이 언제요?"

요시다가 책상에 다리를 내뻗은 채 물었다.

"예에, 이틀 남았구만요. 모레지요."

이동만은 지체없이 대답했다.

"잘 기억하고 있어서 좋소. 그런데, 그자가 돈을 제대로 갚을 것 같소?"

"글쎄요, 논을 팔기 전에는 어려울 텐데요. 아직 어디다 논 팔았다는 소식은 못 들었습니다."

"이상이 잘못 알고 있는 것 아뇨?"

요시다는 눈동자만 굴려 이동만을 빤히 쳐다보았다.

"그쪽에 확실한 선을 대놓고 있습니다. 그 점은 믿으셔도 됩니다."

이동만은 자신 있게 대답했다. 그가 그렇게 주저없이 말하는 건 그쪽에 배치해 둔 사람을 믿기 때문만이 아니었다. 그는 이미 일본 사람들의 기질을 몇 가지 파악하고 있었다. 사람을 의심하기 잘하고, 대개 성질이 급하며, 자기 잇속을 차리는 데 밝고, 무슨 일이든 간단간단하기를 원했다. 그래서 그는 요시다가 좋아하도록 자신 있게 대답했던 것이다.

"이상이 아직 실수한 적이 없으니까 그 말은 믿어도 좋겠고……. 혹시 그자가 우리한테 논을 팔아넘길 눈치 같은 건 없었소?"

"예, 그런 눈치는 아직 없었습니다. 기왕 논을 처분하려거든 우리 한테 하면 값을 잘 쳐주겠다고 진작에 말해 놓았습니다."

"이제 그럴 필요 없소. 사라고 찾아와도 안 사겠어."

요시다는 책상에 내뻗고 있던 다리를 내리며 의자에서 등을 뗐다.

"예에?"

이동만은 무슨 말인지를 몰라 눈을 크게 떴다.

"이상은 집안에 무슨 급한 일 없지요?"

"예에, 별일 없습니다."

이동만은 바짝 긴장했다. 이런 종잡을 수 없는 경우를 당할 때마다 상대방의 속생각이 무엇인지 알아내려고 이동만은 머리가 어지럽고 속이 뜨거워졌다.

"이상은 나하고 한 이틀 어디를 다녀와야겠소."

"예에, 알겠습니다."

이동만은 그저 허리를 굽실거렸다. 그런 그는 혀끝에 물렸던 두 가지 말을 목구멍으로 되넘기고 있었다. 첫 번째 나가려고 했던 말이, 정가한테 돈 받을 일은 어떻게 하실라고요, 였다. 두 번째가, 무슨 일 생겼습니까, 였다. 그러나 요시다의 의중을 파악하지 못한 상태에서 그런 말을 내놓는 것은 하나도 이익 될 게 없었다. 헛짚는 말을 잘못했다가는 어리석게 보이거나 무시당하기 십상이었다. 그런 위험을 피해 제일 안전하고 본전을 유지하는 방법은 그저 상대방의 말을 적당히 수긍하는 체하는 것이었다.

"하룻밤만 자고 오면 되니까 뭐 특별히 준비할 건 없소."

"예, 언제 떠나시는가요?"

"내일 아침 일찍이오."

"예, 알겠습니다."

"참, 오늘 저녁에라도 말이오, 정가가 찾아와 땅을 사라느니 뭐니, 무슨 소리를 하든 이상은 일체 모른다고만 하시오."

"예에, 그리하겠습니다."

이동만은 대답을 하면서도 머릿속은 점점 더 혼란해져 가고 있었다. 요시다가 무슨 생각을 하고 있는지 도무지 알 도리가 없었던 것이다.

이동만은 다음날 아침 요시다를 따라 일본사람의 장삿배에 올랐다. 그 배는 밀물에 얹혀 금강을 거슬러 올라갔다. 강경에서 내려 이것저것 구경을 하고 거기서 하룻밤을 잤다. 그리고 다음날 늦어서야 다시 배를 타고 군산으로 돌아왔다.

일은 하룻밤을 보내고 나서 터졌다.

이동만이 사무실에 나가서 얼마 지나지 않아 정재규가 나타났다. 아무리 부잣집 아들이라고 해도 만경에서 군산의 인력거를 불러들여 타고 나왔을 리는 없었다. 그러자면 하인이 인력거를 부르러 군산으로 나오고, 빈 인력거가 만경으로 들어가고 하는 소란을 피우는 데다 시간도 많이 걸리게 마련이었다. 만경에서부터 걸어 군산에 그리 일찍 당도하자면 신새벽에 집을 나선 것이 틀림없었다. 정재규가 얼마나 몸 달아 있는지 이동만은 금방 알아차릴 수 있었다.

"어지께 어디럴 갔었소?"

정재규가 사무실에 들어서자마자 대뜸 물은 말이었다.

"아 예, 화급허니 볼일이 생게서……."

이동만은 상대방을 보지 않고 눈길을 떨군 채 어물어물했다. 무슨 난처하거나 곤란한 일이 생겼을 때 고개를 숙임막해 가지고 눈길을 이리저리 옮겨가며 맥이 다 빠진 소리로 어물어물하는 것은 이동만 특유의 모습이었다.

"사람을 그리 헛걸음질치게 하는 법이 어딨소. 돈을 갚자도 사람이 있어야 갚을 것 아니겠소. 자아, 돈 받으시오."

정재규는 화가 난 얼굴을 풀지 않은 채 돈이 든 봉투를 책상 위에다 던졌다. 이동만은 화들짝 놀라며 몸을 일으켰다.

"나넌 모롱게로 쬐깨 기둘리시오. 요시다 상이 금시 나올 거싱마요."

이동만은 당황한 나머지 말이 좀 분명해졌다.

"화급헌 일이라니, 대체 무슨 일이오?"

어쩔 수 없다는 듯 정재규가 의자에 걸터앉으며 물었다.

"거 머시냐, 그거시 그렇게…… 아조 화급헌 일인디…… 그리서 댕게 오니라고…… 그러다 봉게 그리됐구만요……."

이동만의 목소리는 다시 맥이 빠지더니 어물어물 무슨 소리인지 모르게 이어지고 있었다.

"아니, 무슨 말이 그 모양이오. 좀 똑똑허니 말을 하시오."

정재규의 얼굴이 불쾌하게 변하며 목소리가 커졌다.

그때 요시다가 사무실로 들어섰다.

"이제 나오십니까. 밤새 편히 주무셨습니까."

일본말도 유창하게 이동만이 허리를 반으로 접었다.

요시다는 인사를 받는 둥 마는 둥 하며 무표정하게 자기 자리로 걸어갔다. 그는 사무실로 들어서는 순간 정재규를 알아보았다. 그러나 일부러 못 본 척하고 있었다.

"여깄소, 돈 받으시오."

정재규는 돈봉투를 요시다의 책상 위에 놓았다. 그는 일본말을 하지 못했다. 이동만이 통변으로 나섰다.

"기한이 지났소."

요시다가 차갑게 내쏜 한마디였다. 그 순간 이동만의 머리는 번쩍 밝아졌다. 그때서야 요시다의 속셈을 깨달으며 그는 속으로 무릎을 쳤다.

"뭐라고! 난 어제 돈을 가지고 왔었소. 사무실을 비운 건 당신 아니오."

정재규가 소리를 질렀다.

"쓸데없는 소리, 기한이 지났다니까."

요시다가 정재규를 노려보았다.

"아니, 당신 미쳤어. 사무실을 비울라면 미리 말을 했어야 될 것 아니오."

"그건 당신이 미리미리 알아서 할 일이지 내 책임이 아니오. 당신 때문에 내 급한 일을 안 볼 수는 없으니까."

"야 이 도적놈아, 그걸 말이라고 해!"

정재규는 부들부들 떨었다.

"억울하면 법으로 따져."

요시다는 창 쪽으로 돌아앉아 버렸다.

정재규는 세 명의 젊은이들에게 떼밀려 사무실에서 쫓겨났다. 그는 100원의 돈을 빌려쓰느라고 40마지기의 논을 담보했었다. 100원에 해당하는 논은 20마지기였지만 담보는 그 배로 설정해야 한다는 조건에 따른 것이었다. 그 대신 논이 전부 상답이니까 보통 기한보다 두 배인 여섯 달로 빌렸던 것이다. 그동안 술타령을 하기에 100원은 너무 모자랐고, 여섯 달은 너무 빨리 닥쳐왔다. 갚아야 될 돈은 없고, 그렇다고 논을 팔 수도 없었다. 궁리 끝에 다른 데에 또 논을 잡히고 돈을 마련했던 것이다. 그런데 하루 차이로 논 40마지기를 고스란히 떼먹히게 되고 말았다.

그는 송사를 할 자신이 없었다. 소문이 무서웠고, 이길 것 같지도 않았다. 그는 요시다가 고의적으로 사무실을 비웠다는 생각까지는 하지 못하고 있었다.

11

혼탁한 물결

날이 풀리기 시작하면서 군산포구를 드나드는 배들이 부쩍 늘어났다. 파도가 거센 겨울 동안에는 줄어들었다가 날이 풀리면서 파도가 잔잔해지기 시작하자 다시 작년 가을처럼 몰려들고 있었다. 그 배들은 거의가 일본인들의 장삿배였다.

그 배들이 실어나르는 것은 하나같이 소비상품이었다. 광목을 비롯해서 석유·성냥·남포등·잡화 같은 것들이었다. 그 물건들은 날이 갈수록 조선사람들 사이에 넓게 퍼져나가고 있었다.

'양등'이라고도 불리는 남포등은 어쩌나 탐내는 사람들이 많은지 없어서 못 팔 지경이었다. 기다란 목에 배가 불룩한 모양의 얇고 맑은 유리등피가 씌워진 남포등은 그 생김새부터가 희한하고 특이했다.

그러나 그것이 색다른 생김새만으로 잘 팔리는 것이 아니었다.

그 묘하게 생긴 유리 꺼펑이는 바람을 막아내 불이 꺼질 염려가 전혀 없을 뿐만 아니라 불빛을 밝게 해주는 이중의 실용성을 발휘하고 있었다.

그 밝기로나 바람에 안전한 것으로나 재래의 접시등잔은 말할 것도 없고 촛불마저도 비교가 되지 않았다. 거기다가 모양새까지 색다르고 보니 사람들은 다투어 남포등을 갖고자 했다. 돈푼이나 있는 집들은 으레 남포등을 방마다 갖추는 것이 새로 일어난 바람이었다. 그건 밝고 편리하다는 이유와는 또 다르게 재력을 과시하는 사치인 동시에 신식생활을 향유한다는 멋부리기요 자랑이었다.

그러나 남폿불은 그냥 켜지는 것이 아니었다. 석유를 잇대어 부어야 했고, 불을 붙일 때마다 성냥을 켜대야 했다. 그러니까 남포등이 잘 팔리게 되면 석유와 성냥은 더욱 잘 팔리는 물건이 될 수밖에 없었다. 그 물건들은 잘 팔릴수록 값이 조금씩 조금씩 올라갔다. 그렇다고 일단 남폿불빛에 길들여지기 시작한 사람들이 다시 접시불이나 촛불로 돌아갈 수는 없는 노릇이었다.

"궐련에 맛들려 서 마지기 논 팔아먹고, 남폿불 눈호사에 초가 삼간 살라먹을 놈."

궐련이라고는 입에 델 수 없고 남포등은 아예 엄두를 낼 수 없는 평민들 사이에서 새로 생겨난 말이었다.

그런 소비상품을 실어온 배들은 그냥 돌아가지 않았다. 배마다 쌀을 가득가득 싣고 떠나갔다. 결국 남폿불이 환하게 타오르는 것은 쌀을 태워없애는 것이나 마찬가지였다. 그러나 돈푼깨나 있는 사람들은 눈앞의 편리와 돈의 과시욕에 취해 그런 것쯤 아랑곳하지 않았다. 날로 배가 불러가는 것은 일본장사꾼들이었고, 없이사는 사람들의 춘궁은 더욱 가혹해질 수밖에 없었다.

"어르신, 요새 쌀금이 지리산 천왕봉 몰랭이맨치 높아졌구만이라우. 이적에 얼렁 쌀얼 푸시는 거이 좋겠는디요."

장덕풍은 무릎 꿇은 앉음새로 상대방의 눈치를 살살 살피며 조심스럽게 말했다.

"으흠, 흠, 자네 눈에넌 지리산 천왕봉이 질로 높아 뵌가?"

백종두는 상대방을 눈 아래로 깔아보며 별로 볼품없는 수염을 쓰다듬었다. 그는 일진회 회장이 되면서 상투를 잘라냈으면서도 수염은 그대로 남겨놓았던 것이다.

"무, 무신 말씸이신게라우?"

장덕풍은 언뜻 말뜻을 알아듣지 못하고 당황했다.

"어허, 그리 쉬운 말귀도 못 알아묵다니, 사람이 그리 무식히서야 원, 쯧쯧쯧……."

백종두는 노골적으로 장덕풍을 무시하며 얼굴을 찡그렸다.

"야아, 야아, 지야 원체로 무식헝게로 에롭게 말씸허시면 못 알아듣는 거이 당연지사 아니겠는게라우."

장덕풍은 히죽히죽 웃으며 연상 굽실거렸다. 그렇다고 속까지 히죽거리고 있는 것은 아니었다.

그는 다만 1전을 벌기 위해서도 물밑으로 50리를 기는 장사꾼의 기질을 발휘하고 있을 뿐이었다. 무슨 모독이나 모멸을 당하든

지 간에 백종두가 깔고 앉아 있는 쌀가마니를 빼먹는 것이 목적이
었다.

"무식헌 거 안게 다행이시. 눈얼 크게 뜨고 보소. 지리산보담 높
은 산이 금강산도 있고 백두산도 있네. 무신 말인지 인자 알아듣
겄능가?"

백종두는 반들거리는 눈을 가늘게 떠서 장덕풍을 옆눈길로 내
려다보았다.

"이, 쌀금이 자꼬 더 올를 거이다 그런 말씸이신게라우?"

장덕풍은 그때서야 말귀가 뚫려 눈을 올려뜨며 상대방을 쳐다보
았다.

"인자 알었으면 되았네. 가보소."

백종두의 말은 냉정했다.

"지가 그런 뻔헌 이치럴 몰라서 요새 쌀얼 풀으라고 허넌 소리가 아
니구만이라우. 지헌티 기맥히게 존 생각이 있응게 허넌 소리지라우."

장덕풍은 무릎 꿇은 앉음새를 고치며 씨익 웃기까지 했다. 그 웃
음은 자못 여유 있고 자신감에 차 있었다. 눈치 빠른 백종두가 그
웃음을 놓칠 리가 없었다.

"나 바쁜 몸잉 거 자네 알제?"

백종두는 허리를 꼿꼿하게 세우며 장덕풍을 똑바로 쏘아보았다.
쓸데없는 소리는 아예 하지 말라는 으름장이었다.

"하면이라." 장덕풍은 자신 있게 침을 삼키고는, "앞으로야 쌀이
날 때꺼정언 쌀이 자꼬 귀해짐스로 쌀금이 뽀짝뽀짝 올른다는 거

이야 시 살 묵은 아그덜도 다 아넌 일이구만이라우. 그런디 나락가마니럴 오래 쟁에둘수록 서생원덜이 축내고, 날 풀려감서 더우가 오먼 습해서 밑언 상허기도 허능만요. 그런저런 손해 빼고 나먼 쌀금이 올라도 이문이 얼매겠는게라우. 그런디 그런 손해럴 하나도 안 보고 쌀보담도 이문이 큰 일이 눈앞에 떡으로 떨어졌구만이라."

그는 말을 멈추고 마른침을 삼켰다. 그는 입이 말라 마른침을 삼키는 것이 아니라 마른침을 삼키는 척하면서 빠르게 백종두의 눈치를 살피고 있었다.

"어흠, 흠, 흠……."

백종두는 헛기침을 하는 것으로 말을 독촉함과 아울러 체면을 차리고 있었다.

그는 속마음 같아서는 그 돈벌이가 뭐냐고 금방 묻고 싶었지만 애써 다급함을 누르고 있었다.

"긍게 그 떡이 멋잉고 허니 석유지름이랑게라우. 쌀금이 이리 솟았을 적엔 쌀얼 풀어불고 그 대신으로 석유지름얼 쟁에노면 석유지름도 날로 달로 올르겄다, 석유지름 뽈아묵는 쥐새끼덜이야 없겄다, 더우가 와도 석유지름이야 습해지덜 안컸다, 그리되면 손해 보는 것 하나도 없이 이문이 쏙 빠지덜 안컸는게라우?"

장덕풍은 어떠냐는 듯 허리를 약간 세우며 백종두를 바라보았다.

"그리 이문 톡톡헌 일이람사 자네가 먼첨 차지헐 것이제 어찌서 나헌티꺼정 찾아왔능가."

백종두는 서슴없이 상대방의 심장을 쑤시고 들었다.

혼탁한 물결 385

"그야 지가 큰돈만 있음사 열 번도 더 지가 차지허지요 이."

장덕풍 역시 거침없이 되받아쳤다. 거간으로 나서고 있는 장덕풍의 수가 백종두에게 뒤질 리가 없었다.

백종두는 그 말을 듣고서야 고개를 보일 듯 말 듯 끄덕이며 궐련을 뽑아들었다. 장덕풍이 잽싸게 성냥을 그어 불을 받쳐 올렸다. 백종두는 상투를 자른 다음부터 그 외모에 어울리게 궐련을 피우기 시작했던 것이다. 일본사람들과 자주 상대하게 되면서 궐련은 더욱 필요했고, 그 맛 또한 잎담배 같은 것은 댈 것이 아니었다.

"그리허면, 나가 지닌 나락이 쉴찮은디, 그 돈냥맨치 석유지름얼 갖고 온 자가 있다는 것잉가?"

"야아, 마침맞은 사람이 있구만이라우."

"일본땅에도 시방 쌀언 다 떨어져가는 판이시. 사람이 굶고넌 못살아도 밤에 불 안 씨고넌 사네. 무신 말인지 알어듣능가!"

백종두는 못을 치고 있었다.

"야아, 쌀이야 금이고 석유지름이야 구리 아닝게라우. 쌀금얼 톡톡허니 치게 허겄구만이라우."

장덕풍은 일을 성사시킨 기쁨에 이마가 방바닥에 부딪도록 허리를 굽혔다.

"가서 일 야물게 허고, 자네 아덜 칠문이 보내소."

백종두는 자못 엄하게 일렀다.

"야아, 알겄구만이라우."

장덕풍은 환하게 웃으며 몸을 일으켰다. 그는 백종두의 입에 자기 아들의 이름이 오르는 것이 너무나 영광스러웠다. 어쨌거나 아들을 일진회에 가담시킨 것은 생각할수록 잘한 일이라 싶었다. 그다음부터 백종두와 아주 가까워질 수 있었던 것이다.

백종두는 쌀을 비싸게 처분해서 석유를 싸게 확보하게 된 것을 흐뭇하게 생각했다. 지난 1월부터 실시된 화폐조례 때문에 어차피 일본물건을 많이 확보하려고 했던 참이었다. 화폐조례에 따라 국고를 전부 일본제일은행에서 취급하게 되어 있었다. 그건 나라살림이 모두 일본사람들 손으로 넘어간 것만을 뜻하지 않았다. 그동안 써왔던 돈을 전부 일본돈으로 바꾼다는 것이었다.

그 은밀한 계획을 미리 알아낸 것은 영사관을 통해서였다. 돈이 모두 일본돈으로 바뀌게 되면 돈을 많이 가지고 있을수록 그만큼 손해를 보게 되어 있었다. 왜냐하면 그동안 묵주장이들이 만들어낸 가짜 돈은 돈 취급을 못 받고 그대로 똥값이 되는 것이었다. 그러니까 새로 나올 일본돈의 돈값에 맞추어 손해를 보지 않으려면 일본물건들을 확보해 두는 것이 최선의 방법이었다.

"인자 날베락 맞을 멍청헌 물건덜이 많고 많제."

수염을 쓰다듬어내리며 혼잣말을 하고 있는 백종두의 입가에는 야릇한 웃음이 느적거리고 있었다. 돈푼이나 있는 자들이 아무것도 모르고 돈을 끼고 앉았다가 당할 것을 생각하면 그는 지금부터 몸속 그 어딘가가 간질간질하고 스물스물한 것이 그렇게 깨소금맛일 수가 없었다.

"거간놈덜 거짓말이야 중매쟁이 거짓말 빰따구 치제."

백종두는 끄응 힘을 쓰며 궐련을 빼들었다. 장덕풍을 다 믿을 수 없으니까 쌀값이며 석유값을 직접 탐지해 볼 작정을 하고 있었다.

"저어, 회장님 기시넌게라우?"

밖에서 들려오는 젊은 목소리였다.

"어험, 힘, 누구여?"

백종두는 허리를 꼿꼿하게 펴며 목소리를 묵직하게 냈다.

"저그, 장칠문이구만이라우."

"기둘리고 있었네. 얼렁 들소."

허리를 반으로 접다시피 한 장칠문이 방 안으로 들어섰다. 그는 일진회 간부답게 일본군복과 똑같은 차림을 하고 있었다. 다만 계급장만 붙어 있지 않았다. 그는 회장 백종두 앞에 공손하게 무릎을 꿇고 앉았다.

"자네, 나가 일른 일언 어찌 되고 있능가?"

백종두가 엄한 어조로 물었다.

"야아, 쓸 만헌 회원덜얼 골라내고 있구만이라우."

장칠문은 고개를 수그린 채 대답했다. 그의 기죽은 듯한 태도는 제 아버지 앞에서와는 딴판이었다.

"아니, 다 골라내서 훈련얼 시키고 있는 거이 아니고 안직도 골라내고 있다 그런 말이여?"

백종두의 목소리가 약간 높아지며 꼬였다.

"아니구만이라우. 다 골라냈는디요."

장칠문이 다급하게 대답했다.

"무신 소리여 시방. 이짝이여 저짝이여? 똑똑허니 답혀."

백종두의 목소리가 좀더 높아졌다.

"야아, 다아 골라내 갖고 훈련얼 시킴서 잘못허넌 놈 한둘썩얼 바꾸고 있구만이라우. 우리 군산얼 질로 낫게 맹글라고 그리허는 것잉마요."

장칠문은 얼른 백종두를 올려다보았다.

"그것이 참말이여?"

"야아, 누구 앞이라고 거짓말허겄는게라우."

"나가 조사 나서도?"

"하면이요."

장칠문은 자신 있게 대답하며 다시 백종두를 올려다보았다. 백종두는 그 눈빛으로 거짓말이 아닌 것을 확인했다.

"나가 자네럴 믿음세. 그리허고, 일 시작헐 날이 얼매 안 남었응게 훈련 잘 시키도록 허소. 모다 용맹시럽게 잘히야제 글안허고 빙신맨치로 히서넌 내 체면에 똥칠잉게. 그리되면 자네 어찌 되넌지 알제?"

"야아, 명심허겄구만이라우."

장칠문은 허리를 굽혔다.

"자네가 잘만 험사 내가 상얼 후허니 내릴 것잉만."

백종두는 금방 목소리를 바꾸어 부드럽고 나긋하게 말하고 있었다.

"야아, 영축없이 잘허겄구만요."

"됐네. 요것 넣고, 가보소."

백종두는 백동화 몇 개를 장칠문 앞으로 밀었다.

"아니구만요. 그만 물러가겄구만이라우."

장칠문은 황급히 몸을 일으켰다.

"어허, 무신 짓인고! 애쓴다고 어련이 내리넌 돈인디, 고마운 맘으로 받고 일 더 잘허는 거이 바른 예절이제."

턱을 끌어당긴 백종두가 근엄하게 나무라는 말이었다.

"야아 회장님, 그러면……."

장칠문은 황송해하며 다시 무릎 꿇어 백동전을 집어들었다.

백종두는 흐뭇한 기분으로 방을 나가는 장칠문을 바라보고 있었다. 저건 애비보다 더 쓸모가 있다고 생각하며.

무슨 흠집이 잡혔는가 싶어 조마조마한 마음으로 백종두 앞에 복배했다가 자신을 믿는다는 말을 들었을 뿐만 아니라 뜻밖의 용돈까지 받게 되어 장칠문은 기분이 달뜨고 있었다. 이제 조마조마했던 마음은 깨끗이 없어지고 그는 그 돈을 어떻게 쓸까를 궁리하고 있었다.

장칠문은 회장 백종두의 부름을 받을 때마다 먼저 마음의 불안부터 느꼈다. 그는 일진회 간부로 살아가면서 그만큼 뒤가 켕기는 일을 많이 저지르고 있었다. 일진회의 돈도 슬쩍슬쩍 빼먹었고, 포구에서 협박질을 놓아 심심찮게 돈을 갈취했고, 부하들을 몰고 다니며 이 술집 저 술집에서 공짜술을 마셨다. 만약 그런 일들이 말썽거리가 되면 둘러댈 변명이야 얼마든지 있었지만 은근히 뒤가

캥기는 것은 어쩔 수 없었다.

"이, 지가 오야붕 노릇 멋떨어지게 허겄다고 돈얼 턱 내논 거이제? 그리허면 나도 요 돈얼 아까와라 말고 꼬붕덜헌티 아싸리허게 써야 멋떨어진 오야붕이 될 것 아닝감? 하면, 짱짱헌 오야붕이 될라면 주먹도 씨야 허고 돈도 기마이 좋게 써야 허는 것이여! 둘 중 한나만 갖고는 안 되는 것잉게로."

그는 소리내어 하던 혼잣말을 마치며 손가락으로 딱 소리를 냈다. 그의 말에는 일본말투성이였다. 그런 말투는 남들하고 말할 때도 마찬가지였다. 그는 일부러 그랬고, 그렇게 할 수 있는 것을 자랑으로 삼았다. 그건 그 혼자만의 짓이 아니었다. 그가 상대하는 사람들은 거의가 그런 말투를 흉내 내려고 애썼다. 그들은 일본말을 많이 섞어 쓸수록 신식으로 개명하는 것이고, 유식해 보이는 것이라고 딱 생각했다. 그건 군산바닥에서부터 퍼져나가고 있는 새 풍조였다.

장칠문은 부하들 대여섯을 모아 술집에 자리잡았다.

"오늘 나가 느그덜헌티 배가 터지게 술얼 받아줄 것잉게 느그덜언 맘 턱 놓고 코가 삐틀어지게 묵어부러. 그런디 말이여, 술이야 코가 삐틀어지고 눈깔이 돌아불게 묵어도 존디 한 가지 잊어불어서넌 안 되는 일이 있구만. 긍게로 우리가 대창 꼬나잡고 나슬 날이 인자 코앞으로 닥쳐왔다 그것잉마. 우리가 모다 맘얼 하나로 합쳐갖고 그 일얼 시언허고 깨끔허니 히서 공얼 세우자넌 뜻으로 받아주는 술잉게 그리덜 명심혀!"

자못 엄숙한 표정으로 장칠문이 목소리를 가다듬어 한 말이었다.

"야아, 우리 부장님이 질이여!"

한 사내가 두 팔을 뻗치며 환성을 올렸다.

"항, 우리 부장님 기마이 당헐 사람이 누가 있가디!"

다른 사내가 맞장구를 쳤다.

"하먼, 우리 대장님이 얼매나 아싸리허다고. 시상에서 질이랑게."

또다른 사내는 '부장님'을 '대장님'으로 바꾸고 있었다.

"이, 되얐응게 어서 술이나 푸지게 마심서 기운 돋구드라고."

장칠문은 더없이 만족스러운 기분으로 부하들을 둘러보며 거드름을 피웠다.

장칠문을 따라 그들은 모두 술잔을 비웠다. 스무 살 안팎인 그들의 목덜미며 어깨에는 탄력적인 힘이 실려 있었다.

"그런디, 전주 양반덜이 우리럴 성안으로 못 들어오게 막을라고 젊은 놈덜얼 모으고 있다넌 소문이 참말이당게라?"

한 사내가 미심쩍은 눈으로 장칠문을 쳐다보았다.

"그렁게로, 겁나는겨?"

장칠문이 대질렀다. 고약해진 그의 눈이 사내를 꼬나보고 있었다.

"무신 소리다요. 그냥 소문이 참말잉가 아닌가 알아보잔 것이제."

사내는 퉁명스럽게 대꾸하며 불쾌한 기색을 드러냈다. 그의 태도에서는 겁나는 느낌 같은 것은 전혀 보이지 않았다.

"우리가 악질관리고 못된 양반놈덜얼 치고 들어간당게 똥구녁 쿠린 양반놈덜이 미리서 겁묵고 돈 써감서 젊은 놈덜얼 끌어모으고 있넌디, 훈련도 안 된 그런 물건덜이야 싹 다 우리 밥이여."

주먹 쥔 팔을 내두르며 장칠문이 목소리를 높였다.

"그리되면 전주성에 들어가기 전에 쌈판이 벌어지겄넌디?"

한 사내가 좌중을 둘러보았다.

"좋제, 들판 넓겄다 한바탕 기운 써서 그놈덜 다 때려잡고 전주
성으로 치고 들어가면 기분이 얼매나 씨언허겄어."

"허, 전봉준이가 따로 없겄제."

"그려, 그려. 얼렁 술 묵고 기운 돋구드라고."

그들은 자신감에 넘쳐 다시 술잔을 들었다.

3월은 어김없이 봄이었다. 마른풀을 태워 거뭇거뭇 그을은 논두
렁에서는 새싹들이 파릇파릇 돋아났고, 들녘에는 봄기운이 뽀얗
게 서려 있었다. 들녘 사방에는 죽거리를 캐는 처녀나 아낙네들의
쪼그려앉은 모습이 점점이 찍혀 있었다.

전주·군산을 비롯한 가까운 군들의 일진회 회원들이 한곳에 집
결되었다. 그들은 삼사백을 헤아렸다. 그들에 맞서 전주부민 오륙
백 명이 나서고 있었다. 양쪽 사람들이 마주친 곳은 황토현이었다.

일진회원들은 대창으로 무장하고 있었고, 전주부민들은 대창과
농기구로 무장하고 있었다. 넓은 벌판에 그들은 양쪽으로 진을 치
고 있었다.

"이놈덜아, 질얼 비켜라! 썩은 관리, 못된 양반놈덜 쳐없애로 가
는디 관리도 양반도 아닌 것덜이 어찌서 질얼 막냐!"

일진회 쪽에서 외치는 소리였다.

"요런 왜놈 앞잽이, 친일파놈덜아! 느그놈덜 거짓말에 누가 속을지 아냐아."

전주부민 쪽에서 맞받아 외쳤다.

"요런 빙신 팔푼이덜아, 느그넌 시방 못된 관리고 양반놈덜헌티 속고 있는 것이여! 우리넌 느그덜 살기 존 시상 맨글라고 나슨 충신덜이다아."

"소가 웃겄다, 이놈덜아. 잔소리 말고 썩 물러가그라아!"

"참말로 질얼 안 비키면 피럴 본다. 끝으로 한 번만 더 말허겄다. 질얼 비켜나그라!"

"이놈덜아, 뎀베라!"

"와아아―."

일진회 쪽에서 함성이 일어났다. 그리고 대열이 앞으로 내달으며 돌들을 던지기 시작했다.

전주부민들 쪽에서도 함성이 터지며 대열이 흩어지는 듯했다. 그러나 그들도 곧 돌을 맞던지며 앞으로 달려나가고 있었다.

돌싸움은 오래가지 않았다. 각자가 지닌 돌들이 몇 개씩 안 되었기 때문이다. 서로 마주 보고 내달린 사람들은 금방 뒤엉켜지고 말았다. 1천여 명의 사람들은 벌판에서 뒤죽박죽이 되어 싸우기 시작했다. 어지러운 싸움판이었다.

"쥑여라, 쥑여!"

"저놈 잡어라!"

"아이고메!"

"으악!"

비명과 아우성이 뒤엉키고, 엎어지고 나뒹굴어지며 피가 튀었다. 서로 뒤헝클어지다 보니 대창이고 농기구는 쓸 수가 없게 되었다. 주먹과 주먹이 오가고, 붙들고 메다꽂는 난투극이 벌어지고 있었다. 그런 육박전에서는 수가 적은 쪽이 불리할 수밖에 없었다.

싸움이 길어지면서 수가 절반밖에 안 되는 일진회 쪽이 밀리기 시작했다. 그들이 밀리게 되자 전주부민들의 기세가 표나게 달라졌다.

"저놈덜이 도망친다아!"

"잡어라, 다 잡어쥑여라!"

"왜놈덜 앞잽이, 다 쥑여!"

일진회원들은 뿔뿔이 도망치기 시작했다. 전주부민들은 제각기 소리 높여 외치기만 할 뿐 그들의 뒤를 더 쫓지는 않았다.

황토현에는 한바탕 싸움이 지나가고 양쪽의 부상자 100여 명이 신음소리들을 내며 즐비하게 엎어지고 넘어져 있었다. 그들은 하필이면 갑오년에 농민군과 관군이 최초의 싸움을 벌였던 그곳에서 싸웠던 것이다. 그러나 그것은 공교롭거나 우연이 아니었다. 전주성을 막아내는 입장에서나 전주성을 치는 입장에서나 황토현은 싸움판을 벌일 수밖에 없는 위치에 자리잡고 있었다.

일진회원들이 부패한 관리와 악한 양반들을 척결한다는 명분을 내세워 전주로 밀고 들어가려고 한 것은 두 가지 목적을 위해서였다. 첫째 군산과는 달리 서문 밖에서만 배돌아야 하는 일본사람들의 열세를 모면하고 일시에 성내로 진입하는 계기를 잡자는 것이었다. 둘째 일본사람들의 힘이 약하니까 일진회도 힘을 펴지 못했으므로 일본사람들이 성내로 진입함과 동시에 일진회의 세력 확장을 꾀하려는 것이었다.

그 감추어진 목적이 어쨌거나 간에 일진회원들이 그런 명분을 내걸고 전주성으로 몰려드는 판에 전주의 관리며 양반들이 좌시할 리가 없었다. 그들은 한덩어리가 되어 임시변통의 사병을 모았다. 양반들은 돈을 뿌려 사람들을 사들이는 한편 관리들은 친일파를 없애자는 명분을 내세워 사람들을 모으는 데 관권을 동원했다.

그 어이없는 한판 싸움은 다음날부터 '전주부민들의 일진회 배척소요'라고 소문이 퍼지기 시작했다.

일진회원들의 패배로 속이 뒤집히고 입장이 난처해진 것은 백종두였다. 그는 회원들이 전주성으로 밀고 들어가면 쓰지무라 앞에서 회장으로서의 능력을 맘껏 과시하려는 꿈을 꾸고 있었던 것이다. 그런데 능력 과시는커녕 얼굴도 못 들게 되고 말았다.

그는 속이 뒤집히는 대로 하자면 장칠문이놈을 당장 끌어다가 요절을 내고 싶었다. 그러나 그러지도 못하는 것이 장칠문이놈은 등짝에 부상을 입고 업혀와 엎어져 있는 판이었다. 대창에 찔린 것인지 괭이에 찍힌 것인지 알 수는 없으되 부상이 심해 꼼짝을 못한다는 놈을 상대로 더 무슨 속풀이를 할 수가 없었던 것이다. 백종두는 문병을 가지 않는 것으로 속풀이를 대신할 수밖에 없었다.

그런데 쓰지무라한테서 만나자는 연락이 먼저 왔다.

"빌어묵을 놈덜, 에이 빙신 겉은 놈덜……."

백종두는 사무실 안을 오락가락하며 혀를 차대고 수염을 훑어대고는 했다.

"이거 원…… 당최 뵐 면목이 없습니다. 꼭 이길 줄 알았는데……."

백종두는 쓰지무라 앞에서 아예 고개를 들지 않고 굽실거리기부터 했다.

"그게 그리된 것이 기분 좋게 이긴 것만은 못하지요."

쓰지무라가 던진 말이었다.

"여부가 있겠습니까. 아랫것들이 시원찮아서 그만……."

백종두는 고개를 더 깊이 숙이면서도 자신의 불찰이라고 하지 않고 '아랫것들'의 뒤로 피하는 것을 잊지 않았다.

"허나, 한 번 실수는 다 병가지상사요."

쓰지무라는 허허대고 웃었다.

그 뜻밖의 말에 백종두는 막혔던 숨통이 트이는 걸 느끼며 얼른 고개를 들었다.

"예에……?"

백종두의 반들거리는 눈은 쓰지무라의 기색을 빠르게 살피고 있었다.

"백상, 너무 그렇게 걱정할 것 없소. 이번 일은 그 정도면 효과가 충분했어요. 사람들이 좀 다치기는 했지만 죽은 사람 없으니 뒤가 시끄럽지 않고, 그만하면 일진회의 힘도 과시했고……."

쓰지무라는 고개를 끄덕거리며 웃었다.

"무슨 말씀이신지…… 일인들의 성내 거주문제도 해결이 됐다는 건가요?"

백종두는 영리하게도 쓰지무라가 감추고 있을지도 모를 사항을 한발 먼저 넘겨짚고 들었다.

"그런 뜻이 아니오. 일인들의 성내 거주는 그렇게 간단히 해결될 문제가 아니오. 전주는 군산과는 다르지 않소. 옛날부터 군산이 해변가 한촌이었다면 전주는 전라도사람들의 한양이나 마찬가지요. 그래서 전주는 양반세가 강해 함부로 하기가 어렵고, 또 일반사람들도 우리 일인들이 억지로 성안으로 밀고 들어가면 자기네들 안방을 뺏기는 것으로 생각해 반발이 커진단 말이오. 세상사란 서둘러서 될 일이 있고, 안 될 일이 있소. 성안에는 출입도 못했던 몇 년 전에 비하면 출입이 자유로워진 지금은 성안에 사는 거나 별로 다를 게 없소. 그런데 이번 일은 그걸 앞당기는 효과를 발휘했소. 나는 그것으로 만족이오. 싸움에 졌는데도 그 효과가 충분하다고 내가 말하는 것은 다른 것이 아니오. 만약 일진회원들이 싸움에 이겨 성안으로 들어갔더라면 어찌 됐겠소? 그땐 관가의 포졸들하고 싸움이 붙었을 것 아니겠소? 그리되면 골치 아픈 말썽이 생긴단 말이오."

백종두는 쓰지무라의 말을 종잡을 수가 없었다. 싸움에 이겨 성안으로 들어가야 한다고 강조했을 때는 언제고 이제 와서는 그렇게 안 된 것이 다행이라고 말하고 있기 때문이었다.

"아니, 쓰지무라 상은 싸움에 꼭 이기게 하라고 하지 않았습니까?"

"그랬소."

"그런데 지금 하시는 말씀은……."

"으아하하하하…… 역시 백상은 문사 쪽이지 무사 쪽은 아니오. 총으로 싸우는 싸움이 아니고 대창이나 몽둥이 들고 싸우는 싸움에서 수가 적은 쪽이 이기는 법도 봤소? 그리고 미리 싸움에 지라고 해서야 그 싸움이 어디 진짜 싸움이 될 수가 있겠소?"

"예에!"

백종두는 맘 턱 놓고 기대고 있던 지게가 와락 넘어지며 곤두박이는 기분이었다. 결국 자신은 쓰지무라의 손바닥 위에서 놀아난 손오공에 불과했던 것이다. 그는 불쾌감과 함께 얼굴이 달아오르는 것을 느꼈다.

일진회를 배척하는 군중모임은 그 뒤로 평안남도 덕천이며 맹산 같은 데서도 잇따라 일어났다. 그런데 그 속사정이 전주의 경우와 같은지 어쩐지 알 수는 없었다. 다만 한 가지 분명한 것은 집단행동을 따라 일진회의 마각이 대중들에게 구체적으로 드러나고 있었다.

등에 부상을 입은 장칠문은 날이 갈수록 짜증이 늘어나고 있었다. 괭이에 찍힌 상처가 깊은 데다 덧나기까지 해서 열흘이 넘게 앓고 있었다. 욱신거리고 화끈거리는 상처의 아픔도 아픔이었지만 마음대로 싸돌아다니지 못하는 것이 더 화가 나서 장칠문은 걸핏하면 짜증을 부리고 욕을 해댔다.

장칠문은 뒷문을 열고 엉기적거리며 가게로 들어섰다. 그는 느린 걸음을 옮길 때마다 얼굴을 찌푸렸다. 상처부위가 울리고 당기기 때문이었다.

물건들을 바로 놓고 있던 장덕풍이 아들을 힐끔 쳐다보았다.

"아 음질얼 앓는 것도 아닌디 걸음걸이가 어찌서 그리 엉그적엉그적허냐. 넘덜 보기 숭허다."

장덕풍이 통을 놓았다. 그는 아들이 가게로 나오는 것이 싫었던 것이다. 아들이 가게에 나올 때마다 무슨 물건이든 축이 났으면 났지 보태지는 것은 없는 탓이었다.

"아부지넌 시방 누구 속에다가 불 처질를라고 그요? 이리 살살 걸어도 등판이 쿵쿵 울리고 쫙쫙 땡김서 사람이 죽을 판인디, 넘덜 보기 좋라고 땅 팍팍 참서 걸을게라?"

장칠문이 눈을 부라리며 목청을 돋우었다.

"이놈아, 그리 걷기가 심들면 방 안에 얌전허니 뉘 있을 일이제 멀라고 나댕김서 말얼 씹히고 그려."

장덕풍은 아들을 위하는 척하며 자신의 속셈을 살짝 돌려서 말하고 있었다.

"아니, 아부지 눈에넌 나가 편허니 뉘 있는 신세로 뵈등게라? 옆으로 눕기도 에로와 찰싹 엎어저 허리가 똑 뿌러지게 고상험서 지낸 지가 발써 열흘이 넘었는디도 그 꼬라지가 눈에 안 뵈요?"

얼굴에 화가 돋은 장칠문은 노골적인 시비조였다. 장덕풍은 그만 말문이 막히고 말았다. 아들의 그 버릇없음을 꾸짖기보다는 아들의 비위를 맞추는 것이 더 급했다. 아들은 그저 예삿일로 다친 것이 아니었던 것이다.

"이, 알았다 알어. 니 고상 다 안게로 일로 앉어서 얼렁 사탕 묵어라."

장덕풍은 혹을 떼려다가 오히려 붙인 격이 되어 자기 손으로 사탕병 뚜껑을 열며 얼렁뚱땅 넘기고 있었다.

"빌어묵을, 일진회넌 잘못 들어갔소."

장칠문은 퉁명스럽게 내쏘며 쪽마루에 걸터앉았다. 상처부위가 당기면서 아파 그는 상을 잔뜩 찌푸렸다.

"그거이 먼 소리다냐? 그런 소리 허덜 말어라."

깜짝 놀란 장덕풍은 서둘러 아들의 손에 눈깔사탕 하나를 쥐여주었다. 그는 아들이 그런 말을 입에 올리는 것조차 싫었다. 자신의 장사를 위해 아들은 어쨌거나 일진회에 자리잡고 있어야 했다.

"벨로 묵자 것도 없음서 이리 몸이나 상허고, 일진회라면 정이 싹 떨어지요."

장칠문은 아버지의 속을 다 알고 있어서 일부러 것지르고 나왔다.

"아, 그런 소리 허덜 말라닝게. 니도 대륙회사 없어진 것 다 알지야? 니가 일진회에 안 들고 거그서 이적지 있었으면 무신 꼴이 되았겄냐. 그것이야 더 말헐 것 없이 쉰 보리밥뎅이 아니었어?"

장덕풍은 아들의 입을 야무지게 틀어막아야 된다는 생각에서 그 말을 끌어다 댔다.

"치이, 대륙회사야 진작에 미꼬미가 없는지 알았응게 일진회가 아니라도 딴 자리럴 구했겠제라."

굳이 '미꼬미'라는 일본말을 섞어 쓰며 장칠문은 떫은 얼굴로 아버지를 외면했다. 아들의 어조가 금방 수그러드는 것을 보며 장덕풍은 속으로 손뼉을 쳤다.

4월 들어 하와이와 멕시코의 이민 아닌 노예수출이 금지되었다. 그 조처에 따라 대륙식민회사도 문을 닫지 않을 수 없게 되었다. 대륙식민회사가 마지막으로 한 일이 3월에 1,033명을 멕시코에 노예로 팔아먹은 것이었다.

"니가 당허는 고상 이 애비가 다 안다. 헛일허는 거이 아닝게 쬐깨 더 참거라. 날로 살기 존 시상이 되야가고 있응게 그 고상이 다 공으로 쌓여간다."

장덕풍은 정겹게 말하며 아들의 어깨를 다독거렸다.

봄이 무르익어 가면서 백종두의 즐거움도 무르익어 가고 있었다. 그의 나날의 즐거움은 집 짓는 현장에 나가 날마다 집이 조금씩 되어가는 것을 지켜보는 것이었다. 일본식 집이 차츰차츰 모습을 갖추어갈수록 그의 즐거움도 자꾸 커져가고 있었다.

백종두는 땅이 풀리자마자 곧 집짓기를 시작했다. 급한 마음 같아서는 작년에 쓰지무라한테서 땅을 받은 즉시로 시작하고 싶었지만 집을 완성하기 전에 겨울이 닥치게 되어 있었다. 어찌할 수 없이 겨울이 지나기를 기다릴 수밖에 없었다.

집짓기가 시작된 다음부터 백종두는 아무리 바쁜 일이 있어도 하루에 한 차례는 어김없이 현장에 나갔다. 뒷짐을 진 그는 눈을 가늘게 뜨고 현장을 지그시 바라보고는 했다. 그럴 때면 그의 눈앞에는 2층짜리 일본집이 훤하게 떠오르는 것이었다.

그는 집을 2층으로 짓기로 했다. 그러나 아래층에 한해서 방은 온돌을 놓기로 했다. 다다미방에서 겨울을 날 자신이 없어서 궁리 끝에 고안해 낸 방법이었다. 일본식 몸뚱이에 창자 일부가 조선식인 그 희한한 집은 군산에서는 물론이고 조선땅 전체에서도 최초의 것인지도 모를 일이었다. 그런 남다른 생각을 해낸 자신의 머리에 그는 더없이 만족을 느끼고 있었다.

백종두는 인력거에 올라앉아 현장으로 가고 있었다.

"백 회장, 일진회 조직을 한층 강화해야 되겠소. 한성에서 대항세력이 생겨났단 말이오. 그게 바로 헌정연구회란 것이오. 이준이란 자가 중추요."

백종두는 쓰지무라의 말을 생각하고 있었다. 그러나 그는 곧 피식 웃어버렸다. 이준이가 어떤 얼빠진 자인지는 모르나 그 신세도 곧 최익현과 마찬가지가 될 거라는 생각 때문이었다. 최익현이라는 자는 세상이 어떻게 돌아가는지도 모르고 지난 3월에 일본의 침략 위험을 상소했다가 일본헌병대에 체포되고 말았던 것이다. 이준이란 자도 정신없이 나대다가는 일본헌병이 그냥 둘 리가 없었다.

백종두는 '헌정연구회'가 아니라 '반일돌격대'가 조직되었다 해도 아무 걱정을 할 필요가 없다는 생각이었다. 그는 일본헌병의 힘을 굳게 믿고 있었다. 쓰지무라가 가끔 그런 말을 던지는 것은 괜히 사람을 긴장시키려고 그러는 거라고 그 속을 짚고 있었다.

그가 더 관심 쓰는 것은 용산과 신의주 간의 경의선이 이미 운전 개시되었고, 경부철도도 곧 개통되리라는 소식 같은 것이었다. 철도라는 것이 얼마나 좋은 것인지 그는 경의선도 타보고 싶었고 경부선도 타보고 싶었다. 신식 멋쟁이가 되자면 누구보다 먼저 철도를 타보아야 된다는 생각이었다.

"아니, 저것이 누구여!"

그런 한가한 생각에 빠져 있던 그는 뒤로 맘껏 부리고 있던 상체를 갑자기 일으켰다. 그 바람에 인력거가 요동하면서 인력거꾼의 몸이 앞뒤로 흔들렸다.

"인력거 첨 타요!"

인력거꾼이 버럭 소리질렀다.

"인력거 세워, 인력거."

백종두가 다급하게 소리쳤다.

그의 눈에 잡힌 것은 아들 남일이었다. 술에 취한 것이 분명한 아들은 어떤 놈과 멱살잡이를 하며 싸우고 있었다. 일어학원에 박혀 있어야 할 놈이 한낮 대로상에서 싸움판이었다.

백종두는 눈이 뒤집혀 인력거에서 뛰어내렸다.

"이놈아, 남일아 이놈아!"

그는 고함을 지르며 내달았다.

두 젊은이의 얼굴이 동시에 백종두 쪽으로 돌려졌다. 그들은 서로의 멱살잡이를 재빨리 놓았다. 그리고 서로 반대쪽으로 달아나려고 했다.

"이놈아, 스거라!"

백종두는 아슬아슬하게 아들의 뒷덜미를 낚아챘다.

"이놈아, 이 못된 놈아!"

백종두는 소리치며 아들의 뺨을 여지없이 갈겼다. 그는 치솟는 분으로 이빨을 뿌득뿌득 갈고 있었다.

백남일은 술냄새를 훅훅 내뿜으며 아버지의 손아귀에서 벗어나려고 버둥거렸다. 그러나 취한 몸이라 제대로 기운을 쓰지 못해 뜻을 이루지 못하고 있었다.

"가자, 이놈. 당장 죽이고 말 거싱게!"

백종두는 또 아들의 뺨을 후려쳤다. 그리고 끌기 시작했다. 백남일의 코에서는 피가 흐르기 시작했다.

"보시오, 보시오, 삯전이나 내놓고 가드라고요 잉."

인력거꾼이 백종두 앞을 가로막듯이 하며 내쏜 말이었다.

"이, 인력거!"

백종두는 그때서야 자신을 태우고 왔던 인력거가 아직 그대로 있다는 것을 깨달았다.

"이놈아, 타그라. 인력거럴 타!"

백종두는 방향을 바꿔 아들을 인력거 쪽으로 밀어댔다. 그는 코피 흐르는 아들을 보자 새로운 화가 치밀어올랐다. 그건 단순한 화가 아니라 애비로서의 애증이었다. 백남일은 아버지의 손아귀에서 벗어나려고 더는 버둥거리지 않고 순순히 인력거로 올랐다.

"인력거에 피 떨어지오!"

인력거꾼이 퉁명스럽게 내질렀다.

"이놈아, 얼렁 콧구녁 막어라."

백종두는 인력거꾼의 말에 응대하는 척하면서 자신의 속마음을 나타내고 있었다. 백남일은 두 손으로 코를 싸잡으며 고개를 뒤로 젖혔다.

백종두는 인력거가 집에 당도할 때까지 한마디도 하지 않았다. 그는 화가 부글부글 끓는 가슴으로 도대체 이놈을 어찌해야 할까 를 골똘히 생각하고 있었다. 세상은 달라져 가고 있는데 사람 노릇 을 제대로 시키려면 무슨 방도를 취하지 않으면 안 된다는 생각이 었다. 그는 전부터 막연하게 생각해 왔던 그 방도를 적극적으로 찾 을 필요를 느끼고 있었다.

인력거에서 아들을 끌어내리자 꾹꾹 누르고 있었던 백종두의 화는 맘놓고 폭발하고 말았다.

"이놈아, 니가 사람이냐. 허라는 공부넌 안 허고 뻘건 대낮에 술 처묵고 대로상이서 쌈질이나 허는 니놈이 사람으 새끼냐. 집안 우 세, 애비 우세, 사람 노릇 못헐람사 진작에 디져라, 디져!"

백종두는 소리소리 지르며 매타작을 놓았다. 쓸모없이 된 담뱃 대로 내갈기고, 주먹으로 패고, 발길로 걷어차며 그는 한바탕 분풀 이를 하고 있었다.

그의 외침으로 아들이 잘못한 사연을 알게 된 그의 아내는 애타 는 종종걸음만 칠 뿐 감히 말리려 들지를 못했다. 아들의 잘못이

위낙 큰 데다가 남편의 불붙은 서슬이 너무 무서웠던 것이다. 남편의 화가 한풀 가라앉기를 기다릴 수밖에 없었다.

"이놈아, 집 안에 꼼지락 말고 백혀 있어라. 대문얼 넘어섰다 허먼 그때넌 다리몽뎅이럴 작씬 분질러불 것잉게."

백남일에게 내려진 금족령이었다.

백남일은 매일 마누라한테 눈총을 받으며 지루하게 빈둥거릴 수밖에 없었다.

닷새째 되는 날 저녁이었다. 그는 아버지 앞에 불려가 무릎을 꿇었다.

"니넌 군산에 있어서넌 안 되겠다. 경성으로 뜰 작정을 허고 맘 단단허니 묵어라."

백종두가 거두절미하고 내놓은 말이었다. 그 느닷없는 말에 그의 아내고 아들이고 멍하니 그를 쳐다보았다.

"아는 놈덜 많은 여그서넌 암것도 안 된다. 아는 낯이 아무도 없는 경성으로 가서 신식공부럴 착실허니 허는 것이여."

백종두의 설명이었다.

"글먼 메누리도 함께 간당가요?"

그의 아내가 조심스레 물었다.

"미쳤능가! 공부허로 가는 놈이 지집 끼고 댕기게."

백종두가 벌컥 화를 냈다. 그의 아내가 흠칫 놀라며 눈을 흘겼다.

"그리허겄냐 못허겄냐!"

백종두는 아들을 노려보며 매섭게 쏴질렀다.

"예에…… 그리허겄구만이라우."

백남일의 대답은 입 안에서 굴렀다.

"똑똑허니 답혀! 어쩔 챔이여?"

백종두는 담뱃대로 놋재떨이를 내리쳤다. 담뱃대의 쓸모는 아직 남아 있었다.

"예, 그리허겄구만요."

백남일은 경성으로 떠나는 것이 나쁠 것 없다 싶어 또렷하게 대답했다. 방문 밖에서 그의 아내가 헛주먹질로 가슴을 치고 있는 것을 그가 알 리 없었다.

사흘 뒤에 백남일은 아버지를 따라 집을 나섰다. 그는 그동안 밤마다 아내에게 허벅지를 꼬집혔다. 함께 떠날 수 있도록 허락을 받아내라는 아내의 투정이었다. 그는 아버지에게 그 허락을 받아낼 자신이 없었고 또 굳이 그런 허락을 받아내고 싶지도 않았다.

"새 시상이 열리넌 판인디 신식공부럴 안 허고넌 입신출세럴 못 헌다. 어찌서 신식학교가 그리 많이 생기겄냐. 명념혀라."

백종두가 아들에게 다진 말이었다.

아들을 양정의숙에 입학시키고 나서 백종두는 마음이 홀가분해질 수 있었다. 아들이 심기일전하여 신식공부에 전념하리라는 기대 때문이 아니었다. 그는 그런 기대는 별로 가지고 있지 않았다. 단순히 장소를 옮긴 것만으로 아들이 마음을 바꿔먹고 공부에 전념하리라고 믿을 만큼 백종두는 순진하지도 어리석지도 않았다.

백종두가 마음 홀가분한 것은 우선 아들의 그 빙충맞은 꼴을 눈앞에서 안 보게 되었다는 점이었다. 그리고 못된 친구놈들과 떼어 놓은 게 속시원했다. 또한 공부는 제대로 안 하더라도 경성살이에 서 넓은 세상 구경을 하는 것만으로도 손해는 없다는 생각이었다. 공부는 그저 서당개 노릇만 해도 안 하는 것보다는 나을 거라고 접어두었다.

그는 아들이 못된 짓 하는 것을 막는 방법으로 돈 보내는 것을 철저하게 통제했다. 타향에서 돈이 빠듯하고서야 멋대로 놀아날 도리가 없으리라는 계산이었다.

아들 걱정을 일단 잊은 백종두는 별로 하는 일 없이 바쁘게 여 름을 넘겼다. 6월에 백동화 교환사업이 개시되어 세상이 떠들썩할 때 미리 방비를 다 해둔 그는 여유만만하게 새로 지은 일본식 2층 집으로 이사 갈 준비를 했다. 그는 2층 다다미방에서 여름을 나며 다다미가 풍기는 쌉싸름하면서도 향그러운 풀냄새에 맘껏 취했다. 높직한 2층에 네활개를 펴고 누워 더위를 식히며 방귀를 뿡뿡 뀌 어대는 맛이란 이루 형용할 수가 없었다. 그는 세상살이의 자신감 과 만족감으로 일삼아 아랫배에 힘주어 가며 방귀를 뀌어댔다.

9월 들어 13도 유림대표들이 일본의 14개 죄목을 열거한 공함 을 각국 공사관에 보내는 사건이 벌어졌다. 그 사건으로 백종두는 또 바빠졌다. 무슨 사건이 벌어질 때마다 그렇듯 쓰지무라가 일진 회 강화를 지시했던 것이다.

그러던 어느 날 쓰지무라한테서 만나자는 연락이 왔다. 그가 지 정한 장소는 자주 가는 일본기생집이었다.

"백상, 인사하시오. 이번에 일로전쟁을 승리로 장식하고 우리 군산에 기항한 군함을 타고 오신 분이오. 일로전쟁에서 통변을 맡아 혁혁한 공을 세우신 하시모토 상이시오."

쓰지무라가 마주 보고 앉은 남자를 소개했다.

"아, 그러십니까. 처음 뵙겠습니다. 저는 백종두라고 합니다."

백종두는 머리를 깊이 숙였다. 그러나 그의 빠른 눈길은 차갑게 상대방을 훑고 지나간 뒤였다.

군인냄새는 안 나면서도 어딘가 냉혹한 느낌을 주는 인상. 서른이 되었을까 말까 한 나이에 비해 침착한 태도. 백종두는 예삿것이 아니라고 생각했다.

"내가 일부러 백상을 소개하는 건 다른 게 아니오. 우리 하시모토 상이 여기 군산이 마음에 들어 자리를 잡아볼까 하는 의향이 있어서 믿을 만한 현지인으로 백상을 소개하게 된 것이오. 자리를 잡자면 여러 가지 필요한 게 많을 테니까 백상이 특별히 신경써서 적극적으로 돕도록 하는게 좋겠소."

쓰지무라의 말을 들으며 백종두는 또 빠른 눈길로 하시모토를 훑었다.

건방진 놈, 군산땅에 발 디딘 지 며칠이나 됐다고 마음에 들고 말고냐.

백종두는 아니꼬운 생각부터 들었다.

"아 예, 그러십니까. 우리 군산이 마음에 드신다니 무한 영광입니다. 미력이나마 도울 수 있는 일이면 무엇이든 다 도와드리겠습니다. 그런데…… 군산의 무엇이 마음에 드셨는지요?"

백종두는 속마음은 싹 감추고 겸손을 가장해서 이렇게 말했다.

"예에, 군산은 풍광도 좋고, 발전일로에 있는 것도 마음에 듭니다. 그런데 더 마음에 드는 것은 군산이 아니라 군산 뒤로 자리잡고 있는 넓고 넓은 들판입니다. 그 들판은 말로만 듣던 것보다도 훨씬 더 좋습니다."

하시모토는 웃음을 지어 보이며 대답했다.

"넓은 들판이란 것이 첫 보기에는 좋을지 몰라도 자꾸 보면 싱겁고 지루합니다. 좋은 구경거리는 못 되지요."

백종두는 상대방의 의중을 캐내려고 일부러 말덫을 놓았다.

"어허, 누가 들판을 구경거리로 삼아 살겠다는 거요. 그 들판을 무대로 농장을 차리겠다는 뜻이지."

쓰지무라의 성급한 답변이었다.

"저도 그런 뜻인 줄 알았습니다."

백종두가 고개를 끄덕이며 웃었다.

12

우리 어찌 살거나

군산포구에 밀려드는 일본 장삿배들은 소비상품만을 부려놓는 것이 아니었다. 일본사람들을 몇 명씩 떨구어놓고 떠나갔다. 그 숨 어들 듯 묻어들 듯하는 일본사람들로 날이 갈수록 군산은 인구비 율마저 뒤바뀌어가고 있었다. 그런데 군산 앞바다에 군함이 나타 나면서 일본사람들이 부쩍 늘어났다. 군함이 수백 명을 토해놓은 것이다. 그들은 거의가 군인이었다. 그 군인들은 다시 군함을 타고 떠나가지 않았다. 일로전쟁을 시작하면서 그랬듯 그 군인들은 각 기 대열을 지어 여러 방향으로 떠나갔다.

"저 왜놈군대덜이 아라사럴 이겼담서?"

"그렇다고 허데."

"아라사가 청국맨치 큰 나라람서 어쩐 일이까?"

"글씨 말이시, 청국이고 아라사고 장마철 호박맨치로 크기만 혔제 인종덜이 물컹물컹 매운 디가 없는 것이제."

"그건 그렇고, 저놈덜언 쌈에서 이겼으면 즈그 나라로 갈 일이제 어찌서 우리 땅으로 밀려들어 또 어디로덜 저리 가능고?"

"말허나마나 뻔헌 것 아니여. 아라사고 청국이고 다 몰아냈응게 인자 즈그가 이 땅 쥔 노릇 허겄다는 것이제."

"참말로, 나라 다스린다넌 대감이고 양반덜언 멀허고 앉었고, 또 임금은 무신 생각얼 허고 있능겨?"

"아이고, 자다가 봉창 뚜둘기는 소리넌 허덜 말어. 그것덜이 모다 진작에 왜놈덜헌티 밑구녁 다 내준 잡년에다가, 늘어진 붕알 틀어 잽힌 잡놈들인 거 몰라서 허는 소리여, 시방?"

사람들이 두려움과 근심 서린 얼굴로 나누는 이야기들이었다.

그리고 해괴한 소문들이 끝없이 떠돌았다. 금산사 미륵불과 은 진미륵이 통곡을 했다는 소문만이 아니었다. 사명당의 비석이 땀을 서 말이나 흘렸다고 했고, 지리산 음양샘에서 선지피가 흘러내린다고 하는가 하면, 무주 구천동 골골이 밤마다 귀신들의 울음으로 가득 찬다고도 했다.

그런 흉흉한 소문들이 떠도는 가운데 일진회에서 한일보호조약 체결을 찬성한다는 성명을 발표했다. 그것이 또 소문이 되어 바람보다 빠르게 퍼져나가면서 회오리를 일으켰다. 그 소문은 그전의 다른 소문들에 비해 사람들을 더욱 놀라게 만들었다.

"일진회놈덜이 그거 사람이 아니시. 헐 소리가 따로 있제 어찌 그런 소리럴 다 허고 그려."

"무신 소리여? 그놈덜이야 애시당초 왜놈덜 앞잽이로 나슨 말종 덜인디."

"아무리 말종 아니라 개종자라도 낯짝이 있는 것이제, 즈그놈덜도 명색이 조선놈인디 고런 숭허고 악헌 소리럴 그리 내놓고 허는 법이 어디 있냔 말이여."

"그놈덜이야 왜놈덜헌티 나라가 넘어가면 즈그덜 시상이 됭께 무신 소리럴 못허겠능가. 왜놈덜허고 손발이 척척 맞는 순 도적놈 덜이랑게."

"맞구만, 왜놈덜이 저리 기세 뻗치는 것도 다 일진회놈덜맨치로 앞잽이질허는 놈덜 땜시여."

"그런 인종들이야 항시 있는 법잉게."

"구데기 밥 되게 똥통에 처박을 놈덜이네."

사람들은 끼리끼리 모여 소문을 확인하고 시국을 근심했다.

그런데 마침내 을사보호조약이 세상에 알려지게 되었다. 장지연이 《황성신문》에 「시일야방성대곡(是日也放聲大哭)」을 쓴 것이다.

비분에 찬 그 글은 먼저 글을 읽을 줄 아는 사람들의 가슴을 쳤고, 그런 사람들의 입을 통해 글을 모르는 일반인들에게 퍼져나가기 시작했다.

'동양 삼국의 평화를 솔선주선하기로 나선 이토가 천만 꿈밖에 어찌 오 조약을 내놓았는가. 개가죽을 쓴 우리 대신들은 일신의 영달만 위해 황제폐하와 2천만 동포를 배반하고 4천 년 강토를 외인에게 주었도다. 슬프다! 우리 2천만 동포여, 살아야 할거나 죽어

야 할거냐.'

그 논설문의 요지였다.

장지연이 그날로 일본헌병대에 체포되었다는 소문은 사람들을 더욱 분통하게 만들었다. 사람들은 비로소 그 온갖 흉흉한 소문들이 왜 떠돌았던 것인지를 깨닫게 되었다.

인심이 불안하고 술렁거리는 속에 '을사오적'이라는 새로운 말이 퍼져나가고 있었다. 나라를 왜놈들에게 팔아먹은 다섯 역적이라는 말이었다. 내부대신 이지용, 군부대신 이근택, 법부대신 이하영, 학부대신 이완용, 농상공부대신 권중현이 그들이었다.

송수익은 갈피를 잡을 수 없는 마음으로 이틀을 서성거렸다. 가슴에서는 장지연의 글에서 받은 비분이 절망감으로 가라앉기도 하고 저항감으로 솟구치기도 하면서 끓고 있었다.

송수익은 생각 끝에 신세호를 찾아가 보기로 했다. 정재규는 이미 말 상대가 아니었고 이런 경우에 서로 마음을 기댈 수 있는 것은 신세호였던 것이다. 그러나 신세호와 생각의 방향이 꼭 일치하는 것은 아니었다. 신세호는 전통적인 유생의 길을 지키려는 생각을 가지고 있었다. 그래서 그에게 단발 같은 것은 아예 용납되지 않았다.

신세호는 초가의 사랑방에서 먹을 갈고 앉아 있었다.

"어서 오시게, 수익이. 내가 자넬 찾아가 볼까 생각하고 있었는데 자네 발길이 더 빨랐네그려."

신세호는 약간 웃음지은 얼굴로 송수익을 예절 갖추어 맞아들였다.

"그간 잘 지냈는가. 세속을 멀리하고 묵향 속에 묻힌 몸이라, 과시 선비다운 모습이로세. 무슨 글을 짓던 참인가?"

송수익은 자리를 잡고 앉으며 벼루 쪽으로 눈길을 보냈다. 큼직한 벼루와 조그만 연적이 눈에 익었다. 방 안에는 먹내음이 그윽하게 담겨 있었다.

"글은 무슨 글…… 마음이 시끄러워 그저 먹을 갈고 있었지."

신세호는 벼루를 약간 옆으로 밀어놓으며 나직하고 담담하게 말했다.

"내가 예고 없이 찾아들어 마음이 더 시끄러워지는 것 아닌가?"

송수익은 신세호를 넌지시 바라보았다.

"아니, 사사로운 일로 그러는 게 아니네. 자네 맘도 잠잠허지가 못헌 것 아닌가? 자네 잘 왔네."

신세호가 흐리게 웃음지었다. 그 쓸쓸한 웃음에는 슬픈 기색이 깃들어 있었다.

"그래, 자넨 이번 일을 어찌 생각하나. 무슨 방책이 있나?"

"글씨…… 나라가 망한 일이니 더 무슨 생각이 있겠능가. 사흘 전에 우리 유생들이 대한십삼도유약소의 이름으로 상소를 올리기는 했네만…… 그것이 무슨 방책이 될라는지……."

신세호의 얼굴은 말하는 것에 따라 점점 침통하게 변해가고 있었다.

"상소라…… 상소라……."

고개를 들어 천장을 바라보며 송수익은 중얼거렸다.

"어찌 그러나. 자네 생각엔 상소가 별무 효과일 것 같은가?"

신세호의 물기 없이 단정한 얼굴에 불안한 빛이 스치고 지나갔다.

"십삼도 유생들의 뜻을 모아 신속허니 상소를 올린 것이야 얼마나 고맙고 잘한 일인가. 그리허나……"

송수익은 밀려나오려는 말을 중단하고 말았다. 상대방은 '불충'을 가장 큰 죄로 치고 있는 유생이었던 것이다.

"어찌 말을 끊는가. 우리 사이에 못할 말이 있등가?"

신세호는 상대의 마음을 꿰뚫는 듯한 눈길로 송수익을 지켜보았다.

"자네 앞에서 불충한 말을 할 수야 없지 않은가. 나를 대죄인으로 관가에 고하는 괴로움을 자네한테 줄 수는 없는 일이니까."

송수익이 빙긋 웃었다.

"이사람아, 상감도 안 듣는 데서는 욕먹는다는 말이 괜시리 있등가. 억지소리는 빼고, 있는 대로만 말해 보게. 자넨 나보다 신식이니 어디 자네 생각을 들어보세."

신세호는 손가락의 먹을 닦으며 전과 다른 태도를 보였다.

"그러니께 말이시, 상소라는 것은 상감께 직접 글을 올려 무슨 일을 해결하자는 것 아닌가. 헌데, 지금 상감께서 그럴 만한 힘을 지니셨느냐가 문제 아니겠나. 자넨 어찌 생각하나?"

송수익은 직설을 피해 조심스럽게 말했다. 꼭 신세호를 생각해서만이 아니었다.

"상감께오서 대역 대신놈들한테 어수어족이 다 묶여 현군의 치정을 펼치시지 못하는 것을 내 어찌 모르겠는가. 그리허나 이 위태한 국난에 처해 상감께 상소를 올리지 않고서야 달리 무슨 방도가 있어야 말이지."

신세호는 얼굴이 비통해져서 뭉텅이진 한숨을 토해냈다.

"신문을 보면 지금 한성에서는 종로상인들이 보호조약 반대로 상가를 철시하고, 각급 학교 학생들이 동맹휴학을 하고 있는 모양이네. 내 생각으로는 유생들의 상소는 상소문 이름만 거창했지 그 효과에 있어서는 상인들이나 학생들의 행동에 비해 어림이 없네."

송수익의 말은 냉정했다.

"그것이 아니면 달리 무슨 방도가 있다는 것인가?"

신세호는 송수익을 뚫어져라 쳐다보고 있었다. 그 눈 가장자리가 미세하게 경련하며 눈동자가 불그스름한 물기로 젖고 있었다. 그건 눈물이 아니라 비분의 분출이었다.

"내 생각으로는 말이네, 힘이 없어진 상감께 여기저기서 자꾸 상소를 올려대는 건 옳은 일이 못 되네. 상감께 피를 마르게 하는 고통을 드리는 일일 뿐 무슨 해결이 되는가. 그러고, 왜놈들은 상소로 철회할 조약이었으면 처음부터 체결하지를 않았을 것이네. 왜놈들은 막강한 무력으로 이 땅을 장악한 다음 위협과 강압으로 조약을 체결했다는 사실을 잊어서는 안 되네. 왜놈들의 무력은 실제로 총을 든 군대만이 아니라는 걸 알아야 하네. 우리 눈앞에 있는 군산을 보게. 군산을 중심으로 날로 퍼져가고 있는 왜놈들의 민간세력도 결국은 무력이 아니고 무엇인가. 그런데 군산에 비해 부산·인천·목포·원산 같은 데의 왜놈세는 두 배에서 서너 배까지 세다는 것 아닌가. 그리고 개항된 항구는 마산·진해·진남포 등등으로 이 반도땅 전부가 왜놈세로 둘러싸인 형국일세. 어디 그뿐인가. 부산에서 신의주까지 경부선과 경의선으로 일직선으로 뚫려 있네. 그건 왜놈들의 또 하나의 무력이네. 조선사람들의 태반은 철도가 놓이는 것을 신식개화라고 믿고 있네만, 그 주인이 누구고 그 쓸모가 무엇인지를 깊이 생각해야만 하네. 왜놈들이 우리를 편히 살게 해주려고 철도를 놓았겠는가. 다 어림없는 소리네. 모두가 제놈들의 이익을 위해서고, 조선사람들은 멋모르고 속고 있는 것이네. 결국 이 땅은 왜놈들의 무력으로 꽁꽁 묶인 형편이 되고 말았네. 그런 무력을 앞세워 체결한 조약을 철회시키거나 파기시키자면 어찌해야 되겠나? 종이에 글씨나 쓴 상소문으로 될 것 같은가?"

송수익은 신세호에게 거푸 묻고 있었다. 신세호의 입에서 보다 적극적인 방안을 끌어내고자 하는 의도였다.

"글쎄…… 자네 말이 아조 심중헌 말인디…… 상소문 말고 다른 방도가 어떤 것이 있을랑가……."

눈길을 내리깐 신세호는 상체를 좌우로 조금씩 흔들며 낮게 중얼거렸다. 그건 책읽기가 몸에 밴 전형적인 양반 유생의 모습이었다.

송수익은 그런 신세호를 물끄러미 바라보고만 있었다. 신세호가 일부러 대답을 피하는 것인지 아니면 정말 다른 방법을 생각해 내지 못하는 것인지 송수익은 얼른 판단을 내릴 수가 없었다.

"자네 말을 듣고 보니 이 나라가 우리도 모르는 사이에 왜놈들 발밑에 깔린 속국이 돼버린 셈인데 거기다가 보호조약까지 체결됐으니 어찌하면 좋은가. 상소문이라는 건 태산을 손으로 떠미는 격이고, 소 잡겠다고 바늘 들고 나서는 격 아닌가. 이런 지경에 다른 무슨 방도가 있을꼬……."

신세호는 괴로운 신음을 가늘게 흘렸다.

"생각을 달리하면 왜 방도가 없겠는가. 조약을 체결한 조정대신들이란 물건들은 무엇인가. 그것들은 왜놈들 주구가 아닌가. 우리에겐 조정이 없어져 버린 거란 말일세. 조정이 없어졌으니 국권이 없어지고, 국권이 없어졌으니 나라가 없어진 것 아닌가. 나라가 없는데 상소문은 어디다 올린단 말인가. 이리 생각하면 다른 무슨 방도가 생기지 않겠나?"

송수익은 여전히 신세호의 말을 유도해 내려는 입장을 취하고 있었다.

"아아, 자넨 나라를 완전히 빼앗겼다고 생각하고 있구먼. 그렇지, 나라를 강도질당한 것이지. 나라를 강도질당한 것은 위로 상감께 더없는 불충이고 아래로 백성들에게 체면이 땅에 떨어진 것이니 우리 양반들이야 더 살기를 바랄 수가 없게 된 몸들이네그려. 자네 생각이 이런 것인가?"

신세호는 비감한 눈길로 송수익을 바라보았다.

"그리 생각할 수도 있네. 허나, 나라를 빼앗겼는데 개개인이 죽는 게 능사가 아니지 않는가. 나라를 빼앗겼으면 되찾는 것이 제일 중한 일이 아니겠는가?"

송수익은 어금니를 물며 신세호를 똑바로 쏘아보듯 했다.

"나라를 되찾아? 그러면…… 왜놈들에게 맞서 싸울 의병이라
도……."

긴장한 신세호가 말끝을 흐렸다.

"그러네. 그 길밖에 또 무슨 방도가 있나."

송수익의 말은 단호했다. 그리고 결연한 의지가 드러난 그의 얼
굴을 견고한 양쪽 턱이 받치고 있었다.

"자네가 그런 생각을…… 그런 생각을 품고서……."

신세호의 눈길은 느리게 아래로 내리깔리고 있었다. 그 눈길을
따라 목소리도 차츰차츰 가늘어지더니만 말끝은 흔적을 감추고
말았다. 그리고 그의 고개는 보일 듯 말 듯 좌우로 흔들렸다.

송수익의 눈에는 신세호의 마음이 환히 들여다보였다. 그러나
움츠러드는 그를 내버려둘 수 없었다. 한 사람씩 동조자를 늘려가
야 했던 것이다.

"왜 그러나. 그 방도가 맘에 안 드나?"

송수익은 앞으로 조금 다가앉으며 곰방대를 꺼냈다.

"글씨…… 나야 자네에 비해서 세상 돌아가는 물정을 잘 모르긴
하네만, 이제 와서 의병을 일으켜가지고 싸운다고 무슨 가망이 있
겠능가?"

송수익을 바라보는 신세호의 눈에는 슬픔 같은 것이 어려 있었다.

"싸워보지도 않고 그것이 무슨 소린가."

송수익의 어조는 쨍쨍했다.

"자네가 아까 말하지 않았나. 왜놈들 세력이 우리를 꽁꽁 묶고 있다고. 나도 왜놈들의 세력이 날로 늘어나고, 이번에 군산항으로 군대가 또 밀려들었다는 것도 알고 있네. 내가 하는 말은, 갑오년 그때에 비해 지금은 왜놈들 세력이 몇 배로 늘어나지 않았나. 그때도 사람만 수없이 상하고 말았는데 왜놈들 힘이 몇 배로 커진 지금이야 더 말할 것 없지 않은가 말이네."

"응, 자네 말은 틀림이 없네. 왜놈들 세력은 갑오년 때보다 몇 배가 강해졌지. 그렇다고 해서 손발 묶고 앉아 상소문 쪼가리나 올리고 있어서야 되겠는가. 강도가 집 안에 들었으면 식구들이 총력을 다해 강도를 몰아내고 물리치려고 일어나는 것이 도리인가, 아니면 강도가 힘이 세니 미리부터 겁먹고 주저앉아 당하기만 하는 것이 도리인가. 이기고 지는 것은 싸운 다음에 따질 문제네. 힘의 강약을 따지기 전에 싸워야 할 때에 싸우는 것이 바른 사람의 도리네."

일단 본심을 털어놓기 시작하자 송수익은 가슴의 뜨거움이 배에까지 퍼지는 것을 느꼈다. 그 뜨거움은 싸움에 나서고자 하는 열기가 아니라 상대방의 현명한 척하는 뒤에 감추어진 나약함에 대한 노여움이었다.

"자네 말도 일리는 있네. 허나 승산 없는 싸움을 해서 수많은 인명만 상하고 마는 무모함을 저지르기보다는 다른 무슨 방도를 강구해 보는 것이 더 좋지 않겠능가."

"이사람아, 그 방도가 대체 무엇인가. 우리의 상대는 흉기를 든 강도라는 걸 잊지 말고 말하게. 강도한테 그냥 물러가 달라고 사정을 하겠는가, 무릎을 꿇고 빌겠는가. 강도를 대하는 데 무슨 다른 방도가 있다는 건가."

"자네 생각이 틀리지는 않네만 너무 급하고 격하네. 급할수록 돌아가랬다고 좀더 두고 차근차근 생각해 보는 게 좋지 않겠나."

신세호는 두어 번 마른 입맛을 다시고는 팔을 뻗쳐 벼루를 끌어당겼다.

그 몸짓이 이야기를 그만 끝내자는 것임을 송수익은 알아차렸다. 배신감이 왈칵 끼쳐왔다. 뜨거운 물을 뒤집어쓴 것 같은 기분이었다.

신세호는 또 팔을 뻗쳐 연적을 집어왔다. 그리고 먹물이 마른 벼루에다 몇 방울의 물을 떨어뜨렸다.

송수익은 뜨거운 감정을 지그시 눌러 식히며 그 한가하기 이를 데 없는 몸짓을 지켜보고 있었다. 꼭 어린애 장난질 같다는 생각을 하면서.

"내 생각이 자네 맘에 안 들어도 어쩔 수 없는 일이지. 허나, 끝으로 한마디만 하고 가겠네. 자넬 위시한 모든 유생들이 다 자네같이 생각하고 있다면 자네들이 하늘처럼 떠받들고 우러러 뫼시는 상감마마, 아니 황제폐하께오서 땅을 치고 통곡을 하실 것이네."

송수익은 자리를 차고 일어섰다.

"아니, 그 무슨 불경한 소린가!"

신세호가 고개를 치켜들며 허리를 곧추세웠다.

"상감의 심중은 모든 유생들이 일제히 들고일어나 싸우기를 바라신다 그 말이네. 그것이 바른 충신의 길이기도 하고. 어쩐가, 내 말이 틀렸는가? 잘 있게."

송수익은 비웃음 담긴 얼굴을 돌렸다.

"아니, 저어……."

신세호는 몸을 반쯤 일으켰다가 도로 주저앉고 있었다.

날이 새면 새로운 소문이 떠돌고, 다시 날이 새면 또 새로운 소문이 떠돌았다. 바람이 불듯 그 진원지를 알 수 없는 소문들은 하나같이 불길하고 흉흉한 것들이었다.

사람들은 잔뜩 기죽고 풀죽어 그 소문들에 자꾸만 움츠러들고 있었다. 서로 눈치보며 수군거리고, 조금만 낯선 사람이라도 경계했다.

"아랫말 꽃예 아부지가 헌병대에 잽혀갔담시로?"

"이, 그랬다등마."

"어찌서 잽혀가?"

"음마, 자네넌 안직도 몰르고 있능가? 주막서 술짐에 왜놈덜 욕얼 했드랑마. 근디 낯모르는 사람이 있는 거럴 조심 안 헌 것이제."

"글먼, 그 낯모르는 인종이 왜놈 앞잽이란 것이여?"

"더 말허먼 멀혀."

"아이고메 무셔라. 이놈에 시상얼 워쩔꼬."

"왜놈 앞잽이덜이 쫘악 깔렸다고 허등마 그것이 참말이네 이."

"헛말이 그리 돌 리가 있능가. 인자 사람 무서와 살기 심든 시상이 되았네."

"참말로, 사람이 사람 무서와험서 입 봉허고 살아야 될 망헌 시상이시."

주위를 흘끔거리며 아낙네들이 우물가에서 수군거리는 이야기였다.

임금을 호위하던 시종무관장 민영환이 할복자결을 했다. 전 의정부대신 조병세가 자결했다. 전 참판 이명재가 자결했다.

그 연이은 자결의 소문은 겨울바람을 타고 산지사방으로 퍼져나갔다. 배를 갈라 붉은 피 쏟으며 죽었다는 그 소문들은 그전의 어떤 소문들보다도 뜨겁고 거센 파도가 되어 사람이 사는 곳이면 퍼지지 않은 데가 없었다.

그런데 그 소문들은 단순히 나라 잃은 비분으로 목숨을 끊었다는 것만이 아니었다. 민영환이 흘린 피는 방을 넘치고 마루를 흘러 토방으로 떨어져내렸는데 그 자리에 푸르른 대나무가 솟아났다고 했고, 조병세가 목숨을 끊자 그가 기르던 난초들이 일제히 꽃을 피웠다고 하는가 하면, 이명재가 숨을 거두면서 뜰의 매화나무가 사흘 밤을 통곡했다는 것이었다.

그건 충절을 상징하는 매·난·국·죽에 근거를 둔 이야기들이었다. 누가 지어 붙인 이야기든 간에 죽음에 곁들여진 그 이야기들은 듣는 사람들의 마음을 한층 비감케 했고 더욱 충동시키는 효과를 발휘하고 있었다.

"이완용이고 이근택이고 뒈져야 헐 놈덜언 안 죽고 어찌서 아까운 애맨 사람덜만 자꼬 죽는고."

"긍게 역적 따로 있고 충신 따로 있는 법이제."

"양반이란 것덜이 다 나라 망쳐묵는 역적덜인지 알었등마 그래도 안직은 충신이 남어 있었든 것이여."

"역적보담 충신이 많덜 못혀서 그렇제 사람 사는 시상에 충신이 씨가 몰를 리가 있능가."

"근디 충신덜이 저리 줄줄이 죽어가다 보면 무신 일이 나도 나겄제?"

"충신덜이 역부러 피흘림서 죽어가는 뜻이 그런 것 아니라고."

"하먼, 난국에 흘리넌 충신덜 피넌 항시 사람덜얼 불러모으는 법잉게."

"이, 자네덜 혹시 그 말 들었능가?"

"무신 말?"

"어지께 어떤 중이 주막거리럴 지내감서 의병얼 모은다고 허드라는디."

"머시여! 의병?"

"어허, 이사람아! 더 크게 소리질르소. 주재소꺼정 다 딛게."

"이, 헛소리가 아닐 것이여. 그냥언 못 지내갈 시국잉게."

"일이 시작되고 있는갑구만."

"근디 그 중언 어디로 가부렀능고? 무신 세세헌 것도 안 알리고."

"눈 피해 허는 일인디 첫술에 그리허는 법 있간디. 사람덜 맘 채

비시키자고 그리 운만 띄우고 뜬 것이네. 두고 보소. 무신 소식 또 올 것이니."

"그것이 진짜 중이었을랑가?"

"아닐란지도 몰르제."

"그나저나 참말로 의병얼 모으면 우리넌 어찌야 허능고?"

"그 이얘기 그만허세."

사랑방에 모여앉은 남자들이 긴장 속에서 나직나직 주고받는 말들이었다.

겨울은 깊어가고 있었다. 흰옷 속에 몸을 웅크린 사람들은 그저 예년과 다름없이 추운 겨우살이를 해내고 있었다. 그러나 그 깊은 속은 달랐다.

장덕풍은 어둠에 몸을 감추고 하야가와를 찾아갔다. 하야가와한테서 밤중에 오라는 명령이 내렸던 것이다. 그 명령은 말이나 쪽지로 전달되는 것이 아니었다. 우체국의 소사가 성냥 세 갑을 사가는 것이 그 명령이었다. 그건 그들 둘 사이에 미리 약속해 둔 방법이었고 열네 살짜리 소사로서는 그저 심부름을 하는 것일 뿐이었다.

"요새 장사는 어떻소?"

장덕풍이 주눅든 모습으로 엉거주춤 자리를 잡고 앉자 하야가와가 불쑥 물었다. 그런 그의 얼굴은 딱딱하다 싶게 무표정했다. 언제나 웃음이 감도는 부드러운 그의 얼굴은 간 곳이 없었다.

"야아, 덕분에 잘되는구만이라우."

장덕풍은 비위 맞추는 웃음을 헤벌레 지어 보이며 허리를 굽실거렸다.

"돈 버는 재미에 정신이 팔려 그 임무는 다 잊어버렸소?"

냉기 끼치는 하야가와의 목소리였다.

"야아······?"

장덕풍은 어리둥절한 얼굴로 하야가와를 멀뚱하게 쳐다보았다.

"어허, 내가 맡긴 임무는 이제 잊어버렸냔 말이오."

하야가와는 짜증스럽게 내쏘았다.

"아, 아니구만이라우. 눈에 불씨고 열성으로 허는구만요. 아랫것 덜도 물이 못 나게 잡지고라."

당황한 장덕풍은 한달음에 말을 쏟아놓았다.

"물이 못 나게? 그게 무슨 말이오?"

하야가와는 올려뜬 눈으로 장덕풍을 쳐다보며 고개를 갸웃했다.

"저어, 긍게로 머시냐······ 시암에 물얼 막 퍼내고 또 퍼내고 허 먼 물이 미처 괼 새가 없딜 않능가요. 그만치로 거 머시냐······ 그렇게 아랫것덜얼······."

장덕풍은 손짓까지 해가며 끙끙거렸다.

"그러니까 아랫것들을 정신없이 닦달하고 있다 그런 말이오?"

"야야, 바로바로 그 말이구만이라우."

장덕풍은 그만 속이 확 뚫리는 기분에 자신도 모르게 무릎을 치며 환하게 웃었다. 그러나 그는 자신의 행동에 화들짝 놀라며 얼른 자세를 바로잡았다.

"물이 못 나게······ 물이 못 나게······."

하야가와는 고개를 끄덕이며 중얼거리고 있었다. 그는 또 한 가지 조선말을 머릿속에 새겨넣고 있었다. 그는 일본인 중에서 조선말을 잘하기로는 자신이 일급에 든다고 자신하고 있었다. 그러나 사투리는 알아들을 수 없는 것이 많은 데다 은어나 속담 같은 것들이 불쑥불쑥 튀어나올 때면 전혀 해득이 안 되는 것이었다.

"장상도 세상이 달라진 것 다 알고 있지요?"

하야가와는 얼굴을 좀 부드럽게 바꾸며 장덕풍을 주시했다.

"야아, 우리 일본시상으로 변헌 것 다 알고 있구만이라우."

장덕풍은 아부의 웃음을 지어 보였다.

"그렇지만 보호조약을 맺었다고 해서 일이 다 끝난 것이 아니오. 우리가 할 일은 지금부터가 시작이오. 그러니까 마음 단단히 먹고 정신 바짝 차리지 않으면 안 되게 돼 있소."

"야아, 알겠구만이라우."

"무슨 말인고 하면, 조선놈들이 보호조약에 반대해서 이 겨울 동안에 의병을 모으고 있다는 소식이오. 겨울 동안에 의병을 모아 봄이 되면 일어난다는 말인데, 우리가 할 일이 얼마나 중해졌는지 생각해 보시오. 여러 말 할 것 없이 장상의 아랫사람들을 정신 바짝 차리게 만들어 어디 어디서 의병을 모으는지 꼭 탐지해 내게 하시오."

"야아, 그리허겄구만이라우."

"장상, 이제 기회가 왔소. 저희들이 아무리 비밀리에 일을 꾸민다고 해도 일단 움직이기 시작하면 냄새를 풍기게 되고, 꼬리가 밟히게 마련이오. 이 좋은 기회에 공을 세워 장상의 소원을 풀도록 하시오. 장상이 공을 세우기만 하면 내가 당장 장상의 소원을 풀어주겠소."

하야가와는 가늘게 뜬 눈으로 장덕풍을 바라보며 묘한 웃음을 흘리고 있었다.

"아아, 꼭 공얼 세우도록 허겄구만이라우."

장덕풍은 힘있게 말하며 허리를 깊이 굽혔다. 그의 눈앞에는 목 좋은 데 있는 상점이 환하게 떠오르고, 부자가 된 자신의 모습까지 보이고 있었다.

"그렇지만 이번 기회에 아무 공도 못 세우면 곤란해요."

"야아?"

"나와는 관계가 끝난다 그 말이오."

"아, 알, 알겄구만이라우."

장덕풍은 표나게 말을 더듬거렸다.

어둠 속에 불빛 하나가 추위를 타며 깜빡거리고 있었다.

"맘도 썰렁헌디 날꺼정 지독시리 춥네. 저그서 무신 꼬타리럴 잡게 될랑가?"

"맘 급허니 묵덜 말어. 속만 탄게."

"그런지 암스로도 덕풍이 성님이 그리 숨넘어가게 몰아대는 디야 어쩌겄어."

"덕풍이 성님이 풍이 잠 씬 것이여."

"덕풍이 성님도 왜놈허고 우리 새중간서 맘고상이 예사가 아닐 것인디?”

“그러기도 허겄제. 좌우간 즈그덜이 움직기리기 시작혔으면 꼬랑지가 잽힐 날이 있을 것잉게.”

방태수와 김봉구는 일부러 밤늦게 주막을 찾아가고 있었다.

그들의 예상대로 주막에는 술꾼들이 없었다. 두 사람은 기둥에 걸린 흐린 불빛 아래서 서로를 마주 보며 웃었다.

“어디서 오는 질인디 이리 늦당게라?”

주모는 두 사람을 알아보고 반색했다.

“자네가 독수공방험서 춥게 자는 것이 짠히서 따땃허니 품어줄라고 늦었는디도 이리 왔네.”

방태수가 더부룩하게 돋은 숱 많은 수염을 문지르며 능청스레 말을 걸쳤다.

“하이고, 어쩐 일이랑가요. 그냥 자고 가지도 않던 사람덜이 한이 불꺼정 필라고 허니. 해가 서산서 솟을 일이시.”

기름기 도는 얼굴에 아직 젊은 기가 남아 있는 주모가 가벼운 코웃음을 치며 상대방의 말을 객쩍은 소리로 돌려버렸다.

“허, 시방 우리럴 돈 없다고 무시혀서 허는 소리여, 부처님 가운데토막맨치로 점잖허다고 허는 소리여?”

정색을 한 방태수가 주모에게 비릿한 눈길을 보냈다.

“저 등짐 속에 든 것이 돌뎅이가 아닌디 돈 없단 말 못헐 것이고, 보부상 색질이 노소귀천얼 안 개리넌 것이야 시상이 다 아는 것인디 그리 말허면 날아가든 새가 웃소.”

"아조 지대로 암스롱도 어찌서 콧등으로 웃고 긍가?"

김봉구가 무지르고 들었다.

"나가 허는 말언, 돈얼 벌지만 알었제 쓸지넌 몰르는 쫌팽이들이란 말이제라."

주모가 째지라고 눈을 흘겼다.

"머시여? 우리가 화대 아까와 꽁짜로만 헐라는 인종들로 뵈는 모양이시. 꽁짜가 따로 있제, 요것 참 드럽네."

김봉구가 빈대코를 찡그려붙였다.

"어디 오늘 밤에 보드라고, 우리가 쫌팽인가 아닌가. 우선에 술 상보톰 딜이소."

방태수가 다리를 꼬며 헛기침을 했다.

"언년이넌 머허고 있능가?"

김봉구가 담배쌈지를 꺼내며 물었다.

"자요."

"조갑지 푹 퍼지라고 자빠져 자기넌. 언년이넌 내 차진께 얼릉 깨와."

"음마, 참말로 오늘 밤에 만리장성 쌓랑갑네?"

주모가 눈웃음을 치며 일어났다. 그 눈꼬리로 음기가 지르르 흘렀다.

"헛돈질허는 것 아닐랑가?"

김봉구가 곰방대를 물며 중얼거렸다.

"첫술에 배불러? 오늘 밤이야 밑져봐야 본전이고, 우리 편 삼으면 되는 것이제."

방태수의 나직한 대꾸였다.

주모는 열대여섯 살 나 보이는 처녀에게 술상을 들려가지고 들어왔다.

"언년이 얼굴에 잠기가 없는디?"

김봉구가 술상을 내려놓는 처녀의 얼굴을 똑바로 들여다보며 말했다.

"아이고, 속 태우덜 마시게라. 살짝 들었다 깬 잠잉게."

주모가 눈을 흘기며 묘하게 웃었다.

두 사람은 주모가 따른 술을 한 사발씩 단숨에 비웠다.

"요새 여그 장시년 어찐가?"

방태수가 젓가락을 들며 물었다.

"보는 대로 아니요, 시상이 시끌시끌허면 돼묵는 술장시 밥장시가 없는 법 아닙디여. 외상만 늘고, 죽을 판이오."

주모가 고개를 내저었다.

"여그도 왜놈덜이 원수시?"

김봉구가 능치고 들었다.

"거그야 왜물건으로 덕 보덜 않으요."

주모가 입을 삐쭉 비틀었다.

"아니시, 우리도 장시가 그늘지고 지랄이시. 왜놈덜헌티 해 입기야 자네나 매일반이네. 속상허는디 술이나 치소."

방태수가 술사발을 들며 빠르게 눈짓했다. 그런 이야기를 더 꺼내지 말라는 뜻이었다.

"인자 언년이가 술얼 쳐라. 니가 코만 그리 안 얽었어도 괜찮헌 인물인디 이."

김봉구가 처녀를 쳐다보며 혀를 찼다.

"살짝곰보가 왜 값나가는지 몰라서 그런 소리 허요? 요것이 우리 집 보밴디."

주모가 통을 놓았다.

"남자 코가 크면 물건이 실허고, 여자 눈 가상사리가 까무잡잡 허면 조갑지가 찰지다는 말언 그냥 알아묵을 만헌디, 살짝곰보 조갑지가 쓸 만허다는 말언 무신 소린지 모르겄당게로."

김봉구가 주모와 언년이를 번갈아 보며 코를 큼큼거렸다.

"하이고, 이적지 그리 쉬운 것도 몰름서 주막잠 자고 댕겼소? 손님 살짝 앓음서 거그도 살짝 익어서 찰지게 된 것 아니오. 그리 뻔헌 이치도 몰르고."

주모가 거침없이 말하며 눈을 흘겼고, 언년이는 부끄러움으로 얼굴을 떨구었다. 방태수는 빙긋이 웃고 있었다.

"살짝 익어서 찰지게 돼야? 글먼 빡빡곰보넌 더 좋겄네, 까실까실 익었을팅게."

김봉구는 침까지 삼키며 응수하고 들었다.

"아이고메, 저리도 몰를까? 너물얼 살짝 디쳐야 지맛이 나제 푹푹 삶아불면 어찌 돼요? 빡빡곰보덜이 더러 애기럴 못 낳는 것이 어찌 그런지 아요? 손님 심허게 앓음서 애기보가 타부러서 그래요.

무신 말인지 알아듣겄소?"

주모의 말은 생김만큼 야무졌다.

"애기보가 타부러? 글먼 남자 빡빡곰보넌 어찌 되는 것이여?"

김봉구는 멀뚱한 얼굴로 눈을 껌벅거렸다.

"그야 붕알이 타겄제."

방태수가 뚱하게 던진 말이었다.

"맞소, 맞소. 명답 중에 명답이구만이라."

주모가 손바닥을 맞때리며 깔깔대고 웃었다. 방태수와 김봉구도 따라 웃었고, 언년이는 더 깊이 고개를 숙였다.

"자네넌 아는 것도 많으네. 글먼 염병을 앓으면 어찌 되능가?"

김봉구가 주모에게 물었다.

"염병?"

주모가 어리둥절한 얼굴이 되었다.

"아, 손님이고 염병이고 다 똑겉은 열병 아니냔 말이여."

김봉구가 술잔을 들며 퉁을 놓았다.

"그것이야 나도 몰르겄소. 그런 것꺼정 알라 말고 오늘 밤에 우리 언년이나 이뻐허고, 저 살짝 얽은 자리 개리게 향 좋은 분이나 한 곽 줏씨요."

"나 말 잘 듣고 맘에 들게만 험사 분 한 곽뿐이여? 옷도 히주고, 금가락지도 히주제."

김봉구는 방태수를 옆눈질하며 호탕한 척하고 있었다.

"그리 못헐 것도 없제. 술도 얼큰허고 밤도 늦었는디 인자 자보도록 허드라고."

방태수가 한껏 기지개를 켰다.

"짜아, 그리허면 화대보톰 착 내놔야 잠자리가 편허고 호시가 좋 겄제?"

김봉구가 손발이 착착 맞게 반죽을 해대며 돈을 꺼냈다.

"참말로 오늘 밤에 임도 보고 뽕도 따는게비네." 주모는 음기 실 린 웃음을 환하게 피워내며 돈을 잽싸게 받아챙기고는 "언년아, 얼 릉얼릉 술상 치우고 잠자리 피고 허그라." 언년이의 어깨를 치며 수 선을 피웠다.

방태수는 주모를 품고 한바탕 일을 치렀다.

"생긴 거맨치로 기운이 영 씨요 이."

그를 끌어안은 채 주모가 뜨겁고 끈끈한 소리로 말했다.

"한 번으로야 자네도 심에 안 차겄제? 기둘리소, 서너 번은 더 남었네."

방태수의 숨길 거친 소리였다.

"음마, 나가 임자 만내부렀네 이."

주모가 그의 몸뚱이를 더 힘주어 끌어안으며 바르르 떨었다.

"담배나 한 대 꼬실리고."

방태수는 두 팔로 방바닥을 밀었다.

비스듬히 누운 방태수는 왼쪽 팔로 주모를 안고 곰방대를 빨았다.

"그나저나 시상이 이리 시끌시끌허서넌 암것도 되는 일이 없넌 디……"

"그렇게 말이오."

"왜놈덜이 웬수여."

"그런 소리 허면 큰탈나요."

"자네 앞잉께 믿고 허제."

"그러요, 왜놈덜이 웬수요."

"나라가 망헌 판에 안 되는 장시나 해묵자고 등짐만 지고 댕게서 쓸랑가?"

"글먼 어찌겄소?"

"의병이라도 나갔으면 쓰겄는디. 의병 모은다넌 소문만 있제 어디서 모으는지 알어야 들고 말고 허제."

"음마, 대장부가 따로 없소 이."

"당연지사제, 나라가 망혔는디. 이 근방서 의병 모으는 디 없능가?"

"안직 그런 소리 못 들었소. 그런 소문 들으면 갤차줄게라?"

"이, 꼭 그리허소. 나서서 싸와야제."

"아이고메, 장허고 장헌 거."

한편, 송수익은 신세호가 소개한 임병서와 내밀하게 접촉하느라고 삼동의 추위도 잊고 지내고 있었다. 임병서와 비밀리에 만나는 것은 의병을 조직해 나가기 위해서였다.

"자네가 의병에 뜻을 두고 있듯이 이 사람 병서도 자네 같은 사람을 찾고 있어서 소개하는 것이네. 서로 한뜻이니 마음을 합치면 힘이 커지지 않겠나."

신세호가 임병서를 소개하며 한 말이었다. 그때도 신세호는 의병을 일으키는 것에 대해서는 뒤로 물러선 입장이었다. 송수익은 그런 신세호를 탓하지 않았고, 임병서도 그 문제에 대해서는 전혀 입을 떼지 않았다. 송수익은 오히려 임병서 같은 사람을 소개해 준 것을 고마워했다. 임병서 또한 같은 내용의 말을 했다.

그 다음부터는 신세호를 빼고 송수익과 임병서는 단둘이만 만나게 되었다. 송수익은 임병서의 설명을 듣고 나서부터 구체적인 행동에 착수하기 시작했다.

최익현과 임병찬이 뜻을 합쳐 의병을 일으키고자 계획하고 있으며, 임병서는 임병찬의 문중으로 동생뻘이었다. 최익현은 그 강직과 기개가 익히 알려진 인물이었다. 작년 3월에 누구보다 먼저 일본의 침략 위험을 알리는 상소를 올렸다가 헌병대에 체포되어 고초를 겪었고, 보호조약이 체결되자 또 오적을 규탄하고 조약 취소를 직언하는 상소를 올렸던 것이다. 그런데 최익현은 상소로 만족하지 않고 마침내 의병을 일으키기로 한 것이었다.

그는 유생이되 오랜 세월 가부좌를 틀고 앉았던 다리를 풀어 자리를 박차고 일어날 줄 아는 색다른 유생이었다. 그 나이를 개의치 않는 기개에 송수익은 감동하지 않을 수가 없었다.

"양반만 가지고는 일이 어렵습니다. 양반들 수가 많지도 않은 데다, 떨치고 일어나는 사람들이 별로 없는 탓이지요. 일이 성사되자면 천상 농민들의 호응을 얻어야 합니다. 허나 농민들의 호응을 얻는 데 두 가지 어려움이 있지 않은가 합니다. 하나는, 나라는 양반들이 망쳐먹고 싸움은 우리더러 나서라 하느냐 하는 배척감이지요. 그리고 다른 하나는, 봉기 때까지 비밀유지를 어떻게 하느냐 하는 점입니다."

임병서의 말이었다.

"예, 그런 어려움이 있기는 합니다만, 농민들에게도 우국충정은 따로 있습니다. 특히 왜놈들에 대해서는 갑오년 그때에 당한 원한이 깊지요. 그 원한을 갚으려고도 농민들은 많이 호응하리라고 믿습니다. 그리고 비밀유지는 믿을 만한 사람들을 골라 결속시키는 거니까 최대한 조심하면 별 탈이 없지 않을까 합니다."

송수익의 대답이었다.

송수익은 약속한 불이암으로 갔다. 임병서가 먼저 와서 기다리고 있었다.

"어찌, 일은 진척이 있는가요?"

임병서가 부리부리한 눈에 힘을 모으며 물었다.

"예, 예정대로 되어가고 있는 편입니다."

송수익은 나직하게 대답했다.

"참 다행입니다. 송 선생께서 워낙 덕을 쌓으셔서……."

임병서가 입을 꾹 다물며 신뢰에 찬 웃음을 묵직하게 지었다.

"무슨 그런 말씀을……."

송수익의 얼굴이 붉어졌다.

"저어 다름이 아니고, 봉기는 해동이 되면 하기로 최종 결정이 내려졌습니다. 추위도 추위고, 자금문제 같은 것이 좀더 시일을 요하고 있습니다."

"그러겠지요, 군비 없이야 싸울 수 없는 일이니까요."

"통감부가 개청되었으니 일은 점점 급박해져 가고 있습니다."

임병서는 무겁게 한숨을 내쉬었다.

"통감부가 개청되면서 해외의 조선인에 대한 보호권이 왜놈들 외무성으로 넘어갔습니다."

"뭐라고요? 그게 정말입니까?"

임병서의 눈이 고정되었다.

"사실입니다. 작년부터 각국에 나가 있던 공사들이 철수하더니 결국 그 지경까지 되고 만 겁니다."

"그건 속국보다 더한 작태가 아닌가요. 조정대신놈들, 정말이지 개가죽을 둘러쓴 짐승만도 못한 놈들이오. 그놈들을 어찌 죽여야 하겠소."

임병서는 입술을 깨물며 주먹을 부르쥐었다.

"기왕 망친 나라, 그놈들을 다 잡아죽인다고 해서 되돌려질 일이 아니지요."

송수익이 임병서를 응시했다.

지삼출은 사람들과 함께 사랑방을 나섰다. 사람들은 제각기 어둠 속으로 흩어져 갔다. 지삼출도 혼자 고샅의 어둠을 헤쳐나갔다. 얼마를 걷던 그는 왼쪽으로 발길을 돌렸다. 집과는·반대방향이었다. 그는 걸음을 좀더 빨리했다.

"누구여, 삼출인가?"

어둠 속에서 들린 숨죽인 목소리였다.

"이, 나시. 자네 날르게 와부렀네."

지삼출이 대꾸했다. 상대방은 함께 사랑방을 나섰던 손판석이었다.

"송 선상님이 보자는 것이 무신 달라진 일이 있어 긍가?"

손판석이 지삼출 옆으로 붙어서며 말했다.

"글씨, 무신 일이 있기넌 있겄제."

지삼출은 몸을 부르르 떨며 대꾸했다.

"근디 말이시, 자네 덕구는 어쩔랑가?"

"그놈에 입이 초라니 방정이라서."

"입 말고, 그 자석이 요상시러운 것 말이시. 인자 뒤럴 캐야 안 쓰겄어?"

"쬐깨 더 두고 보세. 확연헌 꼬타리도 잽히는 거 없이 뎀빌 수야 없응게."

"나 눈에넌 그 자석이 영축없이 앞잽이랑게로. 나가 잘못 생각허는 것이까?"

"사람 한번 의심허먼 그리되제."

"사람 의심허는 것도 못헐 일이시. 이 일 시작허고 나서보톰 자는 마누래도 요상허게 뵌당게."

"그리되는 법이시. 너무 맘 급허니 묵지 말소. 덕구 앞이서넌 입 조심만 허면 됭게."

두 사람은 더 말이 없이 송수익의 집 쪽으로 고샅을 꺾어돌았다.

송수익은 신문을 펼쳐놓고 있다가 두 사람을 맞아들였다.

"무신 일 있으신게라우?"

지삼출이 송수익의 눈치를 살피며 자리를 잡았다.

"아 예, 오늘 밤에 만나자고 한 건 다름이 아니고 한 가지 알릴 일이 있어서요. 그간에 우리가 궁금하게 생각해 왔던 문제인데, 우리 의병은 해동이 되고 거사하기로 결정이 났소. 어찌 그러냐 하면 날이 추워 싸우기가 어렵고, 또 싸움에 필요한 군비를 장만해야 하기 때문이오. 그러니 그간에 사람들을 더 많이 모으도록 애쓰는 게 좋겠소."

송수익이 두 사람을 번갈아 눈길을 돌렸다.

"그리되면 좋고도 나쁘겠구만이라우."

손판석이 조심스럽게 말을 꺼냈다.

"예, 들어봅시다."

송수익이 손판석에게 눈길을 돌렸다.

"그렇게 형편이 그리되면 사람얼 많이 모으기야 존디, 말이 새나가는 것얼 막기넌 자꼬 에로와지겠구만이라."

"그렇지요, 그런 걱정도 있지요."

송수익은 자신도 그런 염려를 하고 있어서 고개를 끄덕여 수긍했다.

"그야 무신 다른 방도가 있간디. 더 믿을 만헌 사람덜 골라내 감서 입단속시키게 히야제."

지삼출의 낮고 묵직한 말이었다.

"그야 그렇제. 근디 왜놈덜 앞잽이넌 누가 누군지 몰르게 날로 늘어나제, 사람 짚은 속 알기넌 에롭제 헝게 걱정이 안 되는가."

손판석의 말도 신중했다.

"맞는 말이오, 우리 상대가 왜놈들이라 여간 어려운 게 아니오. 허나 다른 도리가 없지 않겠소. 어려울수록 조심조심 일을 해나가야지요."

송수익은 손판석을 바라보았다.

"야아, 그 수밖에 없겄지라우. 앞잽이덜보담 앞잽이 아닌 사람들이 훨썩 더 많은게라."

손판석의 힘준 말이었다.

"고맙소. 그리 맘 단단허니 먹읍시다."

두 사람을 번갈아 쳐다보는 송수익은 눈으로 더 많은 말을 하고 있었다.

"그러고 말이여, 쥐도 새도 몰르게 속으로 뼈대럴 짜갖고 일얼 탁 터치면 그때 사람덜이 와아 모여드는 법이시. 갑오년 때 보소. 그 많은 사람덜이 어디 다 미리미리 연줄이 맺어졌간디. 한쪽서 일얼 딱 시작허고 나승게 평소에 그런 일 일어나기럴 고대허고 있든 사람덜이 와아 들고일어남서 맘얼 합치고 한덩어리가 된 것 아니드라고."

지삼출의 말이었다.

"맞는 말이오, 일은 그리되는 법이오. 언제나 중한 것은 민심이오. 요새 왜놈들을 생각하는 민심은 어떻소?"

송수익의 목소리에 약간 생기가 돌았다.

"갈수록 왜놈덜얼 미워허게 되제라."

손판석의 대답이었다.

"잘되고 있는 것이오. 어쨌거나 갑오년에 일어났던 사람들을 찾아내도록 하시오."

송수익의 말에 지삼출과 손판석은 함께 고개를 끄덕였다.

13

장례식

"아이고메 엄니, 나 죽네. 아이고, 아이고, 나 죽네. 나 좀 살래주소오, 엄니이."

어둠 속에 번지고 있는 소리였다. 그 소리는 아픔의 고통을 이기지 못해 몸부림치는 울음이고 신음이었다.

어둠 속에서는 그 고통에 찬 신음소리만 울리고 있는 것이 아니었다. 각기 그 음조가 다른 코고는 소리들이 함께 섞이고 있었다. 코고는 소리들은 그지없이 태평스럽고 느긋하기까지 했다. 그래서 신음소리는 더욱 절박하고 외로웠다.

"아이고고 엄니, 나 죽네, 엄니이……."

쉴새없이 이어지고 있는 신음소리에는 몸이 비틀리고 꼬이는 고통이 그대로 묻어나고 있었다.

방영근은 어렴풋이 무슨 소리를 듣고 있었다. 그러나 끈끈한 잠에 취해 그 소리가 무슨 소리인지 흐리멍덩해서 알 수가 없었다. 무슨 울음소리 같기도 했고 무슨 신음소리 같기도 했던 것이다. 그 기분 좋지 않은 소리가 자꾸만 들리고 있어서 그는 잠을 깨려고 애를 썼다. 그러나 그 일은 쉽지가 않았다. 무거운 삭신은 끝없이 아래로만 가라앉고, 잠이 어찌나 끈적끈적하게 달라붙는지 잠을 깨야 되겠다고 생각하면서도 잠에서 벗어나지 못하고 있었다.

"엄니, 나 죽네에…… 아으아으, 나 잠 살래주랑게로, 엄니이!"

무엇을 쥐어뜯는 듯한 울부짖음이 더욱 커졌다.

방영근은 그때서야 그 소리가 먼 곳이 아니라 바로 옆에서 들리는 것임을 알았다. 그는 몸을 벌떡 일으켰다. 그러나 생각뿐이었다. 아래로만 처지고 잠기는 몸은 말을 듣지 않았다. 그는 마음을 가다듬으며 몸을 꼼짝 못하게 뒤덮고 있는 잠을 가까스로 떠다밀었다. 잠이 떼밀리는 만큼 몸을 일으키면서 그는 주만상의 병세가 더 심해지고 있다는 것을 알았다.

"아이고메 나 죽네, 엄니이, 엄니이……."

이를 뿌득뿌득 가는 신음이었다. 방영근은 마침내 잠에서 깨어났다.

"만상이, 어찌 긍가? 다리가 더 아파졌능가?"

방영근은 주만상을 더듬어 찾았다.

그런데 주만상은 말을 못 알아들은 것인지 어쩐지 계속 어머니를 부르는 신음소리만 내고 있었다.

방영근은 주만상의 얼굴에 손이 닿는 순간 깜짝 놀랐다. 손바닥에 동시에 느껴진 건 뜨거움과 축축함이었다. 열에 들뜬 얼굴은 땀으로 맥질되어 있었던 것이다.

방영근은 겁이 났다. 병이 심해져도 많이 심해진 것이라 싶었다. 방영근은 남용석을 깨울까 하는 생각을 했다. 그러나 곤하게 자고 있는 그를 깨운다고 뾰족한 수가 있을 것 같지도 않았다. 우선 혼자 어찌 해보자고 마음먹었다.

"어이, 만상이! 나시, 나 영근이여. 어디가 어찌 아픈가?"

방영근은 주만상의 어깨를 흔들었다. 그러나 주만상은 아무런 대꾸 없이 연상 신음소리만 내고 있었다. 열이 심해 그가 제정신이 아니라는 것을 알았다. 그만 마음이 다급해졌다. 무엇을 어찌해야 할지 알 수가 없었다.

불부터 켤까 생각했다. 그러나 사람들을 다 깨울 수는 없었다. 문 쪽으로 고개를 돌렸다. 어둠 속에 시계는 보이지 않았다. 몇 시쯤 되었는지 도무지 짐작이 가지 않았다.

방영근은 머리맡을 더듬어 수건을 찾아들었다. 주만상의 얼굴부터 조심조심 닦아냈다. 땀은 얼굴에만 난 것이 아니었다. 온몸이 땀범벅이어서 옷이 축축하게 젖어 있었다. 그리고 온몸이 불덩어리였다. 예삿일이 아니라 싶어 남용석을 깨우기로 했다.

"어이 용석이, 일어나소, 얼렁 일어나."

방영근은 목소리를 별로 크게 내지 않는 것에 비해 남용석의 어깨는 세게 흔들어댔다.

"으응, 끄응, 머시여, 냅둬……."

잠에 취한 남용석은 팔을 내젓고 빈 입맛을 짭짭 다시며 돌아누웠다.

"용석이, 얼렁 일어나. 만상이가 큰탈나게 생겼당게. 아 얼렁 일어나!"

목소리를 좀더 높인 방영근은 남용석의 어깨를 마구 흔들어댔다.

"어찌 이려, 만상이가 머시라고?"

남용석이 잠에 취한 소리를 했다.

"만상이 몸이 펄펄 끓고 지정신이 아니란 말이시. 큰탈나겄어."

"머시여! 만상이가 큰탈났어?"

남용석이 몸을 벌떡 일으켰다.

"이, 정신 채리고 여그 만상이 얼굴 잠 맨져보소. 몸뗑이가 불뎅이고 말도 못 알아듣네. 다리 아픈 것이 도지고 속병이 덧친 것인 갑네."

방영근은 자기 나름의 진단을 하고 있었다.

"어디 보세. 기연시 탈이 나부렀능가……."

남용석이 중얼거리듯 하며 주만상 쪽으로 몸을 옮겼다. 주만상은 그때까지도 끊임없이 신음소리를 내고 있었다.

"아이고메, 몸이 불뎅이 아니라고! 땀언 어찌 이리 또 맥질이고."

잠이 완전히 걷힌 남용석의 목소리였다.

"그렇게 말이시. 병이 짚어도 예사로 짚은 것이 아닝갑네."

방영근의 근심스런 목소리였다.

"시방 멫 시나 됐능고?"

"몰르겠네. 시계가 봬야 말이제."

"이래 갖고넌 큰탈 만내겠는디. 숙직허는 루나헌티 알려야 쓰덜 안컸능가?"

남용석이 서둘렀다. 그들은 백인감독들을 '감독'이라 하지 않고 하와이 본토말인 '루나'라고 불렀다.

"그런다고 무신 소용 있겠능가. 그 몰인정헌 놈덜이 이 밤중에 병원에 델고 갈 리도 없고."

방영근의 시무룩한 대꾸였다.

"글면, 이리 보고만 있을랑가?"

"곧 날이 샐 것 겉응게 땀이나 닦아내고 물이나 잠 믹임서 우리가 어찌 히보는 것이 어쩐가."

"그려…… 그리헐 수밖에 없겄네."

그들 두 사람은 문 쪽 침상에 놓인 물주전자를 가져오고, 땀을 닦아내고 하며 한참이나 간호에 마음을 쏟았다. 주만상은 물을 조금씩 받아먹으면서 신음소리를 낮추게 되었다.

띠잉, 띠잉, 띠잉.

불알시계가 언제나처럼 느릿하고 둔한 소리로 세 번을 울렸다. 두 사람은 땀이 끈적하게 내배는 걸 느끼며 담배를 한 대씩 빼물었다. 담배는 궐련이었다. 이틀에 한 갑씩 배급이 나와서 곰방대는 이미 쓸모없이 된 지 오래였다.

대개의 사람들은 곰방대를 다 내버렸다. 그러나 방영근은 곰방대를 고이 간직하고 있었다. 그것을 내버리는 것이 꼭 고향을 내버리는 것 같았기 때문이다. 그것을 간직하는 것은 고향에 꼭 돌아가리라는 다짐이기도 했다.

"우리가 지닌 것언 몸땡이뿐이고, 믿을 것도 몸땡이뿐인디……."

남용석의 착 가라앉은 말이었다.

"그러제, 이 타국서 몸땡이 성허덜 못해서야 아무 가망도 없응게……."

방영근도 착잡한 마음으로 담배연기를 깊이 빨아들였다.

"저 사람 만상이가 보기허고넌 달르게 속이 허헌게비여. 여그 와서 일얼 못 이기고 날이 갈수록 골골기럼서 병이 짚어지덜 안했다고. 거그다가 다리꺼정 상혔시니 결국 저리된 것이제."

"글씨…… 그런 모냥이시……."

방영근은 그저 고개를 끄덕였다. 그러나 하고 싶은 말은 따로 있었다. 자신이 보기에는 주만상은 원래 몸이 허한 사람이 아니었다. 상심으로 마음병이 생겼고, 마음병으로 속병을 얻기 시작한 것이었다. 돈을 벌어 한밑천 잡겠다고 나섰던 길인데 막상 하와이에 와서 보자 돈 벌 가망은 전혀 없고, 속았다는 것을 알게 되자 그는 상심하기 시작했던 것이다. 그러나 방영근은 웬일인지 그 이야기를 꺼내고 싶지 않아 남용석의 말을 그냥 수긍하고 말았다.

"다 성헌 몸으로 고향얼 찾어가야 힐 것인디, 저 사람 저러다가……."

남용석은 그만 말을 끊었다.

방영근은 남용석한테서 눈길을 돌리며 못 들은 척했다. 방영근은 그런 막다른 걱정을 하는 남용석의 마음을 충분히 이해할 수 있었다. 같은 고향사람이었고, 그동안 1년 반이 넘게 함께 살아오면서 정이 깊어져 있었던 것이다. 잠들어 있는 여덟 사람 중에서 굳이 남용석을 깨웠던 것도 그 까닭이었다.

"날이 새면 루나가 병원에 데래다줄랑가 몰르겄네?"

자신의 입바른 말을 얼버무리듯 남용석이 어물어물 말했다.

"즈그도 사람새낀게 보면 알겄제."

방영근은 창밖으로 눈길을 보냈다. 묽어진 어둠 저편으로 하늘이 희붐하게 열리고 있었다. 새벽마다 바라보는 하늘이었지만 언제나 낯설고 서먹한 하늘이었다.

딸랑 딸랑 딸랑……

멀리서 기상을 알리는 종소리가 숨가쁘게 울리기 시작했다.

불이 켜지면서 막사 안은 갑자기 소란스러워졌다. 조금 전까지 입을 불어대고 코를 골며 세상 모르고 잠에 빠져 있던 사람들이 언제 그랬나 싶게 일제히 잠을 깼다. 그건 습관이라기보다는 반사작용이었다. 그들은 모두가 종소리와 호루라기소리를 몸서리치게 싫어했다. 그러면서도 그 두 가지 소리를 들었다 하면 하나같이 행동이 민첩해지고 동작이 기민해졌다. 종소리와 호루라기소리는 곧 채찍질과 다름없었던 것이다.

하품을 하거나 투덜거리며 뒤늦게 잠이 깬 일곱 사람은 그때서야 한 막사의 동료가 중태에 빠져 있는 것을 알았다. 그들은 우르르 주만상을 에워쌌다.

"아니, 이거 어찌 된 거요?"

"이런, 기어코 큰 병이 나버렸구나."

"쯧쯧, 사람이 반쪽이 돼버렸네."

"루나가 뭐라고 할꼬?"

"루나라고 별수 있나. 병 앞에 장사 없는 법인데."

그들은 근심스러운 얼굴로 주만상을 들여다보며 한마디씩 했다. 눈이 꼭 감긴 주만상은 파삭 탄 입을 헤벌린 채 단내 묻어나는 가쁜 숨을 헐떡거리고 있었다. 눈자위가 꺼지고 볼이 패어 검게 탄 얼굴에는 병색이 짙게 배어 있었다.

"이러고 있어서 되겠소? 루나헌티넌 이따가 알리도록 허고, 우리 헐 일이나 얼렁얼렁 헙시다."

사람들을 둘러보며 방영근이 말했다.

"그래야겄제. 이러고 있다가 싹 다 매타작당헐 것인디."

남용석이 몸을 일으켰다. 그를 따라 다른 사람들도 침상을 내려섰다. 주만상을 혼자 버려둔 채 그들은 아침일을 서둘렀다. 막사 안팎을 청소하고 변소와 세면장을 거쳐 식사까지 마치자면 눈코 뜰 새가 없는 아침 시간이었다.

"만상이넌 어찌야 헝고?"

빗자루를 든 남용석이 땅바닥을 건성으로 쓸며 방영근을 쳐다보았다.

"이따가 루나가 순시럴 헐 적에 끌어다가 뵈야 안 허겄능가."

방영근의 시무룩한 대답이었다.

"근디, 자네나 나나 말이 통해야 말이제."

남용석의 얼굴이 옹색스러워졌다.

"언제라고 말이 통해서 살았등가. 지놈도 눈구녁으로 보면 알 겄제."

방영근이 떫고 쓸쓸하게 웃었다.

그들은 누구나 무슨 일이 생겨 루나 앞에 나서지 않을 수 없는 처지가 될 때면 두려움부터 가졌다. 말이 전혀 통하지 않기 때문이었다. 그동안 1년 반이 넘는 세월이 흘렀건만 어느 누구도 영어를 할 줄 몰랐다. 아무도 영어를 체계적으로 가르쳐주는 사람은 없었고, 그들이 상대하는 사람이란 오로지 루나들뿐이었다. 그들은 그저 매일 똑같은 몇 마디씩의 고함에다 채찍을 휘두를 뿐이었다. 사람들은 루나들이 외쳐대는 고함은 다 알아들었다. 그러나 그건 대부분 욕설에 지나지 않았다.

다른 사람들이 식당으로 바삐 몰려가는 것을 보면서 방영근과 남용석은 막사 문 앞에 서성거리고 있었다. 루나가 청소검열을 겸한 이탈자 색출을 위해 막사들을 한바퀴 돌 때를 기다리는 것이었다. 두 사람의 얼굴에는 불안이 차 있었다.

저쪽에서 곰이라는 별명을 가진 덩치 큰 루나가 경중경중 걸어오고 있었다. 방영근과 남용석은 서로를 쳐다보았다. 방영근이 무슨 각오를 하듯 입을 꾹 맞물었다. 그리고 고개를 돌렸다.

"루나, 루나!"

방영근이 외치며 루나를 향해 뛰었다.

"루나, 저어······ 주만상이가······ 저어······."

루나 앞에 선 방영근은 막사를 가리키고, 손짓발짓에 온갖 몸짓을 다해가며 사람이 아파서 누웠다는 시늉을 열심히 해대는데, 그의 입에서 토막토막 잘려서 나가고 있는 것은 상대방이 알아듣지 못하는 조선말이었다.

"넷스 고, 넷스 고!"

눈치를 알아챈 루나가 채찍으로 땅바닥을 치며 앞장섰다.

방영근은 서둘러 주만상의 장딴지를 풀어 보였다. 검붉은색으로 부어오른 장딴지는 허벅지 굵기만 했고, 헝겊을 찢어 붙인 상처 부위에서는 피고름이 흘러내리면서 악취를 풍기고 있었다.

손으로 코를 막은 루나는 뭐라고 소리소리 질러댔다. 정신을 차리지 못하고 있는 주만상은 연상 신음소리를 내고 있었고, 방영근과 남용석은 안타까운 마음으로 소리치는 루나만 바라보고 있었다.

루나의 손짓발짓 끝에 방영근이 환자의 밥을 타와 막사에 남게 되었다.

방영근은 숟가락등으로 밥알을 으깨기 시작했다. 죽을 만들자면 그 방법밖에 없었다. 밥을 반 이상 덜어낸 밥그릇에 국 국물만 따라 그렇게 죽을 만들어 주만상에게 먹이자는 것이었다.

힘을 꽁꽁 써가며 숟가락을 빨리 놀리던 방영근은 문득 손놀림을 멈추었다. 갑자기 주위가 썰렁해진 이상한 기분을 느꼈던 것이다. 그는 주변을 두리번거렸다. 달라진 것은 아무것도 없었다. 주만상은 여전히 된숨을 몰아쉬고 있었고, 낡은 시계는 변함없이 제자리에서 게으르게 불알을 흔들고 있었다. 그런데 어느 때 없이 그 시계소리가 가깝게 들렸다. 방영근은 그때서야 바깥에서 들려오던 와자한 사람들의 소리가 사라지고 없다는 것을 깨달았다.

방영근은 자신도 모르게 몸을 일으켜 창문으로 갔다. 창밖 저 멀리 줄지은 사람들이 멀어져 가고 있었다. 방영근은 불현듯 그들을 따라가고 싶은 충동을 느꼈다. 이상한 마음이었다. 날마다 일터로 끌려가며 넌덜머리를 냈었는데 막상 혼자 있게 되자 그 지긋지긋한 일터로 가고 싶은 것이었다.

방영근은 비로소 혼자 남겨지는 것은 쉬는 것도 편한 것도 아니라는 것을 알았다. 그리고 그동안 고통을 이겨내며 살아온 것도 혼자의 힘이 아니었다는 것을 깨달았다.

"둘이나 빠졌시니 일이 영 심들겄는디."

까마득하게 멀어진 대열을 하염없이 바라보며 방영근은 중얼거렸다.

"아이고 엄니……!"

갑자기 커진 신음소리에 놀라 방영근은 얼른 몸을 돌렸다.

주만상의 몰골은 눈물이 날 지경으로 초췌하고 아파 보였다. 날이 밝아지면서 그의 모습은 더욱 보기 딱하게 변했던 것이다. 방영근은 마음이 다급해져 다시 밥알을 으깨기 시작했다.

주만상은 하룻밤 사이에 저리 꼼짝을 못하고 앓아누울 몸으로 어제까지 일터에 나갔었다. 물론 그의 일몫을 여러 사람들이 감당해 온 것은 열흘이 넘었다. 그러나 아픈 다리를 절룩거리며 먼 일터를 오가는 것만도 그에게는 무리였다. 그렇다고 다리의 상처를 내보이며 며칠 쉬게 해달라고 할 수도 없었다.

가시에 찔린 상처 정도로 쉬게 해줄 루나들이 아니었던 것이다. 루나들은 나무둥치에 치여 옆구리를 다치거나 연장에 찍혀 상처를 입어도 전혀 아랑곳하지 않고 사람들을 일터로 내몰았던 것이다.

"보소, 만상이. 이것 잠 받아묵소."

방영근은 주만상이 알아듣는지 어쩌는지 알 수가 없는 채 어설프게 만든 죽을 그의 입에 디밀었다. 그러나 주만상은 상을 찡그리며 죽을 뱉어냈다.

"이사람아, 어찌 이려. 묵어야 살제, 묵어야."

방영근은 뱉어낸 것을 닦아내고 다시 죽을 떠넣었다. 그러나 되뱉기는 마찬가지였다.

"이사람아, 정신 채리랑게. 아무것이나 묵고 살아나야 집이 갈 것 아니라고."

방영근은 안타깝게 말하며 또 죽을 떠넣었다. 그러나 주만상은 죽을 넘기지 못했다.

"이사람이 어쩔라고 이러는고…… 참말로 큰탈이시 이거."

방영근은 그릇을 놓으며 한숨을 내쉬었다. 언뜻 불길한 생각이 스쳐갔다. 곡기를 받아들이지 못하면 큰일 당하게 된다는 어른들의 말이었다. 그는 서둘러 담배에 불을 붙였다. 그 생각을 지우기라도 하듯 연거푸 담배를 빨아댔다.

방영근은 국물만 떠서 다시 주만상의 입에 흘려넣었다. 그러나 그의 혀는 국물마저 밀어냈다. 그 혀에는 백태가 허옇게 끼여 있었다. 방영근은 점점 더 애가 달고 있었다. 차라리 일터에 나갔더라면 얼마나 좋았을까 하는 생각이 언뜻언뜻 스쳐갔다.

검은 가방을 든 의사가 온 것은 점심 무렵이었다. 그 뜻밖의 손님이 너무 반갑고 고마워 방영근은 그저 고개를 꾸벅거리며 몇 마디 할 수 있는 영어 중에서 골라낸 '땡큐'만을 되풀이했다.

주만상의 장딴지를 풀어본 의사는 고개를 내두르며 얼굴을 찡그렸다. 그리고 무슨 말인가를 방영근에게 자꾸 물었다. 그러나 방영근은 한마디도 알아듣지 못한 채 고개만 저었다.

의사는 어쩔 수 없다는 듯 진찰기를 목에 걸었다.

방영근은 피고름 흘러내리는 주만상의 장딴지를 울상이 되어 쳐다보고 있었다. 거기에 붙인 것은 비누에 담뱃가루를 섞은 고약 아닌 고약이었다.

의사는 주만상의 옷을 펼치고 가슴에 청진기를 대보고 또 대보고 했다. 그러면서 자꾸 고개를 갸웃갸웃했다.

방영근은 주만상의 가슴을 보며 새삼스럽게 놀라고 있었다. 그간에 골골대면서 몸이 쇠약해진 줄은 알고 있었지만 그렇게까지 심한 줄은 몰랐었다. 뼈 마디마디가 앙상하게 드러난 주만상의 가슴은 너무나 빈약했던 것이다. 그런 몸으로 사시장철 뙤약볕 속에서 그 지독한 개간노동을 여지껏 견디어냈다는 것이 믿어지지 않을 지경이었다. 방영근은 자신이 그동안 주만상에게 얼마나 무심했던가를 뉘우쳤다.

셋이는 한 고향인 데다가 나이도 어슷비슷해 서로 말을 놓고 지내며 마음을 의지해 왔었다. 그러나 남용석에 비해 주만상에게 가는 자신의 마음은 한 가닥이 접혀 있었다. 그 마음은 군산을 떠나면서부터 접힌 것이었다. 그가 한밑천 잡겠다고 배를 타는 것이 어쩐지 실없어 보이고 마땅찮았던 것이다. 그런 감정을 갖기는 남용석도 마찬가지였다. 그러다 보니 주만상에게 마음을 덜 쓰게 된 것인지도 모른다는 자책감이 생겼다. 방영근은 미안한 마음으로 자신도 모르게 고개를 수그렸다.

의사는 주만상의 눈을 까보고 입도 벌려보았다. 그러면서도 고개를 자꾸 갸웃거렸다. 그 고갯짓에 따라 방영근은 가슴이 차츰차츰 조여드는 답답함과 두려움을 느꼈다.

의사는 주사기를 꺼내들며 또 무슨 말인가를 방영근에게 물었다. 난색이 된 방영근은 그저 고개만 저었다.

"오케이, 오케이."

의사는 고개를 끄덕이며 웃음지었다. 방영근은 비식 마주 웃었다. 그는 의사의 웃음이 인정스러우면서도 슬픈 기색이라고 생각했다.

선상님, 만상이럴 꼭 낫게 히주시게라우.

이 말을 영어로 속시원하게 하지 못하는 것이 방영근은 그렇게 갑갑하고 안타까울 수가 없었다.

의사는 주만상의 팔에다 주사를 놓았다. 그리고 피고름 흐르는 장딴지를 약솜으로 닦아냈다. 피고름에 닿은 약이 지글지글 끓듯 하며 흰 거품을 일으켰다.

"아이고메 나 죽네! 엄니, 엄니이!"

주만상은 갑자기 소리지르며 발버둥을 쳤다. 방영근은 잽싸게 그의 발목을 붙들었다.

"땡큐, 땡큐."

의사가 고개를 끄덕이며 또 웃었다. 그 엷은 웃음은 여전히 슬픈 듯이 보였다.

의사는 팅팅 부어오른 주만상의 종아리에다 붉은 물약을 발랐다. 그리고 조심조심 붕대를 감았다. 주만상은 끊임없이 앓는 소리를 내고 있었다.

붕대를 다 감은 의사는 가방을 챙겼다. 가방을 다 챙긴 의사는 방영근에게 수건을 물에 적셔 짜서 환자의 이마에 올리는 시늉을 해 보였다.

"예스, 예스."

방영근은 빠르게 고개를 끄덕여 보였다.

가방을 든 의사는 막사를 나갔다. 방영근은 그 뒤를 따라나갔다. 의사가 들어가라는 손짓을 했다.

"땡큐, 땡큐."

방영근은 몇 번이고 깊은 절을 했다. 의사는 웃음으로 답을 하고 돌아섰다.

방영근은 멀어져 가는 의사를 바라보고 서 있었다. 흰둥이들 중에도 저리 인정 있는 사람도 있구나 생각하며.

방영근은 주만상의 이마에다 물수건을 열심히 갈아 얹었다. 그러는 사이사이에 죽 국물을 떠넣어 보았지만 주만상은 여전히 뱉어내기만 했다.

땡, 땡.

시계가 두 번 울렸다. 그 소리를 듣고서야 방영근은 시장기를 느꼈다. 그는 아침에 타다 놓은 밥을 끌어당겼다.

밥은 아무 맛도 없었다. 방영근은 억지로 밥을 넘겼다. 밥이 그리도 맛이 없고 목에 걸리기는 처음 있는 일이었다. 혼자 먹는 밥이 톱밥 씹는 맛이라는 것을 방영근은 비로소 경험하고 있었다. 거기에는 묘한 외로움과 슬픔까지 섞여 있었다.

"무울, 엄니이, 무울⋯⋯."

방영근은 얼른 고개를 돌렸다. 눈을 반쯤 뜬 주만상이 혀를 약간 내밀고 있었다. 방영근은 왈칵 반가움이 솟았다.

"이 만상이, 정신이 든가! 물 여깄네."

방영근은 주만상의 곁으로 바짝 다가앉으며 죽그릇을 들었다.

"⋯⋯여그가 어디여? 엄니가 금방 있었넌디⋯⋯ 집인지 알았등마⋯⋯."

겨우겨우 말을 잇고 있는 주만상의 눈에서는 눈물이 주르륵 흘러내렸다.

"만상이, 자네가 꿈얼 꾼 것이네. 몸이 많이 아픈갑는디, 자네 자는 새에 의사가 댕게갔응게 자네 아픈 거 금시 나슬 것잉마. 긍게 입맛 없드라도 밥 잠 뜨고 기운 채리소."

방영근은 밝은 얼굴로 더없이 다정하게 말했다.

"아니여, 아니여…… 나넌 집이 못 가고 여그서 죽을 것이여…… 여그서……."

주만상의 메마르고 병색 짙은 얼굴이 씰그러지며 울음이 터졌다.

"만상이, 그거이 무신 소리여. 자네나 나나 기연시 집이 가게 되네! 맘이 병이란 말 자네도 알제. 맘 단단허니 묵소, 맘!"

방영근은 주만상의 팔을 붙들며 말했다. 말에 어찌나 힘을 넣었는지 방영근의 말은 마치 외치는 것 같았다.

"영근이, 나 잠 집이 딜다주소. 여그서…… 여그서 죽기넌 싫은디…… 나 딜다주소…… 집이…… 집이 잠……."

주만상은 방영근의 손을 잡으며 숨가쁘게 말했다. 계속 눈물을 흘리고 있는 주만상은 방영근의 손을 붙들고 부들부들 떨었다. 방영근은 자신의 손이 아플 정도로 가해져 오는 힘에 놀라고 있었다. 주만상의 아픈 몸 그 어디에서 그런 힘이 나오는지 모를 일이었다.

"만상이, 걱정 말소. 우리 다항께 집이 가는 것이네. 다항께 가."

방영근은 주만상의 손을 맞잡으며 절실한 심정으로 말했다.

"아니여, 아니여…… 나넌 여그서…… 여그서 죽을 거이여……."

방영근의 손을 잡은 주만상의 손에서 힘이 스르르 풀렸다. 그리고 눈이 내리감기며 어깨가 처졌다.

"만상이, 만상이!"

방영근은 가슴이 덜컥 내려앉아 소리쳤다. 그리고 한쪽 귀를 주만상의 코끝에다 들이댔다. 가늘면서도 거친 숨소리가 귓속을 울렸다. 방영근은 그 숨소리를 눈물겹게 들으며 안도하고 있었다.

주사의 덕인지 계속 물수건을 이마에 얹은 덕인지 주만상의 몸은 끓기를 멈추었다. 그리고 신음소리를 내지 않고 깊이 잠이 들었다. 방영근은 눈물자국이 남은 주만상의 검게 찌들리고 앙상하게 메마른 얼굴을 멍하니 내려다보고 있었다. 짐승처럼 일에 시달리면서 보낸 지난 세월이 떠오르며 가슴에 눈물이 괴고 있었다.

  자신들보다 먼저 하와이에 끌려온 사람들에게 들은 그대로 돈은 모아지지 않았다. 밥만 겨우 먹여줄 뿐이어서 옷을 사입고 신발을 사신어야 했다. 겨울이라고는 없이 줄기차게 뙤약볕 속에서 땀을 흘리게 되니까 옷은 너무나 빨리 삭고 낡아졌다. 신발 또한 거친 원시림의 개간작업에 시달려 금방금방 찢어지고 망가졌다. 그런데 옷값이며 신발값은 턱없이 비쌌다. 루나들이 공동으로 운영하는 매점의 물건값은 어느 것이나 비싸지 않은 것이 없었다. 루나들이 제멋대로 올려붙인 가격이었다.

  그러나 시내의 출입을 마음대로 할 수 없는 그들로서는 그 비싼 물건들을 사지 않을 수가 없었다. 그러다 보니 한 달에 15달러씩을 모아 빚 100달러를 갚고 농장을 벗어난다는 것은 까마득한 일이 되어갔다.

  사람들의 마음은 내려앉기 시작했다. 그러면서도 사람들은 희망을 잃지 않으려고 안간힘을 썼다. 그들은 한 가닥 희망을 걸 수 있는 소문을 듣고 있었던 것이다. 샌프란시스코로 가는 것이었다. 샌프란시스코로 건너가기만 하면 채찍 맞는 강압에서 벗어나 두세 배의 벌이를 할 수 있다고 했다.

첫해에 하와이로 끌려온 사람들 중에서 열 명이 넘게 샌프란시스코로 건너갔다는 것이었다. 지독스럽게 돈을 모은 사람들이었다.

샌프란시스코에 건너가기만 하면 기후도 좋은 데다가 철도공사장이며 탄광이나 금광 같은 데에 일거리가 얼마든지 있다고 했다.

방영근은 악착같이 그 꿈을 이루자고 마음먹었다. 집에 돌아가는 뱃삯을 마련하는 길은 그것밖에 없었던 것이다. 그러나 주만상처럼 낙심해서 마음병을 얻은 사람들도 적지 않았다.

땅거미와 함께 일터에서 사람들이 돌아왔다. 방영근은 루나의 손짓대로 그를 따라갔다. 루나가 손가락질을 한 것은 벽에 세워진 들것이었다. 그것을 가지고 루나와 함께 막사로 다시 돌아왔다. 루나는 들것에 주만상을 옮기라고 손짓했다. 방영근과 남용석은 주만상을 들것으로 옮겼다. 그리고 약속이나 한 것처럼 앞뒤에서 들것을 들어올렸다.

들것을 따라 나머지 일곱 사람이 우르르 막사 밖으로 따라나왔다. 루나가 꽥 소리를 지르며 그들을 노려보았다. 그들의 걸음이 일시에 멈춰지며 시름에 찬 얼굴들이 금방 두려움의 빛을 띠었다. 그리고 아무도 더 걸음을 옮기지 못하고 말았다.

"죽일 놈들, 사람이 저리 다 죽게 돼서야 병원으로 옮기다니."

누군가가 진한 한숨을 토해냈다.

"우리가 어디 사람인가, 짐승이지."

다른 사람의 맥이 다 빠진 소리였다.

"흰둥이놈들, 인간 말종들이야."

약간 격앙된 목소리였다.

"그러게 말이오. 우리가 언제까지 이리 천대받고 살아야 되겠소. 참는 것도 한도가 있는 일이지."

좀더 강해진 목소리였다.

"말이야 그렇지만 무슨 도리가 있능가. 저놈들이야 울뢰바고 총이고 다 지녔는데 우리야 맨주먹이니 안 참고 어쩌나. 허고, 뺑뺑 둘러 바다니 무슨 일을 저지르고 도망갈 데가 있어야 말이제."

좀 나이든 목소리였다. 울뢰바란 채찍을 말하는 것이었다.

"그렇지, 우리보다 먼저 온 사람들이 사람대접 해달라고 나섰다가 매타작만 당했다는 말 여러 번 들었지. 악독한 놈들한테 어차피 될 일이 아니지."

또다른 사람의 힘없는 말이었다.

아무도 더는 말이 없었다. 그들은 어스름이 내려앉고 있는 속으로 멀어져 가고 있는 들것을 한정 없이 바라보고 있었다.

방영근과 남용석이 막사로 들어서자 긴 나무의자에 모여앉았던 사람들이 이야기를 중단하고 모두 일어섰다. 그들은 서로 말없이 쳐다보기만 했다. 서먹한 침묵이 끼어들었다.

"자네들 애썼네. 이리 앉아서 담배나 한 대씩 피게."

그들 중에 나이 많은 사람이 방영근과 남용석에게 담배를 권했다.

그들은 다시 나무의자에 걸터앉았다. 그러나 아무도 주만상의 병세에 대해 의사가 뭐라더냐고 묻지 않았다. 의사가 뭐라고 했건 간에 방영근과 남용석이 알아들을 수 없다는 것을 그들은 알고 있었던 것이다.

"그나저나 병이 쉬 나아야 할 건데……."

한 사람이 중얼거렸다.

"그러게 말이네, 걱정이구만."

분위기가 침통하게 가라앉았다.

"낮에도 왔었는디, 의사가 딴 횐둥이덜허고넌 달르게 인정도 있고 맘씨도 곱게 생겼응게 잘 히줄 것잉마요. 인자 딴 이얘기덜 헙시다. 우리 들어올 적에 허든 이야기가 무신 재미진 것이오?"

사람들의 기분을 바꾸려고 방영근은 일부러 밝은 어조로 말했다.

"그렇지, 그 새로 온 왜놈 루나 얘길 하고 있었는데, 자넨 오늘 벌어진 일을 아직 모르지?"

나이 많은 사람이 방영근을 쳐다보았다.

"그 쪽제비가 무신 못된 짓 혔소?"

방영근은 자리를 고쳐앉으며 약간 과장되게 관심을 내보였다. 그러나 한 달 전에 새로 온 왜놈 루나 족제비에 대한 이야기라면 무엇이든 어서 듣고 싶은 것 또한 사실이었다.

"그놈 족제비가 오늘 어떤 사람한테 무지막지하게 매타작을 놓았네. 그래 그놈 얘길 하던 참이었네."

"그 왜놈이 어찌서 그랬는디요?"

방영근의 낯빛이 싹 달라졌다.

"참 기가 찰 일이지. 어떤 사람이 배탈이 나서 똥을 누느라고 점심 먹고 나서 시작하는 일에 좀 늦어진 것이네."

"저런 죽일 놈 봤능가!"

방영근이 눈을 부릅떴다.

"인자 왜놈한테까지 매타작당하는 신세들이 됐으니 원……."

한 사람이 말끝을 흐리며 긴 한숨을 내쉬었다.

"빌어먹을, 사람 꼴이 말이 아니지 뭐."

다른 사람의 탄식이었다.

"왜놈이 그리 나대는 걸 보니까 분통이 더 터진단 말이오. 그놈을 잡아죽일 수도 없고, 무슨 방도가 없는가요?"

"그놈도 루난지 감독인지넌 매일반인디 우리 겉은 신세에 방도넌 무신 방도가 있겄어. 임금이고 나라가 넋빠지게 헝게 우리꺼정 그런 꼴 당허는 것인디."

남용석의 말은 화가 난 것처럼 퉁명스러웠다.

"맞는 말이네. 양반이란 것들이 안에서 나라 망치고 있으니 타국에 나와 있는 우리 같은 것들이야 더 천대받을 수밖에."

분위기가 침울하게 가라앉았다.

어둠 속에서 두꺼비 울음소리가 들려왔다.

"인자 다들 그만 자드라고. 내일 일이 또 있잖은가."

나이 많은 사람이 자리를 털고 일어났다. 다른 사람들도 하나씩 자리를 뜨기 시작했다.

방영근은 새 담배를 빼들었다. 남용석이 손을 내밀었다. 방영근은 담뱃갑을 건네주었다. 남용석이 담배를 뽑으며 머뭇거리듯이 입을 열었다.

"만상이가 괜찮헐랑가?"

"글씨…… 자네가 보기넌 요상헌가?"

"의사 눈치가 요상허딜 안튼가?"

남용석은 그동안 참아왔던 말을 남들이 못 듣게 낮은 소리로 꺼내고 있었다.

"별일 없을 것이네. 사람 목심이란 것이 찔긴 것잉게."

방영근은 낮에 있었던 일을 입에 올리지 않고 덮어버렸다. 주만상이 했던 말들을 다시 꺼내는 것이 그에게 무슨 해가 될 것 같은 불길한 생각이 들어서였다.

"찔기기도 허고 허망허기도 헌 것이 사람 목심잉게……."

남용석은 담배연기를 길게 내뿜으며 망연한 눈길을 어두운 창밖으로 보냈다.

"우리도 자세. 자네 곤헐 것인디."

방영근은 담배를 비벼끄고 일어났다. 방영근은 평소보다 더 무거워진 몸을 자리에 뉘었다. 하루종일 노동을 하는 것보다 애를 태우는 일이 더 힘들다는 것을 깨달았다.

몸은 무거운데 머릿속이 수선스러워 잠이 오지 않았다. 주만상의 걱정에 왜놈 루나의 생각이 뒤얽히고 있었다.

왜놈 루나는 하와이에 온 지 20년이 넘었다고 했다. 그래서 그런지 영어를 아주 잘 씨부려댔다. 마흔이 다 되었을 것 같은 그자는 백인 루나들보다 조선말을 훨씬 더 잘 알아들었다. 백인 루나들은 욕 한두 가지를 알아듣는 정도인데 그자는 욕이 섞인 짤막한 말들까지 알아들었다. 그런 줄을 모르고 맘놓고 루나들에게 욕설과 험담을 털어놓던 사람 여럿이 그자에게 채찍질을 당하게 되었다. 그자가 포악하기는 백인 루나들과 하나도 다를 게 없었다.

그자는 농장노동자로 하와이에 건너와서 루나까지 되었다는 소문이었다. 또한 왜놈들을 루나로 쓰게 된 것은 조선이 일본의 힘에 눌리게 되면서 외국에 있는 조선사람들의 관리도 일본이 하게 된 탓이라는 말도 퍼지고 있었다.

방영근은 몇 번이나 몸을 뒤척였다. 사람들의 코 고는 소리만 자꾸 크게 들렸다.

방영근은 호들갑스러운 종소리에 놀라 잠이 깼다. 머리는 묵지그리하고 몸은 찌뿌드드해서 잠을 잔 것 같지가 않았다.

밤새도록 종잡을 수 없는 어지러운 꿈에 시달린 탓이었다. 그러나 방영근은 여러 사람들과 함께 휩쓸려 눈코 뜰 새 없는 또 하루의 일과 속으로 떼밀려 들어갔다.

해가 기울어져 가면서 더위가 한풀 꺾일 무렵이었다. 갑자기 농장주인이 나타났다. 가끔씩 모습을 나타내는 그 백인은 언제나 그랬던 것처럼 두 마리 말이 끄는 호사스러운 치장의 마차를 타고 있었고, 뒤로는 서너 사람을 거느리고 있었다.

그가 나타나자마자 루나들은 생판 딴사람으로 변했다. 가까이 있는 루나들은 그 사람 앞에 쫓아가 깊은 절을 해대며 쩔쩔맸고, 멀리 있는 루나들은 호루라기를 더 거칠게 불어대며 열성을 부리는 척 설치고 돌아갔다.

일을 하는 사람들은 농장주인이 가끔씩 나타나는 것을 은근히 좋아했다. 루나들의 그 굽실거리고 아부하는 꼴들이 좋은 구경거리였던 것이다.

"저, 저, 저것 봐! 저 왜놈 좀 봐!"

누군가가 억누른 소리로 다급하게 말했다.

일손을 계속 놀리는 척하고 있던 사람들의 눈길이 일제히 한곳으로 쏠렸다.

그들 눈에 들어온 것은 너무 놀라운 장면이었다. 왜놈 루나가 마차 옆에 무릎과 팔꿈치를 꺾어 엎드려 있었고, 잠시 머뭇거리는 것 같던 농장주인이 그 등을 밟고 땅으로 내려서고 있었다.

"저 왜놈 징헌 것 보소!"

남용석이 불현듯 토해낸 말이었고, 방영근은 그의 옆구리를 쿡 찔렀다.

"저 간사한 놈이 사람 여럿 잡겠네."

누군가의 중얼거림이었다.

그날 밤과 다음날까지 그 왜놈 루나의 남다른 아부는 그들의 입에서 씹히고 또 씹혔다. 그리고 소문이 되어 퍼져나가기 시작했다.

다음날 그들이 일터에서 돌아오기를 기다리는 소식이 있었다. 주만상의 죽음이었다.

그 소식은 그들의 막사마다 삽시간에 퍼져나갔다. 막사에서 막사로 사람들이 오가고, 막사마다 웅성거리기 시작했다.

"어째서 죽었나?"

"맞은 것이 탈이 나 죽은 거 아닌가?"

사람들이 처음에 나타낸 의문이었다.

심한 노동으로 몸에 병이 생긴 데다가 가시에 찔린 다리를 치료받지 못한 채 노동에 시달리면서 그 상처는 자꾸 깊어지고 몸은 더 쇠약해져 결국 죽게 되었다는 것을 사람들이 알게 되었다.

"이놈들이 생사람 잡은 거 아닌가!"

"그렇지. 병원에 빨리 데려다가 치료했으면 죽을 사람이 아니지."

"이놈들이 결국 사람 이리 죽일 줄 알았어. 어디가 아파도 병원 한번 보내준 일 있었어. 다 죽일 놈들이야."

"우리 이러고 있어서 되겠소?"

"글쎄…… 어째야 좋겠소?"

"사람이 죽었는데 우선 병원으로 가봐야 할 것 아니오? 함께 고생하다 억울하게 죽은 사람인데."

"그래, 그 말이 맞소."

막사마다 이런 식의 의견이 오가고 있었다.

그런 데다 방영근과 남용석이 막사마다 돌고 있었다. 그들 막사의 아홉 명은 병원을 찾아가기로 결정을 내렸다. 그러나 아홉 명만으로는 루나를 당해낼 힘이 약했다. 그래서 막사마다 사람들을 더 모으러 나선 것이었다.

"주만상이넌 우리허고 함께 한배럴 타고 끌려와 한솥밥 묵음서 함께 고상헌 한식구요. 근디 아픔스롱도 일찍허니 병원에 못 가 결국 원통허게 타국땅서 죽어부렀소. 그려서 우리 막사에서넌 다 문

상얼 가기로 혔소. 여그서도 우리허고 함께 갔으면 좋겄는디, 생각 덜이 어쩌시요?"

방영근은 사람들 앞에 나서서 말했다.

"그럽시다. 다같이 갑시다."

"좋소. 그래야만 숙직하는 루나가 못 막을 것이오."

사람들은 지체없이 찬동했다. 사람이 죽었다는 사실 앞에서 모두 상기되어 있는 데다가 방영근의 '한식구'라는 말이 그들의 감정을 더 흔들었던 것이다.

방영근은 사람들의 호응에 더없는 기쁨과 만족을 느꼈다. 여러 사람들 앞에 나서서 그런 말을 해보기는 생전 처음의 일이었다.

사람들은 방영근네 막사 앞으로 모여들었다. 그 웅성거림을 숙직하는 루나가 모를 리가 없었다.

"횟스 메러, 횟스 메러(무슨 일이야, 무슨 일)!"

채찍을 휘두르며 루나가 달려왔다. 그의 옆구리에는 권총까지 매달려 있었다.

100명이 넘는 사람들은 평소와는 다른 얼굴로 루나를 쏘아보고 있었다. 이상한 낌새를 눈치챘는지 루나는 한 발짝 물러서며 외쳐댔다.

"갓댐, 횟스 메러!"

"루나!"

한 사람이 앞으로 나섰다. 방영근이었다.

방영근은 손짓 몸짓으로 사람이 죽은 시늉을 해 보이고, 뒤에 모인 사람들을 가리킨 다음 병원 쪽을 손가락질하며 절하는 시늉까지 했다.

"갓댐, 썬 오브 빗춰!"

욕설과 함께 루나가 채찍을 휘둘렀다.

방영근은 민첩하게 피해 섰다.

"마더 빠끌(씹새끼)!"

루나는 다시 채찍을 내리쳤다. 그런데 이변이 벌어졌다. 방영근이 채찍을 그대로 맞는가 싶더니 순식간에 낚아잡은 것이었다. 루나와 방영근 사이에서 채찍은 팽팽해졌다.

"와아—."

사람들의 외침이 터졌다.

"저놈 죽여라!"

"저놈 몰매를 쳐!"

사람들이 고함을 질렀다.

방영근은 버팅기고 있던 채찍을 놓아버렸다. 그리고 사람들에게 외쳤다.

"저놈이야 냅두고 우리 병원으로 갑시다!"

"그럽시다. 병원으로 갑시다!"

여러 사람들이 목소리를 합쳤다. 그리고 그들은 걸음을 옮겨놓기 시작했다.

"스톱, 스톱!"

루나는 권총을 빼들며 외쳐댔다. 그러나 그들은 앞으로 밀고 나갔다.

탕!

갑자기 총소리가 진동했다. 루나가 공포를 쏜 것이다. 주춤했던 그들은 다시 앞으로 밀고 나갔다. 총소리는 더 울리지 않았다. 어둠살이 번지고 있었다.

주만상은 침대에 하얀 천을 쓰고 누워 있었다. 의사는 그들이 올 것을 알고 있었다는 듯 말없이 하얀 천을 벗겨 보였다.

뼈만 남은 주만상의 얼굴은 우는 듯 찡그려진 느낌이었다. 옷깃을 여민 그들은 차례로 주만상과 작별해 나갔다.

"사람이 저시상으로 가는디 저리 그냥 보내서야 되겠소?"

남용석이 사람들을 둘러보며 말했다.

"말이 되간디? 저리 죽은 것도 원통헌디 장례나 지대로 치레야제. 빈소도 채리고, 상여도 꾸미고 말이여. 다덜 안 그래요?"

방영근이 사람들을 휘둘러보았다. 그들 두 사람은 어느덧 주동자가 되어 있었다.

"맞는 말이오. 다들 자리잡고 앉아서 그 일을 상의하도록 합시다."

누군가가 큰소리로 대꾸했다.

병원은 비좁아 그들이 다 앉을 만한 데가 없었다. 그들은 전등을 내걸고 마당에 나앉기로 했다. 의사는 눈치 빠르게 그들의 일을 돕고 나섰다.

그들은 빈소를 차리고, 3일장을 하되 이틀 밤은 20명씩 빈소를 지키고, 상여도 꾸미는데 그 비용은 농장주가 내게 해야 한다는 결정을 보고 있을 즈음이었다. 루나들 넷이 그들 앞에 나타났다. 루나들은 제각기 권총을 빼들고 있었다. 사람들은 일제히 몸을 일으켰다.

"갓댐, 고 웨이 바라크!"

곰이란 별명의 루나가 외쳤다.

사람들은 꼼짝을 하지 않고 루나들을 노려보고 있었다. 그들은 루나가 외치는 소리를 너무 많이 들어서 그게 막사로 돌아가라는 말인 것을 거의 알아들었다.

"갓댐, 고 웨이 바라크!"

루나가 권총을 휘두르며 또 외쳤다. 그러나 사람들은 미동도 하지 않았다. 그들 사이에는 긴장이 팽팽해져 있었다.

그때 의사가 그들 사이로 끼어들었다. 의사는 루나들에게 무슨 말인가를 하기 시작했다. 방영근도 그렇고 다른 사람들도 의사가 자기네들에게 해롭게 하지는 않으리라는 느낌을 가지고 있었다.

의사와 루나들은 한동안 말을 주고받았다. 그러더니 루나 하나가 어둠 속으로 바삐 사라졌다.

"씻다운 프리스, 씻다운(앉으세요, 앉아)."

의사가 사람들을 향해 웃으며 손짓했다. 사람들은 의사의 손짓에 따라 앞에서부터 다시 풀밭에 앉기 시작했다. 그들은 자신들이 원하는 쪽으로 일이 풀려가게 되리라는 느낌을 갖게 되었다.

세 루나는 권총을 든 채 그들을 감시하고 있었다. 그들도 긴장 속에서 루나들을 살피고 있었다.

어둠이 짙어지면서 별들이 또렷또렷 빛나고 있었다. 낮에와는 다른 서늘바람 속에 벌레들의 울음소리가 들리고 있었다. 그 속에는 도마뱀들의 울음소리도 섞여 있었다.

누군가가 담배를 피우기 시작했다. 흡연욕은 빠른 전염성으로 퍼져 그들은 거의가 담배를 피워물었다. 그렇게 되자 루나들도 권총을 권총집에 넣고는 담배에 불을 붙였다.

어둠 속으로 사라졌던 루나가 한 남자를 데리고 나타났다. 그 남자는 영어를 할 줄 아는 조선사람으로 그들이 어쩌다가 보게 되는 얼굴이었다.

"당신네들이 원하는 것이 무엇인지 말해 주시오."

그 남자가 그들 쪽으로 돌아서며 말했다.

사람들이 등을 떼밀어 방영근은 일어나지 않을 수가 없었다. 방영근은 아까 결정한 것들을 차근차근 말해 나갔다.

그 남자가 루나들에게 그 말을 전했다. 루나들이 언성을 높이며 뭐라고 떠들어댔다. 그 남자가 다시 돌아섰다.

"장례는 자기네들이 다 알아서 한다고 당신네들은 간섭 말고 돌아가라는 거요."

"생사람 죽인 놈덜이 무신 잡소리여. 우리넌 죽어도 그리 못혀!"

남용석이 벌떡 일어나며 외쳤다.

"맞어, 죽어도 그리 못혀!"

방영근이 외치며 땅을 박차고 일어났다. 그 뒤를 따라 사람들이 와아 함성을 지르며 몸들을 일으켰다. 루나들이 반사적으로 권총을 빼들었다. 다시 분위기가 험악해졌다. 통역을 하던 남자가 이쪽 저쪽을 두리번거리며 안절부절못하고 있었다.

의사가 다시 루나들에게로 다가갔다. 또 한참이나 이야기를 주고받고 하더니 루나 하나가 어둠 속으로 급히 사라졌다.

다음날이 토요일이니 일을 쉬고, 장례는 일요일에 치른다. 다른 모든 것은 원하는 대로 들어준다.

농장주인의 결정 통보였다. 그들은 그것을 받아들이기로 했다.

그들은 아침밥을 먹고 나서 곧바로 상여를 만들기 시작했다. 루나들은 재목이며 연장을 요구하는 대로 실어왔다. 농장주인의 결정이 신효하기는 신효했다. 그러나 그들은 농장주인에게 털끝만큼도 고마워하지 않았다. 그와는 반대로 자신들의 단합된 힘이 얼마나 센 것인가를 그들은 비로소 깨닫고 있었다.

상여는 점심나절까지 그럴듯하게 꾸며졌다. 사람들이 많다 보니 목수일을 흉내 내는 사람도 여럿이었고, 색종이로 꽃술을 만들 줄 아는 사람도 더러 섞여 있었다. 한지를 구하지 못해 색색으로 물들인 한지꽃술을 만들지 못하고 서양 색종이를 쓸 수밖에 없었다. 그보다 더 아쉬운 것은 그림을 그릴 줄 아는 사람이 없는 점이었다. 상여에 호사스러운 채색치장을 할 수가 없어 그 대신 꽃술을 푸짐하게 달기로 했다.

루나들이 그들의 요구대로 응해주지 않는 것이 한 가지 있었다. 술이었다. 술을 주기는 주되 조금밖에 주지 않았다. 그것도 농장주인의 결정이라는 것을 그들은 꿰뚫고 있었다. 술이 취해 무슨 일을 저지를까 봐서 미리 막자는 의도였다. 그 속셈을 간파한 그들은 굳이 더 술을 요구하지 않았다. 루나들은 하루종일 감시를 게을리하지 않았다.

관은 그대로 서양사람들 관을 쓰기로 했다. 조선식으로 짜보았자 나무에 칠을 해서 말릴 여유도 없고, 솜씨까지 서툴러 관이 빨리 썩고 쉽게 내려앉을 염려가 있었던 것이다.

삐쩍 마른 시체가 관으로 옮겨지자 지켜보고 있던 사람들은 모두가 눈시울을 적셨다. 반쯤 벌어진 시신의 입에 쌀알이 가득 차고, 그 가운데 동전 하나가 꽂혀 있었다. 그리고 가슴팍 옷깃에는 10달러짜리 종이돈 석 장이 반쯤 보이게 끼워져 있었다. 30달러 10센트, 그건 주만상의 유품에서 나온 것이었다. 그가 그동안에 모은 돈 전부였다. 고향에 가져가려고 모은 그 돈을 그는 이제 저승노자로 쓰고 있었다. 입에 가득 찬 쌀알들은 검게 탄 얼굴 가운데서 무슨 보석인 것처럼 새하얗게 돋아 보이고 있었다.

날이 새고 하와이의 해가 이글이글 돋아올랐다. 사람들은 다같이 새옷을 갈아입었다.

상여는 10시에 저승걸음을 시작했다.

어으허으 어어허야 어얼럴러 어으히야

가네가네 나는 가네

육십이라 한평생을

반도 못 채우고 나는 가네

어으허으 어어허야 어얼럴러 어으히야

엄니엄니 우리엄니

불효자식 용서하소

미국땅 하와이가 이내 원수요

어으허으 어어허야 어얼럴러 어으히야

저승길이 멀고 험해

고향서도 어둔 발길

타국땅 수만 리서 어찌 갈거나

상여는 앞으로 두어 걸음, 뒤로 한 걸음, 물결 굽이치듯 대밭 출렁이듯 느리게 흔들리고 묵직하게 움직이며 서러운 하소연인 듯 사무치는 흐느낌인 듯 퍼지고 있는 길닦음소리에 부축받고 있었다. 그 소리는 회한에 찬 사람들의 저 깊은 속에서 솟아올라 터지는 것처럼 길게 늘어지면서 탄식이 되고 감기면서 원한이 되고 다시 풀리면서 한숨이 되었다가 휘감겨 돌며 원성이 되어 저승길로 가는 넋을 통곡하고 있었다.

제자리걸음을 하듯 하는 상여의 느린 행보는 겉보리죽만 먹고 살아도 이승이 낫다는 말처럼 선뜻 저승길 나서기를 저어하는 망자의 마음을 나타냄이었고, 이제는 그 어디인지 모를 저승길의 길동무가 되어줄 도리가 없어 죽은 자를 홀로 떠나보내야 하는 산자들의 애닯고 죄스러운 마음의 표현이었다. 그런 까닭을 알 리 없는 루나들은 상여행렬을 뒤따르며 연상 투덜대고 있었다.

눈이 시도록 밝고 바늘끝처럼 따가운 햇살 속에 개간된 땅은 핏빛으로 붉은 속살을 벌겋게 드러내고 있었다. 그 땅을 일구면서 그 처연한 색깔만큼 진한 피땀을 쏟아낸 사람들이 마음 합쳐 부르는 길닦음소리가 그 땅 켜켜이 스며들고 있었다.

길닦음소리가 끝나면서 상여가 조금 빨리 움직이는 것 같았다. 그런데 누군가가 노래를 시작했다.

아아리라앙 아아리라앙 아아라아리요오
아아리라앙 고오개애로 너머어가안다아

노래는 이내 합창으로 어우러졌다.

구성지고 눈물겹고 서럽고 사무치고 한스러운 가락을 이끌며 상여는 붉은 벌판끝으로 느리게 사라져가고 있었다.

〈2권에 계속〉

아리랑 1

제1판 1쇄 / 1994년 6월 25일
제1판 70쇄 / 2001년 7월 25일
제2판 1쇄 / 2001년 10월 10일
제2판 29쇄 / 2006년 12월 30일
제3판 1쇄 / 2007년 1월 30일
제3판 44쇄 / 2020년 6월 30일
제4판 1쇄 / 2020년 10월 15일
제4판 5쇄 / 2023년 12월 31일

저자 / 조정래
발행인 / 송영석

발행처 / (株)해냄출판사
등록번호 / 제10-229호
등록일자 / 1988년 5월 11일(설립일자 | 1983년 6월 24일)

04042 서울시 마포구 잔다리로 30 해냄빌딩 5·6층
대표전화 / 326-1600 팩스 / 326-1624
홈페이지 / www.hainaim.com

ISBN 978-89-6574-931-8
ISBN 978-89-6574-943-1(세트)

파본은 본사나 구입하신 서점에서 교환하여 드립니다.